Der Glasmurmelsammler

Cecelia Ahern

Der Glasmurmelsammler

Roman

Aus dem Englischen
von Christine Strüh

Weltbild

Die englische Originalausgabe erschien 2015 unter dem Titel *The Marble Collector* bei
HarperCollins, London.

Besuchen Sie uns im Internet:
www.weltbild.de

Genehmigte Lizenzausgabe für Weltbild GmbH & Co. KG,
Werner-von-Siemens-Straße, 86159 Augsburg
Copyright der Originalausgabe © 2015 by Cecelia Ahern
Copyright der deutschsprachigen Ausgabe © 2015 by
S. Fischer Verlag GmbH, Frankfurt am Main
Übersetzung: Christine Strüh
Umschlaggestaltung: Johannes Frick, Neusäß
Umschlagmotiv: © Johannes Frick, Neusäß unter Verwendung von Motiven von
Trevillion Images (© Lena Okuneva) und
Shutterstock (© YuriyZhuravov, © Vyazovskaya Julia)
Satz: Datagroup int. SRL, Timisoara
Gesamtherstellung: CPI Moravia Books s.r.o., Pohorelice
Printed in the EU
ISBN 978-3-95973-224-6

2019   2018   2017   2016
Die letzte Jahreszahl gibt die aktuelle Lizenzausgabe an.

Für Sonny Ray, meinen Sonnenstrahl

»Ich sah den Engel im Marmor*
und meißelte, bis ich ihn freigelegt hatte.«

Michelangelo

Prolog

Mein Gedächtnis lässt sich in drei Kategorien einteilen: Dinge, die ich vergessen möchte, Dinge, die ich nicht vergessen kann, und Dinge, von denen ich nicht mehr weiß, dass ich sie vergessen habe, bis ich durch irgendetwas an sie erinnert werde.

In meiner frühesten Erinnerung bin ich ungefähr drei Jahre alt und spiele bei meiner Mum in der Küche. Plötzlich packt sie mit beiden Händen die Teekanne an Henkel und Tülle, schwingt sie, als wären wir beim schottischen Strohballenwerfen, und schleudert sie mit solcher Wucht in die Höhe, dass sie an die Zimmerdecke saust und von dort auf den Tisch herunterknallt, wo sie in tausend Stücke zerspringt. Trübes braunes Wasser spritzt durch die Gegend, überall landen triefende, aufgeplatzte Teebeutel. Ich weiß nicht mehr genau, was direkt vorher passiert ist oder wie es danach weiterging, aber ich erinnere mich deutlich, dass Mum sehr wütend war, und zwar auf meinen Vater.

Diese Erinnerung ist nicht typisch für meine Mum und zeigt sie nicht von ihrer besten Seite. Aber soweit ich weiß, ist sie nie wieder dermaßen ausgerastet, und ich denke, genau das ist der Grund, weshalb ich mich an den Vorfall erinnere.

In einer anderen Erinnerung bin ich schätzungsweise sechs Jahre alt, und meine Tante Anna wird beim Verlassen des Kaufhauses von einem Security-Mann abgefangen, der mit seinen behaarten Händen ihre Einkaufstasche durchwühlt und einen Schal herauszieht, an dem noch das Preisschild und das Sicherheitsetikett hängen. Was als Nächstes passierte, weiß ich nicht mehr, außer dass Tante Anna mich im Ilac Centre mit einem großen Eisbecher bestochen hat und mich so hoffnungsvoll beim Essen beobachtete, als würde mit jedem verzuckerten Bissen ein bisschen von dieser Erinnerung verschwinden. Obwohl bis zum heutigen Tag alle überzeugt sind, dass ich die Geschichte erfunden habe, erinnere ich mich klar und deutlich daran.

Zurzeit bin ich Patientin bei einem Zahnarzt, mit dem ich zusammen aufgewachsen bin. Zwar waren wir nie direkt befreundet, aber wir hatten einen ähnlichen Freundeskreis. Heute ist er ein sehr ernster, vernünftiger und prinzipientreuer Mann, aber sobald ich auf dem Behandlungsstuhl den Mund aufmache, sehe ich ihn als Fünfzehnjährigen vor mir, wie er bei wilden Partys an die Wand pinkelt und Jesus als den ersten und ursprünglichen Anarchisten bezeichnet.

Wenn ich meiner inzwischen hochbetagten Grundschullehrerin begegne, die immer so leise redete, dass wir sie kaum hören konnten, erscheint in meinem Gedächtnis das Bild, wie sie eine Banane auf unseren Klassenclown schleudert und ihn anschreit, er soll sie verdammt nochmal endlich in Ruhe lassen, und dann in Tränen aufgelöst aus dem Klassenzimmer rennt. Aber als ich neulich einer ehemaligen Mitschülerin begegnet bin und den Vorfall erwähnt habe, konnte sie sich überhaupt nicht daran erinnern.

Wenn ich mir einen Menschen ins Gedächtnis rufe, taucht vor meinem inneren Auge offenbar nicht seine Alltagspersönlichkeit auf, sondern ich erinnere mich viel eher an dramatische Augenblicke oder an solche, in denen ein Teil seines Charakters zum Vorschein kam, der normalerweise verborgen ist.

Meine Mutter sagt immer, ich hätte ein Talent dafür, mich an Dinge zu erinnern, die alle anderen vergessen. Manchmal ist dieses Talent ein Fluch, denn wer wird schon gern an Dinge erinnert, die er selbst angestrengt zu vergessen versucht. Doch ich bin die Person, die sich in allen Einzelheiten an das Besäufnis erinnert, das alle anderen aus ihrem Gedächtnis streichen möchten.

Vermutlich erinnere ich mich an solche Episoden, weil ich mich selbst nie so benehme. Ich kann mich an keinen Augenblick erinnern, in dem ich so aus der Rolle gefallen wäre, dass ich es vergessen will oder muss. Ich bin immer gleich. Wer mir einmal begegnet, kennt mich. Viel mehr ist einfach nicht an mir dran. Ich folge den Regeln, die ich für die Person, die ich zu sein glaube, angemessen finde, ich kann nicht anders – nicht einmal unter großem Stress, wenn ein Ausraster garantiert akzeptabel wäre. Ich glaube, deshalb bewundere ich es bei anderen so sehr, wenn sie sich einfach gehenlassen, und deshalb behalte ich Situationen im Gedächtnis, die sie selbst lieber vergessen möchten.

Ist es untypisch für einen Menschen, wenn er ausrastet? Nein. Ich glaube fest daran, dass selbst völlig unerwartete und abrupte Verhaltensänderungen charakteristisch für den Betreffenden sind. Der »untypische« Teil ist schon die ganze Zeit da, er schlummert in dem Betreffenden und wartet nur auf den richtigen Moment, um sich zu offenbaren. Sogar bei mir.

1

Murmelspiele:
Verbündete

»Fergus Boggs!«

In dem ganzen wütenden Wortschwall, mit dem Father Murphy mich überschüttet, verstehe ich nur diese beiden Wörter, denn das ist mein Name. Der Rest ist Irisch. Ich bin fünf Jahre alt und erst seit einem Monat in Irland, nach dem Tod meines Vaters bin ich mit meiner Mammy und meinen Brüdern hierhergezogen. Alles ist furchtbar schnell passiert. Erst ist Daddy gestorben, und gleich danach sind wir umgezogen. Zwar war ich schon ein paarmal in Irland, in den Sommerferien, wenn wir meine Grandma, meinen Granddad, meinen Onkel, meine Tante und meine Cousins und Cousinen besucht haben, aber jetzt ist es ganz anders hier. Sonst war immer Sommer, aber jetzt hat es seit unserer Ankunft jeden Tag geregnet, und alles ist mir fremd. Sogar die Eisdiele ist geschlossen und verrammelt – als hätte es sie nur in meiner Einbildung gegeben, und der Strand, an dem wir im Sommer fast jeden Tag waren, sieht ganz anders aus. Der Pommes-Wagen ist verschwunden, die Leute sind dunkel und dick eingepackt.

Father Murphy steht vor meinem Tisch, groß und grau und breit. Wenn er schreit, spritzt die Spucke aus seinem Mund, und ich spüre genau, wie sie mein Gesicht trifft, aber ich habe Angst, sie wegzuwischen, denn wer weiß, ob ihn das nicht noch wütender macht. Vorhin hab ich mich kurz umgeschaut, weil ich wissen wollte, wie die anderen Jungs reagieren, aber da hat Father Murphy mir sofort eine gelangt. Mit dem Handrücken, das tat echt weh. Er trägt nämlich einen Ring, einen richtig großen, und ich glaube, ich hab eine Schramme im Gesicht. Aber ich trau mich nicht, mit der Hand nachzufühlen, denn womöglich scheuert er mir dann gleich wieder eine. Auf einmal muss ich dringend aufs Klo. Klar, ich hab schon öfter Prügel bezogen, aber noch nie von einem Priester.

Er brüllt weiter irische Wörter, und offensichtlich ist er wütend, weil ich ihn nicht verstehe. Immer mal wieder schiebt er englische Wörter zwischen die irischen, beschimpft mich und sagt, ich müsste ihn längst verstehen. Aber ich krieg das einfach nicht hin. Zu Hause kann ich kein Irisch üben. Mammy ist immer noch traurig, und ich will ihr nicht damit auf die Nerven gehen. Am liebsten sitzt sie einfach nur da, und sie kuschelt auch gern. Das gefällt mir, und ich möchte das Kuscheln nicht mit Reden kaputtmachen. Außerdem weiß sie bestimmt auch nicht mehr viele irische Wörter. Sie ist vor langer Zeit von Irland nach Schottland gezogen, da hat sie bei einer Familie als Kinderfrau gearbeitet und Daddy kennengelernt. Meine Eltern haben nie irische Wörter benutzt.

Der Priester will, dass ich ihm die Wörter nachspreche, aber ich kann kaum atmen, und sie kommen nur ganz schwer aus meinem Mund.

»Tá mé, tá tú, tá sé, tá sí …«

»LAUTER!«

»Tá muid, tá sibh, tá siad.«

Wenn Father Murphy gerade nicht schreit, ist es ganz still im Klassenzimmer, und das erinnert mich daran, wie viele Jungs in meinem Alter hier sitzen und die Ohren spitzen. Während ich die Wörter herauswürge, macht Father Murphy den anderen immer wieder deutlich, wie dumm ich bin. Ich zittere am ganzen Körper. Mir ist schlecht. Ich muss aufs Klo. Schließlich sage ich es ihm. Von jetzt auf nachher wird sein Gesicht puterrot, er holt den Lederriemen heraus und schlägt mich damit auf die Hand. Später erfahre ich, dass alte Pennys in den Riemen eingenäht sind. Ich kriege »sechs von den Besten« auf jede Hand, sagt Father Murphy. Ich halte den Schmerz nicht aus. Ich muss dringend aufs Klo, ich kann es nicht mehr bremsen. Eigentlich gehe ich fest davon aus, dass die anderen mich auslachen, aber keiner gibt einen Ton von sich, alle haben die Köpfe gesenkt. Vielleicht lachen sie später, vielleicht haben sie aber auch Verständnis. Vielleicht sind sie einfach nur froh, dass sie es nicht sind, die da stehen und sich vor aller Augen in die Hose machen. Ich schäme mich, es ist mir schrecklich peinlich, und Father Murphy schärft es mir auch mehrfach ein. Schließlich packt er mich am Ohr und schleift mich aus dem Klassenzimmer, was auch schrecklich weh tut, den Korridor hinunter zu einer kleinen dunklen Kammer. Er schubst mich hinein, krachend fällt die Tür hinter mir ins Schloss, und dann bin ich allein.

Ich mag die Dunkelheit nicht, ich hab sie noch nie gemocht. Ich fange an zu weinen. Meine Hose ist nass, mein Pipi ist in meine Socken und Schuhe gelaufen, aber ich weiß nicht, was ich tun soll. Normalerweise wechselt Mammy die Wäsche für mich. Was mache ich hier? Der Raum hat keine Fenster, ich kann nichts sehen. Hoffentlich muss ich nicht lange hier drinbleiben. Aber allmählich gewöhnen sich meine Augen an die Dunkelheit, und in dem Licht, das durch den Spalt unter der Tür kommt, kann ich ein bisschen was erkennen. Ich bin in einer Abstellkammer. Ich sehe eine Leiter, einen Eimer und einen Wischmopp ohne Stiel, nur den Mopp. Es riecht muffig. An der Wand hängt ein altes Fahrrad, kopfüber, die Kette fehlt. In einer Ecke stehen zwei Gummistiefel, die nicht zusammenpassen. Eigentlich passt hier drin gar nichts zusammen. Ich weiß nicht, warum Father Murphy mich in dieses Kabuff gesperrt hat, und ich weiß auch nicht, wann ich endlich wieder rausdarf. Muss ich für immer hierbleiben? Ob Mammy dann kommt und mich sucht?

Eine Ewigkeit vergeht. Ich schließe die Augen und fange an, mir etwas vorzusingen. Die Lieder, die Mammy immer mit mir singt. Nur ganz leise natürlich, ich will ja nicht, dass Father Murphy mich hört und denkt, ich hab Spaß hier drin. Das würde ihn ganz bestimmt ärgern. Hier macht es die Leute nämlich wütend, wenn man Spaß hat und wenn man lacht. Wir sind hier nicht die Bestimmer, wir sind hier, um zu dienen. Aber mein Daddy hat mir was anderes beigebracht, er hat mir gesagt, ich bin der geborene Anführer, ich kann alles werden, was ich will. Früher bin ich oft mit ihm auf die Jagd gegangen, er hat mir alles gezeigt, und er hat mich vorneweg gehen lassen und gesagt, ich bin der Chef, ich bestimme. Er hat sogar ein Lied darüber gesungen. »Following the leader, the leader, the leader, Fergus is the leader, da da da da da.« Auch das summe ich jetzt vor mich hin, aber ohne Worte. Dem Priester wird es nicht gefallen, wenn ich ein Lied darüber singe, dass ich der Bestimmer bin. Hier dürfen wir nicht sein, wie wir wollen, wir müssen tun, was man uns sagt. Ich singe die Lieder, die mein Daddy immer gesungen hat, damals, als ich manchmal lange aufbleiben und den Erwachsenen beim Liedersingen zuhören durfte. Für einen großen Mann hatte Daddy eine sehr weiche Stimme, und manchmal hat er beim Singen geweint. Im Gegensatz zu Father Murphy hat er nie behauptet, dass nur Babys weinen, er hat gesagt, wenn Menschen traurig sind, dann weinen sie. Ich singe seine Lieder und versuche, nicht dabei zu weinen.

Dann geht plötzlich die Tür auf, und ich weiche unwillkürlich zurück, weil ich Angst habe, es ist Father Murphy mit seinem Lederriemen. Aber nicht er kommt herein, sondern der nette junge Priester, der bei uns Musik unterrichtet. Leise schließt er die Tür hinter sich und kauert sich zu mir.

»Hallo, Fergus.«

Ich will auch Hallo sagen, aber es kommt kein einziges Wort aus meinem Mund.

»Schau mal, ich hab dir was mitgebracht. Eine Schachtel Bloodies.«

Als er die Hand ausstreckt, zucke ich unwillkürlich zurück.

»Mach nicht so ein ängstliches Gesicht, das sind bloß Murmeln. Hast du schon mal mit Murmeln gespielt?«

Als ich den Kopf schüttle, öffnet er die Hand, und ich sehe die Murmeln auf seiner Handfläche liegen wie einen wertvollen Schatz, vier rote Rubine.

»Als Junge hab ich sie geliebt«, erzählt er leise. »Mein Granddad hat sie mir geschenkt. Ein Kistchen Bloodies, hat er gesagt, extra für dich. Leider hab ich die Box nicht mehr. Wäre schön, weil sie inzwischen nämlich einiges wert sein könnte. Also denk immer dran, die Packungen aufzuheben, Fergus, den Rat geb ich dir. Zum Glück hab ich wenigstens die Murmeln behalten.«

Draußen geht jemand an der Tür vorbei, man spürt, wie der Boden unter schweren Stiefeln zittert und knarzt, und auch mein Musiklehrer schaut zur Tür. Als die Schritte verklungen sind, wendet er sich mir wieder zu und sagt leise: »Man wirft sie. Oder man kann sie anschieben.«

Neugierig schaue ich zu, wie er den Zeigefinger mit dem Knöchel auf den Boden drückt, ihn beugt und eine Murmel auf dem Gelenk balanciert. Dann legt er den Daumen dahinter, schubst die Murmel an, und schon rollt sie eilig über den Holzboden. Eine leuchtend rote Murmel, in der das spärliche Licht reflektiert, glänzt und schimmert. Direkt vor meinem Fuß bleibt sie liegen. Aber ich habe Angst, sie aufzuheben. Meine malträtierten Hände tun immer noch weh, es ist schwierig, sie zu schließen. Als mein Musiklehrer es merkt, zuckt er zusammen.

»Versuch es wenigstens«, meint er aufmunternd.

Ich tue es. Anfangs bin ich nicht sehr gut, weil es schmerzhaft ist, die Hand so zu krümmen, wie er es mir gezeigt hat, aber nach einer Weile kriege ich den Bogen raus, und mein junger Lehrer bringt mir sogar noch andere Schusstechniken bei. Eine Methode, die man Gelenkwurf nennt. Obwohl das seiner Meinung nach eher etwas für Fortgeschrittene ist, bin ich dabei am besten. Als er mich lobt, muss ich mir auf die Lippen beißen, damit ich nicht so grinse.

»Je nach der Gegend, in der man ist, haben Murmeln ganz unterschiedliche Namen«, sagt er, kniet sich wieder hin und zeigt mir noch etwas. »Manche nennen sie Schusser, andere Klicker oder Marmeln, aber meine Brüder und ich haben sie immer Allies genannt.«

Allies. Verbündete. Das gefällt mir. Selbst wenn ich ganz allein in diesem Kabuff eingesperrt bin, habe ich Verbündete. Ich komme mir vor wie ein Soldat. Ein Kriegsgefangener.

Mein Musiklehrer mustert mich ernst. »Du musst dein Ziel ruhig und fest ins Auge fassen, vergiss das nie, Fergus. Das Auge steuert das Gehirn, das Gehirn steuert die Hand. Denk immer daran. Wenn du das Ziel im Auge behältst, dann sorgt dein Gehirn dafür, dass du erreichst, was du dir vorgenommen hast.«

Ich nicke.

Im nächsten Augenblick klingelt es, die Stunde ist um.

»Okay.« Er steht auf und klopft sich den Staub von der Robe. »Ich muss jetzt zum Unterricht. Bleib einfach hier sitzen, es dürfte nicht mehr lange dauern.«

Ich nicke wieder.

Er hat vollkommen recht, es hätte nicht mehr lange dauern dürfen, aber das kümmert Father Murphy wohl wenig, denn er lässt mich den ganzen Tag im Dunkeln sitzen. Ich mache mir sogar noch einmal in die Hose, weil ich Angst habe, an die Tür zu klopfen und Bescheid zu sagen. Aber es ist mir egal. Ich bin ein Soldat. Ein Kriegsgefangener. Und ich habe Verbündete. In dem winzigen Kabuff, in meiner eigenen kleinen Welt übe ich und übe, denn ich möchte der beste und treffsicherste Murmelspieler der ganzen Schule werden. Ich werde es den anderen Jungs zeigen, und ich werde sie alle übertrumpfen, jedes Mal.

Als Father Murphy mich wieder in dieses Kabuff sperrt, habe ich meine Murmeln in der Tasche, und ich übe auch diesmal den ganzen Tag. Für alle Fälle hab ich in der Pause heimlich eine Art Zielwand in der Kammer deponiert. Ich hab ein paar Jungs mit einer schicken gekauften Version gesehen und mir aus einer leeren Cornflakesschachtel, die ich in Mrs Lynchs Mülltonne gefunden habe, selbst eine gebastelt – ein Stück Pappe, aus dem ich sieben Tore ausgeschnitten habe. Das mittlere ist die Null, die drei rechts und links davon sind eins, zwei und drei. Die Pappe stelle ich an der hinteren Wand der Kammer auf und schieße die Murmeln aus möglichst großer Entfernung, von der Tür aus. Ich weiß noch nicht, wie man das Spiel richtig spielt, denn das geht nur zu mehreren, aber ich kann schon mal meine Schusstechnik trainieren. Irgendwann werde ich besser sein als meine großen Brüder.

Der nette Priester bleibt nicht lange an unserer Schule. Es gibt Gerüchte, dass er Frauen küsst und in die Hölle kommt, aber das ist mir egal. Ich mag ihn trotzdem. Er hat mir meine allerersten Murmeln geschenkt, meine Bloodies, und in dieser dunklen Zeit meines Lebens habe ich von ihm Verbündete bekommen.

2

Badeordnung:
Rennen verboten

Atmen!

Manchmal muss ich mich ans Atmen erinnern. Eigentlich sollte man denken, Atmen sei ein angeborener menschlicher Reflex, aber nein, bei mir nicht. Ich atme ein, vergesse dann aber auszuatmen – mein Körper wird starr, alles verkrampft sich, mein Herz pocht wie wild, mir wird eng um die Brust, und mein ängstlicher Kopf fragt sich, was mal wieder nicht stimmt.

In der Theorie verstehe ich den Vorgang des Atmens. Die Luft, die durch die Nase eingesogen wird, muss hinunter ins Zwerchfell gelangen, in den Bauch. Am besten atmet man entspannt, ruhig, rhythmisch und lautlos. Menschen tun das vom Augenblick der Geburt an, obwohl niemand es ihnen beibringt. Aber bei mir wäre das womöglich besser gewesen. Egal, ob beim Autofahren, Einkaufen oder Arbeiten – ständig erwische ich mich dabei, wie ich die Luft anhalte, nervös werde und angespannt auf irgendetwas warte, ohne recht zu wissen, was das sein könnte. Und was immer es ist, es passiert nie. Was für eine Ironie des Schicksals, dass ich bei dieser einfachen Aufgabe versage, obwohl ich es für meinen Job eigentlich besonders gut können müsste. Ich bin Rettungsschwimmerin. Schwimmen fällt mir leicht, es fühlt sich natürlich für mich an, ich gerate nicht unter Druck, ich fühle mich frei. Beim Schwimmen ist Timing das A und O. An Land atmet man ungefähr gleich lange ein wie aus. Unter Wasser erreiche ich ein Verhältnis von drei zu eins, das heißt, ich hole nur bei jedem dritten Schwimmzug Luft. Ganz locker. Ich muss nicht mal drüber nachdenken.

Als ich das erste Mal schwanger war, hat man mir gesagt, für die Wehen müsse ich lernen, wie man *über* Wasser atmet, und wie sich herausstellte, stimmte das auch. Eine Geburt ist so natürlich wie das Atmen, und beides geht Hand in Hand. Für mich jedoch war Atmen noch nie natürlich, über Wasser will ich immer gleich die Luft anhalten. Aber ein Baby kommt nicht auf die Welt, solange man die Luft anhält, das könnt ihr mir glauben, ich spreche aus Erfahrung. Da mein Mann meine Vorliebe für das Wasser kennt, hat er mir vorgeschlagen, eine Unterwassergeburt zu machen, und es schien mir eine gute Idee zu sein, das Baby zu Hause und in meinem natürlichen Element zur Welt zu bringen. Nur fühlt es sich leider überhaupt nicht natürlich an, wenn man in seinem eigenen Wohnzimmer in einem übergroßen Planschbecken sitzt. Außerdem war nur das Baby unter Wasser, nicht ich, obwohl ich liebend gern die Plätze getauscht hätte. So endete meine erste Geburt damit, dass wir ins Krankenhaus rasten, wo ein Notkaiserschnitt gemacht wurde, und tatsächlich kamen auch die nächsten beiden Kinder auf die gleiche Art zur Welt, wenn auch nicht als Notfälle. Anscheinend war ich, dieses Wasserwesen, das sich seit dem Alter von fünf Jahren vorzugsweise unter Wasser aufhielt, auch diesem natürlichen Erlebnis nicht gewachsen.

Ich arbeite als Bademeisterin in einem Altenheim. Es ist ein sehr exklusives Altenheim und ähnelt eher einem Viersternehotel. Seit sieben Jahren arbeite ich dort, minus meiner Elternzeiten. Von neun Uhr morgens bis zwei Uhr nachmittags sitze ich auf meinem Stuhl und schaue zu, wie drei Leute pro Stunde ins Wasser steigen und dort ihre Bahnen schwimmen. Ein unablässiger Strom von Monotonie und Stille. Es passiert nie etwas. Aus den Umkleidekabinen erscheinen Körper als wandelnde Symbole der Vergänglichkeit: schlaffe Brüste, schlaffe Hintern, schlaffe Schenkel, schlaffe Haut, trocken und schuppig von Diabetes oder von Nieren- und Lebererkrankungen. Diejenigen, die bettlägerig sind oder im Rollstuhl sitzen müssen, tragen ihre schmerzhaft aussehenden Druckgeschwüre und wundgelegenen Stellen unterschiedlich gelassen zur Schau, andere führen ihre braunen Altersflecken wie Dienstabzeichen ihres langen Lebens vor. Täglich gibt es neue Hautgeschwulste, die alten verändern sich, ich bemerke sie alle und bin mir bewusst, welche Zukunft meinen Körper nach drei Geburten erwartet. Die Heiminsassen, die mit einem persönlichen Physiotherapeuten im Wasser trainieren, beaufsichtige ich lediglich. Vermutlich für den Fall, dass der Physiotherapeut ertrinkt.

In den ganzen sieben Jahren, die ich inzwischen hier arbeite, musste ich kaum jemals ins Wasser springen. In unserem Pool geht es ruhig und gemächlich zu, ganz anders als im örtlichen Hallenbad, in das ich meine Jungs samstags begleite und in dem man vom Geschrei der schamlos übersetzten Kursgruppen regelmäßig Kopfschmerzen bekommt.

Auch heute unterdrücke ich ein Gähnen, während ich der ersten Schwimmerin des Morgens zuschaue. Mary Kelly, unser Baggerschiff, geht ihrer Lieblingsbeschäftigung nach – dem Brustschwimmen. Langsam und geräuschvoll, eins fünfzig groß und an die dreihundert Pfund schwer, steigt sie ins Becken und verdrängt dabei eine Wassermenge, als wollte sie das gesamte Becken leeren, und bemüht sich dann, elegant dahinzugleiten. Dabei achtet sie sorgsam darauf, das Gesicht nicht einzutauchen, und prustet, als wäre das Wasser eisig kalt.

Da immer dieselben Leute zur gleichen Zeit auftauchen, weiß ich, dass demnächst Mr Daly eintreffen wird, gefolgt von Mr Kennedy, dem Schmetterlingskönig, der gern den Schwimmexperten mimt. Danach erscheinen die Schwestern Eliza und Audrey Jones, die zwanzig Minuten im flachen Wasser auf und ab joggen. Ihr Nachfolger, der Nichtschwimmer Tony Dornan, wird sich wie immer an seine Schwimmhilfe klammern, als wäre es das letzte Rettungsboot, und im Nichtschwimmerbereich bleiben, möglichst nah bei den Stufen, möglichst dicht am Rand. Ich spiele an einer Schwimmbrille herum, knote das Band auf, erinnere mich daran zu atmen und verdränge das harte, enge Gefühl in meiner Brust, das nur verschwindet, wenn ich regelmäßig ausatme.

Pünktlich um Viertel nach neun kommt Mr Daly aus dem Umkleideraum. Er trägt seinen üblichen knappen Badeslip in einem gnadenlosen Himmelblau, das in nassem Zustand auch das kleinste Detail durchschimmern lässt. Die Haut um seine Augen, um Wangen und Kinn ist so schlaff und dünn, dass ich fast jede Vene in seinem Körper erkennen kann. Bestimmt bekommt er beim kleinsten Stoß blaue Flecke. Seine gelben Zehennägel sind grotesk eingerollt und sehen aus, als verursachten sie ihm Schmerzen. Er wirft mir einen kläglichen Blick zu und zieht sich die Schwimmbrille über die Augen. Dann schlurft er an mir vorbei wie jeden Tag, ohne mich anzuschauen, ohne Guten Morgen, greift nach dem Metallgeländer und hält sich daran fest, als könne er jeden Moment auf den Fliesen ausrutschen, die Mary Kelly unermüdlich unter Wasser setzt. Ich stelle mir vor, wie der alte Mann auf die Fliesen stürzt, wie die Knochen seine papierdünne Haut durchstoßen, die knistert wie bei einem Brathuhn.

Ich behalte ihn im Auge und sehe gleichzeitig nach Mary, die bei jedem Zug ein lautes Grunzen ausstößt, als eifere sie Marija Scharapowa nach. Mr Daly erreicht die Stufen, hält sich fest und lässt sich langsam ins Wasser sinken. Bei der ersten Berührung mit der Kälte blähen sich seine Nasenflügel, und als er drin ist, kontrolliert er sofort, ob ich auch wirklich auf ihn aufpasse. An Tagen, an denen ich seinen Blick erwidere, lässt er sich lange wie ein toter Goldfisch auf dem Rücken treiben. An Tagen wie heute, an denen ich nicht hinschaue, taucht er unter, hält sich mit beiden Händen am Beckenrand fest, um nicht gleich wieder zur Oberfläche zu treiben, und verharrt dort. Ich sehe ihn ganz deutlich, wie er im Nichtschwimmerbereich praktisch auf den Knien liegt und zu ertrinken versucht. Ein ganz alltäglicher Vorgang.

»Sabrina«, ruft Eric, mein Vorgesetzter, warnend aus dem Büro hinter mir.

»Keine Sorge, ich hab ihn im Blick.«

Langsam mache ich mich auf den Weg zu Mr Daly, greife ins Wasser, fasse ihn unter die Achseln und ziehe ihn hoch. Er wiegt so wenig, dass er sofort an die Oberfläche kommt und nach Luft schnappt, die Augen wild hinter der Schwimmbrille, eine große

grüne Rotzblase im rechten Nasenloch. Grunzend und grum-
melnd zieht er die Brille vom Kopf und gießt das Wasser aus. Vor
Wut, dass ich seinen Plan wieder einmal durchkreuzt habe, zittert er am ganzen Leib. Sein Gesicht ist puterrot, seine Brust
hebt und senkt sich krampfhaft, während er wieder zu Atem zu
kommen versucht. Er erinnert mich an meinen Dreijährigen, der
sich immer an derselben Stelle versteckt und sich schrecklich ärgert, wenn ich ihn finde. Ich sage nichts, sondern gehe zurück zu
meinem Stuhl und spritze mit meinen Flipflops das kalte Wasser
von hinten auf meine Waden. Solche Dinge passieren ständig.
Aber mehr nicht.

»Du hast dir ganz schön Zeit gelassen«, sagt Eric.

Wirklich? Vielleicht habe ich eine Sekunde länger gewartet als
sonst.

»Ich wollte ihm den Spaß nicht verderben.«

Obwohl er es eigentlich nicht will, muss Eric grinsen, doch er
schüttelt den Kopf, um deutlich zu machen, dass er mein Verhalten trotzdem nicht gut findet. Wir haben beide hier angefangen,
als das Altenheim gegründet wurde. Davor hatte Eric eine Art
Baywatch-Job als Rettungsschwimmer in Miami. Erst als seine
Mutter auf dem Totenbett lag, kam er zurück nach Irland. Doch
die Mutter lebte weiter, und Eric blieb in Irland. Inzwischen
macht er Witze darüber, dass sie ihn wahrscheinlich überleben
wird, aber obwohl er darüber lacht, spüre ich seine Nervosität.
Ich glaube, er wartet darauf, dass seine Mutter stirbt, damit er
anfangen kann zu leben, und jetzt, wo er demnächst fünfzig
wird, hat er Angst, dass es nie so weit kommt. Um mit dieser
selbstauferlegten Pause in seinem Leben einigermaßen klarzukommen, tut er so, als wäre er immer noch in Miami, und obwohl das eine Illusion ist, beneide ich ihn gelegentlich um seine
Fähigkeit, die Realität komplett zu ignorieren und tatsächlich zu
glauben, er wäre an einem exotischeren Ort. Manchmal habe ich
das Gefühl, dass er mit dem Klang von Rumbarasseln im Kopf
herumläuft. Er ist einer der glücklichsten Menschen, die ich
kenne. Sein Haar hat einen seltsamen Gelbstich, seine Haut

ebenfalls. Übers Jahr hin hat er keine Verabredungen, aber jeden Januar fliegt er für einen Monat nach Thailand. Von dort kehrt er fröhlich pfeifend und mit einem strahlenden Lächeln auf dem Gesicht zurück. Ich möchte lieber nicht so genau wissen, was er dort tut, aber ich weiß, er hofft, dass nach dem Tod seiner Mutter alle Monate des Jahres so sein werden wie jetzt nur dieser eine in Thailand. Ich mag Eric, er ist ein Freund. Da ich fünf Tage die Woche hier mit ihm zusammen arbeite, habe ich ihm vermutlich mehr über mich erzählt als mir selbst.

»Ist dir schon mal aufgefallen, dass ausgerechnet der Mensch, den ich *jeden* Tag rette, gar nicht mehr leben will? Fühlt sich das für dich nicht auch total überflüssig an?«

»Es gibt eine ganze Menge Dinge, die sich für mich überflüssig anfühlen, aber das nicht.« Er bückt sich, um einen Klumpen nasser grauer Haare aufzuheben, die den Ablauf verstopfen. Der Haarklumpen sieht aus wie eine ertrunkene Ratte, er hält ihn fest und schüttelt das Wasser heraus, anscheinend ohne dabei den geringsten Ekel zu empfinden. »Fühlst du dich etwa so?«

Ja, so fühle ich mich. Auch wenn das nicht in Ordnung ist. Es dürfte eigentlich keine Rolle spielen, ob der Mann, dem ich das Leben rette, gerettet werden will oder nicht. Es sollte doch in erster Linie darum gehen, dass ich ihn rette, oder? Aber das sage ich nicht. Eric ist mein Chef, nicht mein Therapeut, und ich sollte als diensthabende Rettungsschwimmerin das Leute-Retten nicht anzweifeln. Vielleicht bewohnt Eric in seiner Phantasie eine andere Welt, aber er ist trotzdem nicht blöd.

»Mach doch Kaffeepause«, meint er und reicht mir meinen Kaffeebecher. In der anderen Hand hat er immer noch die ertrunkene Schamhaarratte.

Ich mag meinen Job, aber in letzter Zeit bin ich irgendwie kribbelig. Keine Ahnung, warum, ich weiß nicht, was ich von der Zukunft erwarte oder worauf ich hoffe. Ich habe keine besonderen Träume oder Ziele in meinem Leben. Ich wollte heiraten, das habe ich getan. Ich wollte Kinder und hab welche bekommen. Ich wollte Rettungsschwimmerin werden und bin jetzt eine. Aber ist das nicht genau die Bedeutung von kribbelig? Dass es einen kribbelt, obwohl da in Wirklichkeit gar nichts ist?

»Eric, was bedeutet für dich kribbelig?«

»Hm. Ruhelos, würde ich sagen, irgendwie unbehaglich.«

»Und kribbelt es einen wirklich?«

Er runzelt nachdenklich die Stirn.

»Ich dachte, man hat so ein unruhiges Gefühl, als würde es einen kribbeln, so ungefähr«, erkläre ich und schüttle mich ein bisschen. »Aber das Kribbeln ist vielleicht gar nicht real.«

Eric tippt sich mit dem Finger an die Unterlippe. »Ich weiß nicht recht. Ist das wichtig?«

Ich überlege. Entweder bin ich kribbelig, weil mit meinem Leben tatsächlich etwas nicht stimmt, oder ich bilde es mir nur ein, und in Wirklichkeit ist alles in Ordnung. Letzteres wäre die bevorzugte Lösung.

»Was ist los mit dir, Sabrina?«, fragt Aidan mich in letzter Zeit oft. Das ist so ähnlich, wie wenn man dauernd gefragt wird, ob man wütend ist – irgendwann wird man garantiert sauer.

»Nichts«, antworte ich dann. Aber stimmt das denn? Oder liegt das Problem vielleicht genau darin, dass nichts ist – dass alles einfach nur nichts ist? Kann das sein? Alles ist nichts? Ich meide Erics Blick und konzentriere mich stattdessen auf die Badeordnung, die mich aber ebenfalls irritiert, so dass ich schnell wegschaue. Seht ihr, da ist es wieder, dieses kribbelige Gefühl.

»Ich lass es mir mal durch den Kopf gehen«, verspricht Eric und mustert mich.

Um seinem Blick zu entgehen, hole ich mir einen Kaffee aus der Maschine im Korridor und gieße ihn in meinen Becher. Dann lehne ich mich an die Korridorwand und denke über unser Gespräch und über mein Leben nach. Da ich, als ich ausgetrunken habe, noch immer zu keiner Erkenntnis gelangt bin, gehe ich zurück zum Pool. Unterwegs werde ich fast von einer Krankentrage überfahren, die zwei Sanitäter im Laufschritt den Korridor entlangschieben. Darauf liegt Mary Kelly, patschnass, die weißen, blaugeäderten Beine wie Blauschimmelkäse, das Gesicht von einer Sauerstoffmaske verdeckt.

»Das kann doch wohl nicht sein«, höre ich mich sagen.

Als ich in mein kleines Rettungsschwimmer-Büro zurückkehre, sitzt da Eric, total unter Schock, sein Jogginganzug trieft, seine gelbstichigen Haare sind nass und angeklatscht.

»Was war das denn?«

»Ich glaube, sie hatte einen ... ich meine, ich weiß es nicht, aber womöglich hatte sie einen Herzinfarkt. Himmel.« Auch von seiner spitzen Nase tropft das Wasser.

»Aber ich war doch höchstens fünf Minuten weg.«

»Ich weiß – du warst kaum draußen, da ist es passiert. Ich hab sofort die Notleine gezogen, sie aus dem Wasser gezogen und beatmet. Zum Glück waren die Sanitäter im Handumdrehen hier, und ich hab sie durch den Notausgang reingelassen.«

Ich schlucke, Neid steigt in mir auf. »Du hast Mund-zu-Mund-Beatmung gemacht?«

»Ja. Sie hat nicht geatmet. Aber dann hat sie wieder angefangen und literweise Wasser ausgehustet.«

Ich schaue zur Uhr. »Es waren nicht mal fünf Minuten.«

Immer noch ganz benommen zuckt er die Achseln.

Ich schaue zum Becken. Sogar Mr Daly sitzt ganz betroffen auf dem Rand und schaut dem Gespenst auf der Trage neidisch nach. Und ich war genau viereinhalb Minuten nicht an meinem Platz.

»Du musstest reinspringen? Und sie rausziehen? Mund-zu-Mund-Beatmung machen?«

»Ja. Ja. Hör mal, Sabrina, mach dir jetzt bloß keine Vorwürfe, du wärst auch nicht schneller bei ihr gewesen als ich.«

»Du musstest die Notleine ziehen?«

Er schaut mich verwirrt an.

Ich musste noch nie die Notleine ziehen. Nie. Nicht mal bei den Tests. Das hat immer Eric gemacht. Ich spüre, wie Neid und Wut dicht unter der Oberfläche blubbern, ein sehr ungewöhnliches Gefühl für mich. Klar, zu Hause passiert es schon manchmal – schließlich rastet jede Mutter mit drei Jungs gelegentlich aus, aber mir passiert es nie in der Öffentlichkeit. Da unterdrücke ich meinen Ärger, vor allem bei der Arbeit, vor allem, wenn es um meinen Vorgesetzten geht. Ich bin eine ruhige, vernünftige Person, Leute wie ich verlieren in der Öffentlichkeit nicht die Beherrschung. Aber jetzt unterdrücke ich meine Wut nicht, sondern lasse sie bis ganz nach oben steigen. Wenn ich nicht so ernsthaft frustriert, so total irritiert wäre, würde es sich bestimmt gut anfühlen, sie jetzt einfach rauszulassen.

Um die Sache mal in die richtige Perspektive zu rücken: Ich arbeite seit sieben Jahren hier. Minus einmal neun, einmal sechs und einmal drei Monate Elternzeit. Das sind eintausendfünfhundertachtzehn Tage. Siebentausendfünfhundertneunzig Stunden. In der ganzen Zeit habe ich auf meinem Stuhl gesessen und den oft vollkommen leeren Pool beobachtet. Keine Mund-zu-Mund-Beatmung, keine dramatischen Rettungsaktionen. Kein einziges Mal. Abgesehen von Mr Daly natürlich. Und den gelegentlichen Bein- oder Fußkrämpfen. Aber sonst nichts. Ich sitze auf meinem Stuhl, manchmal stehe ich auch auf, ich beobachte die riesige tickende Uhr und die Liste mit den Baderegeln. Nicht rennen, nicht springen, nicht schubsen, nicht schreien, nicht sonst was ... alles Dinge, die man hier nicht darf, alles negativ, fast so, als wolle die Liste sich über mich lustig machen. Leben retten verboten. Ständig bin ich in Alarmbereitschaft, wie ich es gelernt habe, aber es passiert nie etwas. Und genau in der Sekunde, in der ich eine außerplanmäßige Kaffeepause mache, verpasse ich einen potenziellen Herzinfarkt, ein ganz reales Fast-Ertrinken und das Ziehen der Notleine.

»Das ist nicht fair«, sage ich.

»Jetzt komm aber, Sabrina, du warst wie der Blitz zur Stelle, als Eliza auf die Glasscherbe getreten ist.«

»Das war keine Glasscherbe. Bei Eliza ist eine Krampfader gerissen.«

»Na gut. Aber du warst trotzdem sofort bei ihr.«

Über Wasser muss ich kämpfen, über Wasser kriege ich keine Luft. Über Wasser habe ich das Gefühl zu ertrinken.

Frustriert schleudere ich meinen Kaffeebecher an die Wand.

3

Murmelspiele:
Eroberer

Mir wird der Hals zugedrückt, so fest, dass mir schon schwarze Flecken vor den Augen herumtanzen. Ich würde gern protestieren, aber ich kann nicht, weil ich keinen Ton rauskriege. Ich kann nicht atmen. Für mein Alter bin ich ziemlich klein, und die anderen ziehen mich oft deswegen auf. Sie haben mir den Spitznamen »Tick« gegeben, weil ich wohl ewig einen Tick kleiner bleiben werde als die anderen, aber Mammy meint, jeder muss das Beste aus dem machen, was er hat. Ich bin zwar klein, aber dafür schlau. Und als ich noch mal meine ganze Energie einsetze, um meinen großen Bruder Angus abzuschütteln, muss er sich mächtig anstrengen, mich nicht entwischen zu lassen.

»Hör auf damit, Tick!«, sagt er genervt und packt mich noch fester.

Ich kriege keine Luft, ich kriege keine Luft.

»Lass ihn los, Angus«, sagt Hamish. »Spielt lieber weiter.«

»Der kleine Wichser hat geschummelt. Mit dem spiele ich nicht mehr.«

»Ich hab überhaupt nicht geschummelt!«, will ich schreien, aber es geht nicht, ich kriege ja keine Luft.

»Er hat nicht geschummelt«, entgegnet Hamish an meiner Stelle. »Er spielt einfach besser als du.«

Hamish ist sechzehn, der Älteste von uns. Er schaut uns von der Haustreppe aus beim Murmelspielen zu. Dass er sich für mich einsetzt, ist eine große Ehre; supercool, wie er ist, hält er sich sonst meistens raus. Er raucht eine Zigarette. Wenn Mammy ihn erwischen würde, bekäme er eins hinter die Löffel, aber im

Moment ist Mammy mit der Hebamme im Haus, und wir sind alle nach hier draußen verbannt, bis es vorbei ist.

»Sag das noch mal«, fordert Angus Hamish heraus.

»Willst du mir drohen?«

Nein. Angus würde sich niemals mit Hamish anlegen, der zwar nur zwei Jahre älter, aber unendlich viel cooler ist. Keiner von uns würde es wagen, ihm zu drohen. Hamish ist knallhart, das weiß jeder, und seit neuestem hängt er sogar mit Eddie Sullivan – genannt »der Barbier« – und dessen Gang im Friseurladen rum. Von denen kriegt er auch die Zigaretten. Und Geld, ich weiß nicht, wofür. Mammy macht sich Sorgen seinetwegen, aber sie braucht das Geld und nimmt es deshalb trotzdem. Ich bin Hamishs Lieblingsbruder. Manchmal weckt er mich nachts, dann muss ich mich schnell anziehen, und wir schleichen uns raus auf Straßen, wo wir nicht spielen dürfen. Natürlich darf ich Mammy auch nichts davon sagen. Wir spielen Murmeln. Ich bin zehn, sehe aber jünger aus, deshalb erwartet man nicht, dass ich so gut spiele, und Hamish kann den Leuten das Geld aus der Tasche ziehen. Er gewinnt ganz schön viel, und auf dem Heimweg schenkt er mir Karamellbonbons, damit ich ihn nicht verpfeife. Eigentlich muss er mich gar nicht bestechen, aber das sage ich ihm nicht, weil ich die Karamellbonbons mag.

Ich spiele Murmeln im Schlaf, ich spiele, wenn ich eigentlich Hausaufgaben machen sollte, ich spiele, wenn Father Sackgesicht mich mal wieder in die Kammer sperrt, ich spiele im Kopf, wenn Mammy mit mir schimpft, damit ich ihre Strafpredigt nicht hören muss. Meine Finger sind die ganze Zeit in Bewegung, als würden sie Murmeln schnippen, und ich habe inzwischen auch eine ziemlich gute Sammlung. Allerdings muss ich sie vor meinen Brüdern verstecken – jedenfalls die richtig guten Exemplare. Meine Brüder sind bei weitem nicht so gut wie ich, und sie würden meine Murmeln bloß verlieren.

Auf einmal heult Mammy oben im Haus auf wie ein Tier. Vor Schreck lockert Angus seinen Griff ein bisschen, und ich bekomme mehr Bewegungsfreiheit. Wenn Mammy so schreit, werden wir alle nervös. Zwar ist die Situation nicht neu für uns, aber keiner von uns mag sie. Es ist einfach nicht normal, wenn eine Frau solche Töne von sich gibt. Einen Moment später geht die Haustür auf, und Mattie kommt heraus, noch bleicher im Gesicht als sonst.

Er schaut Angus an. »Lass ihn los.«

Angus gehorcht, ich kriege endlich wieder Luft und fange an zu husten. Es gibt außer Hamish nur noch eine andere Person, mit der Angus sich nicht anlegt, und das ist Mattie, unser Stiefvater. Mit Mattie Doyle ist nicht zu spaßen.

Jetzt mustert er Hamish und seine Zigarette mit grimmigem Blick. Ich mache mich darauf gefasst, dass er ihm gleich eine scheuert, aber nichts dergleichen.

Stattdessen fragt er: »Hast du auch eine für mich?«

Hamish grinst übers ganze Gesicht, und seine grünen Augen blitzen. Er hat die gleichen grünen Augen wie Daddy. Aber er antwortet nicht.

Das gefällt Mattie überhaupt nicht. »Du kannst mich mal«, knurrt er und gibt Hamish eine Kopfnuss, aber der lacht nur und freut sich, dass er Mattie aus der Fassung gebracht hat. Er hat gewonnen. »Ich gehe in den Pub«, brummt Mattie. »Wenn es so weit ist, kann einer von euch mich ja holen kommen.«

»Wahrscheinlich hörst du das auch im Pub«, meint Duncan.

Mattie lacht, sieht aber ein wenig besorgt aus.

»Passt eigentlich keiner von euch auf ihn auf?«, fragt er dann und deutet auf Bobby, unseren Jüngsten, gerade mal zwei Jahre alt. Wir folgen alle seinem Blick. Bobby sitzt, von oben bis unten mit Dreck beschmiert, auf dem Boden und isst Gras.

»Das macht er immer«, sagt Tommy, »wir können ihm das Grasessen nicht abgewöhnen.«

»Bist du eine Kuh, oder was?«, fragt Mattie den Kleinen.

»Quak, quak«, macht Bobby, und wir lachen alle.

»Ach du Kacke, kann ihm einer von euch vielleicht mal die richtigen Tierlaute beibringen?«, meint Mattie grinsend. »Na gut, Daddy geht jetzt zum Pub, also sei lieb, Bobby.« Dann fährt er Tommy mit der Hand durch die Haare. »Pass ein bisschen auf ihn auf, Sohn.«

»Tschüss, Mattie«, sagt Bobby.

»Für dich bin ich immer noch Dad«, sagt Mattie ärgerlich, und sein Gesicht läuft rot an.

Es macht ihn stinksauer, wenn Bobby ihn Mattie nennt, aber das ist nicht Bobbys Schuld, er ist es einfach gewohnt, dass wir Mattie beim Vornamen nennen, er ist ja nicht unser Dad, aber Bobby kapiert den Unterschied noch nicht, er denkt, wir sind alle gleich. Nur Matties erster Sohn, Tommy, nennt Mattie Dad. In unserer Familie gibt es Doyles und Boggs, und wir anderen kennen alle den Unterschied.

»Spielen wir weiter«, schlägt Duncan vor, als Mammy noch mal schreit.

»Er darf bloß weiterspielen, wenn er den letzten Wurf wiederholt«, sagt Angus, immer noch wütend.

»Na schön, das macht er, also beruhige dich«, antwortet Hamish.

»Hey!«, protestiere ich. »Ich hab nicht geschummelt.«

Hamish zwinkert mir zu. »Zeig es ihnen, du kannst es doch.«

Ich seufze tief. Ich bin zehn, Duncan ist zwölf, Angus vierzehn und Hamish sechzehn. Die beiden Doyle-Jungs Tommy und Bobby sind fünf und zwei. Mit drei älteren Brüdern muss ich mich ständig beweisen, und selbst wenn ich besser bin als sie – was beim Murmelspielen der Fall ist und was sie nur sehr schwer verkraften –, muss ich mich umso mehr anstrengen, weil sie immer denken, ich schummle. Dabei bin ich derjenige, der ihnen neue Spiele beibringt, die ich in meinen Büchern finde. Ich kann besser Murmelspielen als sie. Alle hassen das, aber Angus treibt es fast in den Wahnsinn. Jedes Mal, wenn er verliert, verprügelt er mich. Hamish hasst es auch zu verlieren, aber inzwischen hat er den Bogen raus, wie er meine Fähigkeiten für seine eigenen Zwecke einsetzen kann.

Wir spielen Eroberer, ich, Duncan und Angus. Angus lässt Tommy nicht mitspielen, weil er so schlecht ist, dass er jedes

Spiel ruiniert. Wenn unsere älteren Brüder nicht da sind, gebe ich Tommy Privatstunden. Das gefällt mir, obwohl er »teuflisch« spielt. Das ist ein Ausdruck, den Hamish zurzeit dauernd benutzt. Ich gebe Tommy auch nur meine schlechtesten Murmeln, nur die Clearies, weil er oft welche kaputt macht. Jetzt sitzt er auf den Stufen, ein Stück von Hamish entfernt. Er hat Angst vor Hamish, er weiß, dass Hamish und sein Dad überhaupt nicht miteinander auskommen. Ich glaube, Tommy meint, dass er seinen Dad verteidigen muss, wenn er nicht da ist. Zwar ist Tommy erst fünf, aber ganz schön abgebrüht – mager und bleich wie sein Vater. Die Jungs nennen ihn immer Flaschenbürste, weil er so dünn und drahtig ist.

Der Grund, warum Angus mich in den Schwitzkasten genommen hat, ist folgender: Angus hat bei unserem Spiel die erste Murmel geworfen, dann hat Duncan mit seiner Murmel die von Angus getroffen, worüber Angus schon mal sauer war. Duncan hat Angus' Murmel eingeheimst und die nächste Runde begonnen. Ich hab Duncans Murmel abgeschossen, dann die von Angus erobert und war in der neuen Runde als Erster dran.

Dann kam Angus und wollte mit seiner Schussmurmel meine abschießen, was ihm aber nicht gelang.

Als Nächstes zielte Duncan auf Angus' Corkscrew, nicht weil die Murmel näher lag, sondern weil er merkte, dass Angus schon dabei war, wütend zu werden, und ihn noch mehr auf die Palme bringen wollte. Aber er traf sie auch nicht, also war ich wieder dran – und hatte jetzt zwei Zielmurmeln zur Auswahl: entweder Duncans langweilige opake Murmel, auf die ich keinen großen Wert lege, weil jeder solche Murmeln hat – opake Murmeln sind immer einfarbig –, oder Angus' Popeye Corkscrew, auf die ich schon lange ein Auge geworfen habe. Zwar behauptet er steif und fest, er hätte sie gewonnen, aber ich glaube, er hat sie aus Francis' Eckladen geklaut. Ich bin noch nie jemandem mit so einer Murmel begegnet, ich kenne sie nur von den Bildern in meinem Murmelbuch, und die von Angus ist eine ganz besondere dreifarbige Art, die man Snake Corkscrew nennt. Sie hat eine Doppelspirale, ist durchsichtig grün mit weißen, opaken Einsprengseln und hat im Innern winzige klare Bläschen. Vor ein paar Tagen hab ich die Murmel in seiner Schublade entdeckt, aber er hat mich beim Rumschnüffeln erwischt und mir einen Tritt in die Eier verpasst. Ich hab die Murmel trotzdem nicht fallen lassen, ich wollte sie auf gar keinen Fall beschädigen. Doch zuzuschauen, wie Angus jetzt damit spielt, tut mehr weh als der Tritt in die Eier. Er sollte sie in einer Schachtel aufbewahren, wo sie sicher ist und nicht kaputtgehen kann.

Ich beschloss also, einen Wurf zu riskieren, an dem ich schon seit einer Weile arbeite, und alle damit zu beeindrucken, dass ich mit einem einzigen Wurf beide Zielmurmeln eroberte. Ich warf also meine Schussmurmel, und sie berührte planmäßig als Erstes die von Duncan, aber dann stieß Tommy plötzlich einen Schrei aus, und alle schauten zu Bobby, der dabei war, sich eine Schnecke in den Mund zu stecken. Angus rannte zu ihm, riss ihm die Schnecke aus der Hand und schleuderte sie in hohem Bogen über die Straße. Dann zwang er Bobby, den Mund weit aufzumachen.

»Das war nur das Schneckenhaus – hast du die Schnecke etwa schon gegessen, Bobby?«

Bobby antwortete nicht, sondern saß einfach nur da, sperrte seine großen blauen Augen auf und wartete auf eine Ohrfeige. Bobby hat als Einziger von uns blonde Haare, und weil er dazu auch noch diese großen blauen Augen hat, kommt er oft ungestraft davon, und selbst Hamish gibt ihm nicht halb so oft einen Klaps, wie er gerne möchte. Jedenfalls hatte niemand hingesehen, als meine Murmel die von Angus auch noch traf – was ja bedeutete, dass sie nun beide mir gehörten. Deshalb behauptete Angus, ich hätte geschummelt, und nahm mich in den Schwitzkasten.

Jetzt, wo ich wieder frei bin, muss ich den Wurf wiederholen, um den Schummel-Vorwurf aus der Welt zu schaffen, was eigentlich ganz leicht sein müsste, denn ich weiß, dass ich es kann – aber nicht, wenn die anderen denken, ich schummle. Denn wenn ich nicht treffe, nehmen sie das als Beweis, dass ich tatsächlich geschummelt habe. Hamish zwinkert mir zu. Er weiß, dass ich es kann, aber wenn ich es jetzt nicht schaffe, dann nimmt er mich vielleicht heute Nacht nicht mit auf Tour. Meine Hände fangen an zu schwitzen.

Mammy schreit schon wieder, und Tommy reißt die Augen auf.

»Baby?«, fragt Bobby.

»Ja, es dauert bestimmt nicht mehr lange, Kumpel«, erklärt ihm Hamish und dreht sich cool wie nur irgendwas die nächste Zigarette. Ehrlich – wenn ich groß bin, möchte ich werden wie Hamish.

Da kommt Mrs Lynch, unsere Nachbarin, aus ihrem Haus, zusammen mit ihrer Tochter Lucy, die knallrot anläuft, als sie Hamish sieht. Lucy trägt ein Tablett mit einem Berg Sandwiches, ich kann die rote Marmelade sehen, und Mrs Lynch hat einen großen Krug Orangensaft in der Hand.

Wir stürzen uns auf das Essen.

»Danke, Mrs Lynch!«, rufen wir, dann verschlingen wir die Brote. Wegen Mammys Wehen haben wir seit dem Abendessen gestern nichts mehr zu essen gekriegt.

Hamish zwinkert Lucy zu, die seltsam kichert und zurück ins Haus rennt. Ich hab die beiden neulich spätabends zusammen gesehen. Hamish hatte die eine Hand unter ihrer Bluse und die andere unter ihrem Rock, Lucy hatte ein Bein um ihn geschlungen wie ein Babyäffchen, und ihr dicker weißer Oberschenkel hat im Dunkeln geleuchtet.

»Eure Mammy lässt nicht locker, bis sie ihr Mädchen bekommt, was?«, sagt Mrs Lynch und setzt sich auf die Treppe.

»Ich hab so ein Gefühl, dass es diesmal klappt«, sagt Hamish. »Der Bauch sah anders aus.«

Er meint das ganz ernst, denn obwohl er so viel um die Ohren hat, nimmt Hamish seine Umgebung sehr genau wahr und sieht sogar Dinge, die sonst keiner von uns mitkriegt.

»Ich glaube, du hast recht«, pflichtet Mrs Lynch ihm bei. »Er war ziemlich weit oben.«

»Es wird schön sein, endlich ein Mädchen bei uns zu haben«, fährt Hamish fort. »Und nicht noch so einen dreckigen Mistkerl, der mich bloß ärgern will.«

»Oh, sie wird euer Boss sein und euch alle nach ihrer Pfeife tanzen lassen«, lacht Mrs Lynch. »Genau wie meine Lucy.«

»Ja, die ist jedenfalls Hamishs Boss«, murmelt Angus und kriegt dafür von Hamish prompt einen Tritt in den Magen. Zerkauter Marmeladensandwichbrei spritzt aus seinem Mund, einen Moment bleibt ihm die Luft weg, und ich freue mich, dass er den Schwitzkasten von vorhin heimgezahlt bekommt.

Hamishs grüne Augen leuchten, und er wirkt, als hätte er wirklich gern eine kleine Schwester. Er sieht, so betrachtet, fast aus wie ein großes Stofftier.

Mammy kreischt schon wieder.

»Kann nicht mehr lange dauern«, meint Hamish fachmännisch.

»Sie macht es echt gut«, meint Mrs Lynch, und ich glaube, ihr tut schon das Zuhören weh. Vielleicht erinnert sie sich, wie das Kinderkriegen bei ihr war, und mir wird ganz schlecht bei dem Gedanken, dass ein Baby aus ihr rausgekommen ist.

Die Hebamme beginnt eine Art Sprechgesang, als wäre sie Mammys Boxtrainer.

»Und noch mal pressen!«, ruft Hamish.

Offensichtlich ist Mrs Lynch tief beeindruckt, dass er so viel weiß. Als Ältester war Hamish schon fünfmal in dieser Situation, und auch wenn er sich vielleicht nicht an jedes Mal genau erinnert, hat er doch auf alle Fälle mitbekommen, wie der Hase läuft.

»Okay, bringen wir das Spiel zu Ende, bevor sie da ist«, sagt Angus, springt auf und wischt sich mit dem Ärmel die Marmelade vom Gesicht.

Ich weiß, dass er mich vor allen als Lügner hinstellen will. Er weiß, dass Hamish mich mag, und nur weil er zu schwach ist, um sich mit Hamish zu prügeln, will er mich stattdessen in die Pfanne hauen. Mir weh zu tun ist fast so, wie Hamish weh zu tun. Hamish sieht das übrigens ähnlich. Für mich ist das gut, denn alle diejenigen, die mich schlecht behandeln, müssen es büßen. Letzte Woche hat Hamish einem Typen einen Schneidezahn ausgeschlagen, weil er mich nicht in sein Fußballteam gewählt hat. Dabei wollte ich nicht mal mitspielen.

Also stehe ich auf, gehe in Position und konzentriere mich. Mein Herz pocht heftig, meine Hände schwitzen. Aber ich will diese Corkscrew-Murmel haben.

Die Hebamme ruft, dass sie den Kopf des Babys sehen kann. Die Töne, die Mammy von sich gibt, werden immer furchtbarer. Wie ein abgestochenes Schwein.

»Gutes Mädchen, gutes Mädchen«, sagt Mrs Lynch, als könnte Mammy sie hören, kaut an ihrem Fingernagel und schaukelt auf der Stufe nervös vor und zurück. »Gleich hast du's geschafft, Liebes. Gleich ist es so weit.«

Ich werfe die Schussmurmel. Wie geplant trifft sie Duncans Murmel und rollt auf die von Angus zu. Ich will diese Corkscrew-Murmel haben.

»Es ist ein Mädchen!«, brüllt die Hebamme.

Hamish steht auf und will die Faust in die Luft recken, aber im letzten Moment hält er inne.

Meine Murmel kullert weiter, ohne die von Angus zu berühren, aber niemand sieht es. Alle sind wie erstarrt, sogar Mrs Lynch hat es die Sprache verschlagen. Alle warten. Warten darauf, dass das Baby schreit.

Hamish lässt den Kopf in die Hände sinken. Ich vergewissere mich noch einmal, dass wirklich niemand zu mir und meiner Murmel schaut, die an der von Angus vorbeigerollt ist und sie nicht mal gestreift hat.

Ich mache einen kleinen Schritt nach rechts; die anderen sehen immer noch nicht her. Langsam strecke ich den Fuß aus und schubse meine Murmel ein bisschen zurück, bis sie Angus' Corkscrew berührt. Das Herz klopft mir bis zum Hals. Ich kann selbst nicht glauben, was ich da tue, aber wenn ich damit durchkomme, dann gewinne ich die Popeye Corkscrew, dann gehört sie tatsächlich mir.

Plötzlich ertönt ein lautes Heulen, aber es ist nicht das Baby, es ist Mammy.

Hamish rennt ins Haus, Duncan folgt ihm. Tommy hebt Bobby aus dem Dreck und schleppt ihn ebenfalls hinein. Jetzt schaut Angus endlich auf den Boden, sieht seine Murmel und meine Murmel und dass sie sich berühren.

Sein Gesicht ist todernst. »Okay, du hast gewonnen«, sagt er nur, dann folgt er den anderen Jungs ins Haus.

Ich hebe die grüne Corkscrew-Murmel auf und inspiziere sie, überglücklich, dass ich sie in der Hand halte und dass sie jetzt zu meiner Sammlung gehört. Solche Murmeln sind unglaublich selten. Doch mein Glücksgefühl hält nicht lange an, und der Adrenalinrausch schwindet, während mir klar wird, was passiert ist.

Wir haben keine kleine Schwester bekommen. Es wird gar kein Geschwisterchen geben. Und ich bin ein feiger Schummler.

4

Badeordnung:
Nicht ins Wasser springen

»Alles klar bei dir, Sabrina?«, fragt mich Eric von der anderen Seite des Schreibtischs.

»Ja«, antworte ich, so ruhig ich kann, obwohl ich alles andere als ruhig bin. Soeben habe ich meinen Becher an die Wand geschleudert, weil ich nicht dabei war, als jemand fast ertrunken ist. »Ich dachte, es würde mehr Scherben geben.« Der Henkel ist ab und der Rand gesplittert, weiter nichts. »Meine Mum hat mal eine Teekanne an die Decke geschmissen, da gab es deutlich mehr Scherben.«

Eric inspiziert den Becher. »Vermutlich liegt es daran, wie er an die Wand geschlagen ist. Am Winkel – oder so.«

Schweigend lassen wir uns diese Erklärung durch den Kopf gehen.

»Ich glaube, du solltest nach Hause gehen«, sagt Eric plötzlich. »Nimm den Rest des Tages frei. Genieß die Sonnenfinsternis, von der alle reden. Komm Montag wieder.«

»Okay.«

Zu Hause ist für mich das letzte Vierzimmerhäuschen einer Reihe, hier wohne ich mit Aidan, meinem Mann, und unseren drei Jungs. Aidan arbeitet beim Broadband-Support von Eircom, der irischen Telekom, aber unser eigener Anschluss scheint nie richtig zu funktionieren. Wir sind seit sieben Jahren verheiratet. Kennengelernt haben wir uns auf Ibiza, als wir beide an einem Wettbewerb teilgenommen haben, der auf der Theke eines Clubs stattfand und bei dem es darum ging, wer am schnellsten Sahne vom Oberkörper eines Wildfremden ablecken kann. Aidan war der Oberkörper, ich die Leckerin. Wir haben gewonnen. Glaubt jetzt bloß nicht, dass das für mich ein untypischer Moment war. Damals war ich neunzehn; vierzehn Leute haben an dem Event teilgenommen und vor mehreren tausend Leuten um eine Flasche Tequila gekämpft. Nach unserem Sieg haben wir die Flasche am Strand ausgetrunken und dabei miteinander geschlafen. Es wäre untypisch gewesen, es nicht zu tun. Damals war Aidan ein Fremder für mich, aber jetzt wäre er ein Fremder für den Mann von damals – keiner würde in ihm den übermütigen Teenager mit dem Piercing und der rasierten Augenbraue erkennen. Vermutlich haben wir uns beide verändert. Inzwischen geht Aidan überhaupt nicht mehr gern an den Strand, weil man danach überall voll Sand ist. Und ich versuche, die Finger von Milchprodukten zu lassen.

Es kommt selten vor, dass ich allein im Haus bin, ich kann mich nicht mal mehr erinnern, wann das zum letzten Mal passiert ist, keine Kinder, die alle zwei Sekunden etwas von mir wollen. Erst weiß ich nichts mit mir anzufangen, also setze ich mich in die leere, stille Küche und schaue mich um. Es ist zehn Uhr morgens, der Tag hat gerade erst begonnen. Nur um etwas zu tun zu haben, mache ich mir eine Tasse Tee, trinke sie aber nicht. Im letzten Moment kann ich mich noch daran hindern, die Teebeutel im Kühlschrank zu verstauen. So etwas passiert mir dauernd. Nachdenklich betrachte ich den Berg mit der Bügelwäsche, aber darauf habe ich überhaupt keine Lust. Dann merke ich, dass ich die Luft anhalte, und atme aus.

Es gibt immer irgendetwas zu erledigen, wofür in meinem sorgfältig durchgeplanten Tagesablauf nie Zeit ist. Aber jetzt habe ich Zeit – den ganzen Tag sogar –, und ich weiß nicht, wo ich anfangen soll.

Mein Handy klingelt und rettet mich aus meiner Unentschlossenheit. Es ist das Pflegeheim meines Vaters.

»Hallo?«, sage ich und fühle die Enge in meiner Brust.

»Hallo, Sabrina, hier ist Lea.« Sie ist Dads Lieblingspflegerin. »Wir haben hier gerade eine Lieferung für Fergus bekommen, fünf Kisten. Haben Sie das veranlasst?«

»Nein.« Ich runzle die Stirn.

»Oh. Ich hab ihm noch nichts davon gesagt, sie stehen am Empfang. Ich wollte erst mit Ihnen sprechen – falls irgendwas drin ist, was ihn womöglich aufregt.«

»Das war genau richtig, Lea, vielen Dank. Ich komme die Sachen gleich abholen, ich habe Zeit.«

Und so ist es immer: Wenn ich mal eine Minute Zeit habe, nicht arbeiten oder für die Kinder da sein muss, dann kommt Dad dazwischen.

Dreißig Minuten später bin ich im Pflegeheim. Als ich den Kistenstapel am Empfang sehe, weiß ich Bescheid: Das sind die Kisten, die ich gepackt habe, als Dads Wohnung verkauft worden ist. Bisher hat Mum sie aufbewahrt, aber jetzt hat sie offensichtlich beschlossen, sich ihrer zu entledigen. Keine Ahnung, warum sie das ganze Zeug hierhergeschickt hat und nicht zu mir nach Hause.

Letztes Jahr hat mein Dad einen schweren Schlaganfall erlitten, deshalb lebt er jetzt in einer Langzeit-Pflegeeinrichtung, die Therapie und qualifizierte Betreuung bietet, eine Versorgung also, die ich mit den drei Jungs – Charlie ist sieben, Fergus fünf und Alfie drei – und meinem Job nie hätte leisten können. Meine Mutter hätte die Rolle auch nicht übernehmen können, denn sie und Dad sind geschieden und leben getrennt, seit ich fünfzehn bin. Obwohl sie zurzeit so gut miteinander auskommen wie nie zuvor – ich glaube, Mum freut sich richtig auf ihre vierzehntäglichen Besuche bei ihm.

Nun ist der Zusammenhang zwischen Stress und Schlaganfällen zwar nach wie vor umstritten, aber bei meinem Vater ist es in der schlimmsten Stresszeit seines Lebens passiert, als die Folgen der Finanzkrise über uns hereinbrachen. Er hat für eine Risikofinanzierungsgesellschaft gearbeitet. Eine Weile hat er gekämpft und sich bemüht, neue Anleger zu gewinnen und die alten zurückzuholen, aber er hat sich die ganze Zeit dafür verantwortlich gefühlt, dass um ihn herum Leben scheiterten. Irgendwann ging es einfach nicht mehr. Er hat dann einen neuen Job gefunden, als

Autoverkäufer, und versucht, alles hinter sich zu lassen. Doch sein Blutdruck war zu hoch, er hatte rasant zugenommen, rauchte wie ein Schlot, bewegte sich kaum und trank viel zu viel. Ich bin kein Arzt, aber es ist unbestreitbar, dass er so mit sich umgegangen ist, weil er Stress hatte – und dann kam der Schlaganfall.

Jetzt versteht man ihn manchmal schlecht, und er sitzt im Rollstuhl, aber er bemüht sich, wieder gehen und richtig sprechen zu lernen. Er hat enorm abgenommen und scheint ein ganz anderer Mensch geworden zu sein als in den Jahren vor dem Schlaganfall. Er hat Probleme mit dem Gedächtnis, was Mum total auf die Palme bringt, denn anscheinend hat er alles vergessen, womit er ihr weh getan hat. Er hat es geschafft, die ganzen Probleme und Streitereien, all den Kummer und seine zahlreichen Fehltritte ungeschehen zu machen. Auf einmal kann er kein Wässerchen mehr trüben.

»Auf einmal darf er leben, als wäre nichts von alldem passiert, als müsste er überhaupt kein schlechtes Gewissen haben oder sich für irgendwas entschuldigen«, beschwert Mum sich regelmäßig. Anscheinend ist sie davon ausgegangen, dass Dad sich für den Rest seines Lebens schuldig fühlen würde – und jetzt hat er ihren Plan einfach durchkreuzt. Er hat alles vergessen. Obwohl Mum über den alten Fergus – den vor dem Schlaganfall – schimpft, besucht sie Dad regelmäßig, und sie unterhalten sich wie das Paar, das sie beide gern gewesen wären – über das Weltgeschehen, den Garten, die Jahreszeit, das Wetter. Behagliches Geplauder. Ich glaube, am meisten ärgert Mum sich darüber, dass sie Dad jetzt wirklich gern hat. Mit diesem netten, fürsorglichen, geduldigen Mann hätte sie gut verheiratet bleiben können.

Der Schlaganfall war schlimm, aber wenigstens lebt Dad noch. Genaugenommen haben wir nur seine eine Seite verloren, die abwesende, distanzierte, oft gereizte Seite, die man nicht so leicht lieben konnte. Die Seite, die andere Menschen weggestoßen hat. Die allein sein wollte, für die wir aber trotzdem jederzeit greifbar sein mussten, für den Fall des Falles, wenn ihm mal danach war. In seiner jetzigen Umgebung ist er ganz zufrieden, er versteht sich mit den Schwestern, hat ein paar Freundschaften geschlossen, und ich verbringe viel mehr Zeit mit ihm als früher, denn ich besuche ihn jeden Sonntag mit Aidan und den Jungs.

Ich weiß nie genau, was Dad alles vergessen hat, bis ich etwas erwähne und in seinen Augen plötzlich dieser inzwischen allzu vertraute Nebel aufsteigt. Wenn sein Blick ganz leer wird, weil er das, was ich gerade gesagt habe, mit seinen Erinnerungen und Erfahrungen abzugleichen versucht, aber nichts Passendes findet. Ich verstehe gut, warum Schwester Lea die Kisten nicht zu ihm gebracht hat – ein Übermaß von Dingen, an die er sich nicht erinnern kann, würde ihn ganz sicher durcheinanderbringen.

Inzwischen habe ich verschiedene Methoden entwickelt, mit solchen Momenten umzugehen – wenn ich sie nicht gleich ganz vermeiden kann, ignoriere ich sie oder tue so, als hätte ich mich selbst mit den Einzelheiten vertan. Ehrlich gesagt tue ich das weniger seinetwegen als mir selbst zuliebe, denn meistens scheinen diese Situationen für ihn gar kein Drama zu sein, fast so, als würde er sie gar nicht bemerken. Nur mich regen sie auf.

Es sind mehr Kisten, als ich in Erinnerung hatte, und weil ich nicht die Geduld habe zu warten, bis ich zu Hause bin, ritze ich noch hier auf dem Korridor mit meinem Schlüssel das Paketband der ersten Kiste auf und öffne neugierig den Deckel. Ich erwarte, Fotoalben oder Hochzeitseinladungen vorzufinden. Irgendetwas Sentimentales, das für Mum seine Schönheit verloren hat und sie nur dazu bringt, sich darüber aufzuregen, was ihr Exmann ihr alles genommen hat. Eine Erinnerung an all die zerbrochenen Träume, die nicht eingehaltenen Versprechen.

Doch stattdessen finde ich einen Aktenordner, beschriftet in der schwungvollen Handschrift meines Vaters, die mich an die Entschuldigungsbriefchen erinnert, die er mir für die Schule geschrieben hat, und an Geburtstagskarten. Oben auf der Seite steht *Murmelinventar*. Unter dem Ordner befinden sich Dosen,

Beutel und Schachteln, einige in Luftpolsterfolie gepackt, andere in Seidenpapier.

Ich öffne ein paar davon, und in jedem Behältnis stoße ich auf wunderbar farbenfrohes, bonbonbunt schimmerndes Glas. Staunend starre ich darauf. Ich hatte keine Ahnung, dass mein Dad Murmeln mochte. Ich hatte keine Ahnung, dass er überhaupt irgendetwas über Murmeln wusste. Wäre das Inventar nicht in seiner unverkennbaren Handschrift verfasst, würde ich denken, es handle sich um einen Irrtum. Es ist, als blickte ich in das Leben eines völlig Fremden.

Ich schlage den Ordner auf und studiere die Liste, die längst nicht so sentimental ist, wie sie mir auf den ersten Blick vorkam. Sondern ziemlich fachmännisch.

Die Beutel – manche aus Samt, andere aus feinem Synthetik – und die Blechdosen sind nummeriert, mit farbigen Etiketten, die den Farben auf der Inventarliste entsprechen, um Verwechslungen zu vermeiden.

Nummer eins auf der Liste ist ein kleiner Samtbeutel mit vier Murmeln, aufgeführt als *Bloodies* und in Klammern daneben als *Allies, Father Noel Doyle*. Als ich den Beutel öffne, fällt mir auf, dass diese Murmeln kleiner sind als die übrigen und dass sie im Innern unterschiedliche rote Spiralen haben. Dad hat sie detailliert beschrieben: »*Die seltenen Bloodies von Christensen Agate haben transparente rote Farbspiralen – Swirls – auf einer undurchsichtigen weißen Basis.*«

Ich entdecke noch eine Schachtel mit Bloodies, aus dem Jahr 1935, von der Peltier Glass Company. Erwartungsgemäß sind sie rot codiert und zusammen mit den vier Murmeln im Samtbeutel aufgelistet.

Ich hole ein paar Murmeln heraus und lasse sie auf der Handfläche herumrollen, freue mich an dem Klacken, mit dem sie aneinanderstoßen, und bin in Gedanken fieberhaft mit meinem Fund beschäftigt. Beutel, Dosen, Schachteln, alle voller Murmeln in den schönsten Farben, mit Wirbeln und Spiralen, glänzend, leuchtend und schimmernd. Neugierig halte ich ein paar von ihnen in die Höhe, um in dem Licht, das durchs Fenster fällt, die Details in ihrem Innern genauer zu betrachten, die Blasen, die Reflektionen – und bin bezaubert von der Komplexität dieser winzigen Kugeln. Rasch blättere ich das Inventar durch. Ich finde *Latticino Core Swirls, Divided Core Swirls, Solid Core Swirls, Ribbon Core Swirls, Joseph's Coat Swirls, Banded* und *Coreless Swirls, Peppermint Swirls, Clambroths, Banded Opaques, Indian Swirls, Banded Lutz, Onionskin Lutz, Ribbon Lutz* und noch unendlich viele andere Sorten, alle unbekannt für mich. Doch ich staune noch mehr, als ich feststelle, dass Dad auf anderen Seiten des handgeschriebenen Dokuments den Wert jeder einzelnen Murmel vermerkt hat, dazu Größe und Zustand, eingeteilt in die Kategorien »neuwertig«, »sehr gut«, »gut« und »Sammlerstück«. Das bescheidene Kistchen mit den Bloodies beispielsweise scheint zwischen 150 und 250 Dollar wert zu sein.

Die Preise sind allesamt in US-Dollar angegeben, mehrere Murmeln sind mit fünfzig oder auch mal hundert Dollar veranschlagt, die 50,8 mm-Ribbon-Lutz dagegen im Zustand »neuwertig« mit einem Wert von 4500 Dollar, in »sehr gut« mit 2250, in »gut« mit 1250 und als Sammlerstück mit 750 Dollar. Ich weiß so gut wie nichts darüber, wie man den Zustand einer Murmel beurteilt, denn für meine Augen sehen sie alle perfekt aus, keine von ihnen hat Risse oder ist angeschlagen, aber in den Kisten befinden sich Hunderte von Murmeln und Seiten über Seiten Inventarlisten. Wie es aussieht, besitzt Dad Murmeln im Wert von mehreren tausend Dollar!

Ich halte inne, um nachzudenken, und die Geräusche und Gerüche der Pflegeeinrichtung bringen mich aus der Murmel-Parallelwelt mit einem Ruck zurück in die Realität. Die ganze Zeit habe ich mir Sorgen gemacht, wie wir die Kosten für Dads Pflege bezahlen sollen, aber wenn diese Preisliste stimmt, dann hat er ein ziemlich gutes finanzielles Polster. Krankenhausrechnungen beunruhigen mich immer. Man weiß ja nie, ob und wann Dad eine weitere Operation, neue Medikamente oder eine andere Physiotherapie braucht. Dauernd ändert sich irgendetwas, während die Kosten steigen, und der Verkaufserlös seiner Wohnung hat nicht viel mehr gedeckt als seine Hypothek und seine umfangreichen Schulden. Niemand hatte gewusst, wie schlecht seine Finanzen waren.

Dads Handschrift ist makellos, und ich finde auch keinen einzigen Rechtschreibfehler. Falls ihm doch einmal ein Fehler unterlaufen sein sollte, hat er die Seite wahrscheinlich weggeworfen und von vorn angefangen. Alles ist mit Liebe zusammengetragen, Dad hat eine Menge Zeit, Engagement, Nachforschungen und Fachwissen hineingesteckt – die Liste ist von einem echten Experten erstellt. Es ist, als stamme diese Schrift von einem anderen Mann, nicht von einem Schlaganfallpatienten, der nur noch mit großer Mühe einen Stift halten kann. Doch sie passt auch nicht zu dem Vater, den ich kannte und der nur ein einziges Hobby zu haben schien, nämlich, sich Footballspiele anzuschauen und darüber zu reden. Weil ich die Kisten in Ruhe zu Hause durchgehen möchte, packe ich alles wieder ein. Bestimmt hilft mir Gerry, der Pförtner, alles zum Auto zu tragen. Doch bevor ich den Kofferraum zumache, halte ich einen Moment inne und nehme dann den Beutel mit den roten Murmeln heraus.

Dad sitzt mit einer Tasse Tee im Aufenthaltsraum und schaut sich wie jeden Tag *Bargain Hunt* an, die Sendung, in der Leute auf Flohmärkten nach Antiquitäten suchen und sie dann für möglichst viel Geld wieder versteigern. Vielleicht gab es ja die ganze Zeit schon Hinweise auf Dads Sammlerleidenschaft, und ich habe sie nur nie wahrgenommen. Als ich sehe, wie konzentriert Dad sich ansieht, wie diese alten Gegenstände geschätzt und bewertet werden, frage ich mich, ob er sich nicht vielleicht doch an den Inhalt der Murmelkisten erinnert, und einen Moment spiele ich mit dem Gedanken, ihm die Inventarliste zu zeigen. Doch bevor ich weiter darüber nachdenken kann, entdeckt Dad mich, und ich gehe schnell zu ihm. Er strahlt übers ganze Gesicht, und es rührt mich, wie sehr er sich über Besuch freut; nicht, weil er sich sonst einsam fühlen würde, sondern weil andere Menschen ihn früher fast nur dann interessiert haben, wenn er ihnen etwas verkaufen wollte. Und jetzt kann er gar nicht genug Gesellschaft kriegen – und verlangt keinerlei Gegenleistung dafür.

»Guten Morgen.«

»Oh, was verschafft mir die Ehre?«, fragt er. »Arbeitest du heute nicht?«

»Eric hat mich früher gehen lassen«, erkläre ich ausweichend, »außerdem hat Lea angerufen und gesagt, es gibt einen Notfall: Du stachelst die Insassen auf, und ihr wollt mal wieder alle zusammen ausbrechen.«

Dad lacht, dann fällt sein Blick auf meine Hände, in denen ich den Beutel mit den roten Murmeln halte, und das Lachen verstummt augenblicklich. Ein Ausdruck, den ich noch nie bei ihm gesehen habe, zieht über sein Gesicht und verschwindet genauso schnell wieder. Dad lächelt mich an, die Verwirrung ist zurück.

»Was hast du da?«

Ich zeige ihm den Murmelbeutel.

Er starrt darauf. Ich warte, dass er etwas sagt, aber es kommt nichts. Er blinzelt nicht mal.

»Dad?«

Keine Reaktion. Nichts.

»Dad?« Ich lege ihm sanft meine freie Hand auf den Arm.

»Ja?« Er schaut mich unruhig an.

Langsam löse ich das Band des Beutels, und die Murmeln rollen mit einem leisen Klacken auf meine Hand. »Möchtest du sie mal halten?«

Wieder starrt Dad die Murmeln an, ganz konzentriert, als versuche er, aus ihnen schlau zu werden. Ich würde zu gern wissen, was in seinem Kopf vor sich geht. Zu viel? Alles? Nichts? Dieses Gefühl kenne ich. Ich mustere sein Gesicht, ob ich dort noch einmal eine Spur des Erkennens entdecken kann. Aber da ist nichts dergleichen, nur Anstrengung und Unruhe – vielleicht weil er sich trotz aller Mühe nicht an das erinnern kann, woran er sich erinnern will. Schnell lasse ich die Murmeln wieder in dem Beutel verschwinden, wechsle das Thema und versuche, meine Enttäuschung zu verbergen.

Aber ich habe es gesehen. Wie das Flackern einer Kerze. Das Kräuseln einer Feder. Das Aufblitzen des Meers, wenn ein Sonnenstrahl darauf fällt. Ganz kurz nur und gleich wieder verschwunden, aber es war da. Im ersten Moment, als Dad die Murmeln gesehen hat, war er ein anderer. Ein Mann mit einem Gesicht, das ich noch nie gesehen habe.

5

Murmelspiele:
Pflaumenpflücken

Ich bin zu Hause, weil ich Fieber habe – der erste und bisher einzige Schultag, den ich verpasse. Am liebsten hätte ich das jeden Tag gewollt, das ganze Jahr über, denn ich hasse die Schule. Nur heute nicht. Gestern war die Beerdigung. Eigentlich war es keine richtige Beerdigung mit einem Priester, aber Matties Freund ist Bestatter, und er hat herausgefunden, wo man unsere Babyschwester begraben würde: in einem Sarg zusammen mit einer alten Frau, die gerade im Krankenhaus gestorben war. Als wir zum Friedhof kamen, war die Familie der alten Frau noch nicht ganz fertig mit ihrer Trauerfeier, deshalb mussten wir eine Weile warten. Mammy war froh, dass unsere kleine Schwester zusammen mit einer alten Frau begraben wurde und nicht mit einem alten Mann – überhaupt mit einem Mann. Die alte Frau war Mutter und Großmutter, Mammy hat mit einer ihrer Töchter gesprochen, und die Tochter hat meiner Mammy gesagt, ihre Mammy würde sich um das Baby kümmern. Bei der Feier haben Onkel Joseph und Tante Sheila die Gebete gesagt. Mattie betet nie, ich glaube, er kennt überhaupt keine Gebete, und Mammy konnte nicht sprechen.

Vorher kam der Priester bei uns vorbei und hat versucht, Mammy zu überreden, dass sie nicht zum Grab gehen soll. Mammy und er haben sich angeschrien, und schließlich hat Mattie dem Priester den Brandy aus der Hand gerissen und ihm gesagt, er soll auf der Stelle das Haus verlassen. Hamish hat Mattie geholfen, ihn rauszubringen – das erste Mal, dass sie auf der gleichen Seite waren. Ich hab gesehen, wie die Leute Mammy angeglotzt haben, als wir, alle in Schwarz, die Straße zum Friedhof runtergegangen sind. Als wäre sie verrückt, als wäre unsere Schwester nie ein richtiges Baby gewesen, weil sie nicht geatmet hat, als sie auf die Welt gekommen ist. Obwohl sie das eigentlich nicht darf, hat die Hebamme unsere Mammy unsere Schwester nach der Geburt im Arm halten lassen. Eine ganze Stunde hat Mammy sie gehalten, doch als die Hebamme dann ein bisschen ungeduldig wurde und Mammy das Baby wegnehmen wollte, ist Hamish eingeschritten. Mattie war nicht da, deshalb hat er die Sache in die Hand genommen. Mammy hat ihm die Kleine schließlich gegeben, und er hat sie die Treppe runtergetragen. Er hat sie geküsst, bevor er sie der Hebamme gegeben hat, und die hat unsere kleine Schwester für immer weggebracht.

»In mir drin hat sie gelebt«, hab ich Mammy zu dem Priester sagen hören, aber ich glaube, das hat ihm überhaupt nicht gefallen. Jedenfalls sah er aus, als fände er die Vorstellung, dass etwas in ihr lebt, total abstoßend. Aber Mammy hat trotzdem die Beerdigungsfeier auf dem Friedhof organisiert, und es war kalt und grau und hat die ganze Zeit geregnet. Meine Schuhe waren durchweicht, meine Socken patschnass und meine Füße so kalt, dass ich sie gar nicht mehr gefühlt habe. Ich hab den ganzen Tag geniest, und letzte Nacht konnte ich überhaupt nicht durch die Nase atmen, und die Jungs haben mich dauernd geschubst, weil ich so laut geschnarcht habe. Mir war die ganze Nacht abwechselnd heiß und kalt – erst hab ich gezittert vor Kälte, dann wie verrückt angefangen zu schwitzen, und wenn ich geschwitzt habe, war mir gleichzeitig kalt, und wenn mir kalt war, hab ich gleichzeitig geschwitzt. Und ich hatte total irre Träume – Dad und Mattie haben sich geprügelt, Father Murphy hat mich geschlagen und angebrüllt, irgendwas mit toten Babys, meine Brüder haben meine Murmeln gestohlen, Mammy war schwarz angezogen und hat vor Kummer laut geschrien. Aber der letzte Teil war real.

Obwohl ich das Gefühl habe, meine Haut verbrennt, rufe ich nicht nach Mammy, sondern bleibe im Bett, wälze mich von einer Seite auf die andere und weine manchmal ein bisschen, weil es so weh tut. Heute Morgen hat Mammy ein Ei für mich gekocht und mir einen kalten Lappen auf die Stirn gelegt. Sie hat sich zu mir gesetzt, ganz in Schwarz natürlich, mit ihrem Bauch, der immer noch aussieht, als wäre da ein Baby drin, und ins Leere gestarrt, ohne was zu sagen. Es ist ein bisschen wie damals, als Dad gestorben ist, nur anders. Denn auf Dad war sie wütend, aber jetzt ist sie einfach nur traurig.

Normalerweise ist Mammy immer in Bewegung, macht irgendwo sauber, wäscht Bobbys Windeln, putzt das Haus, schüttelt Betttücher und Teppiche aus, kocht, richtet das Essen her. Sie hört nie auf damit, pausenlos poltert sie herum, und weil wir ihr ständig im Weg sind, schiebt sie uns mit dem Fuß zur Seite, als ginge sie durch eine Wiese und wir wären hohes Gras. Nur hin und wieder unterbricht sie eine Bewegung, macht den Rücken gerade und stöhnt. Dann geht es weiter. Aber heute ist es ganz still im Haus, und das bin ich überhaupt nicht gewohnt. Normalerweise gibt es immer Lärm, wir rufen, streiten, lachen, reden, sogar nachts weint oft einer von den Kleinen, oder Mammy singt ihm was vor, oder Mattie stößt irgendwas um, wenn er betrunken heimkommt, und flucht. Jetzt höre ich Geräusche, die ich noch nie gehört habe, knarrende Dielen, ächzende Rohre. Aber keinen Piep von Mammy. Das macht mir Angst.

Irgendwann stehe ich mit wackligen Beinen auf und fühle mich so schwach, als wäre ich noch nie gelaufen. Auf dem Weg die Treppe runter halte ich mich krampfhaft am Geländer fest, jede Diele knarzt unter meinen nackten Füßen. Zuerst gehe ich ins Wohnzimmer, das direkt neben der Küche liegt. Es ist winzig und ganz hinten im Haus, als hätte man es vergessen und später angebaut. Aber es ist leer. Mammy ist nicht hier. Sie ist nicht in der Küche, nicht im Garten, nicht im Wohnzimmer. Als ich schon wieder gehen will, sehe ich sie ganz in Schwarz in der Ecke des Wohnzimmers in einem Sessel versunken, in dem sonst nur Mattie sitzt, so regungslos, dass ich sie um ein Haar übersehen hätte. Sie starrt ins Leere, ihre Augen sind rot, als hätte sie seit gestern nicht mehr aufgehört zu weinen. So still habe ich sie noch nie gesehen. Ich kann mich nicht erinnern, dass ich je wirklich mit ihr allein war, nur sie und ich. Ich hatte sie noch nie ganz für mich. Der Gedanke macht mich nervös – was soll ich mit Mammy reden, wenn außer ihr niemand da ist, der mich hört, mich sieht, auf den ich reagieren, den ich necken, anstacheln oder beeindrucken kann? Was soll ich ihr sagen, wenn ich keinen von den anderen provozieren oder verpetzen will, wenn ich gar nicht weiß, ob das, was ich sage, richtig oder falsch ist, weil ich es nicht an der Reaktion der anderen erkenne?

Gerade als ich das Zimmer verlassen will, fällt mir etwas ein, etwas, was ich Mammy fragen möchte, aber nur, wenn kein anderer in der Nähe ist.

»Hi«, sage ich.

Überrascht schaut sie zu mir, als wäre sie erschrocken. Aber dann lächelt sie. »Hi, mein Schatz. Wie geht es deinem Kopf? Brauchst du noch ein Glas Wasser?«

»Nein, danke.«

Sie lächelt wieder.

»Ich würde dich gern was fragen. Wenn es dir nichts ausmacht.«

Sie winkt mich herein, ich komme näher. Dann stehe ich vor ihr und weiß nicht, was ich mit meinen Händen anfangen soll.

»Was ist denn?«, fragt sie sanft.

»Glaubst du ... glaubst du, unsere kleine Schwester ist jetzt bei Dad?«

Wieder macht sie einen überraschten Eindruck, dann füllen sich ihre Augen mit Tränen, und sie ringt nach Worten. Wenn die anderen hier wären, hätte ich ihr so eine dumme Frage nicht gestellt. Aber jetzt hab ich sie aufgeregt, dabei hat Mattie uns ausdrücklich gesagt, das dürfen wir nicht. Ich muss irgendwie ablenken, ehe sie mich anschreit oder – schlimmer noch – anfängt zu weinen.

»Ich weiß, er ist nicht ihr Vater, aber er hat dich liebgehabt, und du bist ihre Mammy. Und er hat Kinder liebgehabt. Obwohl ich mich nicht mehr an viel erinnere, daran schon. Er hatte grüne Augen und hat immer mit uns gespielt. Er ist mit uns um die Wette gelaufen und hat mit uns Ringkämpfe gemacht. Ich weiß noch, wie er gelacht hat. Er war dünn, aber er hatte riesige Hände. Manche Väter haben nie mit ihren Kindern gespielt, deshalb weiß ich, dass Dad uns liebgehabt hat. Ich glaube, jetzt ist er im Himmel und passt auf unsere Babyschwester auf, und deswegen brauchst du dir keine Sorgen mehr zu machen.«

»Oh, Fergus, mein Schatz«, sagt sie, und während ihr die Tränen übers Gesicht laufen, breitet sie die Arme aus. »Komm her zu mir.«

Ich gehe zu ihr, und sie umarmt mich so fest, dass ich fast keine Luft mehr kriege, aber ich habe Angst, es zu sagen. Sie wiegt mich hin und her. »Mein Junge, mein Junge«, sagt sie immer wieder, also habe ich vielleicht doch das Richtige gesagt.

Als sie mich loslässt, sage ich: »Kann ich noch was fragen?«

Sie nickt.

»Warum hast du sie Victoria genannt?«

Wieder verzieht sich ihr Gesicht schmerzlich, aber dann gewinnt sie die Fassung zurück und lächelt sogar. »Den Grund hab ich noch niemandem erzählt.«

»Oh. Entschuldige.«

»Nein, nein, Süßer, es hat nur noch niemand danach gefragt. Komm her, ich erzähl es dir«, sagt sie, und obwohl ich dafür eigentlich zu groß bin, quetsche ich mich auf ihren Schoß, halb auf dem Sessel, halb auf ihr. »Ich hab mich mit ihr anders gefühlt. Der Bauch war anders. Da hab ich zu Mattie gesagt, ich fühle mich wie eine Pflaume. Und er meinte, dann nennen wir sie doch Plum.«

»Plum, wie Pflaume!«, lache ich.

Sie nickt und wischt wieder die Tränen weg. »Da musste ich an das Haus meiner Grandma denken. Wir haben sie oft besucht, ich, Sheila und Paddy. Sie hatte einen Apfelbaum, sie hatte Birnen, Brombeeren und zwei Pflaumenbäume. Die hab ich geliebt, und Großmutter hat von nichts anderem gesprochen. Ich glaube, sie hat auch an nichts anderes gedacht, sie wollte sich von diesen Bäumen nicht unterkriegen lassen.« Mammy lacht leise, und obwohl ich nicht verstehe, was daran lustig sein soll, lache ich auch. »Ich glaube, sie dachte, wer Pflaumenbäume hat, ist irgendwie exotisch. Obwohl sie total normal war, normaler geht's gar nicht, wie wir alle. Sie hat Pflaumenkuchen gebacken, und ich hab ihr schrecklich gern dabei geholfen. Jedes Jahr zu meinem Geburtstag waren wir bei ihr, also war mein Geburtstagskuchen jedes Jahr ein Pflaumenkuchen.«

»Mmm«, sage ich und lecke mir die Lippen. »Ich hab noch nie Pflaumenkuchen gegessen.«

»Stimmt«, erwidert sie verwundert. »Ich hab nie welchen für euch gebacken. Die Opalpflaumen mochte meine Großmutter besonders, aber bei ihnen war die Ernte unzuverlässig, weil die Blutfinken im Winter so scharf auf die Knospen waren. Einen Zweig nach dem anderen haben sie kahlgefressen, und dann ist Grandma in heller Aufregung im Garten rumgerannt und hat mit dem Geschirrhandtuch nach ihnen geschlagen. Manchmal mussten Sheila, Paddy und ich die Bäume den ganzen Tag bewachen und die Vögel vertreiben, als wären wir lebende Vogelscheuchen.«

Ich muss lachen, als ich mir das vorstelle.

»Sie hat sich immer besonders um die Opal-Sorte gekümmert, weil sie fand, dass die besser schmecken, und auch, weil sie größer werden, fast doppelt so dick wie die anderen, aber der Opal-Baum hat sie auch geärgert und nicht jedes Jahr ordentlich getragen. Aber mein Lieblingsbaum war der andere, der mit den Victoria-Pflaumen. Sie waren kleiner, doch es gab immer eine gute Ernte, und die Blutfinken sind meistens weggeblieben. Für mich war diese Sorte am allerleckersten.« Ihr Lächeln verblasst, und sie schaut wieder weg. »Ja, so war das.«

»Ich kenne ein Murmelspiel, das heißt Pflaumenpflücken«, sage ich.

»Ach, wirklich?«, fragt sie nach. »Hast du nicht für jede Gelegenheit ein Murmelspiel?« Sie stupst mich mit dem Finger in eine meiner besonders kitzligen Stellen, und ich kichere.

»Möchtest du es mal spielen?«

»Warum nicht«, antwortet sie und sieht aus, als wundere sie sich über sich selbst.

Ich stehe so unter Schock, dass ich so schnell nach oben renne wie noch nie in meinem Leben, um die Murmeln zu holen. Als ich wieder runterkomme, sitzt Mammy immer noch auf dem Stuhl und träumt. Ich baue das Spiel auf und erkläre es ihr dabei.

Weil ich ja nicht auf den Fußboden malen kann, benutze ich einen Schnürsenkel als Linie und lege daneben eine Reihe von Murmeln. Zwischen ihnen ist immer ein Abstand von der Breite zweier Murmeln. Mit einem Springseil markiere ich auf der anderen Seite des Zimmers die zweite Linie. Die Spieler stehen hinter der Linie und schießen abwechselnd auf die Murmelreihe.

»Das hier sind die Pflaumen«, erkläre ich Mammy und deute dabei auf die Murmelreihe. Ich bin ganz aufgeregt darüber, dass sie mir ihre volle Aufmerksamkeit zuwendet, dass sie nur für mich da ist, dass sie mir zuhört, wenn ich über meine Murmeln spreche, und sogar mit mir Murmeln spielen wird. Und dass niemand mir ihre Zuwendung stehlen kann. Alle meine Schmerzen sind verschwunden und hoffentlich ihre auch. »Du musst deine Murmel auf die Pflaumen schießen, und wenn du sie triffst, gehört die Pflaume dir.«

Sie lacht. »Das ist total albern, Fergus.« Aber sie tut es trotzdem und hat Spaß daran, sie runzelt die Stirn, wenn ein Schuss danebengeht, und freut sich, wenn sie trifft. So habe ich Mammy noch nie spielen sehen, sie reckt sogar triumphierend die Faust in die Luft, wenn sie gewinnt! Das ist der beste Vormittag, den ich jemals mit ihr erlebt habe. Wir spielen, bis alle Pflaumen gepflückt sind, und ausnahmsweise hoffe ich sogar, dass ich vorbeischieße, denn ich möchte gar nicht mehr aufhören. Als wir dann aber laute Stimmen an der Tür hören und meine Brüder lärmend und schimpfend von der Schule kommen, beeile ich mich, die Murmeln vom Boden einzusammeln.

»Marsch ins Bett mit dir«, sagt Mammy, zaust mir die Haare und geht zurück in die Küche.

Ich erzähle den anderen nicht, worüber wir gesprochen haben, und auch nichts von unserem Murmelspiel. Das muss unser Geheimnis bleiben.

Auch als Mammy ihre schwarzen Sachen wegpackt und uns zum Nachtisch Pflaumenkuchen backt, verrate ich niemandem, dass ich weiß, warum sie das tut. Murmeln in der Tasche zu haben, falls Father Murphy mich in die Kammer sperrt, und mit Hamish durch die Straßen zu ziehen und so zu tun, als hätte ich nie zuvor Murmeln gespielt, hat mich eins gelehrt – nämlich, dass ich mich mächtig fühle, wenn ich Dinge geheim halte.

6

Badeordnung:
Keine Kopfsprünge

Als ich zu einer mir ganz ungewohnten Vormittagszeit nach Hause komme, schleife ich die Kisten erst mal ins Wohnzimmer. Die zwei davon, die ich kenne und die hauptsächlich Dinge von sentimentalem Wert enthalten, stelle ich beiseite, damit ich für die drei, die mir neu und rätselhaft sind, genügend Platz habe. Mum und ich haben Dads Wohnung damals komplett ausgeräumt, aber diese Kisten habe ich ganz sicher nicht gepackt.

Ich koche mir eine frische Tasse Tee und fange an, die Kiste zu entleeren, die ich vorhin schon geöffnet habe, denn ich möchte dort weitermachen, wo ich aufgehört habe. Ein seltsames Gefühl, Zeit für mich zu haben. Mit großer Sorgfalt und in aller Ruhe nehme ich mir Dads Liste vor.

Zuerst die Latticino Core Swirls, die Divided Core Swirls, die Ribbon Core Swirls und die Joseph's Coat Swirls. Behutsam nehme ich sie aus der Kiste und reihe sie neben ihren Behältern auf. Dann kaure ich mich auf den Boden wie meine Söhne, wenn sie mit ihren Autos spielen, damit ich die Murmeln aus nächster Nähe betrachten kann, studiere ihr Inneres, versuche zu vergleichen und Unterschiede zu erkennen. Immer wieder bewundere ich die Farben, die Details. Manche sind milchig, andere klar, manche sehen aus, als hätten sie im Innern einen Regenbogen oder einen erstarrten Minitornado. Andere sind einfach nur einfarbige Glaskugeln. Obwohl die Murmeln in die ganzen Kategorien mit fremdartig klingenden Namen eingeteilt sind, finde ich, sosehr ich mich auch bemühe, nicht heraus, worin genau der Unterschied zwischen den einzelnen Gruppen besteht. Mir kommt jede Murmel einmalig vor, und ich muss aufpassen, dass ich sie nicht durcheinanderbringe.

Auch die Beschreibungen übersteigen mein Vorstellungsvermögen. Welche von den Core Swirls ist beispielsweise die Gooseberry, welche die Caramel, welche die Custard? Welche von den Peppermint Swirls ist die Beach Ball, welches die Mica, die Glimmer enthält? Aber ich zweifle keine Sekunde daran, dass Dad genauestens über alles Bescheid wusste, dass er sie alle kannte. Micas, Slags, milchig oder klar, manche so komplex, dass sie aussehen, als beherbergten sie eine ganze Galaxie in ihrem Innern, andere sind einfach nur bunte Glaskugeln. Dunkel, hell, unheimlich und hypnotisch, alle erdenklichen Arten sind vertreten.

In der zweiten Kiste stoße ich auf eine Box, die mich spontan zum Lachen bringt. Dad, der Tiere immer gehasst und mir alle meine flehentlichen Bitten um ein Haustier kategorisch abgeschlagen hat, besitzt eine ganze Kollektion von Sulphides – transparenten Vollglasmurmeln mit Tierfiguren im Innern. Als hätte er mit diesen kleinen Murmeln einen eigenen kleinen Tierpark angelegt. Hunde, Katzen, Eichhörnchen und Vögel. Sogar ein Elefant ist dabei. Aber am meisten fällt mir eine Murmel auf, in deren Innerem sich ein Engel befindet. Ich halte sie eine ganze Weile in der Hand, um sie zu betrachten, strecke dabei meinen schmerzenden Rücken und versuche zu begreifen, was ich da gefunden habe. Wann hat mein Vater all diese Murmeln gesammelt, in welchem Teil seines Lebens waren sie ihm so wichtig? Wenn meine Mutter und ich weggefahren sind, hat er uns nachgeschaut und ist dann schnell zu seinen Tieren verschwunden? Um sich in seiner ganz privaten Welt insgeheim um sie zu kümmern? Oder ist das alles schon vor meiner Geburt geschehen? Oder hat er nach der Scheidung von Mum seine Einsamkeit mit einem neuen Hobby ausgefüllt?

Ich finde auch eine kleine Box, die leer ist, eine Akro-Agate-Verkaufsbox, um genau zu sein, deren Preis Dad mit 400–700 Dollar erstaunlich hoch angesetzt hat. Es gibt sogar eine Glasflasche mit einer Murmel im Innern, gelistet als *Codd Bottle*, mit einem Wert von 2100 Dollar. Allem Anschein nach hat Dad nicht nur die Murmeln, sondern auch ihre Verpackungen gesammelt, vielleicht weil er gehofft hat, im Lauf der Zeit die fehlenden Stücke noch zu finden. Auf einmal überkommt mich eine große Traurigkeit darüber, dass er das jetzt nicht mehr tun kann, dass diese Murmeln ein Jahr in diesen Kisten geschlummert haben und er nie nach ihnen fragen konnte, weil er vergessen hat, dass es sie gibt.

Immer mehr Murmeln reihe ich vor mir auf, schaue mir an, wie sie rollen, die Bewegung der Farben im Innern wie in einem Kaleidoskop. Und als schließlich jeder Zentimeter meines Wohnzimmerteppichs belegt ist, setze ich mich auf und strecke mich, dass meine Wirbelsäule nur so knackt. Ich weiß nicht, was ich jetzt mit den Murmeln machen soll, aber ich möchte sie nicht gleich wieder wegpacken. Sie sehen so schön aus auf dem Boden, die reinste Bonbon-Armee.

Also nehme ich mir noch einmal die Inventarliste vor und versuche erneut, ob ich die Murmeln nicht doch identifizieren kann, ich spiele sozusagen mein eigenes kleines Murmelspiel, bis ich plötzlich merke, dass nicht alles, was auf der Liste steht, auf meinem Boden liegt.

Aber die Kisten bleiben auch nach mehrmaligem Nachschauen leer, es sind nur noch ein paar Beutel und Schachteln darin, die auch ohne Murmeln Sammlerstücke sind. Schließlich öffne ich den Deckel der dritten Kiste und spähe hinein, sehe jedoch lediglich alte Zeitungen und Broschüren. Offenbar gibt es keine dritte Schatztruhe.

Nach dreimaligem gründlichen Durchsehen kann ich mit an Sicherheit grenzender Wahrscheinlichkeit sagen, dass zwei auf der Liste verzeichnete Posten fehlen, einer mit einem türkisfarbenen, einer mit einem gelben Aufkleber. Laut Inventar handelt es sich zum einen um eine *Akro Agate Company Box, circa 1930*, die originale Verkaufsbox der Handelsvertreter damals, für die Dad einen Wert von 7500 bis 12 500 Dollar angegeben hat; das andere nennt sich *World's Best Moons* und ist ebenfalls eine Originalbox der Christensen Agate Company mit fünfundzwanzig Murmeln, deren Wert zwischen 4000 und 7000 Dollar liegt. Verschwunden sind also ausgerechnet die beiden wertvollsten Stücke aus Dads Sammlung.

Wie gelähmt sitze ich da, und nach einer Weile merke ich, dass ich die Luft anhalte und dringend ausatmen muss.

Dad könnte die Murmeln verkauft haben, immerhin hat er sich ja die Mühe gemacht, sie schätzen zu lassen. Dass er gerade die wertvollsten Stücke verkauft hat, wäre sogar einleuchtend. Wir wissen ja, dass er Geldprobleme hatte – vielleicht musste er seine geliebten Murmeln verkaufen, um sich über Wasser halten zu können. Aber irgendwie erscheint es mir trotzdem unwahrscheinlich, denn alles ist so sorgfältig katalogisiert, dass ich fest davon ausgehe, er hätte einen Verkauf ebenso akkurat dokumentiert und wahrscheinlich noch den Beleg beigefügt. Doch die beiden fehlenden Posten sind stolz und kühn auf der Liste vermerkt, genau wie alles andere, was ich auf meinem Boden vor mir ausgebreitet habe.

Zuerst bin ich einfach nur verwirrt. Dann fange ich an, mich darüber zu ärgern, dass Mum mir nie etwas von dieser Sammlung verraten hat. Dass Sachen, die ihm so wichtig waren, einfach weggepackt und vergessen worden sind. Zwar habe ich keine einzige Erinnerung, die ich im Rückblick als Hinweis darauf interpretieren könnte, dass mein Dad Murmeln gesammelt hat, aber das heißt nichts – er mochte schon immer Geheimnisse. Wenn ich mir meinen Vater vor Augen rufe, wie er war, bevor er den Schlaganfall erlitten hat, dann sehe ich ihn im Nadelstreifenanzug, umgeben von einer Wolke Zigarettenrauch. Ich muss an Gespräche über die Börse und die Wirtschaft denken, über steigende und fallende Aktienkurse, und im Radio und Fernsehen liefen immer Nachrichten- oder Fußballsendungen. Und in jüngster Zeit ging es dann um Autos. Nirgends in meiner Gedächtnisdatenbank kann ich etwas über Murmeln zutage fördern, und ich bringe diese Sammlung – diese hingebungsvolle

Leidenschaft – einfach nicht mit dem Mann unter einen Hut, den ich in meiner Kindheit und Jugend als meinen Vater kannte.

Ein neuer Gedanke nimmt in meinem Kopf Gestalt an. Ich frage mich, ob die Murmeln womöglich gar nicht Dad gehören. Vielleicht hat er sie geerbt. Sein Vater ist gestorben, als er noch sehr jung war, und er ist bei einem Stiefvater namens Mattie aufgewachsen. Aber nichts von dem, was ich über Mattie weiß, deutet darauf hin, dass er sich für Murmeln interessiert hätte – und nebenbei bemerkt auch nicht für eine so sorgfältige Katalogisierung, wie ich sie vor mir habe. Vielleicht haben die Murmeln Dads Vater oder seinem Onkel Joseph gehört, vielleicht hat Dad sie nur schätzen lassen und die Inventarliste angelegt. Die Liste trägt eindeutig die Handschrift meines Vaters, aber alles andere ist mir ein Rätsel.

Doch es gibt jemanden, der mir helfen kann. Ich strecke die Beine aus, greife nach dem Telefon und rufe Mum an.

»Ich wusste überhaupt nicht, dass Dad eine Murmelsammlung hat«, platze ich ohne weitere Einleitung heraus, versuche aber, nicht allzu vorwurfsvoll zu klingen.

Schweigen am anderen Ende. »Wie bitte?«

»Warum hat mir nie jemand etwas davon gesagt?«

Mum lacht leise. »Ach, er hat jetzt also eine Murmelsammlung? Wie süß. Na ja, Sabrina – solange es ihn glücklich macht.«

»Nein, er sammelt sie doch nicht jetzt. Ich habe die Murmeln in den Kisten gefunden, die du ihm heute ins Pflegeheim geschickt hast.« Auch das kommt ziemlich vorwurfsvoll heraus.

»Oh.« Ein tiefer Seufzer.

»Wir waren doch übereingekommen, dass du sie für ihn aufhebst. Warum hast du sie dann jetzt plötzlich ins Pflegeheim geschickt?«

Die Murmeln habe ich vorher noch nie gesehen, aber ich erkenne die Sachen in den anderen Kisten. Wir haben sie damals zusammen gepackt, bevor wir Dads Wohnung auf den Markt gebracht haben. Bis heute habe ich ein schlechtes Gewissen, dass wir das getan haben, aber wir brauchten das Geld für Dads Reha.

Natürlich haben wir uns bemüht, alle die Erinnerungsstücke aufzubewahren, an denen er hing, Dinge wie sein Glücksbringer-Fußballtrikot, seine Fotos und alle möglichen Andenken, die jetzt in unserem Gartenschuppen lagern. Für den Rest der Sachen hatte ich keinen Platz, deshalb hat Mum sie genommen.

»Sabrina, ich *wollte* die Kisten ja bei mir aufbewahren, aber dann hat Mickey Flanagan angeboten, sie unterzustellen, und ich hab ihm alles geschickt.«

»Mickey Flanagan, dieser Anwalt? Er hatte Dads Privatsachen?«, frage ich irritiert.

»Er ist ja kein Fremder, Sabrina. Sondern eine Art Freund deines Dads. Er war jahrelang Fergus' Anwalt, er hat auch unsere Scheidung abgewickelt. Weißt du, er hat Fergus gedrängt, das alleinige Sorgerecht für dich zu beantragen. Damals warst du fünfzehn! Was zur Hölle hätte Fergus mit dir anfangen sollen? Ganz zu schweigen davon, dass du mit fünfzehn nicht mal bei *mir* leben wolltest. Du konntest ja kaum mit dir *selbst* leben. Mickey hat gesagt, er kann Fergus' Sachen gut bei sich unterbringen, er hat sich ja auch um die Versicherungen und Krankenhausrechnungen gekümmert und hatte jede Menge Platz.«

Allmählich fange ich an, mich zu ärgern. »Wenn ich gewusst hätte, dass dieser Anwalt Dads persönliche Sachen an sich nimmt, dann hätte ich sie lieber bei mir behalten, Mum.«

»Ich weiß. Aber du hast gesagt, du hast keinen Platz.«

Was leider tatsächlich der Fall war – und ist. Ich habe kaum Platz für meine Schuhe. Aidan witzelt immer, er müsste vors Haus gehen, wenn er mal seine Meinung ändern will.

»Warum hat Mickey das Zeug dann heute Morgen ins Pflegeheim geschickt?«

»Weil er es loswerden musste und ich ihm gesagt habe, das wäre am besten. Ich wollte dich nicht damit belasten. Eigentlich ist es eine traurige Geschichte – Mickeys Sohn hat sein Haus verloren, deshalb müssen er und seine ganze Familie bei Mickey und seiner Frau einziehen. Natürlich bringen sie auch ihre Möbel und alles mit, und das soll jetzt in Mickeys Garage untergestellt werden, dort, wo vorher Fergus' Kisten waren, die er verständlicherweise nicht mehr behalten kann. Deshalb hab ich ihm gesagt, er soll sie ins Pflegeheim schicken. Schließlich sind es Fergus' Sachen. Er soll entscheiden, was er damit tun will. Dazu ist er nämlich durchaus in der Lage, weißt du, es macht ihm wahrscheinlich sogar Spaß«, fügt sie leise hinzu, wahrscheinlich, weil sie meinen Frust spürt. »Stell dir doch bloß mal vor, wie viel Zeit er rumkriegt, wenn er ein bisschen in Erinnerungen schwelgen kann.«

Ich merke, dass ich mal wieder die Luft anhalte, und atme aus.

»Hast du die ganze Schwelgerei vorher mit den Ärzten besprochen?«

»Oh«, sagt Mum ein bisschen betroffen. Anscheinend wird ihr plötzlich klar, was sie da angerichtet hat. »Nein, hab ich nicht, ich ... ach je. Ist alles in Ordnung mit ihm, Liebes?«

Ich höre, dass sie ehrlich besorgt ist. »Ja, ich hab die Kisten abgefangen, ehe er sie gesehen hat.«

»Tut mir leid, Sabrina, ich hab einfach nicht geschaltet. Ich hab dir nichts davon erzählt, weil du darauf bestanden hättest, das Zeug zu nehmen und dein Haus mit Dingen vollzustopfen, die du nicht brauchst. Du hättest dir mal wieder viel zu viel aufgebürdet – wie immer, selbst wenn es gar nicht nötig ist. Du hast wirklich genug am Hals.«

Womit sie absolut recht hat.

Ich werfe ihr nicht vor, dass sie Dads Sachen loswerden wollte, Dad ist schließlich nicht ihr Problem, schon seit siebzehn Jahren nicht mehr. Und ich glaube ihr auch, dass sie das mit den Kisten mir zuliebe so geregelt hat, weil sie mich nicht belasten wollte.

»Und wusstest du von seiner Murmelsammlung?«, frage ich.

»Oh, dieser Mann!«, ruft sie, und auf einmal ist ihr ganzer Groll gegen den anderen Fergus wieder da. Gegen den Fergus der Vergangenheit. Den alten Fergus. »Diese ganze unsinnige Sammelwut. Wirklich, was dieser Mann alles gehamstert hat! Erinnerst du dich, wie viel wir wegwerfen mussten, als wir die

Wohnung ausgeräumt haben? Jedes Mal, wenn wir essen gingen, hat er diese kleinen Päckchen mit Senf, Ketchup und Mayonnaise eingesteckt. Irgendwann hab ich es ihm regelrecht verboten. Ich glaube, es war eine Art Sucht. Du weißt ja, dass man sagt, Leute mit einem Sammelzwang haben emotionale Probleme. Sie müssen alles an sich raffen, weil sie solche Angst davor haben loszulassen.«

So geht es immer weiter, und ich lasse mir neunzig Prozent ihrer Ausführungen zum einen Ohr rein- und zum anderen gleich wieder rausgehen, einschließlich ihrer Angewohnheit, über Dad in der Vergangenheit zu sprechen, als wäre er tot. Für Mum ist der Mann, den sie früher gekannt hat, tatsächlich tot. Doch den Mann, den sie alle zwei Wochen im Pflegeheim besucht, hat sie gern.

»Wir hatten mal Streit wegen einer Murmel«, sagt sie bitter.

Ich glaube, es gibt nichts, worüber Mum und Dad sich in ihrem Leben nicht mindestens einmal gestritten haben.

»Und wie kam es dazu?«

»Das weiß ich nicht mehr«, antwortet sie viel zu hastig.

»Aber wusstest du von der Murmelsammlung?«

»Woher denn?«

»Weil du mit ihm verheiratet warst. Und weil ich diese Murmeln nicht eingepackt habe und du sie demzufolge eingepackt haben musst.«

»Also bitte, ich kann nicht für das geradestehen, was seit unserer Trennung passiert ist. Und im Grunde auch nicht für das, was er während unserer Ehe getan hat«, erklärt sie.

Ich bin ratlos.

»Ein paar von den Sachen fehlen«, sage ich schließlich und lasse den Blick über den Murmelaufbau auf dem Boden schweifen. Je länger ich darüber nachdenke, desto argwöhnischer werde ich, und dass sie Dads Anwalt bei sich herumstehen hatte, macht es nicht besser. »Ich will ja nicht unterstellen, dass Mickey Flanagan sie *gestohlen* hat«, beginne ich. »Ich meine, vielleicht hat Dad sie ja verloren.«

»Was genau fehlt denn?«, fragt Mum ehrlich betroffen. Der Mann, von dem sie sich hat scheiden lassen, war ein Idiot, aber dem netten Mann in der Reha darf kein Unrecht geschehen.

»Ein Teil der Murmelsammlung.«

»Dann hat Fergus also seine Murmeln verloren? Nicht nur den Verstand?« Sie lacht ausgiebig über ihren Witz. Ich nicht. Schließlich fasst sie sich wieder. »Also, ich glaube nicht, dass er jemals etwas mit Murmeln am Hut hatte, Liebes, vielleicht ist es ein Irrtum, vielleicht gehören sie gar nicht deinem Vater, oder Mickey hat die falschen Kisten geschickt. Soll ich ihn anrufen?«

»Nein«, sage ich verwirrt. Ich schaue auf den Boden und sehe seitenweise Dads Handschrift vor mir, die ordentlich all diese Murmeln katalogisiert hat, und trotzdem scheint Mum ehrlich nichts von ihnen zu wissen.

»Die Murmeln gehören ganz sicher ihm, und die fehlenden Stücke sind wertvoll.«

»Vermutlich seiner eigenen Einschätzung nach.«

»Ich weiß nicht, wer sie geschätzt hat, aber es sind Zertifikate dabei, die ihre Echtheit beweisen. Für die fehlenden Sachen gibt es keine Zertifikate, im Inventar steht aber, dass ein Posten davon an die zwölftausend Dollar wert war.«

»Was?!«, stößt Mum hervor. »Zwölftausend für ein paar Murmeln?«

»Für eine ganze Schachtel, ja.« Ich lächle.

»Na, kein Wunder, dass dein Dad fast bankrott war. Bei der Scheidung sind die Murmeln jedenfalls nicht als Vermögenswerte aufgetaucht.«

»Vielleicht hat er sie da auch nicht gehabt«, entgegne ich leise.

Mum redet weiter, als hätte ich nichts gesagt, in ihrem Kopf entstehen wilde Verschwörungstheorien, aber eine Frage lässt sie offen. Ich habe die Kisten nicht gepackt, Mum wusste nichts von den Murmeln, aber irgendwie sind sie zu Dads anderen Sachen zurückgekehrt.

Ich lasse mir von Mum Mickeys Geschäftsadresse geben und beende das Gespräch.

Die Murmelsammlung hat den ganzen Boden in Besitz genommen, und die wunderschönen gläsernen Kugeln glitzern wie ein mitternächtlicher Sternenhimmel.

Im Haus ist es ganz still, aber mir schwirrt der Kopf vor lauter Gedanken. Behutsam nehme ich die erste Portion Murmeln der Liste zur Hand, die Schachtel mit den Bloodies, die ich Dad gezeigt habe und die als *Allies* aufgelistet sind.

Ich fange an, sie zu polieren. Als wollte ich mich dafür entschuldigen, dass ich bisher nichts von ihnen wusste.

Über meine Neigung, mich an Dinge zu erinnern, die andere Leute vergessen, habe ich schon gesprochen, und jetzt weiß ich etwas sehr Wichtiges über Dad, etwas, was er geheim gehalten und jetzt vergessen hat.

Dinge, die wir vergessen wollen, Dinge, die wir nicht vergessen können, Dinge, von denen wir nicht mehr wissen, dass wir sie vergessen haben, bis sie uns wieder in Erinnerung gerufen werden. Jetzt habe ich eine neue Kategorie entdeckt. Für uns alle gibt es Dinge, die wir niemals vergessen wollen. Und wir brauchen alle einen Menschen, der sich an sie erinnert – für den Fall des Falles.

7

Murmelspiele:
Fang den Fuchs

Eigentlich war es meine Aufgabe, Bobby im Auge zu behalten. Das hat Ma mir eingeschärft, bevor sie das Haus verlassen hat, in ihrem üblichen drohenden Ton: »Lass ihn nicht aus den Augen, hörst du? Keine Sekunde!« Und bei jedem Wort hat sie ihren trockenen, rissigen Finger in meinen Brustkorb gepiekt.

Ich habe es ihr versprochen. Und ganz ehrlich gemeint. Wenn Ma einen so ansieht, dann meint man es ernst, ganz gleich, worum es geht.

Aber dann bin ich abgelenkt worden.

Aus irgendeinem Grund hat Ma mir meinen kleinen Bruder anvertraut. Möglicherweise hatte es etwas mit dem Gespräch über Victoria zu tun, als die anderen in der Schule waren und wir zusammen Murmeln gespielt haben. Ich glaube, seither ist sie anders mit mir. Vielleicht auch nicht, vielleicht bilde ich es mir nur ein, vielleicht ist es nur für mich anders. Aber ich hab sie noch nie so spielen sehen – höchstens mal mit den Babys, aber nicht mal da hat sie sich auf den Boden gekauert wie neulich mit mir, mit hochgerafftem Rock, die Knie auf dem Teppich. Ich glaube, Hamish hat auch was gemerkt. Hamish merkt eigentlich alles, und womöglich findet er mich dadurch auch ein bisschen cooler – weil Ma mir Dinge anvertraut und mir nicht so oft eine scheuert wie gewöhnlich. Vielleicht ist sie aber auch nur so, weil sie trauert. Ein Priester hat mir mal was über Trauer erzählt. Wahrscheinlich hab ich auch getrauert, als Dad gestorben ist, aber ich erinnere mich nicht mehr daran. Ich glaube, Trauer ist was für Erwachsene.

Ma kann Priester jetzt nicht mehr leiden. Weil der eine so blöd mit ihr geredet hat, als Victoria gestorben ist. Der, den Mattie und Hamish aus dem Haus gejagt haben. Aber sie geht immer noch zur Messe, weil es eine Sünde ist, wenn man nicht hingeht, sagt sie. Jeden Sonntag schleift sie uns in unseren besten Klamotten zur Zehn-Uhr-Messe zu der Kirche in der Gardiner Street. Wenn sie mir die Haare aus der Stirn streicht, kann ich hinterher immer noch ihre Spucke riechen. Der Sonntagmorgen riecht nach Spucke und Weihrauch. Wir sitzen in der dritten Reihe, die meisten Familien haben einen Stammplatz. Ma sagt, die Messe ist die einzige Zeit, in der sie ihre Ruhe vor uns hat, und wir sollen gefälligst allesamt den Mund halten, verdammt. Sogar Mattie kommt mit in die Kirche, aber er hat eine Alkoholfahne vom Abend vorher und schwankt auf seinem Platz rum, als wäre er immer noch besoffen. Wir sind mäuschenstill bei der Messe, denn ich weiß noch genau, wie Ma beim ersten Mal auf Jesus gezeigt hat, der da oben am Kreuz hängt, mit Blut auf der Stirn und Nägeln in Händen und Füßen. »Wenn du hier drin auch nur ein Wort von dir gibst und mich blamierst«, hat sie gesagt, »dann sorg ich dafür, dass du genauso endest.« Und ich hab ihr das sofort geglaubt. Wir glauben ihr das alle. Sogar Bobby sitzt still mit seiner Milchflasche in der Hand da, während der Priester redet und redet und seine Stimme durch den hohen Raum hallt. Meistens schaut Bobby sich die Bilder an der Wand an, die Kreuzwegstationen, auf denen ein Mann, also Jesus, fast nackt auf vierzehn verschiedene Arten gefoltert wird, und Bobby ist klar, dass mit so einem Ort echt nicht zu spaßen ist.

Jetzt ist Ma mit Angus in der Schule. Er hat Ärger, weil man ihn dabei erwischt hat, wie er beim Ministrantendienst sämtliche Hostien, die er nach der Messe wegschließen sollte, aufgegessen hat. Eine ganze Tüte hat er verdrückt, dreihundertfünfzig Hostien! Als man ihn fragte, was er zu seiner Verteidigung vorzubringen hat, meinte er, dass er gern auch noch was zu trinken gehabt hätte, weil die Hostien stapelweise an seinem Gaumen pappten. »Mein Mund war trocken wie eine Nonnenmöse«, hat er uns nachts erzählt, als wir alle im Bett lagen, und wir haben uns fast bepisst vor Lachen. Als wir uns endlich wieder eingekriegt hatten, flüsterte Hamish: »Angus, von wegen Leib Christi, du hast gleich die komplette Leiche aufgegessen!«

Angus ist für sein Leben gern Ministrant, er bekommt Geld dafür, am meisten bei Beerdigungen, und wenn der Priester in der Schule am Fenster vorbeikommt, dann zeigt er mit dem Daumen nach oben oder nach unten, damit er weiß, wofür man ihn am Wochenende braucht. Wenn der Daumen nach oben geht, gibt es eine Beerdigung, und Angus kriegt mehr Geld, wenn es eine Hochzeit ist, weniger. Bei einer Hochzeit will niemand Messdiener sein.

Duncan ist in Matties Fleischerei und muss dort Hühner und Puten rupfen, als Strafe, weil er bei einer Klassenarbeit geschummelt hat. Er sagt, er möchte mit der Schule aufhören wie Hamish, aber Ma erlaubt es nicht. Sie sagt, Duncan ist nicht so intelligent wie Hamish, was aber keinen Sinn ergibt, denn eigentlich kommen ja die Klugen in der Schule besser zurecht, und die Dummen sollen abgehen.

Tommy spielt draußen Fußball, deshalb ist es mein Job, auf Bobby aufzupassen. Bloß hab ich ihn leider nicht jede Sekunde im Auge behalten. Nicht mal Gott könnte Bobby jede Sekunde im Auge behalten, denn Bobby ist wie ein Tornado, der niemals zur Ruhe kommt.

Während er auf dem Boden mit seiner Eisenbahn spielt, hole ich mein neues Fang-den-Fuchs-Spiel heraus, das ich zu meinem elften Geburtstag bekommen habe. Es ist von der Cairo Novelty Company, die Hunde sind schwarze und weiße Swirls, der Fuchs ist eine undurchsichtige Murmel. Leider kriege ich nicht mit, wie sich Bobby den Fuchs grapscht, ich merke nur aus dem Augenwinkel, dass er auf einmal ganz still wird. Er beobachtet mich. Und als ich ihn anschaue, sehe ich die Fuchs-Murmel in seiner Hand, direkt am Mund. Dabei wirft Bobby mir auch noch diesen frechen Seitenblick zu, seine blauen Augen funkeln schelmisch, als wäre er bereit, alles zu tun, bloß um irgendeine Reaktion von mir zu kriegen, selbst wenn es ihn das Leben kostet.

»Bobby, nein!«, brülle ich.

Er grinst und freut sich. Und führt die Murmel noch näher an den Mund.

»Nein!« Ich stürze zu ihm, und er rennt los, der schnellste kleine Mistkerl, den man je auf zwei Beinen gesehen hat. Alles nur Babyspeck, kein einziger Muskel, aber er klettert trotzdem in einem Affentempo auf die Stühle, rauf und runter, duckt sich, hechtet wieder los. Endlich hab ich ihn in die Ecke getrieben und bleibe stehen. Er hält die Murmel an seine Lippen.

Und kichert.

»Hör zu, Bobby«, sage ich möglichst ruhig, obwohl ich total außer Atem bin. »Wenn du die Murmel in den Mund steckst, dann erstickst du und stirbst, kapierst du das? Dann ist Bobby für immer weg. Mausetot.«

Aber er kichert bloß weiter, meine Angst amüsiert ihn fast so sehr wie die Tatsache, dass er auf einmal so viel Macht über mich hat.

»Bobby ...«, sage ich warnend und gehe langsam auf ihn zu, jeden Moment bereit, mich auf ihn zu stürzen. »Gib mir die Murmel ...«

Als er sie in den Mund steckt, stürze ich mich blitzschnell auf ihn, drücke seine Pausbacken zusammen und versuche, die Glaskugel rauszuquetschen. Manchmal behält er Dinge nämlich einfach nur im Mund. Steine, Schnecken, Nägel, Dreck – er steckt alles Mögliche in den Mund und bewahrt es dort eine Weile auf, wie ein Hamster in den Backentaschen, und dann spuckt er alles wieder aus. Aber jetzt kann ich keine Murmel in seinem Mund spüren, bloß weiches Fleisch, glitschig-feucht, Spucke und Rotz von seiner ständig laufenden Nase. Als er einen halberstickten Laut von sich gibt, stemme ich seinen Mund auf, aber er ist leer. Nur kleine weiße Beißerchen und eine wabbelige rote Zunge.

»Verdammt«, flüstere ich.

»Dammt«, wiederholt er.

»HAMISH!«, brülle ich verzweifelt. Hamish müsste eigentlich bei der Arbeit sein oder auf Jobsuche oder was immer er sonst noch macht, jetzt, wo er nicht mehr zur Schule geht, aber ich habe vorhin gehört, wie er heimgekommen ist, die Tür zugeknallt hat und die Treppe zu unserem Zimmer hochgetrampelt ist. »HAAA-MIIIISH!«, brülle ich noch einmal. »Bobby hat den Fuchs geschluckt!«

Jetzt starrt Bobby mich erschrocken an, anscheinend hat er mit dieser Reaktion nicht gerechnet. Er merkt, dass ich ehrlich Angst habe, und sieht aus, als wolle er jeden Moment in Tränen ausbrechen. Aber das ist meine geringste Sorge.

Ich höre Hamishs Stiefel auf der Treppe, kurz darauf stürmt er ins Zimmer. »Was ist los?«

»Bobby hat den Fuchs verschluckt.«

Im ersten Moment ist Hamish verwirrt, aber dann sieht er mein Spiel auf dem Tisch und versteht sofort, was ich meine. Als er dann auf Bobby zugeht, wird dessen Gesicht noch ängstlicher, und er versucht wegzulaufen. Aber ich packe ihn, und er quiekt wie ein Schwein.

»Wann?«

»Grade eben.«

Hamish hebt Bobby hoch, hält ihn mit dem Kopf nach unten und schüttelt ihn, als wolle er ihm Kleingeld aus den Hosentaschen holen, wie er das manchmal mit anderen Jungs macht, das hab ich schon öfter gesehen. Bobby findet das lustig und fängt an zu lachen.

Hamish stellt ihn wieder auf die Füße und steckt ihm den Finger in den Mund. Bobby reißt die Augen auf, fängt an zu würgen und gibt eine eklig stinkende Ladung Porridge von sich.

»Ist sie draußen?«, fragt Hamish, und ich weiß nicht, was er meint, bis er in die Hocke geht und in dem Erbrochenen nach der Murmel sucht.

Bevor Bobby Gelegenheit hat zu heulen, packt Hamish ihn erneut, drückt und schüttelt ihn, piekt ihn gnadenlos in den Bauch und in die Rippen. Trotz des widerlichen Gestanks fängt Bobby wieder an zu kichern und versucht, Hamishs Fingern auszuweichen. Wahrscheinlich hält er das Ganze für ein neues Spiel. Aber Hamish und ich werden zunehmend ärgerlich.

»Bist du sicher, dass er sie verschluckt hat?«

Ich nicke und habe die Befürchtung, dass Hamish als Nächstes mich auf den Kopf stellen könnte.

»Ma wird mich umbringen«, sage ich, und mein Herz klopft.

»Ach was, sie wird dich nicht umbringen«, erwidert Hamish nicht sehr überzeugend. Eher so, als amüsiere ihn der Gedanke.

»Sie hat mir gesagt, ich soll nicht mit meinen Murmeln spielen, wenn Bobby in der Nähe ist, weil er sie immer in den Mund steckt.«

»Oh. Tja, in dem Fall besteht schon die Möglichkeit, dass sie dich umbringt.«

Ich denke an den gekreuzigten Jesus, Nägel in Händen und Füßen, und frage mich, warum sich eigentlich nie jemand gefragt hat, ob Maria dafür gesorgt hat, dass er da hängt. Ob das größte Wunder vielleicht nicht war, dass Maria schwanger geworden ist, ohne jemals auch nur einen Pimmel angefasst zu haben, sondern dass sie Jesus ans Kreuz hat nageln lassen und damit durchgekommen ist. Sollte ich je am Kreuz enden, verdächtigt man meine Ma jedenfalls garantiert als Erste, und sie wird sich auch nicht lange mit den vierzehn Kreuzweg-Folterstationen aufhalten, sondern direkt zur Sache kommen.

»Aber es scheint ihm blendend zu gehen«, stellt Hamish fest, als es Bobby langweilig wird, dass wir ihn inspizieren, und er sich lieber wieder mit seiner Eisenbahn beschäftigt.

»Ja, aber ich muss es ihr sagen«, erwidere ich nervös.

Mein Herz pocht wie wild, ich zittere am ganzen Körper. Ich stelle mir die Dornenkrone auf meinem Kopf vor, die Nägel in meinen Händen, den Lappen über meinem Pimmel, und ansonsten bin ich nackt vor aller Augen. Bestimmt würde sie mich an einer öffentlichen Stelle kreuzigen, genau wie Jesus auf dem Hügel, damit alle es sehen. Vielleicht auf dem Schulhof oder an der Wand hinter der Fleischereitheke. Vielleicht würde sie mich ja auch an einen dieser riesigen Fleischerhaken hängen, damit jeder, der vorbeikommt, um sich seinen Sonntagsbraten zu kaufen, mich begaffen kann. *Da ist er, der Junge, der nicht ordentlich*

auf seinen kleinen Bruder aufgepasst hat. Tststststs. Zwei Schweine-
koteletts, bitte.

»Du musst es ihr nicht sagen«, meint Hamish ruhig, geht in
die Küche und holt einen Lappen. »Hier, wisch die Kotze weg.«
Ich tue es.

»Was, wenn der Fuchs irgendwo in ihm stecken bleibt?«, frage
ich ihn. »Und er aufhört zu atmen?«

Hamish lässt sich die Frage durch den Kopf gehen. Wir betrachten den spielenden Bobby. Ein blonder, hellhäutiger Mop-
pel, der immer wieder seine Spielzeugeisenbahn in ein Stuhlbein
krachen lässt und in seiner eigenen Sprache Selbstgespräche
führt, die klingen, als wäre seine Zunge zu groß für seinen Mund,
so dass die Worte nicht richtig rauskommen.

»Hör mal, wir können es Ma nicht sagen«, meint Hamish ab-
schließend. Es klingt sehr erwachsen und selbstsicher. »Nicht
nach der Sache mit Victoria, sonst wird sie ...« Er braucht nicht
auszusprechen, was Ma tun wird, wir haben oft genug gesehen,
wozu sie fähig ist, wir können es beide erraten.

»Was soll ich machen?«, frage ich ihn.

Es muss daran liegen, wie ich das frage – ich höre, dass meine
Stimme total kindisch klingt, was Hamish manchmal am liebs-
ten aus mir rausprügeln möchte, aber stattdessen wird er weich.
»Mach dir keine Sorgen, ich regle das.«

»Wie?«

»Na ja, die Murmel ist reingegangen, und es gibt nur einen
Weg, auf dem sie wieder rauskommen kann. Wir müssen einfach
nur Bobbys Windel im Auge behalten.«

Als ich ihn schockiert anstarre, fängt er an zu lachen, sein hei-
seres Zigarettenlachen, das schon fast klingt wie Mattie, obwohl
Hamish erst sechzehn ist und Mattie im Vergleich dazu uralt.

»Wie kriegen wir die Murmel aber da raus?«, frage ich, während ich Hamish nachlaufe wie ein Hündchen.

Er macht den Kühlschrank auf, späht hinein, schließt ihn wieder. Nachdenklich klopft er mit dem Finger auf die Arbeitsplatte
und schaut sich in der winzigen Küche um. Ich kann richtig se-

hen, wie sein Hirn arbeitet. Ich mache mir vor Angst fast in die Hose, aber Hamish blüht in solchen Situationen regelrecht auf. Er liebt Schwierigkeiten so sehr, dass er mein Problem jetzt zu seinem macht. Er liebt es, Lösungen zu finden, und unter Zeitdruck läuft er zur Höchstform auf. Leider findet er aber meistens trotzdem keine Lösung und verursacht bei dem Versuch, die Dinge wieder in Ordnung zu bringen, nur noch größeres Chaos. So ist Hamish nun mal. Aber er ist alles, was ich momentan habe. Ich bin so nutzlos wie Titten an einem Bullen. Das sagt er mir immer, und recht hat er.

Schließlich bleibt sein Blick an dem frisch gebackenen braunen Brot hängen, das Ma zum Abkühlen unter einem rot-weiß-karierten Geschirrtuch auf dem Brotbrett hat stehen lassen. Sie hat es heute Morgen gebacken, und das ganze Haus ist mit wunderbarem Duft erfüllt.

»Ma hat gesagt, ich darf es nicht anfassen.«

»Sie hat dir auch gesagt, du sollst Bobby nicht aus den Augen lassen.«

Was kann ich dagegen sagen? Wieder dieses nervöse Flattern in meinem Bauch, Visionen einer Dornenkrone und davon, wie ich das Kreuz die Straße runterschleppe, obwohl es bei meiner Ma vielleicht auch eine Ladung Schmutzwäsche sein könnte. Das ist das Kreuz, das sie tragen muss, sagt sie immer. Das und uns sechs Jungs.

»Und für den Fall, dass das Brot nicht reicht, um deinen Fuchs rauszuspülen«, sagt Hamish und holt eine Flasche Rizinusöl vom Schrank und einen Löffel. Dann legt er das Handtuch weg, nimmt das Brot und schwenkt es vor Bobbys Nase durch die Luft. »Guck mal, Bobby«, säuselt er dazu. Sofort bekommt Bobby leuchtende Augen.

Eine Stunde später habe ich zwei Windeln mit den nassesten Kackladungen gewechselt, die ich je gesehen habe, und noch immer keine Spur von meinem Fuchs.

»Du hast den Fuchs ordentlich gefangen, was, Kumpel?«, sagt Hamish zu Bobby und lacht hysterisch.

Er bietet Bobby noch eine Scheibe von dem Brot und einen Löffel Rizinusöl an, aber Bobby sagt: »Nein.« Ich kann es ihm nicht verdenken, und eigentlich bin ich ganz froh darüber, denn ich stecke buchstäblich bis zu den Ellbogen in verschissenen Frotteewindeln. Ich hab keine Ahnung, wie Ma sie sauber kriegt, aber ich hab Wasser heiß gemacht und sie, so gut ich konnte, ausgewaschen, mir dabei die Hände verbrüht, gerubbelt wie verrückt, um die Flecken zu entfernen, aber es hat nicht funktioniert. Trotzdem denke ich immer noch, dass ich den besseren Teil der Abmachung habe, denn Hamish sichtet die Kacke erst mit einem Messer, ehe er sie an mich weiterreicht. Wenn ich nicht solche Angst davor hätte, was passiert, wenn Ma nach Hause kommt und sieht, dass das Brot weg ist, und erfährt, dass in ihrem geliebten Baby eine Murmel feststeckt, könnte ich auch lachen wie Hamish.

Als Hamish Bobbys dritte Windelladung durchsiebt, höre ich den Schlüssel in der Tür. Ma ist zu Hause, das Ende der Welt ist nahe. Mein Herz dröhnt dumpf, meine Kehle ist wie zugeschnürt.

»Beeil dich«, flüstere ich, und Hamish stochert schneller.

Die Haustür geht auf, Hamish rennt aus der Hintertür, ein von der Taille abwärts nackter Bobby begrüßt Ma und Angus und führt ihnen vor, wie er Purzelbäume macht, wobei er mit seinen speckigen Beinchen überall aneckt.

»Alles in Ordnung?«, fragt Ma und betritt die Küche.

Angus folgt ihr, still und mit einer knallroten Wange, vermutlich von einer Ohrfeige, Hände in den Taschen, Schultern hochgezogen. Man sieht gleich, dass Ma ihn ordentlich zur Schnecke gemacht hat. Argwöhnisch schaut er mich an. Hamish ist im Garten und kontrolliert Bobbys Kacke. Zumindest hoffe ich das, denn es könnte ja auch sein, dass er durchs Gartentor abgehauen ist und mich die Suppe, die ich mir eingebrockt habe, alleine auslöffeln lässt.

Langsam breitet sich ein Grinsen auf Angus' Gesicht aus, er weiß, dass ich irgendwas verbrochen habe. Und er hätte es zu gern, dass ich erwischt werde. Dass ich eins aufs Dach kriege, dass er eine Weile aus dem Scheinwerferlicht verschwindet. Er grinst mich an.

»Was ist denn los, Tick?«

»Was in aller Welt ...?«, fragt Ma und betrachtet Bobby, der immer noch im Purzelwahn ist. Dann entdeckt sie den leeren Brotteller auf dem Tisch, die Krümel überall. Vor dem Fenster sehe ich Hamish, eine Murmel zwischen zwei Fingern seiner kackverschmierten Hand, ein breites Grinsen auf dem Gesicht. Ich bin so erleichtert, aber jetzt muss ich mich noch der Sache mit dem Brot stellen.

»Bobby hat was davon gegessen, tut mir leid«, erkläre ich hastig. Zu hastig. Sofort hat Ma mich im Verdacht, dass noch etwas anderes dahintersteckt.

»Mein frisches Brot!«, ruft sie. »Das war fürs Abendessen. Ich hab dir doch gesagt, du sollst es nicht anfassen!« Hamish taucht neben mir auf, lässt die schmutzige Windel in meine Hände fallen und die Murmel in meine Tasche rutschen. Zum Glück sind seine Hände jetzt einigermaßen sauber.

»Tut mir leid, Ma, es war meine Schuld«, mischt er sich ein. »Ich hab Fergus gesagt, ich passe eine Weile auf Bobby auf, aber ich hab wohl kurz weggeschaut, und da hat Bobby das Brot gegessen. Du weißt doch, wie er sich immer alles in den Mund stopft.« Während Ma voller Entsetzen den halbaufgegessenen Brotlaib anstarrt, zwinkert er mir verschwörerisch zu.

Ma feuert einen wütenden Wortschwall auf ihn ab, und ich denke dabei die ganze Zeit, ich müsste sie unterbrechen und alles gestehen, aber ich tue es nicht. Ich kann einfach nicht. Ich bin zu feige.

Dann entdeckt Ma die Windel in meiner Hand und die Windeln im heißen Wasser draußen. Ihr Gesicht nimmt einen Ausdruck an, den ich nicht deuten kann. »Wie viele hast du gewechselt?«

»Drei«, antworte ich nervös.

Zu meiner großen Überraschung lacht sie los. »Ach, Fergus«, sagt sie, zaust mir die Haare und küsst mich auf den Kopf. Dann geht sie nach draußen zur Toilette, um die Kacke wegzuspülen, hört aber unterwegs nicht auf zu lachen, und ich sehe, wie Hamish ihr traurig nachblickt.

Später, als die anderen schlafen, frage ich ihn, warum er das für mich getan hat, warum er mir geholfen und die ganze Schuld auf sich genommen hat.

»Das hab ich nicht für dich getan, sondern für Ma. Sie möchte von dir nicht enttäuscht werden, aber bei mir ist sie daran gewöhnt.«

Ma hatte ganz recht – Hamish ist wirklich schlau, denn als er mich so nachdenklich ansah und sagte: »Dafür schuldest du mir was«, wusste ich, dass er das absolut ernst meinte und dass er mich in der Hand hatte. Wegen des Brots hat er den Kopf hingehalten, weil er wusste, dass ich dann keine andere Wahl haben würde, als zu tun, was er von mir verlangte. Ich weiß nicht, ob er das, was wir als Nächstes unternahmen, schon lange geplant hatte oder ob es ihm erst danach eingefallen ist. Aber egal – so oder so war es der Beginn unserer Murmel-Abenteuer, und ich wäre ihm sowieso überallhin gefolgt, braunes Brot hin oder her.

Doch der ganze Vorfall ist ziemlich typisch für Hamish: Er war bereit, allen möglichen Scheiß auf sich zu nehmen, um meinen Arsch zu retten.

8

Murmelspiele:
Eier im Busch

Es ist drei Uhr morgens, und ich bin mit Hamish unterwegs. Er holt mich immer noch ziemlich oft nachts aus dem Bett, aber jetzt ist es anders – kein Schubsen und Treten mehr wie früher, und er muss mir auch nicht mehr den Mund zuhalten, um zu verhindern, dass ich vor Schreck aufschreie. Jetzt muss er Steine ans Fenster werfen, wenn er mich mitten in der Nacht wecken will, denn Ma hat ihn rausgeschmissen, und er wohnt schon seit ein paar Monaten nicht mehr zu Hause. Sie hat rausgefunden, dass er für den Barbier arbeitet, aber das war nicht der Grund, dass sie ihn rausgeschmissen hat, schuld daran war ein Mordskrach mit Mattie. Die beiden haben sich so geprügelt, dass das halbe Mobiliar zu Bruch gegangen ist. Hamish hat Mattie mit dem Kopf durch die Glastür der guten Vitrine geschubst, überall waren Scherben, und Mattie musste mit drei Stichen genäht werden. Tommy hat sich vor Angst in die Hose gepisst, obwohl er es steif und fest geleugnet hat.

Also ist Hamish jetzt aus dem Haus. Ma sagt, mit einundzwanzig soll man sowieso nicht mehr daheim wohnen, da soll man arbeiten und verheiratet sein. Ich sehe Hamish trotzdem ziemlich oft. Allerdings können wir den Leuten nicht mehr so einfach das Geld abnehmen, denn ich bin inzwischen fünfzehn, und jeder weiß, dass ich der beste Murmelspieler weit und breit bin. Zumindest einer der besten, es ist nämlich ein neuer Spieler auf der Bildfläche erschienen, Peader Lackey. Die Leute schauen gern zu, wenn wir gegeneinander spielen. Der Barbier organisiert das nachts in seinem Laden. Er bespaßt seine Leute gern, und wenn er im Hinterzimmer oder in seinem Büro ein Meeting hat, gibt es im Laden zu trinken und zu rauchen, Karten, Murmeln, Frauen, alles Mögliche. Hamish sagt, der Barbier würde auch bei einem Schneckenrennen Wetten abschließen. Natürlich sagt er ihm das nicht ins Gesicht. Den Barbier sollte man nicht verärgern, denn wenn er sauer ist und man kommt zum Haareschneiden und Rasieren vorbei, dann kann es passieren, dass es einem hinterher gar nicht gutgeht.

Wenn ich dort spiele, gibt der Barbier mir ein bisschen Geld, aber das meiste davon nimmt Hamish mir gleich wieder ab. Im Grunde ist es das Gleiche wie früher mit den Karamellbonbons – auch damals wäre ich mit Hamish gegangen, ohne etwas dafür zu bekommen, und das ist bis heute so geblieben. Die Leute wetten auf den Gewinner, und Hamish zieht die Wettbeträge ein. Wer nicht ordentlich zahlt, muss aufpassen, denn Hamish verlangt Respekt, schließlich gehört er zum engsten Kreis des Barbiers, und diejenigen, die sich nicht an die Regeln halten, riskieren Ärger – und bekommen ihn.

Aber heute hat Hamish mich nicht geweckt, sondern ich bin noch unterwegs und finde ihn auf dem Weg hinter dem Haus, wie er tief gebückt nach Kieselsteinen sucht. Lautlos schleiche ich mich an ihn heran und trete ihm in den Hintern. Er fährt hoch, als hielte ihm der Barbier eine heiße Klinge an den Hals.

Ich platze fast vor Lachen.

»Warum zum Teufel schläfst du denn nicht?«, fragt er und bemüht sich, cool zu tun, aber seine Pupillen sind groß und schwarz.

»Geht dich nichts an.«

»Ah, so ist das also, ja?« Er grinst. »Ich hab gehört, du bist mit einem der Sullivan-Mädels ganz schön frech geworden. Sarah, richtig?«

»Kann schon sein.«

Ich staune immer wieder, was Hamish alles weiß. Von Sarah habe ich niemandem erzählt, ich habe alles für mich behalten – nicht dass es so viel zu erzählen gäbe, sie lässt vor ihrem Hochzeitstag keinen wirklich ran, das hat sie selbst gesagt. Sie ist echt süß, aber heute hab ich mich nicht mit ihr getroffen, sondern mit ihrer Schwester Annie, die längst nicht so süß ist. Aber sie ist zwei Jahre älter und hat mich gerade in einiges eingeweiht, was ihre kleine Schwester nicht mit mir teilen wollte. Meine Beine zittern immer noch, aber ich fühle mich lebendig, wie ein richtiger Mann. Als könnte ich Bäume ausreißen. Was wahrscheinlich keine gute Voraussetzung ist, wenn man mit Hamish zu tun hat.

Er winkt mir, ihm zu folgen, verrät mir aber nicht, was wir vorhaben. Vermutlich hat er wie üblich irgendwo ein Murmelspiel für wettlustige Zuschauer organisiert. Wenn nicht, geht es meistens darum, irgendwelchen Jungs, die nicht ordentlich gezahlt haben, einen Besuch abzustatten. Tatsächlich gehen wir zur Schule, steigen über die hintere Mauer und erreichen ungehindert die Schlafsäle. Hamish kennt schon einen Weg, reinzukommen, aber als wir durchs Fenster steigen, stoße ich aus Versehen gegen einen Behälter mit Murmeln, er fällt vom Schreibtisch, und die Murmeln rollen über den Fußboden. Eigentlich erwarte ich, dass Hamish mir eine scheuert, aber stattdessen bepisst er sich fast vor Lachen. Zum Glück erscheint keiner der Mönche. Schlimm genug, wenn man in der Schulzeit Lärm macht, aber wenn man spätabends rumpoltert, obwohl man gar nicht da sein sollte, ist das noch mal was anderes. Hamish lacht immer noch wie ein Irrer und stolpert über die Murmeln. Erst jetzt bemerke ich seine Alkoholfahne, und ich fange an, mir Sorgen zu machen.

Zwei Jungs fahren in ihren Betten hoch, total verschlafen. Sie sind fünfzehn, so alt wie ich, aber ich sehe jünger aus.

»Steht auf, ihr Schwuchteln«, sagt Hamish und gibt jedem eine Kopfnuss. Dann fesselt er den beiden mit Schnürsenkeln, Schulkrawatten und allem, was er sonst noch so findet, die Hände auf den Rücken und die Fußknöchel an die Stuhlbeine und sagt, wir spielen jetzt ein kleines Spiel.

Während er mit ihnen beschäftigt ist, sammle ich die Murmeln vom Boden auf und schaue sie mir genauer an. Die Sammlung ist wertlos, bloß ein Haufen langweiliger Opaques, Cat's

Eyes, Swirls und Patches, nichts davon neuwertig, keine Sammlerstücke. Das überrascht mich, denn ich weiß, dass einer der Jungs aus einer reichen Familie stammt, sein Vater ist Arzt, fährt ein schickes Auto – da hätte ich etwas Besseres erwartet. Aber dann stoße ich auf Gold: Ich entdecke zweifarbige Peerless Patches von Peltier. Sie sind auffallend, weil sich auf der Grundfarbe eine Art unregelmäßiger Farbklecks befindet, und heute ist anscheinend mein Glückstag, denn in der Sammlung finden sich drei besonders begehrte Murmeln dieser Sorte, sogenannte Character Marbles, in die in Schwarz die Umrisse von zwölf verschiedenen Comic-Figuren eingebrannt sind. Ich kenne sie aus meinen Büchern, habe sie aber noch nie leibhaftig gesehen. Der Junge beobachtet besorgt, wie ich sie inspiziere, und seine Sorge ist durchaus begründet. Auf seinen Murmeln sind die Porträts von Smitty, Andy und – ich kann es kaum glauben – auf einer weißen Murmel mit rotem Fleck entdecke ich die schwarze Umrisszeichnung von Annie. Wie ein Wink des Schicksals. Weil ich kein gemeiner Mistkerl bin, stecke ich nur diese eine Murmel in die Tasche. Annie.

Wir spielen Eier im Busch, erklärt Hamish. Das ist ein Ratespiel, für das man überhaupt keine Fähigkeiten braucht. Wir spielen es, wenn wir mit der Familie irgendwohin fahren – was nicht oft vorkommt. Reisen ist zu teuer, und außerdem, sagt Ma, außerdem sind wir ein verfluchter Albtraum, und sie kann sich nirgends mit uns sehen lassen. Normalerweise verschickt sie uns deshalb einzeln zu verschiedenen Verwandten. Seit zwei Jahren muss ich zu Tante Sheila, die zwei Töchter hat und direkt um die Ecke von uns wohnt. Da schlafe ich auf dem Boden, und es sind die scheußlichsten Sommerferien, die man sich vorstellen kann – keine schöne Erinnerung. Das einzig Gute daran ist, dass meine Cousine Mary mit Sarah Sullivan befreundet ist, denn so hab ich Sarah kennengelernt. Dafür hat es sich gelohnt, eine Woche lang so zu tun, als wäre ich der nette Gentleman-Cousin.

Doch zurück zu unserem Spiel – ein Spieler nimmt ein paar Murmeln in die Hand, und der andere Spieler muss raten, wie viele es sind. Wenn man richtig rät, kriegt man die Murmeln, wenn man falsch rät, muss man dem, der gefragt hat, die Differenz zwischen der geratenen Anzahl und der tatsächlichen in Murmeln auszahlen. Allerdings hat Hamish eine ganz eigene Version des Spiels. Jedes Mal, wenn die Jungs falsch raten, werden sie von ihm geschlagen – so oft wie die Differenz zwischen der geratenen und der tatsächlichen Anzahl. Da hört der Spaß ziemlich schnell auf. Wir sind schon ein paarmal zum Geldeintreiben unterwegs gewesen, wir haben schon ein paar zahlungsunwilligen Jungs Angst eingejagt, und für gewöhnlich reicht es, wenn Hamish nachts in ihrem Zimmer auftaucht, denn jeder weiß ja, dass Hamish vom Barbier geschickt wird. Aber so wie jetzt war es noch nie, jedenfalls noch nie so schlimm. Hamish ist total aufgedreht, er schlägt viel zu oft, viel zu hart, die Jungs bluten und heulen und sind an ihre Stühle gefesselt.

Ich versuche, Hamish zu sagen, dass es reicht, aber da stürzt er sich auf mich und zieht mich so heftig an den Haaren, dass ich denke, er skalpiert mich. Der Alkoholgestank, der von ihm ausgeht, ist noch stärker geworden, seine Augen sind blutunterlaufen, so, als hätte die Wirkung des Alkohols verzögert eingesetzt. Was ich hinter dem Haus erst als Schreck und dann als Wiedersehensfreude interpretiert habe, war also noch etwas anderes.

Er setzt den beiden Jungs jedenfalls noch mehr zu, und der eine schreit jetzt richtig laut um Hilfe, seine Nase blutet, ein Auge ist fast ganz zugeschwollen. Für mich enthält diese Prügelei keinerlei Genugtuung, das sind doch bloß zwei Schuljungen, und es geht nicht mal um richtig viel Geld. Aber Hamish findet schließlich auch noch die Ersparnisse der beiden und steckt alles ein. Dann verschwinden wir endlich. Schweigend gehen wir zurück zu unserem Haus. Hamish weiß genau, dass ich solche Auftritte überhaupt nicht mag, und er kann es umgekehrt auch nicht leiden, wenn ich unzufrieden mit ihm bin. Er mimt den harten Kerl, aber in Wirklichkeit will er nur, dass alle ihn mögen – bloß weiß er nicht, wie er sie dazu bringen kann. Er begleitet mich nicht bis zum Haus, sondern nur bis zum Gartentor.

Aber als ich schon denke, dass er sich ohne ein Wort davonstehlen will, meint er: »Übrigens soll ich dir vom Barbier ausrichten, dass du morgen Abend nicht gewinnen darfst.«

»Wie bitte?«

»Du hast mich genau verstanden. Morgen Abend sollst du nicht gewinnen.«

»Warum?«

»Was meinst du wohl? Er hat da mit jemandem was laufen. Wenn du verlierst, gewinnt er richtig fett. Möglicherweise kriegst du was davon ab.«

»Gegen wen spiele ich denn?«

»Gegen Peader.«

»Ich verliere nicht gegen Peader, auf gar keinen Fall.«

»Musst du aber.«

»Gar nichts muss ich. Du arbeitest für den Barbier, ich nicht, und ich verliere für niemanden.«

Da packt Hamish mich am Kragen und schubst mich gegen die Mauer, aber ich habe keine Angst vor ihm, ich bin bloß traurig. Früher war Hamish mein Held, jetzt ist er auf einmal nur noch ein armseliger Schläger.

»Du bist gefälligst morgen Abend um elf hier, okay? Sonst kannst du dich auf was gefasst machen.«

»Auf was denn? Willst du nicht mehr mein Bruder sein, Hamish?« Auf einmal bin ich wütend. Wütend, weil Hamish diese Jungs so brutal verprügelt hat, wütend, weil er mich mit reingezogen hat, wütend, weil er glaubt, er kann mir immer noch vorschreiben, was ich zu tun habe, und ich gehorche, fraglos. »Verprügelst du mich jetzt auch? So wie die beiden Jungs vorhin? Das solltest du dir gut überlegen. Glaubst du vielleicht, Ma wird dich je wieder auch nur einen Fuß ins Haus setzen lassen, wenn du das tust?«

Er tritt unruhig von einem Fuß auf den anderen. Ich weiß, dass er nichts lieber möchte, als wieder nach Hause zu kommen. Er ist ein Familienmensch, auch wenn er eine seltsame Art hat, das zu zeigen. Er ist der Typ Mann, der ein Mädchen endlos neckt und ärgert, wenn er auf sie steht, der Typ, der dich schlecht behandelt, wenn er sich mit dir anfreunden möchte, der vor dem Haus rumhängt und sich aufführt wie ein Idiot, wenn er sich nichts sehnlicher wünscht, als dass man ihn einlädt, mit reinzukommen.

»Der Barbier wird dich in die Mangel nehmen«, droht er mir.

»Nein, das wird er nicht. Der Barbier hat wichtigere Dinge zu tun, als sich meinetwegen und wegen einem Murmelspiel den Kopf zu zerbrechen. Er benutzt dich bloß, um von dem abzulenken, was immer er da in seinem Hinterzimmer abzieht, Hamish, weiter nichts. Durftest du da jemals mit rein? Er würde sich nicht mal die Mühe machen, dir an den Kragen zu gehen, er würde sich einfach einen anderen Dummen suchen, der das an deiner Stelle alles erledigt. Du bist ihm egal. Ich verliere nicht für ihn, ich verliere auch nicht für dich. Ich verliere überhaupt nicht, Punkt.«

Wahrscheinlich liegt es an der Art, wie ich das sage, jedenfalls kapiert Hamish sofort, er glaubt mir, er weiß ja selbst, dass er dem Barbier nichts bedeutet, dass er die ganze Zeit versucht hat, sich wichtiger zu machen, als er ist – zum Beispiel auch mit dem Blödsinn heute Abend. Ich habe ihn durchschaut, und das ist ihm nicht angenehm. Er weiß, er kann mir nichts mehr ausreden oder einreden.

Als ich auf unser Haus zugehe, kriege ich plötzlich eine schallende Ohrfeige. Mein Gesicht brennt. Zuerst denke ich, es ist der Barbier – natürlich nicht persönlich, nur einer seiner Jungs –, aber es ist Sarah, und sie weint.

»Himmelherrgott, Sarah, was machst du denn um diese Zeit hier draußen?«

»Stimmt es?«, schluchzt sie. »Habt ihr, du und Annie ... habt ihr es getan?«

Jetzt kann ich Annie vergessen, kann ich Sarah vergessen – und am nächsten Tag auch Hamish.

Zwei Polizisten kommen vorbei und suchen ihn, aber Hamish ist schon über alle Berge. Er kann von Glück sagen, dass er Mas

Zorn entgeht, der viel schlimmer ist als alles, was die Polizei ihm hätte antun können. Alle glauben, dass ich weiß, wo Hamish ist, aber ich habe keine Ahnung. Das sage ich dem Polizisten und dass es mir außerdem egal ist. Was stimmt, denn letzte Nacht hat Hamish eine Grenze überschritten, ich kann ihm keine Rückendeckung mehr geben. Zum ersten Mal will ich das auch nicht. Eigentlich müsste mich das traurig machen, aber so ist es nicht, ich fühle mich stärker, härter, so, als würde mir allein der Gedanke, dass ich besser bin als Hamish, Superkräfte verleihen. Das habe ich noch nie gedacht, und ich laufe den ganzen Tag mit stolzgeschwellter Brust durch die Gegend.

Nachts liege ich im Bett und unterhalte mich flüsternd mit den Jungs. Wir müssen leise sein, weil Ma so aufgebracht ist, dass wir wegen jeder Kleinigkeit Ärger mit ihr kriegen können. Duncan erzählt, dass einer seiner Bekannten, der in den Docks arbeitet, gesehen hat, wie Hamish auf ein Schiff nach Liverpool gestiegen ist.

Auf einmal fühle ich mich nicht mehr so sehr wie ein Superheld. Ich habe nicht damit gerechnet, dass der Abschied am Gartentor womöglich unsere letzte Begegnung war. Ich wollte doch, dass wir uns irgendwann wieder versöhnen, ich wollte, dass Hamish sich bei mir entschuldigt und einsieht, dass ich ein ernstzunehmender erwachsener Mann bin. Die Jungs spekulieren darüber, was Hamish in England wohl machen wird, sie stellen sich ihn in allen möglichen Situationen vor, aber ich liege im Dunkeln und stelle mir vor, dass er sich nach Schottland durchschlägt – ein altmodisches Bild, dass er mit einem Stock über die Hügel wandert, dass er Verwandte von Dad findet, bei denen er wohnen kann, auf der Farm, an die ich mich nicht mehr erinnere, und dass er dort auf dem Feld arbeitet – wie unser Dad. Der Gedanke hilft mir beim Einschlafen, aber ich mache mir Sorgen, und mein Gewissen plagt mich. Die Superkräfte, die ich noch vor wenigen Augenblicken in mir gespürt habe, sind allesamt verschwunden.

Von den Polizisten bekomme ich eine Verwarnung, weil ich ein dummer Teenager bin, der unter dem schlechten Einfluss seines großen Bruders zur falschen Zeit am falschen Ort war. Sozusagen als Wiedergutmachung gebe ich dem reichen Knaben, den Hamish verprügelt hat, seine Annie-Murmel zurück, so schwer es mir auch fällt. Aber ein paar Wochen später gewinne ich sie wieder, und nicht nur Annie, sondern seine gesamte Comic-Sammlung. Immer wenn ich diese Murmeln sehe, muss ich an die Nacht denken, als Annie mich zum Mann gemacht hat, die Nacht, als sich meine und Hamishs Wege trennten. Manchmal, wenn ich den starken Drang verspüre, Hamishs Weg einzuschlagen, wenn das Leben mich praktisch anfleht, das zu tun, dann hole ich zur Erinnerung diese Murmeln heraus, und wenn ich sie mir anschaue, verstummt die lockende Stimme.

Ich sehe Hamish sehr lange nicht wieder, und als es schließlich passiert, reicht sein Anblick, um mich endgültig zu überzeugen, dass ich niemals zur anderen Seite wechseln will. Aber diese Wirkung hat der Anblick eines Toten wahrscheinlich auf die meisten Menschen.

9

Badeordnung:
Ballspielen verboten

Ausgerüstet mit den neuen Informationen von Mum, setze ich mich ins Auto und fahre in den kleinen Ort Virginia. Ich finde einen Parkplatz direkt vor Mickey Flanagans Kanzlei, die zwischen einem geschlossenen DVD-Verleih und einem noch nicht eröffneten China-Imbiss liegt. Auf dem Milchglasfenster steht in großen schwarzen Buchstaben sein Name. Mickeys Sekretärin, die ihrem Namensschildchen zufolge Amy heißt, sitzt hinter einer kugelsicheren Glaswand mit einem Kreis von Löchern in der Mitte – entweder damit sie nicht erstickt oder damit wir uns unterhalten können. Erst als ich zum Sprechen ansetze, merke ich, dass ich die Luft anhalte, was ich vermutlich schon den ganzen Weg nach Virginia getan habe, denn mir ist extrem eng um die Brust.

»Hallo, ich bin Sabrina Boggs.« Sofort nach meinem Telefongespräch mit Mum habe ich einen Termin bei Mickey Flanagan vereinbart, und man hat mich freundlicherweise in seinen Terminplan gequetscht – obwohl ich, wenn ich mich in dem leeren Wartezimmer umschaue, gar nicht sicher bin, ob das Quetschen wirklich notwendig war.

»Hallo«, sagt Amy und lächelt mich höflich an. »Bitte nehmen Sie doch Platz, er wird gleich bei Ihnen sein.«

Der Wartebereich liegt hinter dem Milchglasfenster, ich sitze zwischen einem Wasserkühler und einer wachsartigen Topfpflanze. Um die übliche unbehagliche Wartezimmerstille zu übertünchen, läuft das Radio, und es wird wieder über die heutige totale Sonnenfinsternis geredet, die schon die ganze Woche in jeder Nachrichtensendung und Talkshow das Gesprächsthema

Nummer eins ist: was wir voraussichtlich sehen werden, wo wir es voraussichtlich sehen werden, wie wir die Sonne beobachten sollen, wie wir die Sonne nicht beobachten sollen, wo wir die Sonne am besten beobachten können. Ich bin schon ganz finsternismüde. Aidan nimmt heute den Nachmittag frei und holt die Jungs von der Schule ab, dann fahren sie zu einem Campingplatz, einer der offiziellen Stellen, von der aus man die Sonnenfinsternis besonders gut beobachten kann. Dort treffen sie sich mit Aidans Bruder und dessen Kindern. Aidans Bruder hat als neuesten Plan zum Geldverdienen sein Erspartes in Sonnenfinsternis-Brillen gesteckt, die er in den vergangenen Wochen zu Höchstpreisen verkauft hat. Meine Jungs sind schon die ganze Woche über schrecklich aufgeregt, setzen die Brillen auf, basteln aus leeren Müslischachteln, Styropor und Bindfaden Sonnenfinsternis-Modelle, dekorieren ihr Zimmer mit Mondaufklebern, die im Dunkeln leuchten. Zum Glück findet das Ereignis an einem Freitagabend im Mai statt und wir haben gutes Wetter, so können alle ihr Interesse beweisen und auch tatsächlich den Himmel sehen. An sich bin ich an Himmelsbeobachtung nicht uninteressiert, aber ich gehe nicht gern campen und habe deshalb eine Nacht für mich allein.

»Ich mag Camping einfach nicht«, habe ich Aidan erklärt, als er mir letzte Woche von seinen Plänen erzählt hat.

»Du bist aber auch nie zufrieden«, antwortete er, ohne mich aus den Augen zu lassen. Ich wusste, dass er mich beobachtete, tat aber so, als bemerkte ich es nicht, und widmete mich voll und ganz den Schulbroten. Aidans Kommentar irritierte mich, aber das wollte ich ihm nicht zeigen. Zähl im Kopf bis fünf: Butter, Schinken, Käse, Brot, durchschneiden. Und das nächste ist dran. Er beobachtete mich immer noch, als ich die Rosinen in die Brotdosen zwängte.

»Wir erleben ein Naturschauspiel«, sagt ein Wissenschaftler im Radio. »In alten und auch in manchen modernen Kulturen werden gelegentlich übernatürliche Gründe für eine Sonnenfinsternis verantwortlich gemacht, und man betrachtet sie auch als schlechtes Omen. Für Menschen, die keine astronomische Erklärung für das Phänomen kennen, ist es verständlicherweise erschreckend und beängstigend, dass die Sonne mitten am Tag verschwindet und der Himmel sich innerhalb von wenigen Minuten verdunkelt.«

»Also, ich glaube an dieses ganze Zeug«, verkündet Amy plötzlich hinter ihrer Scheibe. »Ich hatte mal einen Freund, der bei Vollmond immer total ausgeflippt ist.« Sie tippt sich mit dem Zeigefinger an die Schläfe. »Er hat mich in den Schrank gesperrt, meine Schuhe ins Klo geschmissen, mir vorgeworfen, ich hätte irgendwas gesagt, wenn ich nicht mal den Mund aufgemacht hatte, und irgendwelche Sachen von ihm versteckt, von deren Existenz ich überhaupt nichts wusste. Zum Beispiel ›My, hast du das Schachbrett angefasst?‹, und ich: ›Welches Schachbrett denn?‹ Ich hab es gehasst, wenn er mich ›My‹ genannt hat. Ich heiße Amy, das kann doch nicht so schwer sein. Er war echt sonderbar. Wenn ich bei ihm geblieben wäre, hätte er mich wahrscheinlich irgendwann genauso umgebracht wie die Ratte, die er mal abgemurkst hat.« Sie schaut mich an und erklärt: »Er hat sie drei Tage im Keller eingesperrt und gefoltert.«

Unwillkürlich stelle ich mir Waterboarding mit einer Ratte vor.

»Tage wie heute machen mir Angst. Vor allem, wenn ich mit Leuten zu tun habe. Sie können sich gar nicht vorstellen, was für Anrufe wir hier manchmal kriegen. Freaks. Der Ausdruck ›mondsüchtig‹ kommt ja nicht von ungefähr, man weiß ja, dass manche Leute bei Vollmond seltsame Dinge tun.«

Ich nicke verständnisvoll, aber sie macht trotzdem weiter: »Der Mond bringt die Leute um den Verstand, sie werden gewalttätig, irre, was auch immer. Ich hab eine Freundin, die arbeitet als Sanitäterin, und sie sagt, bei Vollmond hat sie tagsüber und nachts am meisten zu tun. Die Leute flippen einfach aus. Das hat mit der Gezeitenwirkung und dem Wasser in unserem Körper zu tun.« Dann hält sie einen Moment inne und denkt nach. »Obwohl ich glaube, mit George hat grundsätzlich irgendwas nicht gestimmt. Er war die meiste Zeit über verrückt, auch wenn man den Mond gar nicht sehen konnte.«

Ich denke daran, dass ich bei der Arbeit meinen Becher an die Wand geschleudert habe. Ich hätte vielleicht zu Eric sagen können: ›Der Mond ist schuld.‹ Natürlich wäre das lächerlich gewesen, aber für mich gar nicht mal so weit hergeholt – bei Vollmond habe ich nämlich seit jeher Schlafprobleme. Ich kriege zwar keine Kopfschmerzen, aber ich denke zu viel. Zu viele und zu schnelle Gedanken, alle auf einmal, als wäre der Mond eine Art Signalanlage für mein Gehirn. Alles strömt gleichzeitig auf mich ein, die Filterfunktion ist außer Kraft gesetzt. Ich denke daran, wie ich heute hier sitze, auf der Suche nach Dads Murmeln, und ich frage mich, ob ich vielleicht schlicht und einfach mondsüchtig bin. Der Mond ist schuld. Aber es ist mir egal, wer oder was schuld daran ist, ich will dieses Rätsel lösen, und wenn mir der Mond dabei hilft, habe ich nichts dagegen.

Ich stelle mir vor, wie aufgeregt die Jungs sein werden, wenn es tatsächlich mitten am Tag finster wird. Falls die Wolken den perfekten Himmel nicht doch noch verschleiern und den Leuten das Beobachten vermasseln. Ich frage mich, wo ich wohl sein werde, wenn es so weit ist, und was ich währenddessen tun werde. Insgeheim hoffe ich, dass das Naturereignis mit der Entdeckung von Dads Murmeln zusammentrifft. Dass ich mich im Schutz der Dunkelheit unbemerkt wie eine Art Scooby-Doo in Mickey Flanagans Haus schleiche und die Murmeln aus seinem Safe hinter dem Ölgemälde in seinem walnussholzgetäfelten Arbeitszimmer zurückstehle.

»Heute ist Neumond«, fährt Amy unterdessen unbeirrt fort. »Auch bekannt als Dunkelmond, weil der Mond so gut wie unsichtbar und bestenfalls als schwach schimmernde Scheibe erkennbar ist. Sie wissen ja, wie verrückt die Leute bei Vollmond sind, aber jetzt stellen Sie sich mal den Neumond vor. Ich meine, wir hätten heute am besten hinter verschlossenen Türen zu Hause bleiben sollen. Wer weiß, was heute Nacht passiert?«

Diesen Gedanken lässt sie unkommentiert in der Luft hängen.

Das Telefon klingelt, wir zucken beide zusammen und lachen dann verlegen. »Sie können jetzt rein zu ihm«, sagt Amy.

Nervös betrete ich Mickey Flanagans Büro und stehe einem kleinen, kahlen Mann mit einem freundlichen Gesicht gegenüber, der mich an Humpty Dumpty erinnert. Kurz nach Dads Schlaganfall haben wir uns einmal getroffen, um die Regelung von Dads Angelegenheiten zu besprechen, aber seither hatten wir nur gelegentlich Mailkontakt. Jedes Mal, wenn ich eine E-Mail von Mickey sehe, bekomme ich Angst, dass das Geld verbraucht ist und Dads Reha zu einem jähen Ende kommt. Weitere Treffen mit Mickey Flanagan habe ich sorgfältig vermieden, weil ich dieses Thema wirklich nicht ansprechen möchte.

Jetzt erhebt Mickey sich etwas mühsam, stößt erst mit dem Bauch gegen den Schreibtisch, umrundet ihn dann aber erfolgreich, um mir freundlich die Hand zu schütteln, ehe er sich wieder hinter den Tisch zurückzieht.

Meine Mission macht mich echt nervös. Ich ziehe den Plastikordner mit Dads Inventarliste aus meiner Tasche und gehe in Gedanken noch einmal durch, was ich fragen will. Wenn Mickey Flanagan die Murmeln an sich genommen hat, wird er das garantiert nicht sofort zugeben, vielleicht sogar überhaupt nicht, aber ich hoffe, dass ihm durch mein persönliches Erscheinen wenigstens das Gewissen schlägt. Ich habe mir alle möglichen Szenarien und jede mögliche Antwort von Mickey vorgestellt: ›Ich musste die Murmeln verkaufen, weil ich seit Monaten kein Geld mehr von ihm gesehen habe.‹ Oder: ›Erwarten Sie vielleicht, dass ich umsonst arbeite? Natürlich habe ich sie verkauft, wir hatten eine Abmachung, schauen Sie sich ruhig den Vertrag an, den wir aufgesetzt haben, er bezahlt mich mit den Murmeln.‹ Alles habe ich mir überlegt, aber meine Reaktion ist jedes Mal dieselbe. Ich will die Murmeln zurückhaben.

»Schön, dass Sie hier sind, Sabrina. Wie geht es Ihrem Vater?«, fragt er etwas besorgt.

»Wie es ihm geht?«, frage ich zurück und spüre, wie meine Beine anfangen zu zittern. Genaugenommen zittere ich am ganzen

Leib, sogar meine Zunge schlackert. Meine Lippen fangen an zu zucken, was mich irritiert, und ich werde noch frustrierter und wütender. Ich will einfach nur klar und deutlich sagen, was ich zu sagen habe, ohne derartige Hindernisse! Auf gar keinen Fall darf ich mich von meinen Gefühlen beeinflussen lassen, aber die Gefühle sind blitzschnell in mir aufgestiegen, wahrscheinlich ausgelöst von der Frage »Wie geht es Ihrem Vater?«, und jetzt vernebeln sie mir den Verstand. Es erinnert mich an einen Traum, den ich öfter habe und in dem ich jemandem – es sind immer wieder andere Personen – etwas erklären will, was mir sehr am Herzen liegt, aber ich habe einen Kaugummi im Mund, und als ich ihn herausnehmen will, wird er immer länger, und je mehr ich daran ziehe, desto mehr quillt er auf und erstickt meine Worte.

Ich räuspere mich. »Manchmal erinnert er sich nicht mal mehr an gestern, aber dann erzählt er plötzlich mit präziser Genauigkeit eine Geschichte aus seiner Kindheit, so klar und lebendig, als wäre man mit ihm dort. Heute früh zum Beispiel hat er mir erzählt, wie er als Junge 1963 beim All-Ireland-Finale war, als Dublin Galway geschlagen hat. Er hat sich an jede Kleinigkeit erinnert und alles so detailliert erklärt, dass ich das Gefühl hatte, ich bin live dabei.«

»Nun, das war ja auch wirklich ein unvergesslicher Tag«, sagt Mickey freundlich und von Herzen.

»Aber er vergisst auch Dinge, die sehr wichtig für ihn sind – oder einmal waren.« Ich räuspere mich erneut. Jetzt aber los, Sabrina, das ist eine gute Überleitung. »Wie zum Beispiel seine Murmeln. Bis heute habe ich nicht einmal gewusst, dass er welche besitzt. Aber anscheinend hatte er eine ganze Sammlung, Hunderte von Murmeln. Wenn nicht sogar Tausende. Manche davon sind wertvoll, aber auch ohne Rücksicht darauf müssen sie für ihn wichtig gewesen sein, denn warum sonst hätte er sich die Zeit und die Mühe gemacht?« Mit zittrigen Fingern schiebe ich das Inventar über den Schreibtisch. Mickey nimmt es entgegen und geht die Seiten einzeln durch, blickt von den Blättern zu mir und wieder zurück, rauf und runter, immer wieder.

»Mickey«, setze ich noch einmal an. »Ich weiß nicht, wie ich mich höflich ausdrücken soll, aber diese Murmeln waren bis gestern bei Ihnen, und jetzt fehlt ein Teil der Sammlung. Wissen Sie, was mit Dads Murmeln passiert sein könnte?«

Er schaut mich überrascht an, dann erstarrt er, die Inventarliste fest in der Hand. »Mein Gott, nein!«

»Mickey, ich muss das wirklich wissen. Ich beschuldige Sie nicht, die Murmeln gestohlen zu haben, ich meine, es hätte ja eine Abmachung geben können, vielleicht mit Dad, durch die Sie die Erlaubnis hatten, sie an sich zu nehmen. Ich möchte sie nur finden, damit die Sammlung wieder vollständig ist.«

»Nein. Nein, ich habe die Murmeln nicht weggenommen, und es gab auch keine solche Abmachung.« Er setzt sich auf und fährt mit fester Stimme fort: »Wie Sie wissen, habe ich diese Kisten *nach* dem Schlaganfall Ihres Vaters bei mir untergestellt, und wie Sie sagen, erinnert er sich nicht daran, dass er sie besitzt, also kann er mir auch keine Anweisungen gegeben haben, was ich mit ihnen tun soll, und ich hätte sie auch niemals von mir aus angerührt.« Er klingt ehrlich, und ich höre seinen Ärger darüber, dass ich ihn beschuldigt habe. Aber er bleibt professionell. »Darauf gebe ich Ihnen mein Wort, Sabrina.«

»Könnte denn jemand in Ihrem Haus Zugang zu den Kisten gehabt haben? Gab es vielleicht irgendwann einen Einbruch bei Ihnen?« Ich versuche, den stillschweigenden Vorwurf an seine Familie ebenfalls abzufedern. »Die Murmeln, die fehlen, sind ausgerechnet die wertvollsten. Da könnte es ja sein, dass jemand die Liste durchgegangen ist und sie gezielt ausgewählt hat.«

Er zollt mir den Respekt, darüber nachzudenken, ehe er antwortet. »Ich kann Ihnen versichern, dass weder ich noch jemand aus meinem Haus dafür verantwortlich ist, dass diese Murmeln fehlen. Ich habe die Kisten nie geöffnet. Sie sind bei ihrer Ankunft versiegelt worden und hatten das gleiche Siegel noch, als sie wieder abgeschickt wurden. Das ganze letzte Jahr waren sie in der Garage, außer Sicht- und Reichweite.«

Ich glaube ihm. Aber an wen soll ich mich jetzt wenden?

Mickey gibt mir die Inventarliste zurück, ich starre darauf, auf Dads schöne Handschrift, und sehe wieder seine Entschuldigungsbriefchen vor mir: *Sabrina konnte gestern leider nicht zur Schule kommen, weil sie zum Arzt musste.* Ich sehe handgeschriebene Geburtstagskarten. Ich sehe von Dad gekritzelte Notizzettel überall im Haus.

Ich beiße mir auf die Lippen und habe wahrscheinlich immer noch knallrote Wangen vor Scham, obwohl ich mich so um Höflichkeit bemüht habe.

»Tja, da ist noch etwas. Ich möchte die Murmeln wiederfinden, und es würde mir sehr helfen zu erfahren, wer die Kisten damals zu Ihnen gebracht hat. Mum und ich haben alles eingepackt, was wir in Dads Wohnung gefunden haben, und wir haben die Murmelkisten beide noch nie gesehen.«

Mickey runzelt die Stirn und scheint ehrlich verwirrt. »Wie ist das möglich? Sie hatten keine Hilfe beim Packen? Umzugsleute oder Verwandte?«

Ich schüttle den Kopf. »Nein, es waren nur wir beide.«

Mickey denkt eine Weile nach, dann erwidert er: »Ich bin nicht sicher, ob Sie wissen, wie es dazu kam, dass ich die Sachen Ihres Vaters bei mir untergestellt habe.«

»Mum hat gesagt, Sie haben es netterweise angeboten. Ich hatte keinen Platz für die Sachen, und meine Mutter ... na ja, sie möchte mit Dads Habseligkeiten verständlicherweise nichts mehr zu tun haben.«

»Es ist nur so – ich hab es nicht angeboten«, erklärt Mickey freundlich, und seine blauen Augen funkeln in seinem runden Gesicht. »Ihre Mutter war nicht ganz ehrlich mit Ihnen, aber ich will es jetzt sein, vor allem, weil Sie zu mir gekommen sind mit diesem ... diesem Anliegen. Wofür ich übrigens vollstes Verständnis habe, denn schließlich waren die Kisten ja das ganze letzte Jahr in meiner Obhut.«

Ich rutsche verlegen auf meinem Stuhl herum, gar nicht mehr so entschlossen wie vorhin.

»Ihre Onkel, Fergus' Brüder, waren nicht einverstanden damit, dass Gina die Sachen Ihres Vaters zu sich holt. Sie fanden, die Kisten wären bei ihr angesichts der Gefühle, die sie Fergus entgegenbringt, nicht sicher. Aber Gina war es suspekt, dass ausgerechnet Fergus' Brüder die Kisten wollten, denn sie hatten ihrer Meinung nach überhaupt kein enges Verhältnis zu Fergus, und so kamen wir alle überein, sie einer dritten Person anzuvertrauen. Damit waren beide Parteien einverstanden, denn alle waren der Ansicht, ich sei neutral genug, um diese Aufgabe zu übernehmen. Ich tue so etwas normalerweise nicht, aber ich mag Fergus, deshalb habe ich mich bereit erklärt. Nun haben sich meine persönlichen Umstände leider verändert, und ich habe nicht mehr den Platz, seine Sachen unterzustellen.«

Ich nicke immer wieder, versuche, meine Verlegenheit hinunterzuschlucken, und bin überrascht, dass Mum mir nichts von alldem erzählt hat. Hat sie geglaubt, Mickey würde es mir verschweigen? Ich wusste nichts von diesem ganzen Familiendrama, denn als wir Dad zur Reha im Pflegeheim untergebracht haben, war ich völlig auf ihn konzentriert – es sollte ihm möglichst schnell bessergehen. So bin ich vom Pflegeheim in seine Wohnung gehetzt, von dort zur Arbeit, zurück nach Hause, um die Jungs zu versorgen, die ganze Zeit am Rande der Erschöpfung, ein wandelnder Zombie. Ich habe Dads Möbel fotografiert und übers Internet verkauft, ich habe Sofas quer durch die Stadt gefahren und ausgeliefert, mich in der George's Street um fünf Uhr früh mit Leuten getroffen, um einen Couchtisch zu übergeben. Jetzt fällt mir all das wieder ein: wie zeitaufwändig es war, zu entscheiden, was verkauft und was aufgehoben werden sollte. Wie seltsam es war, Dads Privatsachen zu sehen, alles nichts Spezielles, abgesehen von den grässlichen Schokoladenvorräten und der bestürzenden DVD-Sammlung, die keine Tochter bei ihrem Vater vorfinden möchte. Aber es gab keine großen Offenbarungen. In der ganzen Wohnung keine Spur eines anderen Menschen, immer nur mein Vater.

Jedes Zimmer habe ich durchforstet, jeden Schrank, jede Schublade, und ich habe alles verkauft, was nicht niet- und nagelfest war. So viele Kisten habe ich mit Packband zugeklebt, aber auf Murmeln bin ich nicht gestoßen. Jemand anderes muss sie eingepackt und zu Mickey gebracht haben, und wenn es nicht Mum war, wer dann?

»Ich weiß nicht, wie ich Ihnen sonst noch helfen kann, Sabrina.«

Ich weiß es auch nicht.

»Das Einzige, was mir noch einfällt, ist, dass die Murmeln vielleicht gar nicht in den Kisten waren, bevor sie zu mir geschickt worden sind. Aber wenn wirklich nur Sie und Ihre Mutter alles eingepackt haben, dann weiß ich auch nicht, was ich denken soll.«

Aber es ist total offensichtlich. Er will höflich sein, aber wenn ich es nicht war, dann muss es Mum gewesen sein, die mich auch schon falsch informiert hat, wie die Kisten zu Mickey gelangt sind.

So viele Geheimnisse, so vieles, was ich nicht wusste. Was ist mir sonst noch alles verborgen geblieben?

10

Murmelspiele:
Hau drauf

Als ich Hamish wiedersehe, bin ich neunzehn Jahre alt. Zum ersten Mal in meinem Leben besteige ich ein Flugzeug, zum ersten Mal, seit ich mit fünf Jahren auf einem Schiff hier angekommen bin, verlasse ich Irland. Aber ich habe nicht erwartet, dass es aus diesem Grund geschieht.

Ma bekommt Besuch von einem Polizisten, der einen Anruf von der irischen Botschaft bekommen hat: Fergus Boggs ist tot in London aufgefunden worden, jemand muss die Leiche identifizieren.

»In London? Aber Fergus ist doch hier!«

Ma brüllt das ganze Haus zusammen, und wer nicht gleich zu ihr rennt, läuft los, um mich zu suchen. Eigentlich sollte ich wie die anderen Jungs in Matties Fleischerei arbeiten, aber ich bin im Pub, trinke ein Bier und spiele »Hau drauf«, ein total einfaches Murmelspiel. Da ich gerade erst in der Fleischerei angefangen habe, muss ich die ekligsten Arbeiten erledigen, und als ich letzte Woche nach einer durchzechten Nacht mit einem Mordskater ankam und die Innereien wegputzen sollte, konnte ich mich nur noch umdrehen und zum Kotzen zur Toilette rennen. Jetzt wird mir zwar nicht mehr schlecht, aber die Arbeit langweilt mich entsetzlich, und ein paar Pints zum Lunch helfen mir, den Nachmittag zu überstehen. Was mich wirklich interessiert, sind die Fleischeinkäufe, damit würde ich mich gern beschäftigen, bessere Qualität zu beschaffen. Ich würde gern mit Mattie darüber reden, obwohl ich bezweifle, dass er mir zuhört, bevor ich nicht mindestens ein Jahr in diesem widerlichen Gestank hinten gearbeitet habe.

Angus findet mich im Pub, packt mich und schreit mich an, ich soll bloß nichts sagen, er will es nämlich nicht hören, dann schleppt er mich die Straße runter nach Hause, und ich denke schon, dass ich Ärger kriege, weil ich auf ein Bier die Fleischerei verlassen habe, wo ich zu Mittag brav mein Sandwich auf Matties Hinterhof essen sollte. An der offenen Haustür empfängt mich Duncan. Ma hält im Wohnzimmer Hof, umgeben von besorgten Frauen, Tee und Scones. Der dreijährige Joe hampelt unruhig auf ihrem Schoß herum und beobachtet sie mit großen, ängstlichen Augen. Alle machen Platz für mich, als wäre ich der Wunderknabe, den sie sich immer gewünscht hat. Sie blickt mir so zärtlich und liebevoll entgegen, als wäre ich ein Engel, und ich bekomme richtig Schiss, was zur Hölle hier passiert sein könnte.

Ma setzt Joe ab, der sich sofort an ihr Bein klammert, kommt auf mich zu und umfasst mein Gesicht mit beiden Händen. Ihre Hände sind heiß von der Teetasse, rau und schwielig von lebenslangem Putzen und Wäschewaschen. Aber ihr Gesicht ist weicher, als ich es jemals gesehen habe, ihre Augen leuchten durchdringend blau. Vermutlich hat sie ihre Babys beim Stillen so angeschaut, wenn sie sich unbeobachtet glaubte, ein stummes Zwiegespräch zwischen ihr und ihrem Jüngsten. Aber ich kann mich nicht erinnern, diesen Blick jemals zuvor auf mir gespürt zu haben.

»Mein Sohn«, sagt sie zärtlich und offensichtlich sehr erleichtert. »Du bist am Leben.«

Weil ich keine Ahnung habe, in welchem Zusammenhang dieser Satz steht, rutscht mir ein Kichern heraus, denn ich weiß ja nur, dass ich aus dem Pub gezerrt wurde und in diesem unsinnigen Drama gelandet bin. Mrs Lynch gibt einen tadelnden Laut von sich, und ich möchte sie am liebsten ohrfeigen, weil das Ma noch mehr aufstachelt.

Freude und Liebe verschwinden aus ihrem Gesicht, und sie verpasst mir eine schallende Ohrfeige. Anscheinend sehe ich danach immer noch nicht aus, als tue es mir genügend leid, denn sie schlägt gleich noch einmal zu.

»Lass gut sein, Ma«, sagt Angus und zieht mich von ihr weg. »Er wusste es nicht. Er wusste es nicht.«

»Was wusste ich nicht?«

»Die Polizei war hier ...«

Ma lässt sich zurück zu ihrem Stuhl bringen, ganz die trauernde Bienenkönigin.

»Der Polizist hat gesagt, man hat Fergus Boggs tot aufgefunden. In London«, erklärt Angus. Dann gibt er mir einen Schlag auf die Schulter und drückt mich an sich. »Aber du bist nicht tot, dir geht es großartig. Hab ich recht?«

Mein Herz klopft so wild, dass ich kein Wort herausbringe. Auf einmal weiß ich, was los ist. Es geht um Hamish. Niemand sonst hätte meinen Namen angenommen, und er hätte keinen anderen als meinen benutzt. Immer ich. Ich und er. Er und ich. Selbst wenn wir es damals nicht gewusst haben, wird es mir in dem Augenblick klar, als ich denke, er ist tot, und ich fühle den Verlust jetzt viel stärker als bei unserem Abschied hinter dem Haus.

»Jetzt hört aber mal auf, Trübsal zu blasen, ja?«, sagt Duncan, und die Frauen entspannen sich etwas und sehen auf einmal auch die komische Seite der Geschichte.

Aber Ma lacht nicht. Und ich auch nicht. Unsere Blicke begegnen sich. Wir wissen Bescheid.

So steige ich also zum ersten Mal in ein Flugzeug und fliege hinüber nach London. Es ist windig, wir werden ordentlich durchgeschüttelt, und ich denke überhaupt nicht mehr an Hamish, sondern klammere mich verzweifelt an meinem Sitz fest und überlege, was für eine Ironie des Schicksals es wäre, wenn ich ausgerechnet jetzt sterben würde, wo ich unterwegs bin, um einen Toten zu identifizieren, der so getan hat, als wäre er ich.

Mrs Smiths Sohn Seamus lebt in London, und ich kann ein paar Tage bei ihm wohnen. Keine Ahnung, was Seamus seiner Ma über sein neues Leben erzählt hat, aber wahrscheinlich etwas anderes als das, was ich hier vorfinde. Er teilt sich ein feuchtes

Zimmer in einem alten viktorianischen Haus mit sechs anderen Jungs, was nicht gerade meine Vorstellung davon ist, in London groß rauszukommen. Deshalb bin ich am ersten Abend möglichst lange unterwegs, um möglichst wenig Zeit in dem überfüllten Zimmer auf dem Boden verbringen zu müssen. Auch die irische Kneipe, von der mir alle erzählt haben, meide ich lieber, denn ich möchte die anderen nicht treffen und gezwungen sein, mich ihnen anzuschließen. Stattdessen frage ich mit britischem Akzent herum und erfahre, dass in einem Lokal namens The Bricklayer's Arms Murmelspiele angeboten werden. Aber zuerst schlendere ich noch eine Weile durch die Gegend und versuche, damit klarzukommen, dass das Wiedersehen mit Hamish jede Minute näher rückt. Mal wünsche ich mir, die Zeit verginge langsamer, mal genau das Gegenteil.

Aber schließlich lande ich doch im Pub. Ich beginne ein Spiel mit ein paar Stammgästen – Hau drauf, das gleiche, was ich heute Vormittag noch zu Hause gespielt habe, als würde ich einfach den Faden dort wieder aufnehmen, wo ich aufgehört habe. Ich kann kaum glauben, dass immer noch derselbe Tag ist und ich in einem fremden Land bin, wo ich die Leiche eines Menschen identifizieren soll, der sich meinen Namen angeeignet hat. Dabei fühle ich mich wie ein anderer Mensch.

Das Spiel wird mit zwei bis vier Leuten gespielt, wir beginnen zu dritt, aber dann kotzt der Dritte sich voll und schläft in der Ecke ein, während ihm die Pisse am Bein runterläuft. Übrig bleiben ich und ein Typ namens George, der mich Paddy nennt, als wüsste er nicht, dass das eine Beleidigung ist. Aber das ist okay, denn ich weiß, dass ich ihn ohne Mühe besiegen werde. Für Hau drauf braucht man keine besonderen Fähigkeiten, man wirft die Murmeln ohne besondere Technik, kein gezieltes Schießen ist erforderlich. Man spielt mit mittelgroßen Murmeln, die man Hau-drauf nennt. Der erste Spieler wirft seine Hau-drauf-Murmel, der zweite Spieler versucht, sie zu treffen, und so geht es immer weiter. Zu etwas Komplizierterem wäre George in seinem Zustand auch nicht fähig, er hat viel zu viel getrunken. Trifft man den Hau-drauf des Gegners, muss dieser dem Werfer eine Murmel bezahlen, aber der Haudrauf ist unantastbar, er bleibt im Spiel. Und genau das ist das Problem, denn Georges Hau-drauf ist die einzige Murmel, die mich interessiert.

Es handelt sich nämlich um eine tschechische Bullet-Mold-Murmel mit einer besonderen Glasur – George erzählt irgendetwas von einem Säurebad. Als ich ihn frage, ob ich ihm die Murmel abkaufen kann, sagt er nein und schenkt sie mir. Ich habe ihm erzählt, warum ich hier bin und was mich erwartet, und er sagt, das tue ihm leid, er habe auch schon mal eine Leiche identifizieren müssen. Die sei in Stücke gehackt gewesen. Ich frage mich, ob das eine offizielle Identifizierung war oder ob die Geschichte eher etwas mit seinem Lebenswandel zu tun hat. Ich frage mich sogar, ob er möglicherweise derjenige war, der die Leiche klein hacken musste. Seltsamerweise schreckt mich die Anekdote aber nicht ab – dass er mir die Murmel geschenkt hat, rückt alles in ein anderes Licht. Ich stecke sie ein, und nachdem ich zwei Stunden herumgeirrt bin, traue ich mich um vier Uhr früh doch in Seamus Smiths Drecksloch und steige über die schlafenden Körper, um an meinen Platz zu gelangen. Viel Ruhe gibt es allerdings nicht, denn einer der Jungs ist die ganze restliche Nacht sehr intensiv mit sich selbst beschäftigt – vermutlich denkt er, keiner kann ihn hören.

Vier Stunden später bin ich im Leichenschauhaus, und vor mir liegt Hamishs Körper auf einem Seziertisch, nackt und tot. Der Rechtsmediziner zeigt mir nur sein Gesicht, aber ich ziehe das Laken weiter herunter, denn Hamish hat ein Muttermal in Form von Australien auf dem Bauchnabel. Also nicht wirklich, aber sonst hätte er seinen Witz nicht machen können. »Möchtest du mal Down Under sehen?«, höre ich ihn zu den Mädchen sagen, so klar und deutlich, als hätte der Tote vor mir seine Lippen bewegt. Ich lächle und denke an ihn, erinnere mich an alles, was gut war, und der Mediziner schaut mich ärgerlich an, als würde ich grinsen, weil ich froh bin, dass Hamish tot ist.

»Ich hab nur grade an einen Scherz gedacht, den er immer gemacht hat«, erkläre ich dem Mann.

Jetzt sieht er mich an, als wäre ihm das vollkommen gleichgültig – ihn geht nur der fachliche Teil dieses Todesfalls etwas an, nicht der emotionale.

Ich fühle die tschechische Bullet Mold in meiner Tasche.

»Ist er erschossen worden?«, frage ich. Ich habe immer gedacht, dass Hamish jung sterben würde, denn ich hatte das Gefühl, dass er es so wollte. Wie ein Cowboy. Er hat Western immer geliebt.

»Nein. Haben Sie vielleicht irgendwo ein Einschussloch gesehen?«, fragt der Mediziner, als müsste er sich verteidigen. Als hätte ich ihm vorwerfen wollen, dass er seine Arbeit nicht gründlich erledigt und Beweise übersieht.

»Nein.«

»Na bitte.«

»Wie ist er denn gestorben?«

»Das wird die Polizei Ihnen sagen.« Er deckt Hamishs Gesicht wieder zu. Vier Jahre habe ich Hamish nicht mehr gesehen, aber ich werde nie wissen, wie er sich in dieser Zeit verändert hat, denn er ist so aufgeschwemmt und so voller blauer Flecke, dass ich ihn kaum erkenne. Obwohl ich sicher bin, dass er es ist, könnte ich nicht sagen, wie er jetzt wohl ausgesehen hat. Man nimmt an, dass er schon mindestens zwei Tage im Wasser lag, als man ihn gefunden hat, denn seine Leiche ist an die Oberfläche gespült worden, und der Zersetzungsprozess hatte bereits begonnen. Als der Polizist, mit dem ich später rede, erzählt, dass die Haut von Hamishs Fuß abgefallen ist wie eine alte Socke, blende ich seine Stimme einfach aus. Was mir mehr als alles andere in Erinnerung bleibt, ist die Tatsache, dass niemand meinen Bruder als vermisst gemeldet hat.

Fergus Boggs war betrunken. Er hatte viel zu viel intus, als er am Samstagabend zwei Türsteher vor dem Nachtclub Orbit belästigt hat. Als sie ihn nicht reinlassen wollten, ist er den Berichten zufolge aggressiv geworden. Ich habe keinen Grund, das nicht zu glauben, denn so etwas ist typisch für alle Boggs-Jungs. Selbst der kleine Joe kriegt einen Wutanfall, wenn ich ihm etwas verbiete, er schmeißt sich auf den Bauch und schleudert seine Schuhe durch die Gegend, ganz egal, wo wir gerade sind. Weil er der Jüngste ist, verbietet Ma ihm ganz selten was.

Jedenfalls war einer der beiden Türsteher irgendwann so wütend, dass er Fergus vorschlug, ihn durch den Seiteneingang reinzulassen, angeblich, weil sein Boss nicht mitkriegen sollte, wie ein Besoffener reintorkelt, ohne zu bezahlen. Aber stattdessen zerrte der Mann meinen Bruder in die dunkle Gasse hinter dem Haus und prügelte ihn krankenhausreif. Mit gebrochener Nase und einer gebrochenen Rippe stolperte Fergus Boggs weiter, fiel in den Fluss und ertrank. Er war fünfundzwanzig Jahre alt.

Als ich aus der Leichenhalle komme, wartet draußen Seamus Smith auf mich. Er raucht eine Zigarette und sieht ziemlich zwielichtig aus, wie er da steht, die Hände in die winzigen Taschen seiner Lederjacke gestopft.

»Ist er es?«, erkundigt er sich.

»Ja.«

»Scheiße.«

Er holt eine Packung Zigaretten aus der Hosentasche und gibt mir eine. Ich schätze, dass er mich dann zum Pub bringt, denn ich erinnere mich ab der Zigarette an nichts mehr. Am nächsten Tag nimmt Hamish zum zweiten Mal das Schiff, und ich begleite ihn nach Hause.

Die Polizei erhebt keine Anklage gegen den Türsteher, der meinen Bruder »ein wenig unsanft behandelt« hat, denn man ist sich einig, dass Fergus ihn tatsächlich belästigt hat und der Mann auch nicht beabsichtigte, ihn zu töten. Man geht davon aus, dass Hamish so betrunken war, dass er nicht mehr wusste, was er tat, und deshalb in den Fluss gestürzt und ertrunken ist. Und so kommt der prügelnde Türsteher ungestraft davon – fast könnte man sagen, der Hau-drauf war unantastbar.

11

Badeordnung:
Nicht schubsen

Als ich die Kiste mit den Murmeln öffnete, habe ich sozusagen in ein Wespennest gestochen.

Ich weiß nicht, ob ich es ahnte, als ich die Murmeln in der Hand hielt und die Inventarliste überflog, aber als ich die Veränderung in Dads Gesicht sah, sobald er die Bloodies erblickte, wurde es mir klar. Und als ich dann auch noch erfuhr, welches Chaos meine Familie allein mit der Entscheidung, wo die Kisten untergebracht werden sollten, angerichtet hatte, war das nur eine Bestätigung.

Aber ich habe keine Ahnung, was ich als Nächstes tun soll. Der Mond ist schuld, ich habe zu viele Gedanken, ich kann sie nicht alle auf einmal verarbeiten. Ich muss mich daran erinnern, zu atmen.

Als ich wieder draußen auf der Straße stehe, bin ich so wütend, dass ich sofort Mum anrufe, direkt vor Mickeys Büro.

»Na, wie kommt Miss Marple voran?«, fragt sie und lacht mal wieder über ihren eigenen Scherz. »Warst du schon bei Mickey Flanagan?« Ich höre die Nervosität in ihrer Stimme und frage mich, ob sie Angst hat, dass ich ihr auf die Schliche komme.

»Welcher von Dads Brüdern wollte nicht, dass du die Kisten bei dir unterstellst?«, frage ich ohne lange Einleitung.

Sie seufzt. »Also hat Mickey es dir erzählt. Ach, Liebes, ich wollte nicht, dass du es erfährst.«

»Ich weiß das zu schätzen, aber ich will die Murmeln finden, und deshalb muss ich die Wahrheit wissen.«

»Du machst dich also tatsächlich auf die Suche nach den fehlenden Murmeln? Sabrina, Liebes, ist alles in Ordnung mit dir? Mit dir und Aidan? Geht ihr noch zur Paarberatung?«

»Ja, bei uns ist alles gut«, antworte ich wie auf Autopilot. Ich hätte Mum nichts von der Therapie erzählen dürfen, denn jetzt denkt sie, dass alles, was ich sage und tue, irgendwie mit der Paarberatung zu tun hat, zu der ich Aidan zuliebe mitgehe. Meinetwegen könnte ich gut darauf verzichten. Aber das habe ich in letzter Zeit sehr oft gesagt, ohne richtig darüber nachzudenken. Ist bei uns wirklich alles gut? Ich komme lieber zu meinem Thema zurück. »Sagst du mir, was mit den Kisten und Dads Brüdern los war?«

Mum seufzt, denn sie weiß, dass sie nicht um eine Antwort herumkommt, und als sie spricht, höre ich, dass sie sich ärgert. Nicht über mich, sondern über Dad, über die ganze Situation letztes Jahr. »Angus hat mich angerufen, aber im Grunde hatten Fergus' Brüder alle dieses Problem mit mir. Sie hatten gehört, dass wir Fergus' Wohnung ausgeräumt haben, und sie wollten nicht, dass ich seine Sachen bei mir aufbewahre. Dir hätten sie das Zeug jederzeit gegeben, aber ich hab ihnen gesagt, du hast keinen Platz. Den Rest kennst du.«

Ich versuche, ein Bild von Angus vor meinem inneren Auge heraufzubeschwören. Mit meinen Onkeln und Tanten hatte ich nie viel zu tun, weil auch Dad nie viel mit ihnen zu tun hatte. Früher habe ich sie zwar hin und wieder bei Familienfeiern gesehen, aber wir sind nie lange geblieben, Dad war immer angespannt, immer hat irgendjemand irgendetwas gesagt, was ihn ärgerte, und dann fuhren wir gleich wieder ab. Mum hat nie protestiert, sie mochte diese Familienzusammenkünfte auch nicht, weil es unweigerlich Streit gab. Einmal hat ein betrunkener Verwandter bei einem Krach mit seiner Freundin den Tisch mit sämtlichen Getränken umgeworfen, ein andermal konnten die Schwägerinnen ihre scharfen Zungen nicht im Zaum halten – bei den Boggs-Doyle-Events gab es jedes Mal irgendein Drama. Oft schauten wir von vornherein nur kurz vorbei – »Wir zeigen uns nur schnell mal«, wie Dad sagte. Das war alles, was er von seiner Familie wollte, sich ihnen kurz zu zeigen. Vielleicht hat er das bei uns auch so gemacht, denn jetzt frage ich mich, wer dieser Mann eigentlich ist, über den ich nun all diese Dinge herausfinde.

Angus ist der älteste Bruder meines Vaters, er ist Fleischer, aber nicht der mit dem Lieferwagen. Das ist Duncan, glaube ich, aber das heißt nicht, dass sie nicht alle unter einer Decke stecken. Allerdings habe ich sie wirklich lange nicht mehr gesehen, denn seit ich achtzehn bin, hat mich niemand mehr zu einer Familienfeier geschleppt, und ich habe Dads Familie auch nicht zu meiner Hochzeit eingeladen. Aidan und ich haben im kleinen Kreis in Spanien geheiratet, nur zwanzig Gäste waren da.

Will ich wirklich zu Angus fahren und ihn fragen, was letztes Jahr passiert ist? Ihn fragen, warum er nicht wollte, dass Mum Dads Sachen bei sich unterstellt? Womöglich nahelegen, dass er sie selbst haben wollte, um Dads Murmeln zu klauen? Was für eine alberne Befragungsstrategie. Und nehme ich es den Brüdern wirklich übel, dass sie Dads Sachen nicht bei Mum haben wollten? Sie hatten doch ganz recht damit, aber das sehe ich erst jetzt. Es ist durchaus vorstellbar, dass Mum sich – vielleicht in alkoholisiertem Zustand – von ihren bitteren Erinnerungen an Dads Missetaten hätte dazu hinreißen lassen, das ganze Zeug ins Feuer zu schmeißen. Obwohl sie selbst ja inzwischen in zweiter Ehe glücklich verheiratet ist.

»Wusstest du, dass Dad eine Murmelsammlung hatte?«, frage ich sie noch einmal eindringlich. »Hast du die Murmeln damals eingepackt?«

»Nein. Das habe ich dir doch bereits gesagt.«

In ihrer Stimme höre ich so viel Ärger und ehrliche Verletzung, dass ich ihr glaube.

»Und wenn ich zufällig auf sie gestoßen wäre, als wir gepackt haben, hätte ich sie sofort in die Mülltonne geworfen«, verkündet sie trotzig. »Ein erwachsener Mann, der Murmeln sammelt – also wirklich.«

Ich glaube ihr, aber ich fange an zu überlegen, was sie wohl sonst unbemerkt von mir in der Wohnung gefunden und nicht für aufhebenswert gehalten hat. Vielleicht war sie nicht die richtige Person, um mir zu helfen. Warum denke ich daran erst jetzt? Schuldgefühle nagen an mir. Ich war überfordert, ich war gestresst, ich hatte Sorgen. Aber ich hätte es trotzdem besser machen müssen. Vielleicht hätte ich Dads Brüder zum Helfen einladen sollen, vielleicht hätten sie gern eine Erinnerung an Dads Vergangenheit gehabt. Vielleicht waren sie deshalb sauer auf Mum, und auch ich habe niemanden von Dads Familie jemals einbezogen. Ich habe einfach alles an mich gerissen und gedacht, ich weiß ja alles, was es über Dad zu wissen gibt.

»Mum, ist dir wieder eingefallen, worum es bei deinem Murmel-Streit mit Dad damals ging?« Ich weigere mich, diese Frage auf sich beruhen zu lassen, denn ich bin überzeugt, dass Mum mir etwas vorenthält, und jetzt möchte ich so viel aus ihr rauskriegen, wie ich nur kann. Keine Geheimnisse mehr.

»Ach, daran kann ich mich wirklich nicht mehr genau erinnern«, antwortet sie ausweichend und schweigt einen Moment, so dass ich schon denke, sie will es mir nicht sagen. Aber dann spricht sie auf einmal weiter: »Wir waren auf Hochzeitsreise, so viel weiß ich noch. Dein Dad ist alleine irgendwo rumgelaufen, wie er das immer getan hat, ohne die kleinste Erklärung, und als er zurückkam, hatte er alles, was wir in den Monaten davor mühsam zusammengespart hatten, für irgendeine blöde Murmel ausgegeben.«

Ich nehme die Inventarliste aus dem Ordner und überfliege sie.

»War es eine mit einem Herz?«

»Wie sie aussah, weiß ich wirklich nicht mehr«, antwortet sie. Dann schweigt sie eine Weile und fährt schließlich fort: »Aber ich denke, es war ein Herz, ja. Es hat mich wahnsinnig gemacht, dass er unser ganzes Geld für so etwas aus dem Fenster geschmissen hat. Wir waren drei Tage in Venedig und konnten uns nichts zu essen kaufen. Ich erinnere mich noch, dass wir uns an einem Tag eine Dose Cola geteilt haben, was anderes war nicht drin. Dieser verdammte Idiot«, sagt sie leise. »Aber so war er, dein Vater. Woher hast du eigentlich gewusst, dass es ein Herz war?«

»Oh, ich hab einfach nur ... wild geraten.«

Ich streiche mit dem Finger über Dads Schrift: *Herz – leicht beschädigt. Zustand: Sammlerstück. Venedig 1979.*

Also hat Mum die Murmeln nicht eingepackt, und sie hat auch keine davon weggenommen. Ich glaube, ich kann davon ausgehen, dass sie nichts mit ihnen zu tun haben wollte.

Aber wer sonst hatte Zugang zu den Kisten? Mickey sagt, er habe sie nicht angefasst und auch niemand aus seiner Familie. Zwar werde ich es nie mit Sicherheit wissen, aber ich muss ihm vertrauen. Mit der Transportfirma Kontakt aufzunehmen, mit der die Kisten letztes Jahr verschickt wurden, kommt mir ziemlich aussichtslos vor. ›Entschuldigen Sie, haben Sie vielleicht zufällig ein paar von den Sachen gestohlen, die Sie letztes Jahr ausliefern sollten?‹ Vielleicht hat Mickey unrecht mit seiner Vermutung, dass die Murmeln schon nicht mehr in der Kiste waren, als die Sachen bei ihm ankamen. Vielleicht sind sie ja erst gestern verschwunden. Und den Fahrer der gestrigen Lieferung zu kontaktieren ist nicht so aussichtslos.

»Kann ich Ihnen noch etwas helfen, Sabrina?«, fragt Amy freundlich, als ich erneut in die Kanzlei spaziere.

Ich versuche, mich zu beruhigen. *Der Mond ist schuld.* »Mickey hat gestern mehrere Pakete von seiner Privatadresse zu meinem Vater ins Pflegeheim geschickt, und ich versuche herauszufinden, wer sie transportiert hat. Wissen Sie irgendetwas darüber?«

»Ob ich etwas darüber weiß? Ich habe ein ganzes Wochenende in Mickeys Garage verbracht, unbezahlt, versteht sich, und Kartons zum Verschicken fertig gemacht. Ist eigentlich nicht mein Job, aber bringen Sie das mal Mickey bei.«

Mein Herz macht einen kleinen hoffnungsvollen Hüpfer. »Waren die Kartons verschlossen, bevor Sie sie fertig gemacht haben?«, frage ich möglichst locker, denn ich will Amy auf keinen Fall beleidigen.

»O Gott«, stöhnt sie. »Ja, sie waren verschlossen und sehr sorgfältig untergebracht, das kann ich Ihnen versichern. Aber erzählen Sie mir jetzt nicht, dass irgendetwas kaputtgegangen ist. Oder dass womöglich etwas fehlt.«

»Na ja, es fehlt tatsächlich etwas.«

»Oh, Looper.«

»Wie bitte?«

»Sorry. Der Typ von der Lieferfirma heißt Looper. Ich erkläre es Ihnen. Also, die Kisten waren definitiv verschlossen, und ich hatte auch die strikte Anweisung, sie keinesfalls zu öffnen. Mickey will nicht, dass ich etwas von seinen Privatangelegenheiten mitkriege – übrigens waren Ihre Kartons nicht die einzigen in seiner Garage. Wir mussten eine Menge Gerümpel ausräumen. Alte Möbel, Klamotten, Zeug, das jahrelang nicht angefasst worden und völlig verstaubt war. Aber egal – ich habe Looper engagiert, die Kartons auszuliefern. Looper ist Mickeys Neffe, und ich muss solche Aufträge immer ihm geben, obwohl es seinetwegen schon jede Menge Beschwerden gegeben hat. Mickey versucht, seiner Familie zu helfen, Sie wissen ja, wie das ist. Ich fürchte, das ist dann eine Sache zwischen Ihnen und Looper, ich kann mich da nicht einmischen, aber ich kann Ihnen seine Adresse geben.«

»Ja, bitte«, antworte ich und freue mich. Vielleicht ist ja doch nicht alles verloren, vielleicht komme ich tatsächlich einen Schritt weiter.

»Kennen Sie sich hier in der Gegend aus?«, fragt Amy, während sie mir zögernd die Adresse aushändigt.

»Nein, aber ich hab ein Navi.«

Amy beißt sich auf die Lippen. »Nicht mal das wird Ihnen sagen können, wo Sie hinmüssen«, erwidert sie. »Das ist ziemlich abgelegen.«

»Schon in Ordnung, ich habe Zeit«, versichere ich ihr und mache mich auf den Weg zur Tür. Es ist lange her, dass ich zuletzt etwas gespürt habe wie jetzt, eine Art Erwartung oder Aufregung.

»Aber seien Sie vorsichtig, Looper ist kein kontaktfreudiger Mensch, vor allem nicht an einem Tag wie heute«, meint sie und gestikuliert zum Himmel. »Tage wie heute sind geradezu für Menschen wie ihn gemacht«, fügt sie hinzu, ehe die Tür hinter mir ins Schloss fällt.

Ich fahre zu der Adresse, die Amy mir gegeben hat. Ich blicke zur Sonne hinauf und frage mich, ob an ihrer Bemerkung irgendetwas dran sein könnte. Ist heute der Tag, an dem das Schicksal zuschlägt? Oder der Tag, an dem ich endgültig den Verstand verliere? Ich gehe auf die Jagd nach verlorenen Murmeln, obwohl ich nicht mal einen richtigen Beweis dafür habe, dass sie überhaupt existieren. Bloß eine handgeschriebene Inventarliste unbestimmbaren Alters. Und nun bin ich drauf und dran, irgendwo im Nirgendwo einen Mann namens Looper aufzusuchen, um ihm mitzuteilen, dass ich ihn des Diebstahls verdächtige.

Kaum habe ich die Stadtgrenze hinter mir gelassen, stellt mein Navi den Dienst ein, genau wie Amy es prophezeit hat. Nach dem Zufallsprinzip fahre ich ein paar Straßen rauf und runter und finde tatsächlich das richtige Haus. Looper – der Name an sich klingt ja schon irgendwie zwielichtig – wohnt in einem kleinen Bungalow aus den Siebzigern, völlig vernachlässigt und verlottert. Der Vorgarten ist ein Sammelplatz für Autoteile – Reifen, Motoren, Kühlerhauben und sonst noch alles Mögliche. In der Einfahrt steht ein weißer Van, unter dem zwei dicke Beine in dreckigen Stonewashed-Jeans und Arbeitsstiefeln hervorschauen. Aus einem Radio in der Nähe plärrt AC/DC. Am Gartentor halte ich an, es ist mit einem Vorhängeschloss abgesperrt und trägt ein Schild mit der Aufschrift *Betreten verboten – Achtung, bissige Wachhunde!* und ein Bild von zwei zähnefletschenden Bestien.

Ich steige aus, und als ich vor dem Gartentor stehe, frage ich mich mal wieder, ob ich jetzt doch den Verstand verloren habe.

»Entschuldigung«, rufe ich laut in Richtung der Beine. »Looper?«

Tatsächlich bewegen sich die Beine, und unter dem Auto kommt ein junger Mann hervor. Er hat lange fettige Haare, trotz seiner Jugend eine deutliche Stirnglatze, trägt eine weiße, mit Öl,

Schweiß, Fett und weiß der Himmel was sonst noch beschmierte Weste. Er ist eher stämmig als muskulös, aber groß und breit wie ein Ochse. In Mittelerde würde er nicht deplatziert wirken.

Er starrt mich an, wischt den Schraubenschlüssel an seinem T-Shirt ab und taxiert mich träge von oben bis unten. Als er mit mir fertig ist, kommt mein Auto an die Reihe. Schließlich wandert sein Blick zurück zu mir, und dann schlendert er ganz gemütlich, den Schraubenschlüssel fest in der Hand, auf mich zu, als hätte er alle Zeit der Welt und würde unterwegs gründlich überlegen, ob er mir mit dem Werkzeug eins überbraten möchte. Doch er kommt nicht bis ans Tor, sondern bleibt ein paar Schritte dahinter stehen, leckt sich mit seiner Schlangenzunge über die Lippen, begutachtet mich dabei weiter und gibt Schmatzlaute von sich, als käme ich durchaus für seine nächste Mahlzeit in Frage.

»Sind Sie Looper?«, erkundige ich mich höflich.

»Vielleicht. Vielleicht auch nicht. Kommt ganz drauf an, wer das wissen will.«

»Na ja … ich.« Ich lächle. Aber ziemlich unsicher.

Anscheinend gefällt Looper mein Lächeln nicht, er glaubt wahrscheinlich, dass ich mich über ihn lustig mache, weiß nicht, warum, und wenn er etwas nicht versteht, fühlt er sich nicht mehr männlich und benimmt sich dafür umso mehr wie ein blöder Macho. Er hustet lautstark und spuckt den emporgewürgten Schleimpropfen auf den Boden, um seinem Unmut Ausdruck zu verleihen.

»Betreiben Sie hier in der Gegend die Transportfirma?«

»Die einzig wahre, jawohl. Haben Sie etwa einen Job für mich? Ich hab nämlich einen für Sie.« Grinsend fasst er sich zwischen die Beine.

Ich weiche angeekelt zurück. »Sind Sie Mickey Flanagans Neffe?«

»Wer will das wissen?«

»Ich. Schon wieder ich«, antworte ich tonlos. »Ich bin eine Klientin von ihm. Er hat mich hergeschickt.« *Er weiß, dass ich hier bin, man wird mich vermissen. Also bring mich gefälligst nicht um!*

»Haben Sie gestern einen Transport für Ihren Onkel erledigt, nach Dublin?«

»Ich mache viele Lieferungen nach Dublin.«

Das bezweifle ich stark. »In ein Pflegeheim, genauer gesagt.«

»Wohnen Sie da etwa?«, grinst er und entblößt seine wenigen, grünlichen Restzähne. Wieder lässt er seinen Blick über meinen Körper wandern, er möchte Katz und Maus mit mir spielen. Seine Augen sind ungewöhnlich, seltsam trüb, als ginge in und auch hinter ihnen nicht sehr viel vor sich. Der Gedanke, dass dieser Mann womöglich Dads Murmeln in seinen Besitz gebracht hat, macht mich krank. Vorsichtig schaue ich mich um, hauptsächlich nach Hilfe, nach einem Augenzeugen, falls doch noch etwas schiefgeht, nach einem Retter, falls Looper Anstalten macht, das zu tun, was ich befürchte. Aber das Haus liegt wirklich mitten im Nichts, umgeben von endlosem, unbebautem Ackerland. Auf einem kahlen Feld steht ein ausgebranntes Auto.

Looper folgt meinem Blick. »Eine einzige Scheiße, das Ganze, außer Kartoffeln kann man alles vergessen. Daddy war Bauer. Man hat ihm ein Vermögen dafür angeboten, aber er hat abgelehnt und gesagt, er ist Bauer, was soll er sonst machen? Dann hat er sich hingelegt und ist gestorben, hat mir das Land vermacht, und jetzt interessiert sich keiner mehr dafür. Reine Platzverschwendung, weiter nichts.«

»Warum bauen Sie nichts an?«

»Ich hab was anderes am Laufen, meine Werkstatt und meine Lieferfirma.«

Nichts hier sieht auch nur ansatzweise nach einem seriösen Gewerbe aus.

»Wollen Sie reinkommen? Dann zeig ich Ihnen alles.«

Ich blicke zu der offenen Tür, sehe den Dreck und das Chaos im Innern des Hauses und schüttle den Kopf. Ich möchte nicht mal durchs Gartentor gehen.

»Sie haben fünf Kisten aus Mickeys Garage an das Pflegeheim meines Vaters geliefert. Ein paar Sachen fehlen, und ich hab mich gefragt, ob Sie … ob Sie mir vielleicht helfen können.«

»Wollen Sie damit andeuten, ich hätte was geklaut?«

»Nein, aber ich brauche Ihre Hilfe«, betone ich noch einmal. »Haben Sie unterwegs vielleicht irgendwo haltgemacht? Hatte außer Ihnen jemand Zugang zu Ihrem Lieferwagen?«

»Ich hab das Zeug eingeladen und bin nach Dublin gefahren, Punkt.«

»Haben Sie die Kisten geöffnet? Könnte etwas herausgefallen sein?«

Er grinst. »Ich sag Ihnen was – wenn Sie mich küssen, antworte ich Ihnen.«

Ich zucke zurück.

»Okay, okay«, lacht er. »Ich antworte Ihnen, wenn Sie mir die Hand geben.«

Schlimm genug, aber ich spiele mit. Ich möchte unbedingt eine Antwort von ihm.

Looper steckt den Schraubenschlüssel in die Gesäßtasche und hebt die Hand, um zu zeigen, dass er unbewaffnet ist, dann streckt er sie aus und kommt auf mich zu.

»Kommen Sie schon. Wenn Sie mir die Hand geben, beantworte ich Ihre Fragen. Ich steh zu meinem Wort.«

Misstrauisch beäuge ich die Hand, und als ich meine schließlich ausstrecke, packt er sie blitzschnell und zerrt mich am Arm zu sich. Dann umklammert er mit der anderen Hand meinen Nacken, um mich zu küssen. Seine Lippen berühren meine, und ich kann sie nur fest zusammenpressen, um wenigstens seine Zunge abzuwehren, denn er hält meinen Nacken wie in einem Schraubstock, unmöglich, den Kopf wegzudrehen. Verzweifelt stemme ich die Hände gegen seinen Brustkorb, um ihn zurückzustoßen, aber er ist einfach zu stark. Panik steigt in mir auf. Doch dann zieht er sich abrupt zurück, leckt sich über die Lippen und fängt laut an zu lachen.

Ich wische mir heftig das Gesicht ab und möchte am liebsten sofort zu meinem Auto zurückrennen. Hilfesuchend, mit wild klopfendem Herzen schaue ich mich um, aber er kommt mir nicht mehr so nahe, er steht nur da und brüllt vor Lachen.

»Sie haben meine Frage nicht beantwortet«, sage ich ärgerlich und reibe mir die Lippen. Ohne eine Antwort – oder besser noch, die Murmeln – werde ich hier nicht weggehen, ich werde nicht zulassen, dass dieser Ausflug umsonst gewesen ist.

Looper schaut mich amüsiert an, den Schraubenschlüssel wieder fest in der Hand. »Ich hab Ihre Kisten bei Mickey abgeholt, und an der Autobahn hab ich eine kleine Rast eingelegt, um nachzuschauen, was drin ist. Aber da war nichts Gescheites, also hab ich alles wieder zugeklebt und bin weiter nach Dublin gefahren«, erklärt er und zuckt unverfroren die Achseln. »Was soll ich mit irgendwelchen Papieren und Kinderspielzeug anfangen? Deshalb hab ich auch nichts rausgenommen, und Sie sollten lieber woanders nachforschen.«

Aus irgendeinem Grund glaube ich ihm. Er hat nicht genug Grips, er hat die Inventarliste nicht durchgeschaut. Der Ordner ist eine Art Buch, und ich bezweifle, dass dieser Typ in seinem Leben jemals ein Buch angefasst, geschweige denn gelesen hat. Er hätte nicht genug Verstand, um einen Zusammenhang zwischen den Sachen auf der Liste und den Murmeln in den Schachteln zu erkennen. Der Mensch, der die beiden teuersten Murmeln der Sammlung entwendet hat, muss sich Zeit genommen haben, die Liste und die Murmeln durchzugehen. Ein kurzer Stopp am Straßenrand hätte nicht gereicht, um die beiden wertvollsten Stücke zu finden, denn die Murmeln sind nicht nach ihrem Preis aufgeführt, sondern alphabetisch nach den Namen.

»Hat es sich gelohnt?«, fragt er zwinkernd, als ich zum Auto zurückstürme. »Hab ich Ihnen geholfen?«, ruft er mir nach.

Ich lasse den Motor an und fahre los. Ja, er hat mir geholfen.

Looper hat die fehlenden Murmeln nicht genommen. Sie waren nicht in einer der Kisten, als Mickey Flanagan seine Garage ausgeräumt hat, da bin ich inzwischen hundertprozentig sicher. Und sie waren auch nicht in den Kisten, als diese zu Mickey gebracht wurden. Ich muss weiter zurückgehen, ins letzte Jahr. Vielleicht sogar noch weiter.

12

Murmelspiele:
Mondmurmeln

»Es ist Zeit, Fergus!«, ruft Schwester Lea, als sie, übers ganze Gesicht strahlend, mein Zimmer betritt. Sie lächelt fast immer und hat zwei große Grübchen in den Wangen, zwei Vertiefungen, groß genug für eine Murmel. Vielleicht keine in Durchschnittsgröße, aber eine von der kleinen Sorte würde gut darin stecken bleiben. Lea ist jung, ein Landmädchen aus Kerry, ihr singender Tonfall ist unverkennbar, und wenn sie im Schwesternzimmer lacht, hört man es in meinem Zimmer, ganz am anderen Ende des Korridors. Meistens bin ich ja sowieso gutgelaunt, aber Lea macht mich noch fröhlicher. Wenn meine Physiotherapie mal wieder besonders anstrengend war – und das kommt oft vor –, kommt sie mit einem Lächeln, einer dampfenden Tasse Kaffee und einem Cupcake zu mir. Die Cupcakes backt sie übrigens selbst, und dann kriegen alle welche geschenkt. Ich sage ihr manchmal, wenn sie so viel Engagement für die Männer aufbringen würde, mit denen sie sich verabredet, dann würde ihr bald einer aus der Hand fressen. Aber sie ist immer noch Single und erzählt mir gerne die neuesten Geschichten über ihre katastrophalen Verabredungen.

Ich habe eine Schwäche für Lea. Sie erinnert mich an Sabrina. Genauer gesagt an Sabrina, wie sie war, bevor sie Kinder bekommen hat. Jetzt ist sie immer so fahrig und unkonzentriert, was ja eigentlich kein Wunder ist, wenn man auf drei Jungs mit Hyperantrieb aufpassen muss. Oft beginnen wir ein Gespräch und bringen es nie zu Ende, manchmal schaffen wir es kaum, einen einzigen Satz zu vollenden. Sie ist auch viel schusseliger als früher, da war sie genauso fix und pfiffig wie Lea, aber jetzt ist sie ständig müde, und sie hat auch zugenommen. Meine Ma war zäh wie altes Schuhleder, nur wenn sie mal mehr als einen Brandy intus hatte – was äußerst selten, vielleicht zweimal im Jahr, vorkam –, habe ich sie weicher erlebt. Sie war spindeldürr, wahrscheinlich, weil sie ständig ihren sieben Jungs hinterherrennen musste, sogar nach den Schwangerschaften hatte sie im Handumdrehen wieder ihre alte Figur. Wenn ich meine Ma gekannt hätte, bevor sie uns gekriegt hat, hätte ich womöglich auch eine Veränderung an ihr wahrgenommen. Vielleicht war sie vorher unbekümmert und lustig, und erst der Stress des Lebens und der Mutterschaft hat sie hart gemacht. Ich hab mich in meinem Leben weiß Gott auch verändert – ich bin jetzt im Pflegeheim! Aber eine unbeschwerte Ma kann ich mir überhaupt nicht vorstellen, nicht mal auf den Fotos, die wirken alle gestellt und verkrampft, Arme an die Seiten gedrückt, null Körperkontakt, ernstes, der Kamera meist frontal zugewandtes Gesicht. Aber es gibt ein Foto von Ma, das ich immer bei mir habe. Dad hat es am Strand in Schottland gemacht, und Ma sitzt auf einem Handtuch im Sand, zurückgelehnt, das Gesicht zur Sonne emporgereckt, die Augen geschlossen. Und sie lacht. Ich habe dieses Foto unzählige Male studiert und mich gefragt, worüber sie wohl lacht. Ihre Haltung ist sexy, fast provokant, obwohl das sicher nicht in ihrer Absicht lag. Zu ihren Füßen sitzt Hamish, als Baby. Wahrscheinlich lacht sie über etwas, was er gemacht hat, oder über etwas, was Dad gesagt hat. Ich weiß, es ist seltsam, provokante Fotos von seiner eigenen Mutter bei sich zu tragen, und für einen Psychotherapeuten wäre es bestimmt ein gefundenes Fressen, aber aus irgendeinem Grund macht es mich froh, dieses Bild anzuschauen.

Wenn ich mir Sabrina vorstelle, sehe ich in Gedanken ein verkniffenes, besorgtes Gesicht vor mir.

»Schauen wir uns einen 3-D-Film an?«, frage ich Lea. Ich necke sie wegen der witzigen Brille, die sie trägt.

»Ich hab auch eine für Sie«, antwortet sie lachend, holt eine weitere Brille aus der Tasche und reicht sie mir.

Ich setze sie auf und strecke ihr die Zunge heraus, und sie lacht wieder.

»Haben Sie vergessen, dass heute die Sonnenfinsternis ist, Fergus?«

Ich weiß nicht, ob ich es vergessen habe, weil ich mich nicht erinnern kann, es je gewusst zu haben.

»Das Wetter ist perfekt, kein Wölkchen am Himmel. Natürlich sind wir nicht an einem der idealen Beobachtungspunkte, über die im Radio dauernd geredet wird, aber die Sonne ist die Sonne, und man sieht sie, egal, wo man ist. Ich hab Cupcakes für alle gebacken. Vanille. Eigentlich wollte ich Schoko-Cupcakes machen, aber Fidelma, meine neue Mitbewohnerin – erinnern Sie sich, dass ich Ihnen von ihr erzählt habe, die Krankenschwester aus Donegal? –, Fidelma ist echt eine dumme Kuh, sie hat sämtliche Cadbury-Tafeln im Kühlschrank aufgegessen«, beschwert sich Lea. »Ich hatte extra vier von den großen gekauft. Aber jetzt habe ich überall in der Wohnung Klebezettel aufgehängt. *Nicht anfassen* und *Nicht essen*. Ich brauch Fidelma nur anzuschauen, schon werde ich wieder wütend. Und erinnern Sie sich an den neuen Plasmafernseher, den ich von meinem Nachbarn gekriegt habe, weil der ihn loswerden wollte? Sie hat keine Ahnung, wie man ihn bedient, und nimmt ständig die falsche Fernbedienung. Neulich hab ich sie tatsächlich dabei erwischt, wie sie die vom Gasofen auf den Bildschirm gerichtet hat.«

Wir lachen beide. Lea schimpft gern, aber nicht auf gemeine Art, sondern sehr humorvoll, immer mit einem Lächeln und ihrer lauten Singsang-Stimme. Alles klingt wie Vogelgezwitscher an einem sonnigen Tag im Mai. Die Geschichte von ihrer Mitbewohnerin erzählt sie, während sie mir aus meinem Lesesessel in den Rollstuhl hilft. Lea ist an den meisten Tagen bei mir, und weil das restliche Pflegepersonal einen so anderen Stil hat, fällt es mir immer schwer, mich umzugewöhnen. Manche sind sehr ruhig und versuchen, respektvoll zu wirken, andere sind in Gedanken bei ihrem eigenen Leben, oder sie sind herrisch und erinnern mich daran, wie meine Mutter mich als Kind angeschrien hat.

Sie sind nicht unfreundlich, aber niemand außer Lea hat dieses gewisse Etwas. Während sie mich versorgt, redet sie mit mir immer über andere Dinge, und ich vergesse oft ganz, was wir da machen. Und das wünscht man sich doch bei einem Menschen, der einem den Hintern abputzt und die Eier wäscht. Das Schweigen der anderen macht mir immer bewusst, was gerade wirklich passiert.

Aber mein Zimmernachbar Tom kann Lea nicht leiden. »Hält sie denn nie den Mund?«, brummt er so laut, dass Lea ihn bestimmt hört, aber das stört sie anscheinend nicht, denn sie macht einfach weiter. So ist Tom eben – er ist nur glücklich, wenn er was zu jammern hat.

Lea fährt mich hinaus in die Sonne, zu dem kleinen Rasen, auf dem wir an sonnigen Tagen wie heute gern sitzen. Alle sind im Freien versammelt und schauen mit ihren albernen Brillen zum Himmel empor. Das Radio läuft, Radio One mit einer Liveberichterstattung über das, was wir gleich zu sehen bekommen werden – nicht dass wir es nicht schon die ganze Woche über gehört hätten. Noch nie habe ich so viel über Kernschatten und Halbschatten erfahren, und dann redet noch jemand irgendwelches Voodoozeug über den Vollmond. Obwohl – daran glaube ich. Als kleines Mädchen konnte Sabrina bei Vollmond nie schlafen. Sie kam immer in unser Schlafzimmer, ist zu uns ins Bett gekrochen und hat sich zwischen mir und Gina zusammengerollt. Dann lag sie da, hellwach, hat laut geseufzt und mich abwechselnd in die Schulter und ins Gesicht gepiekt, damit ich aufwache und ihr ein bisschen Gesellschaft leiste. Einmal habe ich sie nach unten gebracht und ihr heiße Schokolade gekocht, und dann saßen wir in der Küche, sie war wach und hat wie hypnotisiert den Mond angestarrt, als würde sie sich stumm mit ihm unterhalten, während ich im Sessel wieder einschlief. Irgendwann kam Gina in die Küche und hat mich angeschrien, was ich mir dabei denken würde, hier nachts um drei mit Sabrina Kakao zu trinken, wo sie doch am nächsten Tag zur Schule müsse. Damit war die Sache gelaufen.

Heute noch denke ich in Vollmondnächten immer an Sabrina und frage mich, ob sie auf ist, ob sie in der Küche sitzt und heiße Schokolade trinkt, hellwach, und ihre langen Locken fallen ihr wild über den Rücken. Natürlich hat sie die Haare inzwischen längst abgeschnitten.

Alle im Garten warten gespannt und voller Vorfreude auf das Naturereignis. Während Lea mir Gesicht und Arme eincremt – meine Beine sind zugedeckt –, erzählt sie mir von ihrem Date gestern Abend. Sie war mit einem Polizisten aus Antrim im Kino. Ich gebe ein missbilligendes Geräusch von mir.

»Im Kino kann man sich doch nicht unterhalten«, sage ich. »Bei einem ersten Date sollte man nie ins Kino gehen.«

»Ich weiß, ich weiß, das haben Sie mir gleich gesagt, als er mich eingeladen hat, und eigentlich haben Sie auch ganz recht. Aber danach sind wir noch was trinken gegangen, und glauben Sie mir – ich war echt froh, dass er die zwei Stunden vorher mal nicht geredet hat! Der Kerl war so ein Vollidiot. Meine Exfreundin dies, meine Exfreundin jenes. Am liebsten hätte ich ihm gesagt: ›Freundchen, du kannst deine Exfreundin haben. Ich bin weg.‹«

Ich schmunzle.

»Was für einen Cupcake möchten Sie denn? Ich hol Ihnen gleich einen. Es gibt welche mit Gummibärchen und welche mit Marshmallows. Ich wollte auch welche mit Maltesern backen, aber die hat Fidelma auch aufgegessen«, erklärt Lea mir grinsend.

»Welche Überraschung«, sage ich.

Während sie weg ist, schaue ich mich um. Heute sind sehr viele Besucher da. Kinder rennen auf der Wiese herum, ein Junge hat einen Drachen dabei, aber so schnell er auch läuft, der Drachen hebt einfach nicht ab, es ist windstill heute. Und keine Wolke am ganzen Himmel, alles indigoblau mit dünnen weißen Wolkenspiralen. Das Bild löst irgendetwas in mir aus, und ich versuche angestrengt, mich zu erinnern, aber es geht nicht. Das passiert manchmal. Oft sogar. Und es frustriert mich.

»Hier, bitte schön«, ertönt Leas Stimme, als sie mit zwei Cupcakes und einer Limonade zurückkehrt.

Ich schaue die Cupcakes an und bin verwirrt.

»Wollen Sie sie nicht?«, fragt Lea.

»Nein, nein, das ist es nicht«, antworte ich. »Kommt meine Frau?«

Lea wird kurz ein bisschen steif, zieht dann aber einen Stuhl zu mir herüber und setzt sich neben mich.

»Meinen Sie Gina?«

»Natürlich. Meine Frau, Gina. Und Sabrina mit ihren Jungs.«

»Erinnern Sie sich, dass die Jungs heute mit ihrem Dad zum Campen gefahren sind? Aidan wollte mit ihnen nach Wicklow, zu ihren Cousins.«

»Ah.« Daran erinnere ich mich überhaupt nicht. Klingt aber, als würde es ihnen bestimmt Spaß machen. Alfie geht bestimmt auf Würmer jagd, das macht er gern. Er erinnert mich ein bisschen an meinen Bruder Bobby, als er klein war, nur dass er die Würmer nicht aufisst wie Bobby, sondern ihnen Namen gibt. Einmal musste ich Whilomena Wurm den ganzen Tag in einer Tasse aufbewahren. »Aber was ist mit Sabrina? Wo ist sie denn?« Ich denke an das verkniffene, besorgte Gesicht meiner Tochter, an ihre konzentriert gerunzelte Stirn. Sie sieht aus, als versuche sie, ein Problem zu lösen oder sich an eine Antwort auf etwas zu erinnern, was sie vergessen hat. Ja, das ist es. Sie sieht immer aus, als hätte sie etwas vergessen. Wenn die Jungs auf ihrem Ausflug sind, dann ist sie vermutlich allein. Es sei denn, sie unternimmt etwas zusammen mit Gina, aber Gina ist total beschäftigt zurzeit, mit Robert, ihrem neuen Ehemann. Natürlich, deshalb hat Lea mich so seltsam angesehen. Ich muss aufhören, Gina als meine Frau zu bezeichnen. Manchmal vergesse ich das.

»Sabrina war heute Morgen hier, wissen Sie noch? Ich glaube, sie hat irgendwas zu erledigen, aber morgen kommt sie bestimmt und besucht Sie – wie immer.«

Ich taste in meinen Taschen herum.

»Kann ich Ihnen irgendwie helfen, Fergus?«

Wieder Lea. Immer genau zur richtigen Zeit.

»Mein Handy. Ich fürchte, ich habe es im Zimmer vergessen.«

»Ich glaube, gleich geht es los mit der Sonnenfinsternis. Soll ich es Ihnen nicht nachher holen? Ich will nicht, dass Sie alles verpassen, weil Sie am Telefon sind.«

Aber wenn ich an Sabrina denke, habe ich das überwältigende Gefühl, dass sie nicht allein sein sollte. Ich sehe sie wieder als kleines Mädchen vor mir, ihr ernstes blasses Gesicht vom weißen Licht erhellt.

»Nein, bitte jetzt gleich. Wenn es geht.«

Einen Augenblick später ist Lea wieder da, jedenfalls kommt es mir so vor. Ich war ganz in irgendeinen Gedanken versunken, erinnere mich aber nicht mehr daran. Lea ist atemlos, und ich habe ein schlechtes Gewissen, weil ich ihr fast die Sonnenfinsternis vermasselt hätte. Natürlich freut sie sich darauf. Sie hätte sich verabreden sollen, um dieses Naturschauspiel zu beobachten. Aber eigentlich bin ich ganz egoistisch froh darüber, dass sie nicht freibekommen hat. Die anderen hätten bis nach der Sonnenfinsternis gewartet, um mein Handy zu holen.

Ich wähle Sabrinas Nummer.

»Dad«, antwortet sie schon beim ersten Klingeln. »Ich hab gerade an dich gedacht.«

Ich lächle. »Gedankenübertragung! Ist alles in Ordnung?«

»Ja, ja«, antwortet sie, unkonzentriert, wie so oft. »Warte mal, ich geh mal kurz woandershin, damit ich reden kann.«

»Oh. Du bist nicht allein?«

»Nein.«

»Gut. Das hab ich gehofft. Ich weiß, dass Aidan und die Jungs beim Camping sind.« Ich bin albern stolz darauf, dass ich klinge, als erinnere ich mich, obwohl das doch gar nicht stimmt. »Wo bist du denn?«

»Ich sitze auf meiner Kühlerhaube mitten in einem Feld in Cavan.«

»Wie das denn?«

Sie lacht, und es klingt froh und leicht.

»Bist du da mit Freunden?«

»Nein. Aber um mich rum sind jede Menge Leute, die sich die

Sonnenfinsternis anschauen. Es ist eine dieser offiziellen Beobachtungsstellen.«

Schweigen. Da ist noch etwas anderes. Irgendetwas, was sie mir nicht sagen möchte.

»Ich fahre nur ein bisschen durch die Gegend und suche etwas.«

»Hast du was verloren?«

»Ja. Irgendwie schon.«

»Hoffentlich findest du es.«

»Ja.« Jetzt klingt sie wieder weit weg. »Wie geht es dir denn? Hast du auch einen guten Platz, kannst du alles gut sehen?«

»Ja, ganz wunderbar. Ich sitze draußen auf dem Rasen, alle essen Kuchen, trinken Limonade und starren zum Himmel. Ich glaube nicht, dass wir genau die richtige Perspektive haben oder wie man das nennt, aber wir sind voll bei der Sache. Beim Warten hab ich nachgedacht, und mir ist eine Geschichte eingefallen, die passiert ist, als du zwei Jahre alt warst.« Leas Lächeln hat diese Erinnerung ausgelöst, Leas Grübchen, in die Miniaturmurmeln reinpassen würden. An Murmeln musste ich wegen des Beutels in Sabrinas Hand heute Morgen denken. »Ich glaube, ich hab dir noch nie davon erzählt.«

»Wenn ich was angestellt habe, hat Mum es mir garantiert erzählt.«

»Nein, nein, sie weiß nichts davon. Ich hab es ihr nicht verraten.«

»Ach ja?«

»Sie war unterwegs, vielleicht hatte sie einen Arzttermin oder war auf einer Beerdigung, das weiß ich nicht mehr so genau, aber jedenfalls hab ich auf dich aufgepasst. Du warst zwei und hast ein paar Murmeln in die Finger bekommen, die du in meinem Büro gefunden hast.«

»Wirklich?« Sie klingt überrascht, interessiert und fast übereifrig, was mich überrascht, denn wir sind noch längst nicht beim Höhepunkt der Geschichte angelangt. »Was waren das denn für Murmeln?«

»Ach, ganz kleine. Miniaturmurmeln. Jetzt wird es dunkel, bei dir auch?«

»Ja, hier auch. Erzählst du weiter?«

»Ist das ein Hund, den ich bei dir heulen höre?«

»Ja, die Tiere werden nervös. Ich glaube, es gefällt ihnen nicht. Erzähl weiter, bitte, Dad.«

»Na ja, du hast dir eine von den Murmeln ins Nasenloch gesteckt. Rechts oder links, das weiß ich nicht mehr.«

»Was hab ich gemacht?« Sie lacht. »Warum das denn?«

»Weil du zwei Jahre alt warst, wahrscheinlich. Außerdem – warum nicht?«

Sie lacht wieder.

»Na ja, ich hab das verdammte Ding nicht wieder rausgekriegt, obwohl ich alles versucht habe, und schließlich ist mir nichts anderes mehr eingefallen, als dich in die Notaufnahme zu bringen. Dort haben sie es mit einer Pinzette versucht, was nicht klappte, dann solltest du dir die Nase putzen, was du nicht konntest – du hast die Luft einfach durch den Mund rausgeblasen. Aber dann ist Dr. Punjabi aufgetaucht, ein indischer Arzt, mit dem ich danach noch mehrfach zu tun hatte, und er hat eine Art Wiederbelebung mit dir gemacht. Er hat dir seinen Atem in den Mund geblasen und dein anderes Nasenloch zugehalten – und schwupp, kam die Murmel rausgehüpft.«

Wir lachen beide. Inzwischen ist es fast dunkel geworden, alle um mich herum starren durch ihre Brillen nach oben und sehen aus wie Idioten – ich natürlich auch. Lea schaut zu mir und reckt aufgeregt beide Daumen in die Höhe.

»Als deine Mum abends heimkam, hast du ihr erzählt, dass ein Inder dich geküsst hätte. Ich hab so getan, als hätte ich keine Ahnung, wovon du redest, und ihr erklärt, wahrscheinlich hättest du einen Trickfilm gesehen – oder so.«

»Ich erinnere mich an die Geschichte«, sagt Sabrina atemlos. »Unsere Nachbarin Mary Hayes meinte auch mal, ich hätte behauptet, einen Inder geküsst zu haben. Aber ich wusste nie, wie sie darauf gekommen ist.«

»Vermutlich hast du es der ganzen Straße erzählt.«

Wir lachen wieder.

»Erzähl mir mehr von der Moonie«, sagt Sabrina.

Ich bin total verdattert. Ihre Frage bringt mich aus dem Gleichgewicht, und ich weiß nicht, warum, sie beunruhigt mich irgendwie. Das ist alles sehr verwirrend. Vielleicht hat es etwas mit dem zu tun, was da oben am Himmel passiert. Vielleicht fühlen sich im Moment alle um mich herum genauso. Ich nehme mich zusammen.

»Die Mondmurmel«, sage ich und rufe mir ihr Bild vor Augen. »Eine passende Geschichte für den heutigen Tag, vielleicht ist sie mir deshalb eingefallen. Ich hab eine bestimmte Sorte gesucht, konnte sie aber nicht finden, nur die Miniaturen. Eine Box mit hundertfünfzig Mondmurmeln, wie kleine Perlen, und alle in einem echt hübschen Glasbehälter, der aussah wie ein überdimensionales Marmeladenglas. Ich weiß nicht, wie dir eine davon in die Hände gefallen ist, vermutlich hab ich dich einen Moment aus den Augen gelassen und nicht richtig auf dich aufgepasst.«

»Wie sah die Murmel denn aus?«

»Das willst du doch gar nicht wissen, Sabrina, das ist langweilig ...«

»Das ist überhaupt nicht langweilig«, fällt sie mir mit fester Stimme ins Wort. »Es ist wichtig. Es interessiert mich. Erzähl es mir, ich möchte es hören.«

Ich schließe die Augen, stelle mir die Murmel vor, und mein Körper entspannt sich. »Eine Moonie ist durchsichtig, und wenn ein Schatten von einem hellen Licht auf sie fällt, sieht man ein Glühen in ihrem Innern, wie von einem Feuer. Das mag ich ganz besonders an ihr, dieses innere Feuer.«

Ich fühle mich so seltsam in diesem außergewöhnlichen Augenblick, in dem die Sonne verblasst und mitten am Nachmittag hinter dem Mond verschwunden ist, aber auf einmal begreife ich, warum ich das Foto von Ma aufbewahre: weil ich genau wie bei einer Mondmurmel das Feuer in ihrem Inneren sehe und weil es überall dieses Feuer zu entdecken gibt, weil wir es sammeln und pflegen können, es uns vor Augen führen, wenn wir Aufmunterung und Unterstützung brauchen – in Augenblicken, in denen die Glut in uns selbst matt geworden ist und sich das Feuer nur noch wie glimmende Asche anfühlt.

»Dad? Dad, ist alles in Ordnung?«, flüstert Sabrina, und ich weiß überhaupt nicht, warum sie flüstert.

Inzwischen ist der Mond an der Sonne vorübergezogen, und das Tageslicht kehrt zurück. Um mich herum begrüßen es die Menschen mit einem Jubeln.

Ich fühle, wie mir eine Träne über die Wange rinnt.

13

Badeordnung:
Nicht ins Becken pinkeln

Ich sitze auf der Kühlerhaube meines Autos, das ich hier geparkt habe, um die Sonnenfinsternis zu beobachten. Ein schlauer Farmer hat jedem, der das Naturschauspiel hier auf seinem Land ansehen wollte, zwei Euro abgenommen, und nun sitzen eine Menge Leute mit lächerlichen Brillen auf ihren Autos. Bis gerade eben habe ich mit Dad telefoniert und habe immer noch einen Kloß im Hals, aber ich ignoriere ihn und blättere fieberhaft in seinem Murmelinventar. Dann halte ich abrupt inne.

Moonies. Mondmurmeln.

Eine ganze Menge Moonies, aber als ich mit dem Finger die Liste durchgehe, finde ich, was ich suche.

Hier sind sie, die Miniatur-Moonies, und auch der Glasbehälter ist gelistet, alles in neuwertigem Zustand. Darunter steht *World's Best Moon, eine Single-Stream-Murmel der Christensen Agate Company.* Es folgt Dads Beschreibung: *Eine transparente, weiße, opaleszierende Murmel mit winzigen Luftblasen im Innern und einer leicht bläulichen Färbung, freundlicherweise zur Verfügung gestellt von Dr. Punjabi.*

Um mich herum wird laut gejubelt, weil die Sonne vollständig zurückgekehrt ist. Ich weiß nicht, wie lange die Finsternis gedauert hat, vielleicht zwei Minuten, aber alle umarmen sich und applaudieren, bewegt und in Hochstimmung. Auch meine Augen sind feucht. Am meisten hat mich Dads Ton erschüttert und berührt. Seine Stimme klang vollkommen verändert, es war, als rede ein anderer Mensch mit mir, als sei unter der bekannten Oberfläche ein mir völlig neuer Mann erschienen, um mir diese Geschichte zu erzählen – eine geheime Geschichte über ihn als

Vater und mich als Kind. Aber nicht nur das – es war auch eine Murmelgeschichte. In den dreißig Jahren meines Lebens kann ich mich an kein einziges Mal erinnern, dass Dad jemals von Murmeln gesprochen hat, und jetzt, wo ich mich auf dieser ... Suche befinde und sich vor mir dieses eindrucksvolle Natur-schauspiel entfaltet, fühle ich mich völlig überwältigt. Langsam nehme ich die Sonnenfinsternis-Brille ab und wische mir die Augen trocken. Ich muss zu Dad, am besten jetzt gleich, und mit ihm über die Murmeln sprechen. Bisher kam es mir nicht richtig vor, das Thema anzuschneiden, weil er sich eindeutig nicht erin-nern konnte, aber vielleicht haben die Bloodies von heute Mor-gen ja noch mehr Erinnerungen in ihm geweckt.

Langsam und bewusst atme ich aus und höre plötzlich Aidans Stimme aus einem früheren Gespräch.

»Was ist los?«

»Nichts«, fauche ich.

»Du hast geseufzt«, sagt er und macht es vor. Es klingt schwer, mühsam und traurig. »Das tust du dauernd.«

»Ich hab nicht geseufzt. Nur ... ausgeatmet.«

»Ist das nicht das Gleiche?«

»Nein, überhaupt nicht. Ich hab nur ... na, ist ja auch egal.« Schweigend widme ich mich wieder den Schulbroten. Butter, Schinken, Käse, Brot. Durchschneiden. Und das nächste ist dran.

Aidan knallt die Kühlschranktür zu. Mir wird klar, dass ich mal wieder nicht richtig kommuniziere.

»Es ist bloß eine Angewohnheit«, sage ich und strenge mich an, tatsächlich mit ihm in Verbindung zu treten, nicht nur zu blaffen und wütend zu werden. Den Regeln der Therapeutin zu folgen. Ich möchte diese Woche nicht schon wieder wegen all meiner schrecklichen Fehler im Scheinwerferlicht stehen. Ich möchte überhaupt nicht zur Therapie gehen. Aidan glaubt, sie wird uns helfen. Aber ich bin der Ansicht, dass Schweigen und Toleranz der beste Weg sind, selbst wenn es eine gereizte Tole-ranz ist. Vor allem, wenn ich nicht mal weiß, wo das Problem liegt und ob es überhaupt ein Problem gibt. Man sagt mir nur, dass mein Verhalten darauf hinweist. Und mein Verhalten gründet sich auf Schweigen und Toleranz. Ein Teufelskreis.

»Ich halte die Luft an, und dann lasse ich sie raus«, erkläre ich Aidan.

»Warum hältst du denn die Luft an?«, fragt er.

»Keine Ahnung.«

Ich rechne damit, dass er gleich wieder eingeschnappt ist, weil er denkt, ich verschwiege ihm etwas, ich hätte irgendein gewaltiges Geheimnis, von dessen Existenz er überzeugt ist, das für mich aber nicht existiert. Aber er sagt nichts, sondern überlegt eine Weile.

»Vielleicht wartest du darauf, dass irgendwas passiert«, sagt er schließlich.

»Vielleicht«, antworte ich, ohne wirklich darüber nachzudenken, während ich die Rosinen in die Brotdosen fülle und einfach nur froh bin, dass er nicht beleidigt ist. Wir haben einen Krach vermieden, ich muss mir keine Sorgen machen, dass ich auf eine der Minen trete, die Aidan umgeben. Oder vielleicht mich?

Aber jetzt denke ich über das nach, was er gesagt hat. Vielleicht warte ich ja wirklich darauf, dass etwas passiert. Vielleicht passiert es nie. Vielleicht muss ich selbst dafür sorgen. Vielleicht tue ich das gerade.

Mein Handy klingelt, aber ich erkenne die Nummer nicht.

»Hallo?«

»Sabrina, hier ist Mickey Flanagan. Haben Sie einen Moment Zeit für mich?«

»Ja, selbstverständlich. Ich bin gerade auf dem Heimweg, ich habe eine Pause gemacht, um die Sonnenfinsternis zu beobachten.« Ob er wohl etwas von meinem Ausflug zu seinem Neffen weiß? Hoffentlich nicht. Ihn zu beschuldigen war eine Sache, seinen Neffen zu beschuldigen wäre wahrscheinlich doppelt kränkend. Obwohl Looper, wie sich herausstellt, die Kisten tatsächlich geöffnet hat.

»Ah, das war wirklich beeindruckend, nicht? Ich bin nach

Hause gefahren, um sie mit Judy, meiner besseren Hälfte, zu beobachten. Wir haben über Sie und die Murmeln geredet.« Er hält inne, und ich weiß, dass irgendetwas im Busch ist. »Wir haben von Ihren Kisten gesprochen, und Judy hat sich erinnert, dass sie nicht alle am selben Tag mit derselben Lieferung bei uns angekommen sind.«

»Nein?« Ich setze mich auf.

»Die ersten Kisten kamen in einem Van mit einem professionellen Lieferanten, so, wie ich es mit Fergus' Familie abgesprochen hatte. Aber jetzt hat Judy mich daran erinnert, dass ein paar Tage später noch mal ein paar Kisten geliefert wurden. Das hatte ich vollkommen vergessen, aber Judy zum Glück nicht. Sie erinnert sich noch genau daran, weil ich sie nicht informiert hatte, dass ich etwas für einen Freund unterstelle, und dann kam diese Frau und hat drei Kartons gebracht. Judy musste mich im Büro anrufen, um nachzufragen, weil sie nicht sicher war, was sie von der Geschichte halten sollte.«

»Eine Frau hat die Kisten abgeliefert?«

»Richtig.«

»Eine Lieferantin?«

»Nein, Judy glaubt, es war nichts Offizielles, und sie hat ein Auge für so etwas. Auch wenn es schon ein Jahr her ist, sie hat eine ausgesprochen scharfe Beobachtungsgabe und ein gutes Gedächtnis. Diese Frau fuhr keinen Lieferwagen, sondern einen PKW. Sonst weiß Judy allerdings nichts mehr über sie, anscheinend haben sie kaum miteinander geredet, und Judy hat angenommen, die Frau sei vielleicht eine Nachbarin oder eine Kollegin.«

»Und sie hat tatsächlich *drei* Kisten gebracht?«

»Ja.«

Was bedeuten würde, dass es durchaus die Kisten mit den Murmeln gewesen sein können. Oder nicht? Wieder denke ich an Mum und frage mich, ob sie mir aus irgendwelchen Gründen immer noch etwas verschweigt. Ob sie nicht wollte, dass ich diese Kisten zu Gesicht bekomme.

»Noch eins«, fügt Mickey hastig hinzu und klingt ein bisschen verlegen. »Noch eine Kleinigkeit – Judy hat gesagt, die Frau war blond.«

Meine Mutter ist definitiv nicht blond. Ich denke an meine Tanten, gebe aber auf, denn ich habe sie so lange nicht gesehen, dass sie inzwischen lila Haare haben oder letztes Jahr blond gewesen und jetzt komplett kahlköpfig sein könnten. Ich habe noch mehr Fragen, aber wie es aussieht, kann Mickey mir nicht mehr helfen.

»Viel Glück, Sabrina«, sagt er. »Ich hoffe, Sie finden die Murmeln. Das würde mich sehr beruhigen.«

14

Murmelspiele:
Hart wie Stahl

Commies. Die Murmeln der armen Jungs. Diese aus Ton herge-
stellte Murmelart war oft nicht ganz rund und nie perfekt, aber
sie war billig, weit verbreitet und lockte während des Ersten
Weltkriegs die Kinder ins Freie. Nach den Commies kamen die
Aggies aus Achat, die Porzellanmurmeln und schließlich die
Glasmurmeln, die viel hübscher waren. Jede war einmalig, keine
glich der anderen. Glas ist mein Lieblingsmaterial. Aber ich be-
sitze auch einige Steelies, Murmeln aus chrombeschichtetem,
kompaktem Metall, wie Ritter im Kampf, tödliche Schussmurmeln, schwer und schnell, mit denen man die Murmeln des
Gegners im hohen Bogen weghauen kann. So bin ich geworden – um mich herum Glas und Porzellan, vielleicht auch ein
bisschen Ton, aber ich bin die Stahlmurmel, die Steelie. Heute
ist mein Hochzeitstag, ich bin vierundzwanzig Jahre alt, und ich
werde alle anderen Männer aus Ginas Leben vertreiben.

Schauplatz des großen Tages ist die Iona Parish Church, die
Kirche, in der Gina getauft worden ist, in der sie zum ersten Mal
gebeichtet und im weißen Kleid die Erstkommunion empfangen
hat, wo sie gefirmt wurde und das voreheliche Gelübde abgelegt
hat. Und nun heiratet sie hier. Derselbe Priester, der all diese
wichtigen Ereignisse ihres Lebens begleitet hat, wird uns heute
trauen, obwohl er mich immer noch genauso böse ansieht wie in
dem Moment, in dem wir uns das erste Mal begegnet sind.

Er hasst mich aus tiefstem Herzen.

Was ist das bloß für eine Art von Familie, die einen Priester als
Hausfreund hat? So eine wie Ginas Familie. Der Priester hat
ihren Vater beerdigt, ihre Ma in langen Nächten mit Whiskey

und guten Ratschlägen getröstet, aber für mich hat er nichts als Verachtung übrig. Er schaut mich an, als wollte ich ihm seinen Platz im Familienclan streitig machen. Ich habe Gina schon erzählt, dass er mich immer so sonderbar ansieht, aber sie meinte, das sei bloß deshalb, weil er sie beschützen will. Sie meint, er habe väterliche Gefühle für sie, weil er sie schon seit ihrer Geburt kennt. Da musste ich mir die Bemerkung verkneifen, dass ein Vater, der seine Tochter so anschaut, eingesperrt und verprügelt gehört.

Gina hält mich für paranoid, weil ich glaube, dass die meisten ihrer Freunde mich nicht mögen. Vielleicht hat sie recht. Aber ich finde, sie schauen mich komisch an. Vielleicht kommt es daher, dass sie immer so höflich und beherrscht sind, dass ich gar nicht richtig erkennen kann, wer sie wirklich sind, weil sie sich nicht anschreien oder mir mal so richtig die Meinung sagen. Das macht mich misstrauisch. In meiner Familie war man nicht so höflich, da hat keiner ein Blatt vor den Mund genommen. Nicht bei mir zu Hause, nicht in meiner Schule, nicht in meiner Straße. Bei solchen Leuten weiß ich, wo ich stehe. Aber der Priester mag mich nicht, da bin ich mir ganz sicher. Ich merke doch, wie er mich ansieht, wenn Gina gerade nicht hinschaut. Wir sind Männer, zwei Platzhirsche, die am liebsten aufeinander losgehen und sich gegenseitig das Geweih kaputtschlagen würden. Ich war froh, dass Ginas Vater tot war, da musste ich mich wenigstens nicht auch noch mit ihm über diesen ganzen männlichen Besitzer-Unsinn streiten – dass ich ihm die Tochter wegnehme und so –, aber ich hätte echt nicht erwartet, dass ich dieses Problem mit dem Familienpriester haben würde.

Und das Gleiche mit dem Hausarzt.

Mein Gott, nicht auch noch mit ihm! Welche Familie hat denn schon einen *Haus*arzt? So eine wie die von Gina.

Wenn bei uns zu Hause einer krank war, hatte Ma immer ein geeignetes Hausmittel parat. Backpulver und Wasser bei Sonnenbrand, Butter und Zucker gegen Husten, braunen Zucker und kochendes Wasser bei Verstopfung. Ich weiß noch, dass

Mattie, als ich mal eine Beule am Knie hatte, das Knie einfach in kochend heißes Wasser getunkt und dann mit einem Buch draufgehauen hat. Ganz einfach, und weg war die Beule. Ein Pickel auf Hamishs Nase wurde mit der Nagelschere abgeschnitten und danach mit Aftershave behandelt. Auf Schnittwunden pinselten wir Jod. Bei Halsschmerzen wurde mit Salzwasser gegurgelt. Antibiotika bekamen wir so gut wie nie, und beim Arzt waren wir so selten, dass wir gar nicht genug Zeit gehabt hätten, um uns mit ihm anzufreunden, wie Gina und ihre Ma es bei ihrem gemacht haben. Es gab keinen Hausarzt und schon gar keinen, den es kümmerte, wen zur Hölle wir heirateten. Aber so ist Ginas Familie eben. Sogar noch schlimmer. Oder vielleicht besser, was weiß ich. Bald gehöre ich dazu, und ich höre Hamish leise lachen. Ich höre ihn, während ich auf der Toilette noch mal meine Krawatte zurechtzupfe und mich für den Empfang bereitmache, den Ginas Großvater bezahlt.

»Na, ist es wirklich der schönste Tag deines Lebens?«, erkundigt Angus sich frech, während er neben mir ins Urinal pisst und mich in meinen Grübeleien stört.

»Na klar.«

Ich habe Angus gefragt, ob er mein Trauzeuge sein möchte, und mir dabei gewünscht, Hamish wäre noch da, obwohl es mit ihm noch tausendmal riskanter gewesen wäre und er mit seiner Rede wahrscheinlich sämtliche Haus- und Familien-Soundsos in die Flucht geschlagen hätte. Nein, das stimmt so nicht. Hamish war nie plump oder gar unverschämt. Anders als die Übrigen hat er seine Umgebung ganz genau beobachtet, er wusste, wie man Geld ranschafft, wie man Stimmungen richtig einschätzt und zum richtigen Zeitpunkt aktiv wird. Das bedeutet nicht, dass er nie einen Fehler gemacht hat, aber zumindest dachte er darüber nach, statt wie die anderen einfach mit dem Erstbesten loszulegen, das ihnen in den Kopf kommt. Fünf Jahre ist er inzwischen tot, aber in meinem Kopf lebt er weiter. Angus war für mich die zweite Wahl – wenn ich meine Familie gar nicht in die Hochzeit einbezogen hätte, hätten alle Zeter und Mordio geschrien. Hätte ich wirklich die Wahl gehabt, wäre mir mein Freund Jimmy am liebsten gewesen, aber da wird es kompliziert. Eigentlich schade, denn er ist der Mensch, mit dem ich am liebsten rede.

Mit ihm unterhalte ich mich mehr als mit sonst irgendjemandem. Wir finden immer ein Gesprächsthema, solange es dabei um nichts geht. Das könnte ich den ganzen Tag machen. Er ist genauso alt wie ich und hat auch eine Schwäche für Murmeln. So haben wir uns kennengelernt, und seither spielen wir mehrmals pro Woche zusammen. Jimmy ist der einzige erwachsene Mann, den ich kenne, mit dem das möglich ist. Zwar behauptet er, dass er noch ein paar andere kennt, und dann machen wir Witze darüber, dass wir ein Team zusammenstellen und uns die Weltmeisterschaft holen könnten. Ich weiß nicht. Vielleicht machen wir das eines schönen Tages tatsächlich.

Es fühlte sich seltsam an, Jimmy nichts von meiner Hochzeit zu erzählen. Über solche Dinge reden Freunde normalerweise miteinander, richtig? Aber wir nicht. Er ist auch keine Plaudertasche, wenn es um persönliche Dinge geht – meistens komme ich zwar irgendwann dahinter, aber er kann verdammt geheimnisvoll tun. Eigentlich mag ich das. Warum? Das habe ich mich auch schon oft gefragt. Ich lasse mir nicht gern in die Karten schauen, ich behalte gern die Kontrolle über das, was andere Leute über mich wissen. Alle haben über den Jungen geredet, der von Schottland nach Dublin gekommen war und ein Jahr lang auf dem Fußboden schlafen musste, bevor er bei Mattie wohnte, den seine Mutter Hals über Kopf geheiratet hatte – eine Heirat, über die sich alle vollkommen zu Recht das Maul zerrissen. Und genauso ging es weiter – Mas nächstes Baby, also Tommy, kam »zu früh« auf die Welt, wir Jungs waren nicht zu bändigen, und später dann, als Hamish starb, redete jeder darüber, was er getan oder nicht getan hatte. Man reduzierte ihn auf einen einzigen Satz, auf ein einziges Wort oder einen einzigen Blick, alle taten so, als würden sie ihn kennen. Dabei kannte keiner Hamish so wie ich. Ich glaube nicht mal, dass meine Brüder ihn kannten, wie ich ihn kannte.

Von all dem wollte ich weg. Von dem ganzen Gerede. Von den Vorschriften und Einschränkungen. Ich wollte mein eigenes Leben leben. Ohne Rechtfertigungen, ohne dummes Geschwätz. Hamish hat genau das getan, aber er hat dafür das Land verlassen, und ich weiß nicht, ob ich das könnte.

Ich wollte weg, aber nicht zu weit. Meine Familie macht mich wahnsinnig, aber ich brauche sie. Ich muss sie wenigstens von weitem sehen können, damit ich weiß, dass mit ihnen alles einigermaßen in Ordnung ist.

Wenn ich eins der Mädchen hätte heiraten wollen, mit denen ich geknutscht habe, als ich vierzehn war, wäre ich geblieben, aber das habe ich nicht getan. Ich war dreiundzwanzig, bereit zum Heiraten, und ich fand es besser, meine gewohnte Umgebung zu verlassen und Menschen wie Gina kennenzulernen. Nicht dass ich sonderlich weit gekommen bin. Ganze fünfzehn Minuten Fußweg. Ein anderes Viertel, weiter nichts. Und wir kamen ja auch nicht aus dem Nichts – bis zum Alter von fünf Jahren lebte ich auf einer Farm in Schottland, meine Ma hat meinen Dad dort kennengelernt. Nach Dads Tod haben wir eine Weile auf Tante Sheilas Fußboden genächtigt, aber dann sind wir in ein hübsches Reihenhaus in St. Benedict's Gardens gezogen, gleich um die Ecke von unserem Revier in der Dorset Street, Matties Vaterhaus, das er geerbt hat, als seine Eltern den Löffel abgegeben haben. Matties Fleischerei läuft prima, wir arbeiten jetzt alle dort, aber bis wir heiraten, geben wir jeden sauer verdienten Penny unserer Ma.

Aber es geht ja auch nicht darum, wo, sondern wie man aufgewachsen ist, und Ginas Ma hat ihre Tochter ganz anders erzogen als meine Ma uns. Jungs großzuziehen ist sowieso was ganz Spezielles, hab ich sie mal zu Mrs Lynch sagen hören, als sie sich über deren Töchter unterhalten haben.

Ich wollte eine Frau, die etwas Besseres ist als ich, aber ich habe erst viel später begriffen, dass ich es wollte, weil ich selbst besser sein wollte. Als würde meine Frau auf mich abfärben. Ich wünschte mir nicht unbedingt mehr Geld, es ging mir um die

Manieren, um die Höflichkeit. Zum Beispiel, dass es Gina so verflucht und von Herzen wichtig war, was irgendwelche Schwachköpfe daherredeten. Wir haben beide unseren Dad ziemlich früh verloren, deshalb kann man nicht behaupten, dass sie eine behütete Kindheit hatte – kein Kind sollte den Tod eines Elternteils durchmachen müssen. Aber alles, was Gina tat, spielte sich in einem Umkreis von drei Straßen ab. Bei ihren Freunden war es das Gleiche. Schule, Geschäfte, Arbeit. Ginas Vater war Besitzer einer Knopffabrik in Iona, sie wohnten in einem dieser großen Häuser, jede Menge Zimmer für viele Kinder, die sie nie bekamen, weil Ginas Vater eines Tages einen Herzinfarkt hatte und tot umfiel. Ginas Ma verwandelte das Haus daraufhin in ein Gästehaus, und da sich Croke Park, das große Sportstadion, ganz in der Nähe befindet, herrscht an Spieltagen immer reger Betrieb. Gina arbeitet mit ihr zusammen. Immer die perfekten Gastgeberinnen. Zuvorkommend. Freundlich. Und jedes Mal, wenn ich ihnen begegne – ganz egal, wo –, habe ich das Gefühl, sie benehmen sich wie hinter ihrem Empfangstresen.

Ich wusste, dass Ginas Dad gestorben war, und benutzte das, um sie anzuquatschen. Ich dachte mir allen möglichen Mist über meinen Dad aus, wie sehr ich ihn immer noch vermisste, dass ich ihn noch immer in meiner Nähe spürte, dass ich mich fragte, ob er mich vom Himmel herab beobachtete, lauter solches Zeug, denn ich hatte die Erfahrung gemacht, dass Frauen so etwas lieben. Es fühlte sich irgendwie schön an, ein Junge zu sein, der solche Sachen sagte, aber in Wirklichkeit hatte ich Dads Nähe nie gespürt. Kein einziges Mal. Nie. Nicht mal, wenn ich ihn gebraucht hätte. Nicht dass ich deswegen verbittert wäre – Dad ist tot, tot bleibt tot, und wenn man tot ist, möchte man es einfach genießen, ohne sich Sorgen über die Leute machen zu müssen, die man zurückgelassen hat. Sorgen sind was für die Lebenden.

Aber ich habe manchmal das Gefühl, dass Hamish bei mir ist, dass er irgendwo in der Nähe rumhängt. Wenn ich etwas tue, was ich vielleicht lieber lassen sollte, dann höre ich seine Stimme, sein Raucherlachen, das er schon mit sechzehn hatte, oder ich höre, wie er mich warnt, wie er meinen Namen durch zusammengebissene Zähne hervorstößt, oder ich fühle seine Faust in den Rippen, wenn er mich unbedingt von etwas abhalten will. Aber das ist bloß eine Erinnerung, richtig? Er mischt sich ja nicht wirklich in mein Leben ein oder hilft mir gar, als wäre er ein Geist.

Natürlich hätte ich mit Gina über Hamish sprechen können, aber ich habe es nie getan. Stattdessen habe ich ihr diese Geschichten über meinen Dad erzählt. Trotzdem fühle ich mich deswegen nicht wie ein Lügner oder ein schlechter Mensch. Ich wäre auch nicht der erste Kerl, der eine Frau damit rumkriegt, dass er Dinge sagt, die diese Frau hören möchte. Angus hat Caroline eingewickelt, indem er, nachdem sie ihn mit dem Fahrrad angefahren hat, sechs Wochen lang so getan hat, als hätte er sich das Bein gebrochen. Aus schlechtem Gewissen hat sie ihn ständig besucht, und jedes Mal, wenn sie sich näherte, ist er schnell vom Fußballspielen weg, hat sich aufs Sofa geschmissen und das Bein schön auf ein paar Kissen drapiert. Wir alle mussten bei der Scharade mitmachen. Ich glaube, Ma fand es lustig. Zwar hat sie nie gelächelt, aber sie hat Angus auch nicht befohlen, damit aufzuhören. Ich glaube, Carolines Besuche haben ihr gefallen, die beiden konnten sich immer gut unterhalten, und außerdem mochte Ma es, endlich mal ein Mädchen im Haus zu haben. Und am Ende hatte Angus Caroline dann am Haken. Bei Duncan lief es ähnlich. Er hat ein ganzes Jahr lang so getan, als würde er ABBA mögen. Sogar bei ihrem ersten Tanz am Hochzeitstag lief ABBA, aber dann hat er Mary spätabends sturzbetrunken gestanden, dass er ABBA eigentlich hasste und nie wieder etwas von ihnen hören wollte. Daraufhin rannte Mary weinend zur Toilette, und es waren vier Mädels und ein ganzer Schminkkoffer notwendig, um sie wieder rauszukriegen.

Bei unserem ersten richtigen Date habe ich Gina in ein italienisches Restaurant in der Capel Street eingeladen. Ich dachte, sie würde bestimmt etwas Exotisches mögen, obwohl Pasta ansonsten gar nicht so mein Ding war. Ich erzählte ihr, dass ich gerne

Murmeln spiele, und sie lachte, weil sie dachte, ich nähme sie auf den Arm.

»Ach komm, Fergus, mal im Ernst. Was spielst du denn wirklich? Fußball?«

Da passierte es. Ich habe es ihr nicht näher erklärt, aus mehreren Gründen. Erstens schämte ich mich, weil sie über mich gelacht hatte. Zweitens fühlte ich mich unwohl in dem Restaurant, die Kellner machten mich nervös, weil sie mich beobachteten, als würde ich das Besteck klauen. Drittens waren die Preise auf der Speisekarte höher, als ich gedacht hatte, und Gina bestellte eine Vorspeise und den Hauptgang. Ich musste mir etwas einfallen lassen, ehe sie sich auch noch ein Dessert aussuchte. Als sie lachte, dachte ich jedenfalls, hm, vielleicht hat sie recht, vielleicht ist es dumm, vielleicht sollte ich das mit den Murmeln sein lassen. Und dann dachte ich, ich kann doch weiter spielen und trotzdem mit Gina zusammen sein, und so lief es dann auch, denn ich dachte, ich kann doch beides voneinander trennen, keine große Sache, ich betrüge sie ja nicht. Obwohl ich genau das schon ein paarmal getan hatte. Während ich auf meine jungfräuliche Ehefrau wartete, musste ich mich hin und wieder bei Fiona Murphy erleichtern. Sobald sie mich sah, wusste sie, dass ich völlig verzweifelt war, das schwöre ich. Ich habe Gina nie mit in meine Stammkneipe genommen, es gab zu viele Gründe, die dagegen sprachen. Fiona Murphy war einer davon, und es gab noch ein paar andere Mädchen, mit denen ich etwas hatte. Aber Fiona hatte mich in der Hand, um es mal doppeldeutig zu formulieren. Ihr Dad arbeitete in der Tayto-Kartoffelchips-Fabrik, und ihr Atem roch immer nach *Cheese & Tomato*. Jetzt, wo ich verheiratet bin, werde ich das alles sowieso ändern müssen. Ein Gelübde ist schließlich ein Gelübde.

Ich bin schon ein Jahr mit Gina zusammen, und sie hat meine Familie in dieser Zeit kaum getroffen. Oft genug, dass niemand sich beleidigt fühlt, aber ich weiß, dass das nicht reicht. Kurze Besuche, eilige Stippvisiten. Kurz mal im Haus vorbeischauen, bei einer Feier reinschneien. Gina soll meine Verwandtschaft auch gar nicht kennenlernen, denn dann würde sie mich in einem ganz anderen Licht sehen. Und ich möchte, dass sie mich so sieht, wie ich bin, wenn sie mit mir zusammen ist.

»Es gibt irgendein Drama mit einer von Ginas Brautjungfern«, sagt Angus. »Die mit den Titten.«

Ich muss lachen. »Michelle.«

»Sie sagt, ihr Freund ist einfach aus der Kirche verschwunden, sie hat es gesehen, kurz bevor sie ihren großen Auftritt hatte.«

Ich verziehe das Gesicht. »Das ist ein bisschen hart.«

»Die Mädels sind alle in der Damentoilette, um Michelles Schminke zu restaurieren.«

Ich verziehe wieder das Gesicht. Aber ich höre Angus nur noch mit einem Ohr zu, weil ich mich auf das konzentriere, was ich ihm gleich sagen will. Das Richtige auf die richtige Art.

»Angus, du weißt ja – die Rede.«

»Ja, ich hab sie gleich hier«, antwortet er. Dann zieht er einen kleinen Stapel Papier aus der Tasche, mehr, als ich gehofft habe, und wedelt mir damit stolz vor der Nase herum. »Den ganzen Sommer hab ich drangesessen und sogar mit ein paar von deinen alten Schulfreunden gesprochen. Erinnerst du dich noch an Lampy? Der hatte ein paar hübsche Anekdoten auf Lager.«

Jetzt weiß ich wenigstens, warum Lampy sich nach der Zeremonie bei mir entschuldigt hat.

Angus stopft die Rede wieder in die Tasche und klopft darauf, um zu überprüfen, dass sie wirklich da ist.

»Hm, na ja ... aber denk bitte daran, dass ... äh ... dass Ginas Familie und ihre Freunde, du weißt schon ... dass sie anders ticken als wir.«

Kaum sind die Worte aus meinem Mund, da weiß ich schon, dass es nicht die richtigen waren. Schon den ganzen Tag war es mehr als augenfällig, wie anders diese Leute sind. Zum einen schon mal weniger laut, und es kommt auch nicht jede Sekunde ein Kraftausdruck über ihre Lippen. Überhaupt haben sie einen ganz anderen Wortschatz.

Also versuche ich zurückzurudern. »Ich meine nur, sie sind nicht *genauso* wie wir. Verstehst du? Sie haben einen anderen Humor.

Wir Boggs und Doyles, wir haben da unsere eigene Art. Deshalb hab ich mich gefragt, ob du bei der Rede wohl ein bisschen zurückhaltend sein könntest? Weißt du, was ich meine? Ginas Großeltern sind alt. Und, na ja, verdammt religiös.«

Natürlich weiß Angus sofort Bescheid, worum es mir geht, und sieht mich mit abgrundtiefer Verachtung an. Als ich diesen Ausdruck zum letzten Mal in seinem Gesicht gesehen habe, folgte darauf ein Kopfstoß.

»Klar«, antwortet er heute nur schlicht. Dann mustert er mich noch einmal von oben bis unten, als hätte er keine Ahnung, wer ich bin, als stünde nicht sein Bruder in einer Pissepfütze vor ihm. »Viel Glück, Fergus«, sagt er noch, dann verlässt er die Toilette. Ich bleibe zurück und fühle mich beschissen.

Seine Rede ist stinklangweilig. Es ist die geisttötendste Rede der Menschheitsgeschichte. Keine Witze, nur Förmlichkeiten. Seine vorbereiteten Papiere holt er nicht einmal aus der Tasche, die ganzen handbeschriebenen Blätter, mit denen er sich mehrere Wochen rumgeschlagen und die er wahrscheinlich die ganze letzte Nacht sorgfältig einstudiert hat. In der jetzigen Version ist überhaupt kein Gefühl zu erkennen. Keine Liebe. Ich hätte einen Fremden auf der Straße ansprechen können und er hätte es wahrscheinlich besser gemacht. Vielleicht möchte Angus genau das damit ausdrücken. Er ist ein Fremder, der mich nicht mal mehr kennt.

Ginas Ma, der Hausarzt und der Familienpriester finden die Rede »grandios«.

Ma trägt dasselbe Kleid wie zu Angus' Hochzeit. Bei Duncans Hochzeit vor ein paar Monaten hatte sie ein anderes an, jetzt ist das von Angus wieder dran. Ein erbsgrünes Etuikleid, dazu flache Schuhe. Eine Glitzerspange im Haar. Ihre beste Brosche. Die hat Dad ihr geschenkt, das weiß ich noch, eine Tara Brooch mit grünen Steinen. Sie hat sich geschminkt, ein Puder, der sie blasser macht, und roter Lippenstift, der an ihren Zähnen klebt. Aber sie tanzt nicht. Bei Angus war sie die ganze Nacht auf der Tanzfläche, sie und Mattie legen einen richtig guten Jive hin, die einzige Gelegenheit, bei der man je mitkriegt, dass sie Körperkontakt haben. Nach Duncans Hochzeit mussten wir Ma buchstäblich heimtragen, aber heute sitzt sie stocksteif vor ihrem Glas Brandy, und ich frage mich, was Angus wohl zu ihr gesagt hat. Mattie sieht den Mädchen beim Tanzen zu und fährt sich dabei mit der Zunge über die Lippen, als studiere er die Speisekarte. Ma und Mattie sitzen ganz allein an dem runden Tisch. Alle meine Brüder sind samt Gattinnen früh verschwunden, auch Angus, und ich gehe fest davon aus, dass er ihnen erzählt hat, was ich ihm gesagt habe. Dass er sich nicht wie ein Boggs benehmen soll oder so etwas. Dass er tun soll, als wäre er jemand anderes. Aber das hab ich doch gar nicht gemeint, oder?

Aber mir ist es ganz recht, denn ohne sie kann ich mich ein bisschen entspannen. Jetzt muss ich keine Angst mehr haben, dass jemand wegen eines komischen Blicks oder einer blöden Andeutung durchs Zimmer fliegt und in einen Tisch kracht.

Nach einer Weile gehe ich hinüber, setze mich zu Ma, und wir plaudern ein bisschen. Aber mitten im Gespräch gibt sie mir eine schallende Ohrfeige.

»Ma ... was zum ...?« Ich halte mir meine brennende Wange und schaue mich um, ob jemand die Szene beobachtet hat. Leider viel zu viele.

»Der bist du nicht.«

»Was?« Mein Herz beginnt wild zu pochen. »Was meinst du denn damit?«

Sie ohrfeigt mich noch einmal. Gleiche Wange.

»Der bist du nicht«, wiederholt sie.

Wie sie mich ansieht ...

»Komm«, stößt sie dann hervor, schleudert Mattie ihre Handtasche hin, und er springt sofort auf, reißt sich von den tanzenden Mädchen los, und auch die Zunge ist wieder im Mund. »Wir gehen.«

Um Mitternacht ist von meiner Familie niemand mehr da. »Sie haben es weit nach Hause«, meint Ginas Ma höflich, als wollte sie mich trösten, aber es hilft nicht.

Ich sage mir, dass es mir nichts ausmacht – jetzt, wo alle weg sind, kann ich tanzen, mich amüsieren, mich entspannen. Ich bin der Mann, dem nichts etwas ausmacht, hart wie Stahl, ein unverwüstlicher, bruchsicherer Steelie.

15

Murmelspiele:
Hundert

Weil Gina noch nie eine Massage bekommen hat, verschwindet sie, als wir in Venedig im Hotel ankommen, sofort im Wellnessbereich, strahlend, aufgeregt, und ich merke, dass sie sich richtig erwachsen fühlt. Gestern haben wir geheiratet, aber immer noch nicht miteinander geschlafen. Wir haben bis drei Uhr früh gefeiert, obwohl die Boggs und Doyles so früh weg waren, und als wir gegangen sind, war das Singen in vollem Gang. Aber wir sind nur noch ins Bett gefallen und mussten eine Stunde später schon wieder aufstehen, weil um sechs unser Flug ging. Da war definitiv keine Zeit für Sex, und schon gar nicht für das erste Mal. Natürlich nur das erste Mal für Gina, nicht für mich.

Jetzt sitze ich auf dem Doppelbett und wippe auf und ab. Nachdem ich ein ganzes Jahr auf sie gewartet habe, kann ich vermutlich die Massage auch noch überstehen. Gina ist fest davon überzeugt, dass ich ebenso jungfräulich bin wie sie, obwohl ich nicht weiß, wie sie auf die Idee kommt. Ich habe das jedenfalls nie behauptet. Aber so sind die Menschen in Ginas Leben, allesamt. Sie beherzigen die Regeln, und irgendwie hat Gina es sich in den Kopf gesetzt, dass ich dazugehöre. Ich hab ihr nicht widersprochen, weil ich mir die Mühe sparen wollte.

Ich weiß genau, wie ihr erstes Mal mit mir aussehen soll. Ich hab es mir überlegt, und am liebsten möchte ich »Hundert« mit ihr spielen. Dafür zeichnet man einen kleinen Kreis auf den Boden, und beide Spieler versuchen, den Kreis mit einer Murmel zu treffen. Wenn beide oder keine der beiden Murmeln im Kreis liegen bleibt, schießt man noch einmal. Wenn nur eine im Kreis ist, bekommt dieser Spieler zehn Punkte, ebenso wie bei jedem weiteren Wurf, bei dem die Murmel im Kreis liegt.

Gina trägt nie einen BH, sie braucht auch keinen; meistens hat sie ein enges Top und eine Schlaghose an. Sie schminkt sich nicht, hat Sommersprossen auf Nase und Wangen und auf dem Brustbein, und ich denke daran, dass ich sie alle küssen möchte. Die meisten hab ich schon geküsst. Der Spieler, der als Erster hundert Punkte erreicht, hat gewonnen, und der Verlierer muss ihm eine vorher abgesprochene Anzahl Murmeln überlassen. Aber bei unserem Spiel – bei dem wir übrigens auch Weißwein trinken, denn wir sind jetzt verheiratet und erwachsen – will ich, dass derjenige, dessen Murmel es nicht in den Kreis schafft, ein Kleidungsstück auszieht. Gina hat noch nie Murmeln gespielt, also wirft sie bestimmt häufig daneben, und ich habe mir vorgenommen, auch hin und wieder nicht zu treffen, damit sie sich nicht blöd fühlt. Ich wünsche mir, dass sie, wenn ich bei hundert Punkten ankomme, nackt im Kreis steht, auch wenn mir klar ist, dass es nicht passieren wird. Aber der Gedanke hat mich das Jahr über, während ich wie ein echter Gentleman auf sie gewartet habe, bei der Stange gehalten. Bisher habe ich Murmeln und Sex nie miteinander vermischt, und obwohl Gina das erste Mal gelacht hat, als ich ihr erzählt habe, dass ich Murmeln mag, möchte ich jetzt zusammen mit ihr spielen. Mit meiner Frau.

Gina ist das Warten allemal wert. Sie ist extrem hübsch, und jeder Kerl, den ich kenne, würde genauso auf sie warten wie ich. Natürlich ist sie viel zu gut für mich. Nicht zu gut für den Fergus, den sie kennt, aber für den Fergus, den sie nicht kennt. Der Fergus, den sie kennt, ist ein junger Mann, den ich im Laufe unserer Bekanntschaft Stück für Stück erschaffen habe. Er kann gut mit Menschen umgehen, er ist geduldig, höflich, interessiert. Dieser Fergus denkt nicht bei jedem, den sie ihm vorstellt, dass der Betreffende ein arroganter, aufgeblasener Schnösel ist, und auch nicht, dass er lieber aus dem Fenster springen würde, als sich mit ihm zu unterhalten. Für diesen Fergus ist das Leben wesentlich leichter. Aber er ist nicht ich. Ich versuche, Gina so weit wie möglich von meiner Familie fernzuhalten, und wenn sie und Ma miteinander reden, kriege ich jedes Mal Schweißausbrüche. Zum Glück verplaudert Ma sich nicht, sie kennt die Abmachung, sie weiß, dass ich der Situation überhaupt nicht gewachsen bin, aber sie wollte genauso sehr wie ich, dass ich Gina heirate, damit sie mich von ihrer Liste streichen kann – der nächste Junge ist unter der Haube. Bei der Hochzeit haben sich Gina und Angus, der jetzt in Liverpool wohnt und ruhig dort bleiben kann, nur ganz kurz gesehen, und in kleinen Dosen sind Duncan, Tommy, Bobby und Joe ganz okay. Gina denkt, sie hätten immer viel zu tun. Das reicht als Erklärung.

Sie weiß, dass einer meiner Brüder gestorben ist, aber sie glaubt, Hamish sei ertrunken. Na ja, das stimmt ja, aber sie denkt, es war ein Unfall. Ich habe nicht vor, sie von diesem Glauben abzubringen. Hamishs Probleme waren seine Privatsache, und in meinem neuen Leben möchte ich nichts mit ihnen zu tun haben. Gina ist süß, ein bisschen naiv, und sie urteilt gern über andere Leute. Wenn sie über die genauen Umstände von Hamishs Tod Bescheid wüsste, würde sie mich mit anderen Augen ansehen. Und ihr Urteil über mich wäre wahrscheinlich richtig. Nicht dass ich in Schwierigkeiten stecke, ich achte sorgfältig darauf, immer auf der richtigen Seite des Gesetzes zu stehen, aber ich bin auch nicht der Typ, der nett mit ihrem Großvater Krocket spielt. Gott sei Dank ist Ginas Vater tot, und ihr Großvater steht mit einem Fuß im Grab.

Für die Hochzeitsreise habe ich Venedig ausgesucht. Ich habe vor einiger Zeit eine Dokumentation über die Glasfabrik in Murano gesehen, und seither wollte ich hierherkommen. Man stelle sich vor – eine ganze Insel, auf der man sich der Herstellung von Glas widmet! Wenn ich da schon nicht leben kann, möchte ich wenigstens einmal hin. Ich habe nicht viel Geld, und unser Flitterwochenbudget ist sehr knapp bemessen, aber ich werde dieses Land nicht ohne ein paar neue Murmeln in der Tasche verlassen, und wenn ich dafür betteln oder stehlen muss. Unsere Hochzeitsreise wird von Ginas Großvater finanziert, der großzügig eingeschritten ist, als er hörte, dass wir die Flitterwochen in Cobh verbringen wollten. *Sucht euch was aus*, hat er gesagt. *Irgendwo auf der Welt.* Gina hat sich eigentlich eine Woche in Jugoslawien gewünscht, weil eine ihrer Freundinnen dort auf Hochzeitsreise war, aber ich habe es geschafft, sie von Venedig zu überzeugen. Vielleicht können wir uns Jugoslawien irgendwann einmal selbst leisten. Venedig vermutlich nicht. Venedig ist ein echter Ausbruch aus dem Alltag, eine Abenteuerreise in eine andere Welt. Auch wenn wir nur drei Tage haben. Gina hat sich überreden lassen, weil sie gemerkt hat, wie ernst und ehrlich mein Vorschlag gemeint war. Es ist mir gleich, dass ich dafür Geld von ihrem Granddad nehmen muss, ich akzeptiere jede Hilfe, ohne mich in meinem Stolz verletzt zu fühlen. Ich selbst habe das nötige Geld nicht, so ist es eben, und wenn jemand es mir schenkt, nehme ich es an.

Ungeduldig wandere ich in unserem kleinen Zimmer auf und ab – das Hotel ist nicht das luxuriöseste, bei weitem nicht, aber ich bin dankbar, überhaupt hier sein zu können. Mir wäre jede Unterkunft recht, und ich kann es kaum erwarten, endlich auf Entdeckungsreise zu gehen.

Eigentlich hatte ich gedacht, ich wäre von letzter Nacht fix und fertig, aber ich bin putzmunter. Unternehmungslustig. Keine Ahnung, wie lange so eine Massage normalerweise dauert, aber ich habe keine Lust, hier in diesem Zimmer zu vergammeln, während draußen die Welt auf mich wartet. Vermutlich will Gina ja ohnehin nicht so viel Zeit für Murmeln investieren, nicht auf die gleiche Art wie ich jedenfalls, also ergreife ich die Gelegenheit beim Schopf und gehe los. Ich bin noch nicht weit gekommen, da entdecke ich auch schon einen Laden mit den unglaublichsten Murmeln, die ich je gesehen habe. Es sind Contemporary-Art-Murmeln, kleine Kunstwerke, ganz sicher nicht zum Spielen, sondern ausschließlich zum Sammeln gedacht. Ich bin so hingerissen, so voller Ehrfurcht, dass ich mich gar nicht mehr von dem Schaufenster losreißen kann. Schließlich kommt der Händler persönlich zu mir nach draußen und zieht mich mehr oder weniger in seinen Laden. Vermutlich erkennt er die Gier in meinem Gesicht. Das Problem ist nur, dass ich zwar gierig bin, aber nicht das nötige Geld habe. Der Händler beantwortet mir alle meine Fragen und erlaubt mir sogar, die Murmeln durch eine zehnfach vergrößernde Lupe zu betrachten, damit ich das Geschick des Künstlers angemessen bewundern kann. Es sind handgefertigte, klare Glasmurmeln mit äußerst raffinierten Konstruktionen im Innern. Beispielsweise befindet sich in einer der Murmeln ein leuchtend grünes vierblättriges Kleeblatt, in einer anderen ein Goldfisch, der aussieht, als schwämme er inmitten von Luftblasen, in einer dritten ein weißer Schwan auf einem blauen See. Ein Wirbel aus Lila, Grün, Türkis, der sich direkt ins Zentrum der Murmel bewegt. Hypnotisierend. Eine andere Murmel ist geformt wie ein Auge – eine klare Glaskugel mit einer olivgrünen Iris und einer schwarzen Pupille, seitlich von roten Blutadern umrahmt. Ich habe das Gefühl, sie beobachtet mich. Eine andere Murmel heißt »Neue Erde«, und in ihrem Inneren befindet sich eine komplette Weltkugel mit allen Ländern und kleinen Wolken am äußeren Rand. Einfach genial. Unser Planet in einer Zehn-Zentimeter-Glaskugel. Am liebsten möchte ich die ganze Kollektion auf der Stelle kaufen, aber ich kann mir im Grunde nicht einmal eines dieser Kunstwerke leisten – der Preis einer Murmel entspricht etwa unserem Budget für die gesamte dreitägige Hochzeitsreise.

Ich muss alle Kraft aufbringen, um mich loszureißen, und als der Händler sieht, dass ich gehen will, gerät er sofort in hektische Betriebsamkeit. Wie immer ist die Bereitschaft zu verschwinden die beste Verhandlungsbasis. Der Mann denkt, ich wolle ihn unter Druck setzen, was ja gar nicht stimmt – ich würde mein Haus für diese Kollektion verkaufen, wenn ich ein Haus hätte. Zurzeit wohnen wir allerdings für ein Jahr bei Ginas Mutter und sparen auf die Anzahlung für ein eigenes Häuschen. Auch nur daran zu denken, eine dieser Murmeln zu kaufen, ist absurd, das weiß ich. Aber bei ihrem Anblick fühle ich mich so lebendig, und das Adrenalin rast durch meine Adern. Diese Leidenschaft ist meine gute Seite, meine beste, und Gina kennt sie nicht. Ich schaue auf die Murmeln und schwöre hier und jetzt, dass ich meiner Frau treu sein werde, und damit meine ich nicht, dass ich nicht fremdgehe, sondern ich meine, dass ich ihr heute mein wahres Ich zeigen werde. Mit einer Murmel offenbare ich ihr den wichtigsten und schönsten Teil des Mannes, den sie geheiratet hat.

Ich kaufe eine klare Murmel mit einem roten Herzen im Innern. Sie hat tiefrote Spiralen, wie in einer Luftblase eingefangene Blutstropfen. Nach zähen Verhandlungen zahle ich am Ende knapp die Hälfte von dem, was der Händler ursprünglich verlangt hat – immer noch zu viel Geld, aber für mich ist es nicht nur eine Murmel, es ist ein Geschenk für Gina, mit dem ich ihr zeige, wer ich wirklich bin. Das bedeutet mir mehr als die Zeremonie und all die Worte gestern, die ich nicht im Herzen fühlte. Viel, viel mehr. Es ist das Beängstigendste, das Mutigste, was ich in meinem Erwachsenenleben bisher getan habe. Ich werde Gina dieses Herz schenken, mein Herz, ich werde ihr sagen, wer ich bin. Wen sie geheiratet hat.

Der Händler packt die Murmel in Luftpolsterfolie und steckt sie in einen hübschen dunkelroten, mit wunderschönen Glasperlen verzierten Samtbeutel, der mit einer Goldkordel verschlossen wird. Ich stecke den Beutel tief in meine Tasche und mache mich auf den Rückweg zum Hotel.

Als ich ins Zimmer komme, sehe ich, dass Gina geweint hat, obwohl sie es zu verbergen versucht. Sie trägt einen Bademantel, der um die Taille straff zugebunden ist.

»Was ist los? Was ist passiert?« Ich bin bereit, jeden zu verprügeln, der sie zum Weinen gebracht hat.

»Ach, nichts.« Sie reibt sich mit dem Ärmel über die Augen, so grob, dass die Haut sich rötet.

»Es kann nicht sein, dass es nichts war – sag es mir.« Ich fühle die Wut in mir. Bleib ruhig, sonst erzählt sie es dir nicht. Sei der geduldige, verständnisvolle Typ, der ihr zuhört, fang nicht an, Leute zu verprügeln. Noch nicht.

»Es war so peinlich, Fergus.« Wie sie da auf dem großen Bett kauert, wirkt sie sehr klein. Sie ist einundzwanzig Jahre alt. »Sie hat mich angefasst – an meiner ...« Ihre Augen werden groß, meine Wut verpufft, und ich fühle ein Lachen in mir aufsteigen.

»Ja? Wo hat sie dich angefasst?« Mir fällt meine Idee, mit ihr Hundert zu spielen, wieder ein. Gina sitzt auf dem Bett, im Bademantel, sie ist meine Frau.

»Das ist nicht komisch«, protestiert sie, wirft sich aufs Bett und zieht sich ein Kissen über den Kopf.

»Ich lache auch gar nicht.« Ich setze mich zu ihr.

»Aber du siehst aus, als würdest du gleich anfangen«, erwidert sie mit dumpfer Stimme. »Ich hab nicht damit gerechnet, dass eine Massage so aufdringlich sein könnte. Schließlich hab ich doch nicht so lange darauf gewartet, mit dir zu schlafen, nur um mich vorher von einer italienischen Zwergmama entjungfern zu lassen.«

Jetzt muss ich doch lachen.

»Hör auf!«, jammert sie, aber ich sehe ihr unter dem Kissen vergrabenes Grinsen.

»Mochtest du das Gefühl ihrer Hände auf dir?«, necke ich sie, während meine Hand an ihrem Bein emporwandert.

»Hör auf damit, Fergus.« Aber sie meint das Necken, nicht das Streicheln, denn zum ersten Mal gebietet sie mir nicht Einhalt. Aber ich habe noch etwas zu erledigen, ich muss ihr die Murmel jetzt zeigen, damit ich es bin, mit dem sie nachher zusammen ist, damit ich es bin, den sie zum ersten Mal liebt, nicht der andere Fergus.

Also bremse ich meine Hand. Verwirrt setzt Gina sich auf, die zerzausten Haare hängen ihr ins Gesicht.

»Ich möchte dir vorher noch etwas geben.«

Sie streicht sich die Haare aus dem Gesicht, und in diesem Moment sieht sie so süß aus, so unschuldig, dass ich schnell im Kopf ein Foto von ihr mache. Natürlich weiß ich es jetzt noch nicht, aber in der Zukunft versuche ich, mir dieses Bild immer dann in Erinnerung zu rufen, wenn ich das Gefühl bekomme, dass ich sie verloren habe, oder wenn ich sie so sehr hasse, dass ich nicht anders kann, als von ihr wegzuschauen.

»Ich bin ein bisschen rumgelaufen und habe etwas für dich gefunden, etwas ganz Besonderes. Für uns. Etwas, was mir sehr wichtig ist.« Meine Stimme zittert, also halte ich lieber den Mund, ziehe den Beutel aus der Tasche und hole mit zitternden Fingern die Herz-Murmel heraus. Es ist ein Gefühl, als gäbe ich ihr ein Stück von mir selbst. So etwas habe ich noch nie empfunden. Gestern hast du mich geheiratet, aber heute begegnest du mir zum ersten Mal. Mein Name ist Fergus Boggs, und Murmeln sind mein Leben. Behutsam wickle ich die Folie ab und halte Gina die Murmel auf dem Handteller entgegen. Erst will ich sehen, wie sie reagiert, dann erkläre ich es ihr. Ich will ihr Zeit lassen und ihre Reaktion in mich aufsaugen.

»Was ist das denn?«, fragt sie mit tonloser Stimme.

Überrascht schaue ich sie an, mir klopft das Herz bis zum Hals, aber dann rudere ich zurück, so schnell ich kann, und verziehe mich wieder in mein Schneckenhaus. Hinter den Kulissen macht sich schon mein Ersatz-Ich bereit für seinen Auftritt.

»Wie viel hat das denn gekostet? Wir haben doch gesagt, wir würden hier nichts füreinander kaufen. Wir können es uns nicht leisten. Keine Geschenke mehr – erinnerst du dich? Nach der Hochzeit? Das war abgemacht.« Sie ist so verärgert, dass sie die Murmel kaum zur Kenntnis nimmt.

Ja, natürlich hat sie recht, wir hatten eine Abmachung, wir haben es einander versprochen, aber das hier ist etwas ganz anderes, nicht irgendein Schmuckstück, es bedeutet mir mehr als der Ring an ihrem Finger, den sie so liebt. Das möchte ich ihr sagen, aber ich bringe es nicht über die Lippen.

»Wie viel hast du dafür ausgegeben?«

Ich stammle und stottere, viel zu enttäuscht und gekränkt, um ehrlich antworten zu können. Gefangen zwischen dem einen und dem anderen Fergus, bin ich vollkommen unfähig, mich darauf zu konzentrieren, nur einer von beiden zu sein.

Aber Gina hält das Herz viel zu nachlässig, zu unachtsam, mal in der einen, mal in der anderen Hand, es könnte jederzeit auf den Boden fallen. Angespannt beobachte ich sie.

»Ich kann nicht glauben, dass du dein Geld für so was rausgeschmissen hast!«, ruft sie und springt vom Bett auf. »Für ein ... für ein ...« Sie betrachtet das Herz. »Für Kinderspielzeug! Was hast du dir bloß dabei gedacht, Fergus? O mein Gott.« Mit tränennassen Augen setzt sie sich wieder hin. »Wir sparen schon so lange, und ich möchte wirklich nicht mehr bei Mummy wohnen, ich möchte mit dir alleine sein, nur wir zwei. Wir haben das Geld für unsere Reise so gut eingeteilt, Fergus, warum musstest du ...« Konfus blickt sie auf die Murmel in ihrer Hand. »Ich meine, es ist natürlich total süß von dir, danke, ich weiß, dass du nur nett sein wolltest, aber ...« Allmählich verraucht ihr Ärger, aber es ist zu spät.

Sie umfasst mein Gesicht mit beiden Händen, sie weiß, dass ihre Reaktion mich verletzt hat, auch wenn ich das natürlich niemals zugeben würde. Ich verspreche ihr, die Murmel zurückzugeben, selbstverständlich, gerne. Ich will dieses Herz nie mehr sehen, ich will nie mehr an diesen Moment erinnert werden, in dem ich mein wahres Selbst zum Geschenk machen wollte und zurückgewiesen wurde. Aber ich kann das Herz nicht zurückbringen, weil Gina es tatsächlich fallen lässt, aus Versehen, aber jetzt ist die Oberfläche zerkratzt, und das bedeutet, dass es nie wieder perfekt sein wird.

16

Badeordnung:

Keine Arschbomben

Auf der Fahrt von Cavan zurück nach Dublin versinke ich in meinen Gedanken, ich kann nichts dagegen machen, fahre unkonzentriert und muss mich ständig bei anderen Verkehrsteilnehmern entschuldigen. Schließlich öffne ich das Fenster, um frische Luft hereinzulassen, und setze mich aufrecht hin.

Dann rufe ich Aidan an, es geht nicht anders, ich brauche ihn, um mich wieder in meinem Leben zu verwurzeln. Ich muss mit einem echten Menschen reden.

»Du fahndest jetzt also nach den fehlenden Murmeln?«, fragt er, nachdem ich ihm alles erzählt habe, was heute passiert ist – nur den Vorfall mit dem Becher lasse ich unerwähnt. Im Hintergrund höre ich die Freudenschreie der Kids, die eine Wasserschlacht machen.

»Ich weiß nicht mal, ob es überhaupt noch um die fehlenden Murmeln geht«, sage ich, und plötzlich treffe ich einen Entschluss. »Etwas über Dad zu erfahren erscheint mir inzwischen viel wichtiger, als diese Murmeln zu finden. Mit ihnen hab ich angefangen, und das hat noch mehr Fragen aufgeworfen, lauter riesige Löcher, die ich stopfen muss. Diese Seite von Dad ist mir vollkommen neu, anscheinend hatte er ein Leben, das er komplett vor mir geheim gehalten hat, und das möchte ich gern entdecken. Nicht nur mir selbst zuliebe. Aber wenn *er* sich nicht mehr daran erinnert, wie kann er diesen Teil von sich dann jemals wieder kennenlernen?«

Aidan schweigt lange, und ich versuche, sein Schweigen zu deuten. Denkt er, ich sei verrückt, ich hätte endgültig den Verstand verloren? Oder freut er sich unbändig, weil ich so viel neue Energie habe? Aber seine Reaktion ist ruhig und gemessen.

»Du weißt das selbst am besten, Sabrina. Ich werde dir nicht sagen, du sollst es sein lassen. Mach weiter, wenn du meinst, es hilft.«

Mehr braucht er nicht zu sagen, ich verstehe genau, was er meint. Wenn es mir hilft, wird es auch uns helfen.

»Ja, ich glaube, es wird helfen.«

»Ich liebe dich«, sagt er. »Lass dich nicht von noch mehr fremden Männern küssen.«

Ich muss lachen.

»Im Ernst, Sabrina. Sei vorsichtig.«

»Bin ich.«

Die Kids rufen ins Telefon *hab dich lieb, vermiss dich, Kacka, Pipi, Klo*, und dann sind sie weg.

Eine blonde Frau hat die Kisten mit den Murmeln zu Mickey gebracht. Ich werde meinen Besuch bei Dad verschieben, denn ich muss diese blonde Frau finden, die Frau, die einen Mann kennt, den ich nicht kenne. Mir fällt nur eine einzige Frau ein, auf die Mickeys Beschreibung passt, und als ich sie vorhin angerufen habe, war sie sofort bereit, sich mit mir zu treffen.

Sie sitzt in der finstersten Ecke, weit weg vom Fenster, vom Licht, vom Stimmengewirr des Cafés. Sie wirkt älter, als ich sie in Erinnerung habe, aber das ist sie ja auch. Fast zehn Jahre sind vergangen, seit wir uns das letzte Mal begegnet sind, fast zwanzig, seit ich sie das erste Mal gesehen habe. Sie ist immer noch blond, allerdings hätte sie die Haare schon vor einer Woche nachfärben sollen, am Ansatz ist das verräterische Grau und Braun deutlich zu erkennen. Sie ist zehn Jahre älter als ich, also zweiundvierzig. Ich fand sie immer so jung – und gleichzeitig so viel älter. Zu jung für Dad, aber viel älter als ich. Jetzt könnten wir fast gleich alt sein. Offensichtlich langweilt sie die Warterei, und ich frage mich, ob sich hinter der Langeweile vielleicht Nervosität verbirgt, denn ich spüre sofort ihre Anspannung. Als sie mich sieht, hebt sie das Kinn mit dieser typischen stolzen Geste, und ich hasse sie augenblicklich, wie ich sie schon immer gehasst habe, dieses selbstgerechte Miststück. Sie dachte, sie hat ein Recht darauf, zu kriegen, was sie will, automatisch. Aber dann versuche ich mich zu beruhigen und schlucke meinen Ärger fürs Erste hinunter.

Mit fünfzehn Jahren habe ich diese Frau zusammen mit meinem Dad gesehen, kurz bevor meine Eltern sich getrennt haben. Knapp ein Jahr später hat er sie mir vorgestellt, und ich sollte glauben, sie hätten sich eben erst kennengelernt und es wäre der Beginn einer wunderbaren neuen Freundschaft. Ich sollte mich freuen und ihm meine Unterstützung zeigen, aber ich wusste ja, dass er schon vorher mit ihr zusammen gewesen war. Wie lange genau, weiß ich bis heute nicht, und ich habe auch nie ein Wort darüber verloren. Er belog nicht nur Mum, sondern auch mich, denn er sah mir in die Augen und wollte mir weismachen, diese Frau wäre eine neue Bekanntschaft. Alles Lügen.

Als ich die beiden das erste Mal zusammen sah, saßen sie um die Mittagszeit angetrunken in einem Restaurant. Bis heute bekomme ich dieses flaue Gefühl im Magen, wenn ich dort vorbeigehe. Wenn Menschen Dinge tun, die sie nicht tun sollten, machen sie sich oft keine Gedanken darüber, welche Folgen ihr Verhalten für andere hat und wen sie damit verletzen. Aber Verletzungen sind wie Wurzeln, die sich unter der Oberfläche ausbreiten, sich einen Weg in die Tiefe bahnen und alle möglichen Bereiche im Leben der Betroffenen in Mitleidenschaft ziehen. Es ist nie nur ein einziger Fehler, nie nur ein einziger Augenblick, denn dieser eine Augenblick zieht andere Augenblicke nach sich, und jeder davon schlägt Wurzeln und dehnt sich in alle möglichen Richtungen aus. Mit der Zeit entwickeln sich diese Wurzeln zu einem konfusen unentwirrbaren Geflecht – wie bei einem alten knorrigen Baum, der sich irgendwann selbst die Luft zum Atmen abschnürt.

An dem denkwürdigen Tag war ich früher aus der Schule weggegangen, denn ich musste zum Zahnarzt, um nach meinen Brackets schauen zu lassen, die mir aus irgendeinem Grund ständig beim Reden und Kauen die Wangen blutig kratzten. Ich weiß noch, dass die Striemen in meinem Mund unangenehm pochten, als ich die Straße entlangwanderte, die Augen noch voller Tränen, weil in der Schule wieder einmal irgendein fieser Junge einen fiesen Witz gemacht hatte und ich es müde war, zu lachen und so zu tun, als wären mir diese Bosheiten gleichgültig. Und da entdeckte ich Dad. In einem schicken Restaurant, einem der teuersten der Stadt, mit Tischen im Freien, an denen ich mit meinen fünfzehn Jahren vor Scham kaum vorbeizugehen wagte. Mit gesenktem Kopf und geröteten Wangen schlich ich unsicher die Straße entlang, doch sosehr ich mich bemühte, die Blicke zu vermeiden, es ging nicht, ich hätte mir die Augen auskratzen müssen. Wie unter einem Zwang schaute ich in all die Gesichter der Menschen, von denen ich befürchtete, sie könnten mich anglotzen und auslachen – und sah ihn. Meinen Dad. Vor Schreck blieb ich einen Moment wie angewurzelt stehen, so plötzlich, dass jemand mich von hinten anrempelte, aber schon eine Sekunde später hatte ich mich wieder in Bewegung gesetzt. Denn ich hatte genug gesehen. Dad und die blonde Frau saßen an einem Tisch am Fenster, beide ganz offensichtlich angetrunken, ein schneller Kuss, gierig tastende Hände unter dem Tisch. Ich erzählte Mum nichts davon, denn ... na ja, in dieser Zeit waren meine Eltern so schlecht aufeinander zu sprechen, dass ich dachte, sie wüsste womöglich Bescheid und die blonde Frau wäre der Grund für die ganze Misere. Oder zumindest einer der Gründe. Selbst als mir diese Frau viele Monate später in dieser verlogenen, einstudierten Situation vorgestellt wurde, sagte ich kein Wort darüber, dass ich sie zusammen gesehen hatte. Aber ich hasste diese Frau vom ersten Moment an.

Regina.

Ihr Name erinnerte mich immer an das Wort Vagina. Was ja irgendwie passte. Jedes Mal, wenn ich ihren Namen hörte, hörte ich Vagina, und einmal nannte ich sie tatsächlich so. Sie lachte nur und fragte: »Wie bitte?«, und ich tat so, als hätte sie sich verhört. Da kicherte sie albern in sich hinein, weil sie dieses Missverständnis unendlich witzig fand.

Und hier stehe ich Vagina nun von Angesicht zu Angesicht gegenüber, und nicht nur das – ich muss sie um Hilfe bitten, was ich verabscheue. Aber es ist notwendig. Regina ist meine einzige Spur, sie ist die einzige Frau, die – soweit ich weiß – im Leben meines Vaters über längere Zeit eine Rolle gespielt hat und Zugang zu seinen persönlichen Sachen und zu seiner Wohnung gehabt haben könnte. Die die blonde Frau sein könnte, die die Murmeln zu Mickey Flanagans Haus gebracht hat und mir vielleicht helfen kann, das Rätsel zu lösen.

Wir umarmen oder küssen uns nicht, wir sind ja keine alten Freundinnen, nicht einmal gute Bekannte, nicht einmal Feindinnen. Nur zwei Menschen, die das Schicksal miteinander in Kontakt gebracht hat.

Regina arbeitet in dem Friseursalon neben dem Café, dem Salon, den Mum und ich fast zwanzig Jahre strikt gemieden haben. Nach Mickeys Anruf habe ich sie vom Auto aus angerufen, und obwohl ich nicht wusste, was mich erwartete, hatte ich doch ein paar Hypothesen. Womöglich würde sie mir rundheraus mitteilen, dass sie nie wieder von mir hören wollte. Oder mich höflich versetzen, beispielsweise einen Termin in der Zukunft vorschlagen und ihn dann ständig ändern. Mit ihrer Bereitschaft, mich sofort zu sehen, habe ich nicht gerechnet – sie wolle gerade Kaffeepause machen und könne sich in einer halben Stunde mit mir treffen, sagte sie. Ich war von den Socken, und auch das lange Telefongespräch mit Aidan hat daran nichts geändert. Ich bin immer noch verblüfft.

»Ich weiß es wirklich zu schätzen, dass du dich so spontan mit mir triffst«, sage ich, setze mich und ziehe meine Jacke aus. Als es mir nicht gleich gelingt, sie ordentlich über die Stuhllehne zu hängen, fühle ich mich unter Reginas Blick plötzlich wieder wie die unbeholfene Fünfzehnjährige von damals. »War für dich doch bestimmt eine Überraschung.«

»Ich hatte eigentlich schon auf deinen Anruf gewartet«, erwidert sie sachlich. »Nein, nicht gewartet, aber fest damit gerechnet.« Sie trägt eine überdimensionale schwarze Wolljacke, die sie weit über die Hände gezogen hat, als sei ihr kalt, obwohl heute ein wirklich schöner sonniger Tag ist. Erst jetzt wird mir klar, dass Regina nervös ist.

»Warum?«, frage ich und stelle mir Mickey Flanagans Frau vor, die den Telefonhörer mit beiden Händen umklammert und Regina mit leiser, dringlicher Stimme erklärt: *Sie weiß über alles Bescheid – Sabrina weiß, dass du hier warst und uns die Murmeln gebracht hast. Sie ist schon auf dem Weg zu dir.*

»Keine Ahnung«, antwortet Regina bedächtig, wobei sie mich aufmerksam mustert. »Du warst schon immer speziell, man hat dir schon als Mädchen angesehen, dass du gern eine Menge Fragen stellen würdest. Ich hab immer darauf gewartet, dass du damit los legst, aber du hast es nie getan.«

»Ich kann mich nicht erinnern, dass ich dich etwas fragen wollte«, entgegne ich, und ihr Lächeln verblasst. »Ich wusste, dass du mit Dad zusammen warst, lange bevor meine Eltern sich getrennt haben, ich habe euch nämlich in einem Restaurant zusammen gesehen.« Ich halte inne, um Reginas Reaktion abzuwarten. »Es ist mir sehr schwergefallen, mir eure Lügen anzuhören. Aber ich habe gemerkt, dass es euch beiden viel Spaß gemacht hat.«

Das scheint sie ehrlich zu überraschen, mit einem Ruck setzt sie sich auf. Dann lächelt sie wieder. »Darum geht es dir also? Ich soll wissen, dass ich dir damals nichts vormachen konnte?«, fragt sie, als sei sie amüsiert. Nichts deutet darauf hin, dass sie sich entschuldigen möchte oder ihr eigenes Verhalten abstoßend findet. Ich weiß selbst nicht, wie ich auf die Idee gekommen bin, dass es so sein könnte.

»Nein, darum geht es mir nicht.« Ich senke den Blick, werfe noch ein Stück Zucker in meinen Cappuccino, rühre um und trinke einen Schluck. Konzentriere mich. Ich bin aus einem ganz bestimmten Grund hergekommen. »Wie du weißt, erinnert mein Dad sich an manches nicht mehr.«

Sie nickt und sieht dabei ehrlich traurig aus.

»Deshalb muss ich Kontakt zu Menschen aus seinem Leben aufnehmen – um zu versuchen, die Lücken zu füllen.«

»Ah«, sagt sie, und es klingt ganz bescheiden. »Wenn ich kann, helfe ich gern.«

Ich erinnere mich daran zu atmen. »Wusstest du etwas von Dads Murmelsammlung?«

»Wovon?«

»Von Dads Murmelsammlung. Er hat Murmeln gesammelt und war wohl auch ein guter Murmelspieler.«

Sie schüttelt den Kopf und runzelt die Stirn. »Nein, davon hatte ich keine Ahnung. Also so was. Murmeln? Dieses Kinderspielzeug? Nein. Nie.«

Mein Herz wird schwer. Ich hab wirklich gehofft ... »Hast du letztes Jahr ein paar Kartons nach Virginia gefahren?«

»Letztes Jahr? Nach Virginia, im County Cavan? Nein, wieso hätte ich ... ich habe Fergus seit fast fünf Jahren nicht gesehen, und so richtig dauerhaft zusammen waren wir auch nie. Unsere Beziehung war nicht gerade das, was man platonisch nennt. Wir haben uns nur gelegentlich getroffen, um ... na ja, du kannst es dir wahrscheinlich vorstellen.«

Aber ich möchte nicht über ihre Beziehung zu Dad nachdenken. Ich muss darüber auch nichts wissen, es ist mir seit langem klar. Am liebsten möchte ich sofort meine Jacke nehmen und verschwinden, so enttäuscht bin ich. Der Rest des Gesprächs ist sinnlos für mich, genauso sinnlos, wie es wäre, meinen Kaffee auszutrinken.

Vielleicht spürt Regina das und setzt deshalb alles daran, sich nützlich zu machen. »Weißt du, was einer der Gründe war, warum Fergus und ich endgültig Schluss gemacht haben?«

»Lass mich raten«, sage ich sarkastisch. »Er hat dich betrogen.«

Sie nimmt es mir nicht übel, aber ich will ihr nicht noch mehr an den Kopf werfen, denn das wäre für mich noch entwürdigender als für sie.

»Das hat er höchstwahrscheinlich getan, aber das war nicht der Grund. Er war so ein schrecklicher Geheimniskrämer. Ich wusste nie richtig, was er tat oder wo er war. Und nicht etwa, weil er mir auf meine Fragen nicht geantwortet hätte, sondern weil ich es nach seiner Antwort immer noch nicht wusste. Er war immer so vage, keine Ahnung, ob das Absicht war oder nicht. Und wenn ich ihn dann zur Rede gestellt habe, war er ganz konfus und hat sich geärgert, und ich hab mich gefühlt wie die letzte Nervensäge. Ich wollte ihn überhaupt nicht nerven, aber er hatte ein großes Talent, einem dieses Gefühl zu vermitteln, weil er nie eindeutige Antworten gegeben und nie etwas wirklich erklärt hat. Er hat auch gar nicht verstanden, warum ich so viel wissen wollte, er dachte, mit mir stimmt etwas nicht. Natürlich hab ich mich auch tatsächlich gefragt, ob er mich betrügt. Das Ding ist nur, dass es mich im Grunde gar nicht interessiert hat, weil wir nie diese Art ausschließlicher Beziehung hatten. Mich hat nur gestört, dass er immer ausgewichen ist und ich von ihm einfach keine klaren Antworten gekriegt habe. Deshalb hab ich angefangen, ihm nachzuspionieren.« Sie macht eine Kunstpause, trinkt einen Schluck Tee und genießt es offensichtlich, dass ich an ihren Lippen hänge. »Und schon nach sehr kurzer Zeit ist mir klargeworden, dass er überhaupt nicht so aufregend war, wie ich dachte. Er hat sich nämlich immer zum selben Ort geschlichen – oder jedenfalls meistens.«

»Wohin denn?«

»In einen Pub.« Sie zieht die Augenbrauen hoch. »Er hat gern getrunken. Langweilig, oder? Ich hatte so gehofft, es wäre etwas anderes. Zwei Wochen lang bin ich ihm gefolgt. Und einmal, o mein Gott, einmal hätte er mich sogar fast erwischt.« Sie fängt an zu lachen, und ich merke, dass sie sich auf eine ausführliche Plauderei einrichtet. Aber dafür habe ich keine Zeit.

Ich trinke hastig meinen Cappuccino aus.

»Regina«, sage ich und höre im Kopf »Vagina«. »Welcher Pub war das?«

Als sie erkennt, dass ich nicht bereit bin, mir ihre Detektivgeschichten über das Verhalten meines Vaters anzuhören, stockt sie und wirkt auf einmal wieder so wie zu Anfang unserer Begegnung.

Gelangweilt. Unzufrieden. Enttäuscht, weil in ihrem Leben nichts so gelaufen ist, wie sie es sich gewünscht hat. Als warte sie darauf, dass Menschen, die sie in der Vergangenheit verletzt hat, durch ihr Erscheinen ihr Leben ein wenig aufpeppen. Ihr ein Gefühl von Macht vermitteln.

»Ein Pub in der Capel Street.«

»Aber Dad war kein Alkoholiker«, sage ich, obwohl ich das nicht sicher weiß. Ich kenne sein Leben nicht in allen Einzelheiten, aber ich glaube, so etwas hätte ich doch mitbekommen. Oder nicht?

»Oh, das weiß ich«, lacht sie, und ich fühle mich blöd, meine Wangen brennen. »Mein Daddy war nämlich Trinker, und glaub mir, mit einem echten Alkoholiker könnte ich keine zwei Minuten zusammen sein. Obwohl mein Dad und dein Dad schon gewisse Ähnlichkeiten hatten. Fergus hat oft gelogen, wenn man ihn gefragt hat, wo er hingeht. Dann hat er gesagt, dass er seine Mutter besucht, sich ein Fußballspiel anschaut, bei einem Meeting ist oder übers Wochenende wegmuss. Aber er hat nicht gelogen, weil er irgendwo Aufregendes war oder gar eine Affäre mit einer anderen Frau hatte. Das Leben, in das er sich geflüchtet hat, war kein bisschen exotisch. Er saß einfach nur im Pub. Er hätte mich nicht anlügen müssen, ich wollte ihn nicht festnageln.« Über den Tisch gebeugt, die Hände ineinander verschlungen, fährt sie mit leuchtenden Augen fort: »Sabrina, dein Vater hat *die ganze Zeit* gelogen. Er hat gelogen, weil er lügen wollte, weil es ihm gefallen hat zu lügen, weil es ihm irgendeine Art Kick gegeben hat. Er hat gelogen, weil er es so wollte, das war das Leben, für das er sich entschieden hat. Mehr nicht.«

»Wie hieß der Pub?«, frage ich, ohne auf ihre Erklärungen einzugehen. Ich weiß, dass Dad gelogen hat, aber er hatte einen Grund dafür. Und genau den möchte ich herausfinden.

Regina sieht aus, als überlege sie, ob sie mir den Namen verraten soll oder lieber nicht, wie eine Katze, die mit der Maus spielt, ein letztes Spielchen mit mir, denn sie weiß, dass sie mich nie wiedersehen wird. »The Marble Cat«, sagt sie schließlich.

»Aidan«, sage ich laut, während ich das Auto aus der Parklücke fahre.

»Wie geht es dir?«, fragt er.

»Ich hab mich gerade mit Regina getroffen«, antworte ich selbstbewusst, denn jetzt habe ich das Gefühl, auf dem richtigen Weg zu sein.

»Mit Vagina? Ich hätte nicht gedacht, dass du das durchziehst. Hast du nicht immer gesagt, du kriegst Albträume von dieser Frau?«

»Die kriege ich nicht mehr«, erwidere ich voller Zuversicht. »Nie mehr.«

»Was ist die nächste Station?«

»Ein Pub in der Capel Street. The Marble Cat. Keine Ahnung, ob der Name was mit Marmor oder mit Murmeln zu tun hat, könnte ja beides sein, aber ich glaube, ich bin ganz nah an etwas dran.«

Er zögert kurz. »Okay, Schatz, okay«, sagt er dann. »Wenn du meinst, es hilft.«

Er klingt so unsicher und so wenig bereit, es anzusprechen, dass wir beide nervös lachen müssen.

17

Murmelspiele:
Schummeln im Kohlfeld

Ich liege auf einer Picknickdecke, fühle unter mir aber den un-
ebenen Boden, jeden Erdklumpen, jeden Stein. In meinem Anzug werde ich bei lebendigem Leib gebraten. Die Krawatte habe
ich schon abgenommen, die Ärmel aufgekrempelt, aber meine
Beine in der schwarzen Hose fühlen sich an, als verbrennen sie in
der Sommersonne. Neben uns steht eine Flasche Wein, nur noch
halbvoll, wahrscheinlich gehen wir heute nicht mehr zurück ins
Büro. Es ist Freitagnachmittag, der Chef kommt bestimmt auch
nicht zurück vom Lunch – meistens behauptet er, er habe ein
wichtiges Meeting, aber in Wirklichkeit sitzt er im Stag's Head,
kippt sein Guinness und glaubt, dass niemand davon weiß.

Ich bin mit der Neuen unterwegs. Unsere erste gemeinsame
Geschäftsreise, nach Limerick. Ich helfe ihr bei der Eingewöh-
nung. Im Moment sitzt sie rittlings auf mir und knöpft sich
langsam ihre Seidenbluse auf – sie hat sich schon ganz gut einge-
wöhnt, würde ich sagen.

Sie behauptet, dass uns hier niemand sehen kann, was mir
nicht ganz einleuchtet, aber sie hat so etwas vermutlich schon öfter gemacht, wenn nicht hier, dann an einem ähnlichen Ort. Ihre
pfirsichfarbene Bluse behält sie an, hakt aber ihren trägerlosen
BH auf, so dass er auf die Decke und von dort auf den Boden
fällt. Den Slip hat sie bereits ausgezogen. Das weiß ich, weil
meine Hände dort sind, wo er sein müsste.

Ich habe noch nie eine Haut wie ihre gesehen – milchig weiß,
so blass, dass sie beinahe leuchtet. Es wundert mich, wie sie die
grelle Sonne aushält. Ihre Haare sind rotblond, aber wenn sie behauptet hätte, sie wären pfirsichfarben, hätte ich ihr auch nicht

widersprochen, denn ihre Lippen sind pfirsichfarben, ihre Wangen sind pfirsichfarben, und sie erinnert mich an eine Puppe, an eine von Sabrinas Porzellanpuppen. Zerbrechlich. Zart. Dabei ist sie in Wirklichkeit alles andere als zerbrechlich und zart, im Gegenteil, sie ist selbstbewusst, und ihre dunkelbraunen Augen funkeln fast ein bisschen boshaft, sie weiß genau, was sie will, und sie nimmt es sich.

Es hat etwas Ironisches, dass wir ausgerechnet an einem Freitagnachmittag hier in einem Kohlfeld liegen, denn freitags hat meine Ma immer Kohlsuppe gekocht. Das Zeug Suppe zu nennen war eine ziemliche Übertreibung, denn eigentlich war es nur heißes Salzwasser, auf dessen Grund ein paar glitschige, überkochte Kohlstreifen schwammen. Meistens war am Freitag das Geld fast aufgebraucht, und Ma wollte noch ein bisschen für einen guten Sonntagsbraten übrig behalten. Samstags waren wir uns selbst überlassen und mussten schauen, wo wir etwas zu beißen bekamen. Oft gingen wir zu den Obstwiesen, wo wir zwischen den Bäumen herumlungerten und die Äpfel verschlangen, die wir in die Finger bekamen, oder wir gingen zu Mrs Lynch von nebenan, um zu betteln und zu nerven, oder wir klauten etwas in der Moore Street, aber da erwischte man uns meistens zu schnell, deshalb konnten wir nicht oft hin.

Doppelt ironisch ist das Kohlfeld, weil es beim Murmelspielen »Cabbaging« genannt wird, wenn man die eigene Murmel regelwidrig näher an die Zielmurmel schiebt, also schummelt. Natürlich ist das kein großer Zufall, denn das habe ich meiner pfirsichfarbenen Kollegin erzählt, als wir an dem Acker vorbeigefahren sind – nicht dass ich Murmeln spiele, nein, das wissen nur die Männer, mit denen ich spiele, und die wissen dafür so gut wie sonst nichts über mich. Nur den Ausdruck habe ich ihr erklärt.

Sie wollte unbedingt fahren, und mir war es ganz recht, weil wir die Weinflasche schon aufgemacht hatten. Ab und zu nimmt sie auch einen Schluck. Diese Frau ist wild und gefährlich, höchstwahrscheinlich wird sie mich in Schwierigkeiten bringen.

Vielleicht will ich das ja. Ich will, dass man mir auf die Schliche kommt, ich will mich nicht mehr verstellen. Ich habe es satt. Vielleicht ist die bloße Erwähnung eines Murmelausdrucks der Anfang meines Niedergangs.

Als ich es ihr erklärt hatte, warf sie mir einen kurzen Blick zu und trat dann auf die Bremse, so heftig, dass ich meinen Wein verschüttete, machte eine Kehrtwendung und fuhr dorthin zurück, wo wir gerade hergekommen waren. Neben dem Kohlfeld hielt sie an, stellte den Motor ab, stieg aus, griff sich die Decke vom Rücksitz und war auch schon unterwegs. Als sie über die Mauer kletterte, musste sie den Rock hochziehen, und ich sah einen Moment ihre schlanken blassen Schenkel, dann war sie verschwunden.

Die Flasche in der Hand, lief ich ihr nach, und als ich sie fand, lag sie schon rücklings mitten im Kohl und blickte mit einem zufriedenen Grinsen zu mir hoch.

»Ich möchte bei dem Cabbaging-Zeug mitmachen. Was meinst du, Fergus?«

»Weißt du, was es bedeutet?«

»Das hast du mir doch vorhin gesagt – es bedeutet Schummeln. Betrügen.«

»Eigentlich bedeutet es, dass man von einem unzulässigen Punkt aus schießt.«

Sie wölbt den Rücken und spreizt lachend die Beine. »Na, dann schieß los.«

Ich liege mit ihr auf der Decke im Kohl. Gina ist zu Hause in Dublin, beim Elternsprechtag in Sabrinas Schule, aber obwohl ich an sie denke, ist diese Situation kein Problem für mich und mein Gewissen. Die dynamische Pfirsichkollegin ist nicht die erste Frau, mit der ich etwas habe, seit ich mit Gina verheiratet bin.

Abgesehen von dem Tag, an dem meine kleine Schwester Victoria tot auf die Welt kam und ich draußen auf der Straße vor dem Haus geschummelt habe, um Angus' Corkscrew-Murmel zu bekommen, habe ich beim Murmelspielen in meinem ganzen

Leben nie betrogen. Selbst als ich mit dieser pfirsichfarbenen Frau Sex habe und sie vor Lust aufschreit, muss mich keiner daran erinnern, dass ich in der Murmelwelt ein Mann bin, der zu seinem Wort steht und sich hundertprozentig an die Regeln hält. Aber der Mann ohne Murmeln? In seinem Leben ging es immer nur darum zu schummeln, zu lügen und zu betrügen.

18

Murmelspiele:
Wunderkerze

»Hallo«, sagt eine Frauenstimme zu mir. Die Frau sitzt auf einem Stuhl neben mir, aber ich habe sie bisher gar nicht wahrgenommen, nicht einmal einen leeren Stuhl habe ich vorhin bemerkt, aber plötzlich ist sie da.

Die Sonne scheint wieder, das Naturereignis ist vorüber, alle haben ihre albernen Brillen abgesetzt, ich ebenfalls, obwohl ich mich nicht daran erinnern kann. Ich fühle mich wie meine Ma in ihren letzten Jahren, schusselig und vergesslich – vor allem, was ihre Brille anging –, wo sie früher im Kopf immer so fit war. Dieser Teil des Altwerdens gefällt mir überhaupt nicht, ich war immer stolz auf mein gutes Gedächtnis. Vor allem Namen und Gesichter konnte ich mir gut merken, ich konnte jederzeit abrufen, wie ich jemanden kennengelernt hatte, wo wir uns das erste Mal begegnet waren, welche Gespräche wir geführt hatten, und wenn es um eine Frau ging, auch was sie angehabt hatte. Manchmal funktioniert es noch so, mein Gedächtnis, aber nicht immer. Ich weiß, so etwas gehört zum normalen Alterungsprozess, und ich weiß auch, dass der Schlaganfall das Seine getan hat, aber wenigstens kümmert man sich hier um mich – wenn ich mich bei der Arbeit an Dinge erinnern müsste und es nicht könnte, wäre das viel schlimmer. Auch das passiert manchen Leuten, und das würde mir überhaupt nicht gefallen.

»Hallo«, antworte ich der Frau höflich.

»Alles gut?«, fragt sie. »Du siehst ein bisschen bekümmert aus, hoffentlich war das gerade kein schlimmer Anruf.«

Ich blicke auf meine Hände hinunter und sehe, dass ich noch mein Handy in der Hand habe. »Nein, überhaupt nicht.« Stimmt das? Wer war es überhaupt? Denk nach, Fergus. »Es war meine Tochter. Ich hab mir Sorgen um sie gemacht, aber es geht ihr gut.« Leider kann ich mich nicht mehr richtig daran erinnern, worüber wir gesprochen haben, ich hab mich danach in einem Tagtraum verloren, aber mein Gefühl ist, dass es in Ordnung war, dass mit Sabrina alles in Ordnung ist. »Warum denken Sie, dass ich traurig war?«, frage ich.

»Weil dir Tränen über die Wangen liefen«, antwortet sie leise. »Ich hab mich hierhergesetzt, weil ich ein bisschen besorgt war. Aber wenn du willst, kann ich auch wieder gehen.«

»Nein, nein«, sage ich schnell, denn ich möchte nicht, dass sie geht, und versuche, mich angestrengt zu erinnern, warum ich traurig war, als ich mit Sabrina gesprochen habe. Ich schaue zu Lea hinüber, die mich beobachtet, dann hinauf zum Himmel, und mir fallen der Mond ein und die kleinen Mondmurmeln, die in Leas Grübchen passen würden, und dann erinnere ich mich an die Murmel in Sabrinas Nase und erzähle der netten Frau die Geschichte. Mit einem leisen Lachen erinnere ich mich an Sabrinas entschlossenes Gesicht als Zweijährige, rote Wangen, eigensinnig bis dorthinaus. Nein zu allem und jedem. Jetzt täte sie gut daran, dieses Wort wieder zu lernen, wo sie den ganzen Tag den drei Jungs nachläuft.

Die Frau macht große Augen, als wäre sie erschrocken.

»Oh, keine Angst, wir haben die Murmel wieder rausgekriegt. Meiner Tochter geht es gut.«

»Es ist nur, dass ... die Murmelgeschichte ...« Sie scheint ein bisschen durcheinander zu sein. »Kennst du noch mehr Murmelgeschichten?«

Amüsiert lächle ich ihr zu. Eine ungewöhnliche Frage, aber nett von ihr, dass sie Interesse zeigt. Dann zerbreche ich mir den Kopf nach weiteren Murmelgeschichten. Zwar kann ich mir nicht vorstellen, dass mir noch welche einfallen, aber ich möchte dieser Frau eine Freude machen, und sie scheint sich mit mir unterhalten zu wollen. Da ist er wieder, dieser Nebel. Die Fensterläden an meinem Gedächtnis sind wieder fest zugeklappt. Ich seufze.

»Hattest du als Junge Murmeln?«, hakt sie nach.

Und da taucht aus dem Nichts plötzlich eine Erinnerung auf, einfach so. Ich lächle. Und wenn sie mich die ganze Zeit duzt, dann kann ich sie wohl auch duzen. »Jetzt ist mir grade etwas eingefallen. Wie waren zu Hause sieben Jungs, weißt du, und eines Tages hat meine Ma, die richtig streng sein konnte, ein Murmel-Fluchglas eingeführt. Jedes Mal, wenn einer von uns geflucht hat, musste er eine Murmel abgeben und in dieses Glas tun, was für uns so ziemlich die schlimmste Strafe war. Wir waren alle verrückt nach Murmeln.« Waren wir das? Ja, das waren wir. »Ich weiß noch, wie meine Ma uns im Zimmer antreten ließ, den hölzernen Kochlöffel in der Hand, und damit auf einen nach dem anderen gezeigt hat. ›Jedes Mal, wenn einer von euch ein Fluchwort benutzt, landet eine von seinen beschissenen Murmeln hier drin. Kapiert?‹ Na ja, wie sollten wir das kommentarlos hinnehmen? Hamish fing an zu lachen, dann prustete ich los, und kurz darauf lachten wir alle. Ich weiß nicht mehr, ob Joe dabei war, ob er überhaupt schon geboren war, an ihn habe ich sowieso kaum Erinnerungen. Wahrscheinlich war er noch zu klein. Jedenfalls landeten innerhalb der ersten Minute seit seiner Einführung schon sechs Murmeln in dem Glas. Natürlich waren es die, an denen uns am wenigsten lag, Clearies, die angekratzt oder gesplittert waren. Ma hatte ja keine Ahnung von Murmeln. Und trotzdem hat es uns – oder zumindest mir – etwas ausgemacht, sie herzugeben. Dass sie dort oben auf dem Regal standen und wir nicht mehr an sie rankamen.«

»Was hat deine Mutter denn mit den Murmeln gemacht?«, fragt die Frau, und ihre Augen glänzen, als wären sie feucht von Tränen.

Ich mustere sie. »Dein Akzent. Der ist eigenartig.«

Sie lacht. »Danke sehr.«

»Nein, ich meine das nicht negativ. Er ist schön. Klingt wie eine Mischung aus verschiedenen Akzenten.«

»Ja. Deutsch. Und Cork. Ich bin mit Anfang zwanzig hergezogen.«

»Ah.«

Neugierig schaue ich auf ihre Hände. Kein Ehering, nur einer auf dem Verlobungsfinger, den sie dauernd rauf- und runterschiebt.

Als sie merkt, dass ich hinschaue, hört sie sofort auf.

»Was hat deine Mutter mit dem Murmelglas gemacht? Hat sie die Murmeln je zurückgegeben?«

»Wir mussten sie uns verdienen«, antworte ich lächelnd. »Jeden Monat bekamen wir eine Chance, sie wiederzukriegen. Einer von uns bekam alle, was an sich schon eine Art Spiel war, obwohl ich nicht glaube, dass Ma das so gesehen hat. Ich denke, hin und wieder hat der eine oder andere von uns absichtlich geflucht, nur um den Einsatz zu erhöhen. Um sie zurückzugewinnen, mussten wir im Haushalt helfen, waschen, putzen und so, und dann hat Ma entschieden, wer die Murmeln verdient hatte.«

»Bestimmt eine brisante Entscheidung!«, lacht sie.

»O ja. Nach so einem Tag haben wir uns oft fürchterlich gefetzt. Manchmal hat es sich gar nicht gelohnt zu gewinnen, weil man dann verprügelt wurde, und am Ende hat man die Murmeln dann doch den ursprünglichen Besitzern zurückgegeben. Nur wenn man hartnäckig geblieben ist, konnte man sie behalten.«

»Hast du die Murmeln auch manchmal gewonnen?«

»Immer.«

Sie lacht. Ein melodisches Lachen.

»Anfangs habe ich jeden Monat gewonnen, weil ich für Ma mit einem Zettel zur Apotheke gelaufen bin und von dort etwas in einer braunen Papiertüte für sie geholt habe. Ich wusste nicht, was es war, bis meine großen Brüder mir erklärt haben, dass es sich um Damenbinden handelte. Dafür haben sie mich dann so fertiggemacht, dass ich nie wieder geholfen habe.«

»Dann hattest du aber bei den Murmeln das Nachsehen.«

»Keineswegs. Ich hab begriffen, dass ich in Hörweite meiner Ma einfach nicht fluchen durfte.«

Wir lachen beide.

»Wir haben uns schon mal unterhalten«, stelle ich fest, denn plötzlich erinnere ich mich daran.

»Ja«, antwortet sie mit einem traurigen Lächeln, das sie zu verbergen versucht. »Mehrmals sogar.«

»Tut mir leid.«

»Schon okay.«

»Du besuchst hier jemanden«, sage ich.

»Ja.«

Schweigend sitzen wir nebeneinander, aber es ist ein angenehmes Schweigen. Sie hat die Schuhe ausgezogen, ihre Füße sind hübsch. Leuchtend rosa Zehennägel. Jetzt spielt sie wieder an ihrem Ring herum.

»Wen denn?«, frage ich.

Der muffelige Joe ist es nicht, denn ich sehe sie nie zusammen mit ihm. Auch nicht Gerry, Ciaran oder Tom. Nicht Eleanor, nicht Paddy. Genaugenommen kann ich mich nicht entsinnen, sie je mit jemand anderem zusammen gesehen zu haben als mit mir und den Schwestern. Obwohl auf meine Erinnerung natürlich nicht unbedingt Verlass ist. Nicht mehr.

»Das hast du mich noch nie gefragt. Du hast mich nie gefragt, wen ich besuche.«

»Tut mir leid.«

»Braucht es nicht.«

»Du besuchst mich, stimmt's?«

»Ja.«

Ihre Augen strahlen, sie klingt fast atemlos. Sie ist so schön, daran besteht kein Zweifel, schon allein die wunderschönen grünen Augen. Eine Weile betrachte ich sie aufmerksam, und auf einmal regt sich etwas in meinem Gedächtnis. Aber dann ist es genauso schnell wieder verschwunden. Ich kenne nicht mal ihren Namen. Sie jetzt danach zu fragen erscheint mir unhöflich, weil sie mich ansieht, als kennen wir uns schon ewig. Dann senkt sie den Blick und spielt wieder mit ihrem Ring herum. Ich schaue ihn mir genauer an.

Es ist ein goldener Ring und darin eingelassen etwas, was aussieht wie eine Murmel – transparent, mit einem weißen Band und leuchtend bunten Streifen auf weißem Grund im Innern. Eine maschinengefertigte Murmel aus Deutschland, das weiß ich instinktiv. Mehr allerdings nicht. Kein Wunder, dass sie mich nach der Murmelgeschichte gefragt hat, sie hat anscheinend etwas übrig für die kleinen Glaskugeln.

»Habe ich dir die Geschichte von dem Fluchglas vielleicht schon mal erzählt?«, frage ich.

»Ja«, antwortet sie leise mit einem wunderschönen Lächeln.

»Tut mir leid.«

»Du musst das nicht dauernd sagen«, beruhigt sie mich und legt ihre Hand auf meine, die Hand mit dem Ring. Ihre Haut ist weich und warm. Wieder rührt sich etwas in mir. »Aber hier hast du sie mir noch nie erzählt.«

Ich streiche mit dem Finger über ihre Hand und über die Murmel. Ihre Augen füllen sich mit Tränen.

»Tut mir leid«, sagt sie jetzt und wischt sich hastig über die Augen.

»Das braucht dir doch nicht leidzutun. Es ist extrem frustrierend zu vergessen, aber vergessen zu werden ist ganz bestimmt noch schlimmer.«

»Du vergisst mich nicht immer, und die Tage, an denen du dich erinnerst, sind die allerschönsten«, sagt sie, und ich begreife, dass sich diese wunderbare Frau auch an der kleinsten Hoffnung festhält.

»Foreign Sparkler – Wunderkerze!«, rufe ich, und sie gibt einen Laut des Erstaunens von sich. »So heißt diese Murmel!«

»So hast du mich manchmal genannt, Fergus«, flüstert sie. »Was passiert heute mit dir? Das ist wundervoll.«

Einen Augenblick schweigen wir wieder.

»Ich habe dich geliebt, nicht wahr?«, frage ich.

Wieder werden ihre Augen feucht, und sie nickt stumm.

»Warum erinnere ich mich nicht daran?« Meine Stimme bricht, und ich werde nervös, frustriert, ich will aus meinem Rollstuhl aufstehen und rennen, laufen, springen, mich bewegen, ich will, dass alles wieder so wird, wie es einmal war.

Sie legt eine Hand unter mein Kinn, dreht mein Gesicht zu sich und blickt mich liebevoll an. Auf einmal sehe ich das Gesicht meiner Ma vor mir, an dem Tag, als sie dachte, ich wäre tot, und ich denke an Hau drauf, an einen Pub in London und einen Mann namens George, der mich »Paddy« nannte und mir eine tschechische Murmel geschenkt hat, und an meinen toten Bruder Hamish auf dem Obduktionstisch. Alles wie ein Blitz, eine Momentaufnahme.

»Fergus«, sagt die Frau und holt mich zurück. Sofort werde ich ruhiger. »Ich habe keine Angst davor, dass du dich nicht erinnerst. Ich bin nicht hier, um dir irgendetwas ins Gedächtnis zurückzurufen. Die Vergangenheit ist vergangen. Ich habe nur gehofft, das Glück zu haben, dass du dich wieder in mich verliebst, zum zweiten Mal.«

Auf einmal ist meine Nervosität verschwunden, und ich lächle, denn was sie sagt, ist wunderschön. Ich kenne sie nicht, und gleichzeitig weiß ich alles über sie. Ich möchte sie lieben, und ich möchte, dass sie mich liebt. Also nehme ich ihre Hand, die mit dem Ring, und halte sie ganz fest.

19

Murmelspiele:
Schlacke und Schlampe

Als ich vom Flughafen nach Hause komme, bin ich ziemlich erledigt, aber noch immer aufgedreht und in Hochstimmung – das Adrenalin strömt durch meinen Körper und will mehr davon. Nach einer durchfeierten Nacht habe ich den frühen Flug genommen, um rechtzeitig zu Sabrinas dreizehntem Geburtstag wieder da zu sein. Ihre erste Teenagerparty. Gina hat ein Zelt und Catering für vierzig Gäste organisiert, größtenteils ihre Familie, zum Glück konnte von meiner niemand kommen. Das jedenfalls erzählte ich Gina, aber in Wirklichkeit habe ich ohnehin nur Ma eingeladen, die jedoch Mattie so kurz nach seiner Herzoperation nicht allein lassen wollte. Gina war mit allem einverstanden – ich glaube, sie ist ganz froh, wenn von meiner Familie niemand kommt, und sie war auch nicht überrascht, denn so ist es ja immer. Wir Brüder stehen uns nicht sehr nahe. Das heißt, wir waren sehr eng miteinander, bis ich geheiratet habe. Aber weil ich dachte, Gina sei zu gut für sie, habe ich sie immer von meiner Familie ferngehalten.

Nach sechzehn Jahren fange ich nun langsam an einzusehen, dass das eine dumme Idee war. Bei manchen Gelegenheiten hätte ich meine Familie nämlich sehr gern bei mir. Beispielsweise wenn Sabrina etwas sagt oder tut, von dem ich mir wünsche, dass sie es mitbekommen. Oder wenn bei einem Familienausflug der Kellner über seine eigenen Füße stolpert oder wenn einer von Ginas Freunden etwas echt Blödes sagt, aber niemand außer mir merkt, wie blöd es ist. Meine Brüder würden es sofort genauso sehen wie ich, und dann sehne ich mich nach ihnen. Ich stelle mir vor, wie Duncan eine witzige Bemerkung macht. Oder ich denke daran, wie selbstverständlich Angus nach Hamishs Tod die Aufgabe übernommen hat, mich, den Jüngsten der Boggs-Jungs, zu beschützen. Ich rufe mir Bobbys Charme in Erinnerung, wie mühelos er die Frauen umgarnt. »Mädelsköder« haben wir ihn immer genannt. Ich denke an Tommy, der Bobby nie aus den Augen gelassen hat und wahrscheinlich immer noch nach Würmern und Schnecken Ausschau hält, wenn er mit Bobby unterwegs ist, und an Joe, unser Baby, das geboren wurde, nachdem wir Victoria verloren hatten, ziemlich lange danach. Der sensible Joe, der mich, Angus und Duncan anschaut, als gehörten wir zu einer anderen Familie, nicht zu seiner, der nie richtig Kontakt zu uns bekommen hat, weil wir alle schon ausgezogen sind, als er noch klein war. Er hat die Geschichten über Hamish gehört, die im Viertel im Umlauf waren, und wahrscheinlich gedacht, Hamish ist ein Monster, und wenn er nicht aufpasst, wird dieser Schwarze Mann ihn holen, und dann endet er wie Hamish. Hamish, der Geist in unserem Haus, der immer da war, der bei uns in unserem Zimmer schlief, mit uns am Esstisch saß, dessen Echo durch alle Zimmer hallte, dessen Energie in unserer Umgebung und in uns allen steckte.

Aber wir redeten auch gar nicht so viel von ihm, auch Ma nicht. Immer nur: Hamish war lustig, Hamish war stark, Hamish war mutig. Wenn man tot ist, ist es leicht, der Beste zu sein.

Ma hat Joe verwöhnt und verhätschelt, er ist ein bisschen weich geworden, aber nicht auf eine nette Art wie viele Nesthäkchen, sondern ängstlich und labil, besessen von dem Gedanken, man müsse sich mehr um ihn kümmern. Ma hatte immer Angst, dass er sich weh tut, dass er sich verirrt, dass er krank wird und jeden Moment sterben könnte. Draußen war es zu dunkel, zu nass, zu heiß, die Entfernungen waren zu groß, es war zu spät, zu früh. Bleib lieber bei Ma, Joe, da bist du in Sicherheit. Jetzt macht er sich ständig Sorgen, nimmt alles schrecklich ernst und überlegt immer zwanzigmal und dann noch mal von vorn. Sicherheit hat bei ihm noch immer die höchste Priorität. Er lebt in einer Neubauwohnung an den Quays, mit seinem Freund, den er vor uns aber geheim hält, und wenn ich morgens in die Stadt reinfahre, sehe ich ihn manchmal mit Kaffeebecher und Aktentasche. Gina würde ihn mögen, denn Joe ist erfolgreich, er macht irgendwas mit Computern, aber Joe mag mich nicht. Manchmal vermisse ich meine Brüder, wenn ich es am allerwenigsten erwarte, aber ich bin trotzdem froh, dass sie heute nicht hier sind.

Sabrina begrüßt mich an der Tür, sie macht einen fröhlichen Eindruck, ist aber viel zu stark geschminkt, ihr Rock ist zu kurz, und sie trägt zum ersten Mal hochhackige Schuhe. Ihr Top lässt sie extra von der Schulter rutschen, damit man den Träger ihres neuen BHs sieht, den Gina ihr vor ein paar Wochen gekauft hat. Sie sieht nicht gut aus, nicht mal für mich, und ich bin ihr Vater, ich müsste blind sein vor väterlicher Liebe und meine Tochter in jeder Hinsicht perfekt finden. Aber heute nicht. Die Geburtstagsgäste sind zum Lunch eingeladen, das Wetter ist schlecht für April, ein grauer Tag, und Sabrina ist angezogen wie für eine Gartenparty in Spanien. Ihr Rock ist fast durchsichtig, irgendeine billige Kunstseide, und sie hat eine dicke Gänsehaut.

Aber als sie mich mit ihren Brackets anlächelt, wird mein Herz weich wie Butter. Meine alberne, unbeholfene, wunderschöne Tochter sieht viel besser aus, wenn sie im Pyjama und mit Pickelcreme im Gesicht in der Sofaecke sitzt und *Family Fortunes* anschaut, viel besser als dieses ... Püppchen.

»Du siehst scheiße aus«, sagt sie und drückt mich. Ich erstarre. Wenn Sabrina das schon denkt, wird Gina es garantiert auch denken. Sie wird mich krallen, mich analysieren und in meine Einzelteile zerlegen, sie wird mich in die Mangel nehmen und mir tausend paranoide Fragen stellen, die ich abstreiten muss. Ich muss unter die Dusche, ehe sie mich entdeckt. Aus der Küche höre ich ihre Stimme, sie redet über Krabbencocktails und übertönt alle anderen. Das Zelt hat unseren kleinen Garten komplett in Beschlag genommen, eine Seite drängt sich direkt an die Mauer, so dass die Ecke des Schuppens reinpiekt und aussieht, als wolle sie nicht nur die Leinwand, sondern womöglich auch noch einem Festteilnehmer den Schädel durchbohren. Gina ist gut gekleidet, auf Draht und hübsch wie eh und je, sie redet und organisiert, als wohnten wir in den Hollywood Hills. Tun wir aber nicht. Ich konnte ihr nie bieten, wonach sie sich sehnte, nämlich die guten Verhältnisse, aus denen sie stammt. Jetzt, wo Sabrina dreizehn ist, redet sie davon, arbeiten gehen zu wollen. Ich glaube nicht, dass es je so weit kommt, ich weiß eigentlich, dass sie blufft und dass es ihr nur darum geht, mir vorzuwerfen, dass ich ihr nicht das gebe, was sie braucht, und dass ich nicht genug verdiene.

Die nächsten Stunden werde ich in diesem Zelt sitzen und mir Fragen anhören müssen wie zum Beispiel: »Was machst du denn jetzt, Fergus?« Als wechselte ich meinen Job schneller als meine Unterwäsche. Es stimmt, es ist mir nicht leichtgefallen, irgendwo dauerhaft zu bleiben, aber ich glaube, jetzt habe ich wirklich etwas Gutes in Aussicht. Um ehrlich zu sein, muss ich natürlich zugeben, dass ich nicht sonderlich gut mit Geld umgehen kann, aber das weiß ich inzwischen und bin vernünftig geworden. Ich bin ein guter Verkäufer, ein sehr guter sogar, weil ich bei Mattie in der Fleischerei alles darangesetzt habe, nicht mehr Innereien waschen und die unbeliebten Dreckjobs erledigen zu müssen. Damals habe ich angefangen zu erkunden, wo man besseres Fleisch kriegen konnte, und Mattie zu beraten, wie man es am besten an den Mann brachte. Und es hat funktioniert. Im Handumdrehen durfte ich den hinteren Bereich der Fleischerei verlassen, nach oben ins Büro umziehen und mich auf den Verkauf konzentrieren. Als ich Gina heiratete, fand ich, dass es Zeit war, Mattie zu verlassen und mein Talent anderswo einzusetzen, was ich ebenfalls erfolgreich bewerkstelligte, erst mit Handys, dann mit Hypotheken, und jetzt möchte ein Freund mich für seine neue Firma einstellen. Ich muss nur die Märkte verstehen, und das tue ich. Zwar kann ich nicht gut mit meinem eigenen Geld umgehen, aber das heißt nicht, dass ich nicht für andere Leute Geld machen kann. Ich brauche nur die entsprechende Qualifikation, damit die Leute mir auch glauben, und deshalb habe ich mich zu einem Abendkurs angemeldet, zweimal die Woche. Und danach bin ich ein redlicher Risikofinanzierer.

»Was ist da drin? Mein Geschenk?« Sabrina stupst aufgeregt gegen die Tasche in meiner Hand, und ich ziehe sie mit einer heftigen Bewegung zurück.

»Sorry«, sagt sie, auf einmal ernst, ein bisschen kleinlaut, und macht einen Schritt zurück.

»Entschuldige, Liebes, ich wollte nicht schroff sein, es ist nur ...« Ich halte die Tasche hinter meinen Rücken. Ich muss sie irgendwo verstecken, ehe Gina mich das Gleiche fragt. Eine Nacht weg von ihr, und schon ist sie ganz in ihrem paranoiden Element.

Also laufe ich nach oben ins Gästezimmer, das ich auch als mein Homeoffice benutze. Allerdings sieht es heute ganz danach aus, als würde Ginas Ma hier übernachten – Kerzen, Blumen, Shampoo, Duschgel, alles, was sie für eine Nacht braucht. Fehlt nur noch, dass sie sich ein Schokoladen-Betthupferl aufs Kissen legt. Ich ziehe den Schreibtischstuhl zum Kleiderschrank hinüber und steige darauf. Die Murmeln sind ganz oben, ganz hinten im Schrank, so gut versteckt, dass ich selbst kaum an sie rankomme, und dorthin will ich auch die Tasche stopfen, bis ich Zeit habe, sie in Ruhe auszupacken.

Aber dann höre ich Schritte auf der Treppe und kriege die Tasche einfach nicht in den Schrank, sosehr ich auch schiebe und drücke, es nutzt nichts. Wenn ich meinen gesunden Menschenverstand gebrauchen könnte, würde ich die anstößigen Gegenstände getrennt herausnehmen, aber ich werde panisch, und mir bricht der kalte Schweiß aus. Ich rieche den schwarzen Kaffee, der aus meinen Achseln aufsteigt, ich fühle, wie der Alkohol der Partynacht aus allen meinen Poren dringt. Die Schritte sind viel zu nahe. So schnell ich kann, klappe ich die Schranktür wieder zu und hüpfe vom Stuhl. Die Reisetasche halte ich immer noch in der Hand, und auch der Stuhl steht noch neben dem Schrank.

Dann öffnet sich die Tür.

Gina kommt herein und mustert mich stumm, von oben bis unten. Der Moment ist gekommen, ich weiß es, ich spüre es im Bauch, viel deutlicher als die anderen Male. Wir waren schon oft kurz davor, aber jetzt bin ich sicher.

»Was machst du denn da?«

»Ich musste etwas nachschauen, für die Arbeit.«

Ich schwitze, meine Brust hebt und senkt sich heftig, ich kann meine Panik nur mit Mühe im Zaum halten.

»Für die Arbeit«, wiederholt sie tonlos.

Ihre Augen sind dunkel, ihr Gesicht ist bitterböse. So habe ich sie noch nie gesehen. Ich fühle, wie mir alles entgleitet, und bin fast erleichtert, aber gleichzeitig möchte ich nicht, dass es passiert.

»Wo hast du letzte Nacht geschlafen?«

»Im Winchester-Hotel.«

»Wo?«

»Am King's Cross.«

»Zu dieser Konferenz des Strategic Technology Forum?«

»Ja.«

»So hatte ich es auch in Erinnerung, aber als ich dort angerufen und nach dir gefragt habe, gab es überhaupt keine Buchung unter deinem Namen, und es gab auch keine Konferenz. Nichts dergleichen. Wenn du nicht zu einer indischen Hochzeit eingeladen warst, dann warst du nicht dort, Fergus.«

Sie zittert, nicht nur ihre Stimme, ihr ganzer Körper.

»Du warst mit einer deiner Schlampen dort, stimmt's?«

Das trifft mich. So etwas hat sie mir noch nie vorgeworfen. Nicht direkt jedenfalls. Sie hat es angedeutet, mit Fragen und Zweifeln, es bis jetzt aber nie ausgesprochen. Ich fühle mich ekelhaft. Ihr Blick sagt mir, was ich ihr angetan habe – ich habe sie zu einer Frau gemacht, die mir völlig fremd ist. Es ist vorbei, es ist vorbei, sie hat mich endlich erwischt. Ich gebe auf. Oder nicht? Ich gebe nie auf. Also versuch es noch einmal. Zieh dich nicht kampflos zurück.

»Nein, Gina, schau mich an.« Ich packe sie an den Schultern. »Ich war dort, aber die Konferenz fand in einem anderen Hotel statt. Und die Buchung lief wahrscheinlich nicht auf meinen Namen, weil die Firma das Zimmer unter dem Firmennamen über ein Reisebüro gebucht hat. Ich weiß es nicht, aber ich kann es herausfinden.« Meine Stimme klingt viel zu hoch, schwächlich, brüchig, sie verrät mich. Beim Murmelspielen muss man nicht reden, da ist es egal, wie man spricht.

»Fass mich nicht an«, sagt sie ruhig und drohend. »Was ist in der Tasche?«

Ich schlucke. »Ich kann nicht ... Nichts.«

Sie schaut die Tasche an, und ich fürchte schon, dass sie danach greift, sie aufmacht und die ganze Wahrheit ans Licht bringt. Denn sie hat vollkommen recht, ich war nicht im Winchester. Ich war bei keiner Konferenz. Aber ich war auch nicht mit einer anderen Frau zusammen. Ich war im Greyhound Inn, in West Sussex. Schon die letzten fünf Jahre habe ich dort an den Murmel-Weltmeisterschaften teilgenommen. In meiner Reisetasche sind zwei Pokale. Den ersten habe ich mit meinem Team gewonnen, der zweite ist für den besten Einzelspieler. Das Team hat den Namen Electric Slags, nach den transparenten, farbigen Basismurmeln mit den weißen Spiralen. »Electric«, weil die Christensen Agate Slags viel leuchtender sind als die Slags aller anderen Hersteller, und die seltenste Farbe ist Pfirsich. Ich habe das Team so getauft, weil das die Murmel ist, die ich nach meiner Affäre im Kohlfeld gekauft habe. Die Murmel hat mich an die blasse Haut meiner Kollegin erinnert, an ihre pfirsichfarbenen Haare und an den Moment auf dem Kohlfeld vor fünf Jahren – eine Erinnerung daran, dass mein Murmelleben mein Geheimnis ist, meine Art zu schummeln. Das Team danach zu benennen war wie ein Brandmal für mich selbst, denke ich mit einer Mischung aus Stolz und Abscheu, es ist ein Bekenntnis zu dem, der ich bin: ein Schummler mit einem Titel, der es in seinem geheimen Leben zu etwas bringen wollte. Bei meinen Teamkollegen war der Name sofort ein Treffer, sie hatten ja auch keine Ahnung von seiner wahren Bedeutung. Die Murmelwelt ist nicht anders als die Menschenwelt, auch sie hat ihre Kopien und

Fälschungen, und die Slags waren ein Versuch, die handgefertigten Steinmurmeln durch solche aus Schlacke zu ersetzen. Gina ist mein handbearbeiteter Stein, das war sie immer und wird es auch immer bleiben, während meine Kollegin im Kohlfeld und ich aus Schlacke sind und es beide wussten.

Es ist ein Zufall, dass Gina das Wort Slag in seiner anderen Bedeutung, nämlich als »Schlampe« benutzt hat. Sie hatte keine Ahnung, was sie da tat, da bin ich sicher. Meine fünf Teamkollegen wissen nichts über mein Privatleben, sie kennen mich nur von den Spielen, die wir gemeinsam machen, und von dem Geplänkel, das es Männern wie uns gestattet, echte persönliche Diskussionen zu vermeiden. Fünf Jahre in Folge haben wir an den World Marble Championships teilgenommen, aber dieses Jahr hat Irland gewonnen, zum ersten Mal, und ich kann niemandem davon erzählen. In der Zeitung steht heute ein kleiner Artikel darüber, begleitet von einem körnigen Foto meines Teams, ein Foto, auf dem ich mich absichtlich im Hintergrund verstecke, damit mich keiner erkennt. *Die Electric Slags siegen für Irland.* Und dann wird natürlich auch der beste Einzelspieler erwähnt. Das bin ich, denn ich habe den siegreichen Wurf getan.

Das Spiel, das wir bei der Weltmeisterschaft gespielt haben, heißt Ring Taw. Auf einem sieben Zentimeter über dem Boden aufgebauten, mit Sand bestreuten Spielfeld mit einem Durchmesser von eins achtzig werden neunundvierzig Zielmurmeln aus Glas oder Keramik mit gut einem Zentimeter Durchmesser platziert – wir hatten natürlich Glaskugeln. Zwei Mannschaften mit je sechs Spielern bekommen einen Punkt für jede Murmel, die sie aus dem Ring herausschlagen. Das Team, das als Erstes fünfundzwanzig gegnerische Murmeln aus dem Ring geschlagen hat, hat gewonnen. Die Electric Slags haben das Team der USA besiegt, und es war einer der besten Tage meines Lebens – genaugenommen der zweitbeste nach dem von Sabrinas Geburt. Aber auf alle Fälle war es ein Moment, den ich für immer im Gedächtnis behalten werde.

Aber wie kann ich es Gina erklären? Was soll ich ihr sagen? Die letzten sechzehn Jahre habe ich dich wegen eines albernen Hobbys angelogen? Es ist seit jeher ein ganz wichtiger Teil meines Lebens, aber du weißt nichts davon. Frauen hin oder her, das ist an sich schon ein Betrug, außerdem ist es sonderbar, peinlich, und wenn ich ein Hobby verheimliche, was verheimliche ich dann noch alles? Es geht schon zu lange so, ich kann nicht mehr zurück. Warum ist es leichter zu lügen? Weil ich es Hamish versprochen habe. Seit ich zehn bin, sind wir in die Nacht hinausgeschlichen, das war unser Geheimnis. Vor Ma hielten wir geheim, dass wir den Leuten das Geld aus der Tasche zogen, vor den anderen Spielern hielten wir geheim, dass ich so gut war. Ich habe es nie jemandem verraten, als hätte ich mit Hamish einen geheimen Pakt geschlossen. Als wäre es meine ganz besondere Verbindung zu ihm. Von all den Leuten, die in unserem Leben wichtig sind, wissen es nur wir beide. Nur du und ich, Hamish.

Aber Hamish ist tot, und Gina steht vor mir. Ich kann so nicht den Rest meines Lebens weitermachen. Eines Tages wird es mich verrückt machen, es fängt schon an. Ich fühle den Druck mehr denn je. Ich werde es ihr sagen. Eine Weile wird es schwierig sein, sie wird mir nicht vertrauen können, aber das tut sie ja ohnehin schon seit einer Weile nicht mehr. Ich sage es ihr. Jetzt.

»Ich zeige es dir«, sage ich, während ich die Tasche hinter meinem Rücken hervorhole und den Reißverschluss aufziehe. Meine Hände zittern wie verrückt. Dabei waren sie selbst in den Schlussmomenten des wichtigsten Spiels meines Lebens vollkommen ruhig.

»Nein!«, unterbricht sie mich abrupt, fast ängstlich, und streckt die Hand aus, um mich aufzuhalten.

Ich möchte ihr erklären, dass es nicht so ist, wie sie denkt – obwohl ich gar nicht weiß, was sie denkt. Aber bestimmt nicht das.

»Nein. Wenn du sagst, dass du dort warst, dann warst du dort.« Sie schluckt schwer. »In fünfzehn Minuten kommen die Gäste, bitte sei bis dahin fertig.« Damit wendet sie sich ab und lässt mich stehen, mit geöffneter Reisetasche, aus der ich die Pokale schimmern sehe. Wenn sie doch nur einen Moment nach unten geschaut hätte.

Später an diesem Abend, als die Maske wieder sitzt, als der Schweiß abgewaschen ist, als Krabbencocktail und Chicken Kiev verzehrt sind und nur noch der Baiserkuchen auf uns wartet, mache ich mich auf die Suche nach Sabrina. Und finde sie zusammengerollt auf der Couch. Sie weint.

»Was ist los, Liebes?«

»John hat gesagt, ich sehe aus wie eine Schlampe.«

Schon wieder dieses Wort. Ich nehme sie in den Arm, ihre Tränen sind dabei, die dicke Make-up-Schicht wegzuwaschen. »So bist du nicht und wirst es auch niemals sein. Aber das hier ...« Ich blicke auf ihr Outfit hinunter. »... das bist nicht du, Liebes, stimmt's?«

Unglücklich schüttelt sie den Kopf.

»Denk immer daran«, fahre ich fort und habe einen dicken Kloß im Hals, »denk einfach immer daran, du selbst zu sein.«

20

Badeordnung:
Keine Straßenschuhe

The Marble Cat ist ein gepflegter Pub in der Capel Street, mit schwarzen Balken, an denen Kilkenny-Flaggen hängen. Vor der Tür steht eine Tafel mit den Spezialitäten des Tages, Gemüsesuppe mit Guinness Brown Bread und Dublin-Bay-Krabben, und im Gegensatz zu manchen anderen Pubs, die gern die Welt und das Licht aussperren wollen, wirkt er freundlich und einladend. Es ist vier Uhr, Freitagnachmittag, aber es wimmelt noch nicht von Feierabendgästen, die einen draufmachen und zum Wochenende endlich ihren Stress loswerden möchten. Es gibt sowohl eine Bar als auch eine Lounge, und ich wähle die Lounge, in der es normalerweise weniger aufdringlich zugeht. Am Tresen sitzen drei Männer und starren in ihre Biergläser. Zwischen ihnen sind immer ein paar Hocker frei, also sind sie nicht zusammen hier, aber sie wechseln gelegentlich ein paar Worte. Zwei Männer im Anzug fachsimpeln bei Suppe und Brot, aber ansonsten ist niemand da.

Hinter der Theke steht ein junger Barmann, der sich im Fernsehen das Pferderennen ansieht. Als ich mich nähere, blickt er auf.

»Hi«, sage ich mit gedämpfter Stimme, und er kommt näher. »Könnte ich bitte den Manager sprechen? Oder jemanden, der hier schon lange arbeitet?«

»Der Chef ist da, ich hole ihn.«

Er verschwindet durch die Türöffnung in die Bar, und kurz darauf erscheint dort ein Bär von einem Mann, der fast den ganzen Durchgang ausfüllt.

»Da ist ja Marble Cat persönlich«, meint einer der Männer an der Theke und erwacht plötzlich zum Leben.

»Hallo, Spud, wie geht's denn so?«, erwidert der große Mann und schüttelt dem anderen die Hand.

Er ist wirklich ein Riese, groß und breit gebaut, und als ich mir die Wände des Pubs etwas genauer anschaue, wird mir klar, dass ich eine Berühmtheit vor mir habe. Überall sehe ich Fotos, Pokale, eingerahmte Trikots, Zeitungsartikel von den All-Ireland-Finals. Schwarze und gelbe Streifen – die Cats. Auf einmal wird mir klar, worauf sich der Name des Pubs bezieht, zumindest teilweise. Die Kilkenny Hurlers tragen bekanntlich den Namen The Cats, was auf ihren beharrlichen Kampfgeist anspielt. Ich sehe diesen Mann förmlich vor mir, wie er, in einer Zeit, als es weder Helme noch sonstige Schutzkleidung gab, mit anderen Spielern zusammenprallt, den Hurlingschläger fest in der Hand, eine Naturgewalt. Und Marble bedeutet in seinem Fall nicht Murmel, sondern Marmor – ein Mann aus Stein. Er stützt sich auf den Tresen, um sich meiner Augenhöhe zumindest anzunähern, überragt mich aber natürlich immer noch.

»Man nennt Sie also Marble Cat?«

»Ich habe viele Namen und bin froh, dass gerade der sich so gut gehalten hat«, meint er grinsend.

»Sie kennen ihn nicht?«, mischt Spud sich ein. »Sechs All-Ireland-Medaillen in den Siebzigern, Kilkennys Starspieler. So einen gab's noch nie und wird es auch nie wieder geben.«

»Wie kann ich Ihnen helfen?«, fragt der große Mann und wendet sich von Spud ab und mir zu.

»Mein Name ist Sabrina Boggs.« Ich beobachte sein Gesicht nach Anzeichen des Erkennens. Boggs ist kein häufiger Name. Aber nichts regt sich. »Mein Dad hat im Moment Gedächtnisprobleme, und ich wollte ihm helfen, die Lücken zu füllen. Er war früher hier Stammgast.«

»Na, da haben Sie Glück, ich kenne nämlich jeden, der durch diese Tür kommt, vor allem die Stammgäste.«

»Er hat Murmeln gespielt, und ich dachte zuerst, deshalb hätte er sich diesen Pub ausgesucht, aber Sie sind ja anscheinend kein

Murmel-Pub«, sage ich und lache über die doppelte Bedeutung der Marble Cat.

»Man nennt Kilkenny auch Marble City«, erklärt er freundlich. »Die Fußwege der Stadt waren mit Kalksteinplatten gepflastert, die an nassen Winterabenden geglänzt haben wie Marmor. Daher der Name.«

Ich wette, das hat er all den amerikanischen Touristen schon unzählige Male erklärt.

»Am Stadtrand wurde nämlich im sogenannten Black Quarry, dem schwarzen Steinbruch, ein sehr dunkler Kalkstein abgebaut. Mal ganz unter uns«, fährt er leiser fort und schaut sich um, »eigentlich hätte ich den Pub lieber nach dem Steinbruch genannt, aber die Finanzberater meinten, Marble Cat würde geschäftlich mehr bringen.«

Ich lächle.

»Aber Sie werden sich freuen zu hören, dass wir früher hier auch die andere Bedeutung des Worts Marble berücksichtigt und Murmeln gespielt haben. Da gab es eine kleine Gruppe von Stammkunden, die regelmäßig zum Murmelspielen hergekommen sind. Wie hieß Ihr Vater gleich?«

»Fergus Boggs.«

Er runzelt die Stirn, schüttelt aber den Kopf. Dann schaut er zu den Männern am Tresen. »Spud, kennst du einen Mann namens Fergus Boggs, der hier Murmeln gespielt hat?«

»Nein«, antwortet Spud ohne langes Nachdenken, den Blick wieder in sein Bier gerichtet.

»Er müsste vor fünf Jahren hier gewesen sein«, erkläre ich, falls an Reginas Geschichte tatsächlich etwas Wahres dran ist.

Jetzt ist der Marble-Wirt neugierig geworden, das sehe ich ihm an. »Tut mir leid, Liebes, wir hatten nur diese kleine Murmel-Gruppe hier. Spud, der da vorne sitzt, Gerry dort hinten ...« Er deutet zur Bar hinüber. »Und noch drei andere. Aber kein Fergus.«

»Zeig ihr mal die Siegerecke«, ruft Spud stolz.

Der große Marmor-Mann lacht und kommt hinter dem Tresen hervor. »Kommen Sie, ich führe Sie rum und zeige Ihnen alles.

Ich glaube nicht, dass die Kerle hier wollen, dass ich Ihnen alle meine Ruhmeswände vorführe, aber die Ecke hier unten ist den Electric Slags gewidmet.«

Zwar bin ich einigermaßen enttäuscht, weil die Männer den Namen meines Vaters offenbar noch nie gehört haben, aber ich will nicht unhöflich sein und folge ihm durch die Bar nach hinten. Spud springt von seinem Stuhl und läuft uns nach.

An der Wand hängt ein Glaskasten mit zwei Pokalen. »Das ist der Pokal, den die Electric Slags bei den World Marble Championships gewonnen haben, und zwar im Jahr ...« Der Wirt sucht seine Brille in der Tasche.

»94«, ergänzt Spud sofort. »April 1994.«

Der große Mann verdreht die Augen. »Der zweite Pokal ist der für den besten Einzelspieler. Spud hat ihn nicht gewonnen, das kann ich Ihnen ohne meine Brille sagen«, scherzt er, während er weiter seine Taschen durchforstet.

»Und hier werden wir in der Zeitung erwähnt!« Spud zeigt auf den gerahmten Zeitungsausschnitt, und ich gehe näher heran, um das Foto zu betrachten.

»Wenn Sie genau hinschauen, können Sie sehen, dass Spud noch Haare hat«, lacht der Marmor-Mann.

Aus Höflichkeit inspiziere ich die Mannschaft der Murmelspieler etwas aufmerksamer, und auf einmal fängt mein Herz an zu pochen. »Das ist mein Vater«, erkläre ich und zeige auf den Mann ganz hinten in der Gruppe.

Inzwischen hat der Wirt tatsächlich seine Brille gefunden, geht näher an den Rahmen heran, und plötzlich ruft er laut: »Hamish O'Neill! Das ist Ihr Vater?«

»Nein, nein«, protestiere ich lachend. »Nicht Hamish O'Neill, sein Name ist Fergus Boggs. Und er ist mein Vater. Ohne jeden Zweifel. O mein Gott, sehen Sie nur, wie jung er ist.«

»Aber das ist Hamish O'Neill«, beharrt der Wirt und tippt mit seinem dicken Finger auf Dads Gesicht. »Und er war Stammgast hier. Den kenne ich gut, sehr gut sogar.«

Jetzt kommt auch Spud. »Klar, das ist Hamish«, bestätigt er

ziemlich irritiert und sieht mich an, als wäre ich eine Lügnerin.

Ich bin fassungslos. Mein Mund öffnet sich, aber es kommt nichts heraus, meine Gedanken rasen, aber es sind zu viele Fragen in meinem Kopf, ich bin zu verwirrt. Noch einmal studiere ich das Foto eingehend, um ganz sicher zu sein, dass es wirklich Dad ist, denn vielleicht bin ja doch ich diejenige, die sich irrt. Immerhin ist das Bild fast zwanzig Jahre alt, womöglich ist es nur jemand, der Dad ähnelt. Aber nein, er ist es, eindeutig. Wollen die Männer mich auf den Arm nehmen? Soll das ein Witz sein? Ich mustere sie, aber ihre Gesichter sind genauso ernst wie meines.

»Sie behauptet, Hamish ist ihr Dad«, sagt der Wirt zu Spud, ganz aufgeregt, und seine tiefe Stimme dröhnt durch den Pub, so dass jetzt auch die beiden Anzug-Männer die Ohren spitzen.

»Ich hab's gehört«, bestätigt Spud und mustert mich weiter mit argwöhnisch zusammengekniffenen Augen.

Der große Mann lacht, und sein Lachen füllt den ganzen Raum. »Gerry!«, brüllt er dann in die Bar nebenan. »Komm mal her, du glaubst nicht, wer hier ist!«

»Das weiß ich, und ich werde nicht in seine Nähe kommen, es sei denn, er entschuldigt sich!«, antwortet eine mürrische Stimme.

»Na, dann kommst du nicht so bald dort hinten raus«, antwortet Spud im gleichen Ton.

»Ah, würdet ihr euren Streit bitte mal für ein paar Minuten vergessen? Das geht jetzt schon wie lange? Ein Jahr?«, brüllt der Marble-Wirt. Dann geht er mit drei großen Schritten in den Barraum und ruft durch die Türöffnung in die Lounge: »Hamish O'Neills Tochter ist hier!«

Eine Reihe von Flüchen ertönt, und alle Anwesenden lachen. Dann erscheint Gerry, ein Bierglas in der Hand, verwaschene Jeans, Lederjacke. Ihm folgen noch ein paar andere Männer, vermutlich, um mich in Augenschein zu nehmen.

»Hamish ist Ihr Vater?«, fragt einer.

»Nein. Das ist Fergus Boggs ...«

Endlich nimmt der Wirt mein Unbehagen zur Kenntnis und versucht, die Aufregung, die er heraufbeschworen hat, etwas zu dämpfen. »Okay, okay, beruhigt euch wieder, setzen wir uns erst mal!« Er führt mich zu einem Tisch. »Dara!«, brüllt er dann so laut, als wäre er wieder auf dem Spielfeld. »Bring dieser jungen Frau was zu trinken! Tut mir leid«, fährt er dann, an mich gewandt, fort. »Wie war noch mal Ihr Name?«

»Sabrina.«

»Bring Sabrina was zu trinken!«, wiederholt er und fragt mich etwas leiser: »Was möchten Sie denn?«

»Wasser, bitte.«

»Ah, nehmen Sie lieber was Stärkeres, Sie sehen aus, als könnten Sie es brauchen.«

So fühle ich mich auch, aber ich muss fahren.

»Na, dann eben ein Mineralwasser.«

Alle lachen.

»Genau wie Ihr Dad«, sagt Gerry und gesellt sich zu uns, während die anderen Männer sich wieder in das Halbdunkel zurückziehen, aus dem sie gekommen sind. »Hat nie einen Tropfen Alkohol getrunken, wenn er gespielt hat. Meinte, dann kann er sich nicht richtig aufs Werfen konzentrieren.«

Wieder wird gelacht.

»Gerry, ruf Jimmy, der wird sich bestimmt freuen, wenn er erfährt, wer hier ist«, herrscht der Wirt seinen Freund an.

Ich versuche einzuwerfen, dass wir doch wirklich nicht noch mehr Leute brauchen, ich fühle mich jetzt schon überwältigt und schwindlig, aber wie aufgeregte Kinder reden sie einfach über mich hinweg. Spud beginnt fast Wurf für Wurf zu erzählen, wie das Team – die Electric Slags – die Meisterschaft geholt hat, beschreibt die Szenerie, die Spannung zwischen Amerikanern und Iren und natürlich Dads Siegtreffer. Alle reden durcheinander, unterbrechen sich gegenseitig, streiten und debattieren. Vor allem Gerry und Spud sind nie einer Meinung, nicht mal bei den kleinsten Details, nicht mal beim Wetter. Ich höre ihnen völlig verblüfft und sprachlos zu und habe nur einen Gedanken im Kopf, nämlich dass das alles ein Irrtum sein muss, ein Missverständnis. Bestimmt sprechen sie von einem anderen Mann. Warum hat Dad sich Hamish O'Neill genannt?

Dann kommt Jimmy, zwanzig Jahre älter und mit deutlich weniger Haaren als auf dem Foto, aber ich erkenne ihn trotzdem sofort. Er schüttelt mir die Hand und setzt sich. Er scheint mir etwas ruhiger zu sein als die anderen, vielleicht war er aber auch bis gerade noch in etwas ganz anderes vertieft und ist noch ein wenig benommen.

»Wo ist Charlie?«, fragt Spud.

»Im Urlaub mit der Gattin«, erklärt mir Gerry, als wüsste ich ganz genau, wer Charlie ist. Vielleicht denkt er, ich sollte es wissen, weil er auch auf dem Foto ist und auch zu den Electric Slags gehört hat.

»Peter ist letztes Jahr gestorben«, sagt der Wirt.

»Leberkrebs«, ergänzt Gerry.

»Ach Quatsch, es war der Darm«, verbessert ihn Spud und rammt ihm den Ellbogen in die Rippen, woraufhin Gerry sein Bier verschüttet, und sie fangen wieder an mit ihrer Kabbelei.

»Jungs, Jungs«, versucht der Wirt sie zu beschwichtigen.

»Es war mir lieber, als ihr beiden nicht miteinander geredet habt«, sagt Jimmy.

Ich muss grinsen.

»Dann sind Sie also seine Tochter?«, wendet Jimmy sich an mich. »Ich freue mich, Sie kennenzulernen.«

»Sie sagt, sein Name sei *Fergus*«, erklärt Gerry aufgeregt, als wäre der Name meines Vaters das Exotischste, was er jemals gehört hat. »Ich hab's euch gesagt, Jungs. Ich hab's immer gewusst. Irgendwas war da im Busch mit ihm. Spud meinte immer, er sei ein Spion und wir sollten ihm lieber keine Fragen stellen, weil es uns womöglich das Leben kosten würde.«

Alle lachen, bis auf Jimmy. Und Spud, der mich todernst anschaut. »Stimmt, das hab ich gedacht. Und – war Ihr Dad ein Spion? Ich wette, er war einer.«

Die anderen versuchen, ihn zu beruhigen, und erneut entspinnt sich eine Debatte, es werden Erinnerungen ausgetauscht, wie Dad dieses oder jenes getan und dieses oder jenes gesagt hat, aber irgendwann sind sie wieder still und starren mich erwartungsvoll an.

Ich schüttle den Kopf. »Er hat in verschiedenen Bereichen gearbeitet ... hauptsächlich im Verkauf.« Ich gebe mir Mühe, an alles zu denken, was meinen Vater ausmacht, als müsste ich beweisen, dass ich ihn kenne. »Angefangen hat er mit Fleisch, dann waren es Handys, Hypotheken ...« Meine Stimme klingt, als komme sie von weither, ich vertraue nicht mal mehr auf das, was ich genau zu wissen glaube. Hat Dad diese Jobs wirklich gemacht, oder waren das auch nur Lügen?

»Ach ja, als Vertreter, davon hab ich schon gehört«, sagt Spud, und die anderen bringen ihn zum Schweigen, als wäre er ein Kind.

»Sein letzter Job war Autoverkäufer. Mein Mann hat ein Auto von ihm gekauft«, berichte ich etwas kläglich, wie um mir selbst vor Augen zu führen, dass Dad wenigstens *etwas* wirklich gemacht hat.

Gerry lacht und knufft den verdutzten und enttäuschten Spud in die Rippen. »Du solltest dein Gesicht sehen«, ruft er und lacht.

»Ich hätte schwören können, dass er Spion war«, fährt Spud fort. »Er war immer so zugeknöpft. Man wusste bei ihm nie, woran man eigentlich war.«

»Ach komm«, sagt Jimmy leise. Die anderen merken ausnahmsweise, dass ich da bin, und sind still.

»Wann haben Sie ihn das letzte Mal gesehen?«, frage ich in die Runde.

Die Männer sehen sich fragend an.

»Vor ein paar Monaten«, sagt Gerry.

»Überhaupt nicht«, fährt ihm Spud sofort übers Maul. »Hören Sie nicht auf ihn, er kann sich nicht mal merken, was er zum Frühstück gegessen hat. Es ist viel länger her. Über ein Jahr. Mit dieser Frau.«

Mein Herz beginnt wieder zu klopfen.

»So verliebt, Himmel nochmal!« Spud schüttelt den Kopf. »In all den Jahren hat er uns nie jemanden vorgestellt, und dann taucht er plötzlich mit dieser Frau auf. Blond. Wie war noch mal ihr Name?«

»Deutsch«, sagt Gerry.

»Ja, aber wie hieß sie?«

»Und irisch«, fährt Gerry unbeirrt fort. »Ulkiger Akzent. Ulkige Frau.« Er denkt nach. »Die kennen Sie doch bestimmt?«

»Nein.« Ich räuspere mich.

»Ihr Name war Cat«, sagt Jimmy.

Alle pflichten ihm bei.

Cat?

»Aber sie könnte auch noch einen anderen Namen benutzen, soweit wir wissen«, sagt Spud. »Sie könnte eine Spionin sein. Eine deutsche Spionin.«

Die anderen bringen ihn wieder zum Schweigen.

»Warum eigentlich *Hamish*?«, fragt mich der Wirt und beugt sich zu mir. »Warum hat er sich Hamish O'Neill genannt, wenn er doch Fergus Boggs hieß?«

Ich forsche in meinen Erinnerungen, finde aber keine Verbindung zu diesem Namen. »Ich habe nicht die leiseste Ahnung.«

Schweigen.

»Ich hab erst gestern rausgefunden, dass er überhaupt Murmeln gespielt hat.«

»Heilige Mutter Gottes«, staunt Gerry. »Dann wussten Sie also überhaupt nichts von uns? Von den Electric Slags? Hat er nie von uns gesprochen?«

Ich schüttle den Kopf.

Verblüfft schauen sie einander an, und ich möchte mich am liebsten für meinen Vater entschuldigen. Ich kann nachvollziehen, wie sie sich fühlen. Waren sie ihm nicht wichtig genug?

»Na ja, vielleicht hast du doch recht, dass man bei ihm nie so recht wusste, Spud.«

»Hast du eben etwa angedeutet, ich könnte recht haben, Gerry? Herr des Himmels. Und das sogar vor Zeugen.«

»Aber wo ist er denn nun?«, fragt Gerry. »Seit ungefähr einem Jahr hat keiner von uns mehr was von ihm gehört. Das macht uns nicht gerade glücklich.«

»Ja, wie geht es ihm?«, erkundigt Jimmy sich ruhig.

Atmen.

»Er hatte letztes Jahr einen Schlaganfall, der die Motorik und das Gedächtnis beeinträchtigt hat. Seither ist er im Pflegeheim. Uns war nicht klar, dass seine Erinnerung so stark in Mitleidenschaft gezogen ist, wie ich es inzwischen glaube, aber in letzter Zeit habe ich einiges über meinen Vater herausgefunden, was ich nie wusste. Wie zum Beispiel die Sache mit den Murmeln – ich bin ganz sicher, dass er sich nicht mehr daran erinnert, Murmeln gespielt zu haben. Offensichtlich weiß ich nicht genug über sein Leben, um beurteilen zu können, woran er sich erinnert und woran nicht, so viel ist inzwischen klar.« Ich kann meine Stimme nur mühsam unter Kontrolle halten. »Er hatte beziehungsweise hat eine Menge Geheimnisse, deshalb weiß ich nicht, was er geheim halten will und was er tatsächlich vergessen hat.«

Jimmy sieht traurig aus. Eigentlich sehen sie alle traurig aus.

»Ich kann mir aber ehrlich nicht vorstellen, dass Hami... dass Ihr Dad nichts mehr von den Murmeln weiß. Sie waren sein Leben«, meint Gerry.

Ich schlucke. Wenn die Murmeln Dads Leben waren, was war dann ich?

»Nein, sie waren natürlich nicht sein ganzes Leben«, korrigiert ihn Jimmy. »Vom Rest seines Lebens wissen wir doch überhaupt nichts.«

»Stimmt, davon hatten wir nie auch nur die blasseste Ahnung. Aber ich hätte gedacht, dass der Rest seines Lebens von uns wusste«, erwidert Gerry ärgerlich.

»Sollte man meinen«, pflichte ich ihm bei und klinge dabei ein bisschen bissiger, als ich es beabsichtigt habe.

Eine Weile schweigen alle. Es ist ein respektvolles, verständnisvolles Schweigen, das mir aber mit der Zeit unbehaglich wird. Die Kabbeleien vorhin waren mir angenehmer.

»Erzählen Sie mir doch, wie mein Dad war, wenn er Murmeln gespielt hat«, sage ich schließlich, und als sie loslegen, kann ich sie nicht mehr stoppen.

»Sabrina«, ruft Jimmy mir nach, als ich wieder draußen bin.

Mir laufen Tränen über die Wangen, und eigentlich möchte ich überhaupt nicht, dass er mich einholt. Ich dachte, ich würde es wenigstens zu meinem Auto schaffen, aber nicht mal das, und ich weiß wirklich nicht, ob ich mir noch mehr anhören kann. Wer war mein Dad? Wer ist mein Dad? Dieser Mann, bei dem ich groß geworden bin und von dem jeder etwas anderes zu denken scheint. Reginas Worte gehen mir wieder im Kopf herum. Er ist ein Lügner. So einfach ist das. Als wäre das die Antwort auf alle Fragen. Ist sie das womöglich? Nein. Aber warum hat er mir das angetan? Seiner eigenen Tochter? Tut das weh? Ja. Wie albern und dumm ich mich fühle, weil ich ihn in mein Leben eingeweiht habe, in alle Bereiche, selbst wenn es in meiner Ehe kriselte. Er war immer so fürsorglich und wollte doch selbst nichts mit mir teilen. Ich fühle mich benutzt, ich ärgere mich, aber ich kann nicht mal ins Pflegeheim stürmen und ihn anbrüllen. Denn der Mann dort erinnert sich schlicht nicht mehr an das, was er getan hat. Wie praktisch für ihn. Jetzt beschimpfe ich ihn im Stillen schon genauso wie Mum. Mühsam versuche ich mich zu beruhigen und alles erst mal wegzuschieben, bis ich endlich wieder allein bin.

Aber Jimmy nimmt meinen Arm und führt mich die Straße hinunter. Vor einer Tür neben einem Laden mit Werkzeug und Haushaltswaren bleiben wir stehen, Jimmy holt einen Schlüssel aus der Tasche und schließt auf. Ich folge ihm die Treppe hinauf in eine kleine Wohnung über dem Laden. Sie ist einfach eingerichtet, und ich vermute, dass er allein hier lebt, aber dann sehe ich eine Kiste mit Spielsachen.

»Für die Enkel«, erklärt er, als er meinen Blick sieht. »Sie sind jeden Freitag bei mir, wenn meine Tochter bei der Arbeit ist.«

Er setzt Teewasser auf. Eine Weile schaut er mich stumm und besorgt an.

»Ganz schön hart, was Sie gerade durchmachen.«

Ich nicke, versuche mich aber zusammenzunehmen.

»Ich glaube, ich kann ein bisschen nachvollziehen, wie Sie sich fühlen. Mir hat Ihr Dad dieses Gefühl auch vermittelt. An seinem Hochzeitstag.«

Jetzt hat er meine volle Aufmerksamkeit, aber er beginnt erst zu erzählen, nachdem er uns beiden eine Tasse Tee eingeschenkt hat, und ich möchte nicht unhöflich erscheinen, indem ich ihn bedränge. Er lässt sich Zeit. Ein Teller mit Snacks erscheint. Dann ist es endlich so weit.

»Ich war bei seiner Hochzeit, es war mein erstes echtes Date mit einem Mädchen, das ich zumindest halbwegs mochte. Michelle. Sie war Brautjungfer und hat mich gebeten, mit ihr zu der Hochzeit zu kommen. Warum nicht, dachte ich, da gibt es gratis was zu essen und zu trinken. Also bin ich hingegangen. In die Iona Road Parish Church, ich erinnere mich noch gut daran. Große Kirche, hübsch geschmückt. Michelles Freundin Gina heiratete einen Fergus Boggs. Weiter wusste ich nichts. Ich hab mir den Anzug meines Bruders geliehen, ging hin, hab mich gesetzt. Kannte keinen Menschen. Dachte ich zumindest. Aber plötzlich taucht da ein guter Freund von mir auf, und ich freue mich, ein bekanntes Gesicht zu entdecken. Auch er hat sich feingemacht und sieht sehr elegant aus in seinem hellblauen Smoking. Mit Schlaghose, so was haben wir damals alle getragen. Er geht den Gang hinauf und bleibt ganz nah am Altar stehen. Wartet. *Ist das der Trauzeuge?*, frage ich den Typen neben mir. *Wer? Der da? Nein, das ist der Bräutigam*, antwortet der Typ. *Hamish O'Neill heiratet heute?*, hake ich nach. Der Typ lacht. *Bist du vielleicht auf der falschen Hochzeit? Das ist Fergus Boggs.* Ich kann Ihnen sagen, ich hatte das Gefühl, der Boden gibt unter mir nach, ehrlich. Oder jemand hat mir einen Schlag in den Magen verpasst. Ich konnte nicht mehr atmen, ich hab echt keine Luft gekriegt. Ich ... na ja, ich hab mich wahrscheinlich ungefähr so gefühlt, wie Sie sich jetzt fühlen, obwohl es für mich natürlich nicht so schlimm war, er war ja nicht mein Vater. Aber mein

Kumpel. Seit zwei Jahren hingen wir zusammen rum, Hamish O'Neill und ich. Ich konnte mir keinen Reim darauf machen.«

»Haben Sie ihn zur Rede gestellt?«

»Nein, nie.«

»Warum nicht?«

»Ich habe lange darüber nachgedacht. Und ihn auch eine Weile gemieden. Das war nicht schwer, er war ja auf Hochzeitsreise, und dann hat er viel gearbeitet, dauernd Überstunden gemacht und so, weil sie auf ein Haus gespart haben. Aber während er auf Hochzeitsreise war, ist dieser Typ in den Pub gekommen und wollte ein Murmelteam gründen. Charlie war das, Sie haben ihn nicht kennengelernt, er macht gerade Urlaub mit seiner Frau. Er hatte gehört, dass zwei von uns im Marble Cat spielten. Ich hab ihm gesagt, dass ich schon Interesse hätte, bei meinem Kumpel aber nicht sicher wäre. Eigentlich hatte ich auch nicht die Absicht, es ihm zu sagen. Aber dann kam Hamish ... ich meine, Fergus zurück und hat mich angerufen, um sich mit mir auf ein Spielchen und ein Bier zu verabreden. Da hab ich ihm doch von Charlie und seinem Plan erzählt, und wir haben ein Treffen arrangiert, im Marble Cat, und dann lag es an mir, ob und wie ich ihn mit Charlie bekanntmache. Ich hab lange überlegt. Ich hätte auftrumpfen und ihn bloßstellen können, ihm unter die Nase reiben, dass ich Bescheid wusste, aber stattdessen sagte ich nur: ›Charlie, das ist Hamish. Hamish, das ist Charlie.‹ Weiter nichts.«

»Ich weiß nicht, wie Sie das gemacht haben«, sage ich kopfschüttelnd. »Wenn ich das gewusst hätte, hätte ich es nicht länger verbergen können.«

»Schauen Sie, kein Mensch ist perfekt. Ich könnte das jedenfalls nicht von mir behaupten. Wir alle haben unsere ... komplizierten Seiten. Ich glaube, dass Ihr Vater seine Gründe gehabt haben muss. Das habe ich mir immer gesagt und dass es das Beste wäre, wenn er es mir von sich aus erzählen oder wenn ich die Gründe herausfinden würde. Mit der Zeit.«

»Und haben Sie es herausgefunden?«

Er lächelt. Ein trauriges Lächeln. »Tja, jetzt schon, nicht wahr?«

»Sie und alle anderen auch«, sage ich ärgerlich.

»Er war ein guter Mann, ganz einfach. Hamish O'Neill, Fergus Boggs oder wie er sich vielleicht sonst noch genannt hat, das spielt keine Rolle. Er war immer nur er selbst. Er war lustig und manchmal schlechtgelaunt, ich glaube nicht, dass er seine Persönlichkeit verändert hat – kein Mensch hält so etwas vierzig Jahre durch. Ich glaube auch nicht, dass er so getan hat, als wäre er jemand anderes. Er war der Gleiche, nur unter einem anderen Namen. Weiter nichts. Für mich war der Name nicht so wichtig. Er war ein guter Mann, ein guter Freund. Er war für mich da, wenn ich ihn brauchte, und ich hoffe auch, dass ich da war, wenn er mich brauchte. Er musste mir nicht erklären, warum oder was genau in diesem Moment nicht stimmte. Wir spielten einfach Murmeln. Dabei haben wir meistens auch ein bisschen gequatscht, und ich glaube, kein einziges unserer Gespräche war geheuchelt oder gezwungen, es war alles echt. Ihr Dad ist Ihr Dad, er ist der, der er war und der er ist, er ist derselbe Mann, den Sie seit vielen Jahren kennen.«

Doch sosehr ich versuche, diese Sichtweise anzunehmen, es gelingt mir nicht. »Sie haben nicht versucht, ihn zu finden, als er letztes Jahr verschwunden ist?«

»Nein, ich bin kein Stalker und auch kein Privatdetektiv«, lacht er. »Wir waren schon seit fast zehn Jahren kein Murmelteam mehr. Manchmal haben wir noch zusammen gespielt, aber nicht mehr an Wettbewerben teilgenommen. Es war einfach zu schwierig, die Jungs zusammenzutrommeln, und als Peter dann krank geworden ist ...«

»Aber Sie waren sein Freund. Haben Sie sich nicht gefragt, wo er geblieben ist?«

Er denkt nach. »Jetzt redet er also gar nicht mehr über Murmeln?«

»Heute zum ersten Mal. Ich habe ihm ein paar Bloodies gezeigt, und ich glaube, da ist irgendwas passiert, sie haben etwas ausgelöst. Aber ich denke, vorher hat er sich nicht erinnert.«

Jimmy nickt traurig. »Menschen kommen und gehen. Viele von meinen Freunden sind gestorben«, sagt er. »Das passiert, wenn man in unser Alter kommt. Krebs. Herzinfarkte. Schon deprimierend. Man fragt nach jemandem und erfährt, dass er tot ist. Oder man denkt an jemanden, den man eine Weile nicht gesehen hat, und hört, dass er längst nicht mehr lebt. Man schlägt die Zeitung auf und liest einen Nachruf auf jemanden, den man mal kannte. Das passiert, wenn man alt wird. Als ich so lange nichts mehr von meinem Freund Hamish O'Neill gehört habe, dachte ich, er ist auch gestorben.«

Mir kommen wieder die Tränen. »Vielleicht möchte er Sie gern sehen.«

»Vielleicht«, meint Jimmy unsicher. »Das wäre schön. Wir haben einander nicht alles erzählt, aber schon eine ganze Menge.«

Ich bedanke mich für den Tee und stehe auf, um zu gehen. Es ist sechs Uhr abends, ich habe zwar keinen Termin, aber ich muss weg. Denn ich habe noch etwas zu tun.

Jimmy bringt mich zur Haustür, aber bevor er sie öffnet, sagt er: »Manchmal hat er sich vertan, wissen Sie. Vermutlich erinnern sich die Jungs inzwischen gar nicht mehr daran, aber damals haben sie es auch bemerkt. Manchmal haben wir uns gefragt – über wen redet Hamish denn da? Für gewöhnlich ist es nach ein paar Pints passiert, dann hat er irgendwelche Namen erwähnt, unabsichtlich, vermute ich. Er schien es jedenfalls nicht zu merken. Ich glaube, dann hat er etwas durcheinandergebracht und wusste nicht mehr, was er uns erzählt hat und was nicht. Bestimmt hat es ihm irgendwann ganz schön zugesetzt.«

Ich nicke und setze ein Lächeln auf. Aber im Augenblick kann ich wirklich keine Sympathie für Dad empfinden.

»Wissen Sie, so glücklich wie mit dieser Frau, mit Cat, habe ich ihn sonst nur ein einziges Mal erlebt. Damals hab ich es nicht verstanden, aber jetzt ergibt es für mich durchaus einen Sinn.«

»Wann war das denn?«

»Eines Tages kam er praktisch in den Pub getanzt und hat für alle eine Runde ausgegeben. *Jimmy*, hat er gesagt und mein Gesicht in beide Hände genommen, *heute ist der glücklichste Tag meines Lebens.* Ich musste es erst am eigenen Leib erfahren, bevor mir klargeworden ist, was ihn so glücklich gemacht hat, nämlich als ich Vater geworden bin. Das war der glücklichste Tag in meinem Leben, und ich bin genauso in den Pub getanzt wie dein Dad. Und da wusste ich, was damals bei ihm passiert war. Ich wusste, dass er Vater geworden war. Im April, vor ungefähr dreißig Jahren.«

Mein Geburtstag. »Ist das wahr?«, frage ich, und jetzt kommt mein Lächeln von Herzen.

»Beim Leben meiner Enkelkinder«, sagt er und hebt die Hände.

Okay. Ich glaube ihm.

21

Murmelspiele:
Katzenaugen

Dass ich mein Auto verkaufen musste, hatte auch gute Seiten, und die beste davon war, dass ich Cat begegnete. Da die Rechnungen sich stapelten, mein Einkommen jedoch nicht entsprechend stieg, musste das Auto weg. Dreißigtausend Euro würden hoffentlich eine Weile zum Leben reichen. Ich brauchte lange, um diese Entscheidung zu fällen – was ist ein Mann ohne Auto? –, aber als ich sie getroffen hatte, blickte ich nicht mehr zurück. Ein Finanzberater ohne Geld, ohne Auto und ohne Klienten. Es war klar, dass ich als Erster meinen Job verlieren würde, aber trotzdem freute ich mich nicht, als kurz darauf die ganze Firma dichtmachte. Wir sitzen alle im gleichen Boot. Viele Typen wie ich suchen die gleiche Art von Job.

Ich bin Verkäufer, das war ich mein Leben lang, verkaufen kann ich am besten, ich habe nie etwas anderes gemacht. Heute ist mein erster Tag als Autoverkäufer, und ich versuche, die Sache positiv zu sehen, aber ich schaffe es nicht. Im Gegenteil. Ich bin sechsundfünfzig, ich habe kein Auto, mit dem ich zu meinem Arbeitsplatz fahren kann. Noch weiß mein Boss nichts davon, aber wenn er mich jeden Morgen den Hügel von der Bushaltestelle heraufschnaufen sieht, wird er es sich bald zusammenreimen. Mein Arzt hat mir ins Gewissen geredet, ich soll Sport treiben, meine Cholesterinwerte, mein Blutdruck, alles im Risikobereich. Jeder Umschlag, den ich öffne, enthält ebenfalls schlechte Nachrichten. Ich bin jetzt Großvater, und wenn der kleine Fergus mir auf den Bauch springt, erinnert selbst er mich gern daran, dass ich der dicke Granddad bin. Wenigstens kriege ich ein bisschen Bewegung, wenn ich von der Bushaltestelle zur Arbeit und wieder zurück zu Fuß gehen muss.

Sie steht allein an der Haltestelle und versucht, den Fahrplan zu entziffern. Ich erkenne das daran, dass sie ihre Lesebrille auf hat, mit grimmigem Gesicht auf der Unterlippe kaut und total verwirrt aussieht. Ein gewinnender Anblick.

Sie seufzt und brummelt vor sich hin.

»Kann ich Ihnen helfen?«

Überrascht schaut sie sich um, wahrscheinlich hat sie gedacht, sie sei allein. »Ja, bitte. Ich verstehe diesen Plan nicht. Wo ist denn heute? Hier vielleicht?« Sie deutet mit einem manikürten rosa Fingernagel auf eine Spalte. »Oder ist es das hier? Ich suche die Buslinie 14, bin ich da überhaupt an der richtigen Haltestelle? Und hier, das kann man überhaupt nicht lesen, weil irgendein Schlauberger aller Welt mit Edding mitteilen musste, dass Decko eine Schwuchtel ist. Ich meine, das ist ja keine große Sache, ich kenne viele sehr glückliche Schwuchteln. Decko hat vielleicht großes Glück, nur leider nicht, wenn er an einem Montagmorgen den 14er Bus kriegen will. Dann ist Decko eine sehr unglückliche Schwuchtel.«

Ich muss lachen, es bricht einfach aus mir hervor. Vom ersten Moment an bin ich in diese Frau vernarrt. Ich studiere den Fahrplan eine Weile, nicht weil ich mich darauf konzentriere, sondern weil ich in ihrer Nähe bleiben möchte und weil sie so gut riecht. Endlich schaut sie mich an, nimmt ihre Lesebrille ab, die eine Fassung mit Leopardenmuster hat, und ich sehe mich dem atemberaubendsten grünen Augenpaar gegenüber. Es erhellt ihr ganzes Gesicht und lässt sie von innen heraus strahlen.

Anscheinend sind meine Gefühle ziemlich offensichtlich, denn sie lächelt geschmeichelt. Und wissend. »Ja?«

»Ich habe keinen blassen Schimmer«, sage ich, und sie wirft den Kopf in den Nacken und lacht laut und herzlich.

»Also, ich mag Ihre Ehrlichkeit«, antwortet sie dann und lässt die an einer Kette befestigte Brille auf ihre große und äußerst einladende Brust fallen. »Sind Sie auch Anfänger mit dem Busfahren?«

»Relativ neu, ja. Ich habe gerade mein Auto verkauft, ich weiß nur, dass ich den 57er Bus nehmen und achtzehn Haltestellen sitzen bleiben muss. Meine Tochter, sie sorgt sich gern um meine Sicherheit.«

Sie lacht wieder. »Na ja, bei mir ist auch das Auto der Grund, warum ich hier bin. Gestern Morgen hat es einfach beschlossen, stehen zu bleiben. Puff, Ende, aus.«

»Ich kann Ihnen ein neues verkaufen.«

»Sie verkaufen Autos?«

»Heute ist mein erster Tag.«

»Also, bisher machen Sie Ihre Sache sehr gut, ohne auch nur in Ihrem Büro angekommen zu sein«, lacht sie.

Zusammen versuchen wir herauszufinden, wie wir den Fahrer bezahlen können, denn er will unser Geld nicht annehmen, sondern besteht darauf, dass wir es in einen Automaten werfen. Sie lässt mir den Vortritt, was bedeutet, dass ich mich als Erster hinsetzen und warten muss, ob sie sich neben mich setzt oder an mir vorbeigeht. Dem Himmel sei Dank – sie nimmt neben mir Platz, und ich bin glücklich.

»Ich heiße übrigens Cat«, erklärt sie. »Caterina, aber lieber Cat.«

»Ich bin Fergus.« Wir schütteln uns die Hände, ihre Haut ist weich, sie trägt keinen Ehering.

»Aus Schottland?«

»Mein Dad war Schotte. Aber wir sind weggezogen, als ich fünf war, nach Dublin. Und Sie? Ihr Akzent ist eigenartig.«

Sie lacht wieder. »Danke sehr! Ich komme aus Deutschland, aus dem Schwarzwald. Mein Vater war Förster dort. Nach dem Studium bin ich nach Cork gezogen, da war ich vierundzwanzig.«

Sie macht mich süchtig, ich interessiere mich für alles, was mit ihr zu tun hat, ich vergesse sogar, dass ich wegen meiner neuen Arbeitsstelle aufgeregt bin, und entspanne mich so vollständig, dass ich um ein Haar meine Haltestelle verpasse. Ich frage diese Frau viel zu viele persönliche Dinge, aber sie antwortet und fragt ihrerseits nach mir. Und ich erzähle ihr auch zu viel von mir, von meinen Schulden, meinen gesundheitlichen Problemen, meinen Fehlern, aber nicht pessimistisch, nur ganz ehrlich, auf eine Art, dass wir beide lachen können.

Sie im Bus zurückzulassen fühlt sich an, als platze eine Seifenblase. Ich habe weder die Zeit noch den Mut, sie nach ihrer Telefonnummer zu fragen. Gerade noch rechtzeitig drückt sie auf den Stoppknopf, sonst wäre ich nicht ausgestiegen. Der Bus hält, alle warten, bis ich mich aus dem Sitz gezwängt habe, und alle glotzen. Ich kann diese Frau jetzt nicht einladen, mit mir auszugehen, das wäre zu überstürzt, zu panisch. Wütend steige ich aus.

In den ersten Stunden meines ersten Arbeitstages fühle ich mich wie ein Ersatzteil, das seinen Platz nicht finden kann. Die anderen Männer sind nicht gerade begeistert, dass ich eingestellt worden bin. Sie wissen, dass mir ein Freund des Besitzers, Larry Brennan, die Stelle verschafft hat. Eine der letzten Gefälligkeiten, die ich noch irgendwo ausstehen hatte, und die einzige Möglichkeit, nach fünf Monaten Arbeitslosigkeit einen Job zu bekommen. Wir sind zusammen aufgewachsen, er wollte nein sagen, konnte es aber nicht.

Als unpopulärer Mitarbeiter ist es schwer, an Kunden zu kommen. Die anderen drängen sich vor, lenken meine Käufer ab und greifen sie sich. Hier hacken die Krähen einander jederzeit die Augen aus, es gibt kein Pardon.

»Ich möchte aber lieber zu ihm«, höre ich am Nachmittag, als ich am liebsten verschwinden und mich zu Hause mit einer Schachtel Pralinen trösten möchte, eine vertraute Stimme.

Und da ist sie. Meine farbenfrohe, strahlende, überlebensgroße Wunderkerze. An meinem ersten Arbeitstag tätige ich meinen ersten Verkauf.

Ziemlich unprofessionell suche ich ihre Nummer aus den Vertragspapieren heraus, um sie anzurufen und zum Ausgehen einzuladen. Sie freut sich, von mir zu hören, und sagt, sie möchte für mich kochen. Am Freitagabend mache ich mich auf den Weg zu ihrer Wohnung, bewaffnet mit einem Blumenstrauß, einer Flasche Rotwein und einer klaren Agenda: Ich werde ihr alles erzählen.

Keine Geheimnisse mehr. Ich will nicht mehr zwei voneinander getrennte Leben leben. Ich hasse den Mann, der ich geworden bin. Keine Geheimnisse mehr. Nicht mit Cat. Dies ist meine Chance für einen Neuanfang.

Ihre Wohnung ist hübsch eingerichtet, zwei Schlafzimmer, eins für sie, eins für ihre Tochter, die noch hier wohnt, die Cat aber loswerden möchte. An den Wänden hängen ihre eigenen Gemälde, auf der Fensterbank stehen von ihr bemalte Vasen und Briefbeschwerer zum Trocknen, lila und rosa Blumen auf den Vasen, Wirbel und Spiralen auf den Briefbeschwerern. Ich betrachte sie, während sie in der winzigen Küche das Essen vorbereitet, das köstlich riecht.

»Oh, ich habe gerade einen Malkurs angefangen. Glasmalerei, um genau zu sein.«

»Ist das anders als Malen auf Papier?«, frage ich.

»Aber ja, und man muss fünfundsiebzig Euro bezahlen, wenn man es lernen will«, antwortet sie lachend.

Ich stoße einen Pfiff aus.

»Haben Sie auch Hobbys?«

Eine einfache Frage, jedenfalls für die meisten Leute. Aber ich zögere. Ich ziere mich, obwohl ich mir die ganze Woche, in der ich ungeduldig auf diesen Abend gewartet habe, so fest vorgenommen hatte, bei meinem Vorsatz zu bleiben.

Wahrscheinlich spürt sie mein Zögern, denn sie erscheint, die Topfhandschuhe noch an den Händen, in der Türöffnung, die die Küche mit dem Ess- und Wohnbereich verbindet. Ihre grünen Augen begegnen meinen.

Auf einmal bin ich atemlos, als würde ich ihr etwas Ungeheuerliches gestehen. Mir steht der Schweiß auf der Stirn. Tu es, Fergus. Sag es ihr.

»Ich spiele Murmeln. Sammle sie.« Es ist kein richtiger Satz, ich weiß nicht einmal, ob man ihn verstehen kann, aber ich umklammere den Küchenstuhl, und sie mustert mich, meine Haltung, meine Nervosität, und fängt an zu lächeln.

»Wie wunderbar. Wann spielen Sie denn das nächste Mal?«

»Morgen.« Ich räuspere mich verlegen.

»Das würde ich gerne mal sehen. Darf ich zuschauen?«

Völlig perplex nicke ich.

»Wissen Sie, ich habe heute selbst mit Murmeln gespielt«, erklärt sie lächelnd und ist zum Glück so schlau, weiterzureden, während ich mich mühsam zu fassen versuche. »Also, ich bin Tierärztin. Und ein paar kluge Menschen sind auf die Idee gekommen, bei Stuten mit Hilfe von Glasmurmeln die Rossigkeit zu unterbinden. Heute habe ich eine Glaskugel mit einem Durchmesser von fünfunddreißig Millimetern in den Uterus einer Stute eingeführt. Für mich das erste Mal, für die Stute ebenfalls. Aber wissen Sie, was? Ich glaube, sie hat sich das in einem dieser Pingpong-Clubs abgeschaut, jedenfalls hat sie das Ding sofort wieder raushopsen lassen. Es einfach augenblicklich abgestoßen. Aber beim zweiten Mal hab ich es hingekriegt. Tolle Erfindung, oder nicht?«

Ich lache, vollkommen überrascht, dass sie mein Geständnis so leichtnimmt. Und natürlich freue ich mich auch, dass sie mir eine Murmelgeschichte erzählt.

»Ich werde Ihnen eine von diesen Stutenmurmeln besorgen«, sagt sie, ehe sie wieder in der Küche verschwindet. »Ich wette, so was haben Sie noch nicht in Ihrer Sammlung.«

»Nein«, antworte ich und lache ein bisschen zu laut. »So was hab ich tatsächlich nicht.«

»Erzählen Sie mir doch ein bisschen von Ihren Murmeln, von Ihrer Sammlung.«

Und so beginne ich am Anfang und erzähle von Father Murphy, von der dunklen Kammer und von meinen Bloodies. Und dann geht es immer weiter: Ich erzähle Cat von Hamish und wie wir den Leuten das Geld aus der Tasche gezogen haben, ich erzähle ihr von meinen Brüdern, ich erzähle ihr von der Weltmeisterschaft. Wir trinken Wein und essen Lammbraten, und ich erzähle von den Wettkämpfen und von meinem Team, den

Electric Slags. Ich erzähle ihr von den Pubs und wie oft ich spiele. Ich erzähle weiter von Hamish, alles über ihn, ich erzähle von meiner Sammlung. Ich erzähle ihr von dem Murmel-Fluchglas. Ich erzähle ihr von den Lügen, ich erzähle, dass Gina und Sabrina nichts von den Murmeln wissen, und versuche zu erklären, warum, was mir nicht leichtfällt. Wir trinken noch mehr Wein, und dann schlafen wir miteinander, und als wir nackt im Dunkeln nebeneinanderliegen, erzähle ich weiter. Ich kann einfach nicht mehr aufhören. Ich möchte, dass diese Frau weiß, wer ich bin, keine Geheimnisse, keine Lügen.

Ich erzähle von meinen Brüdern, wie ich sie aus meinem Leben verbannt habe und dass ich mir das niemals verzeihen werde. Meine Geschichte rührt sie so, dass sie sagt, sie möchte gern für sie kochen, aber ich lehne ab, das ist zu viel, das kann ich nicht, das können wir alle nicht. Aber sie ist Einzelkind und hat sich immer eine große Familie gewünscht. Deshalb lässt sie nicht locker, und im Lauf der nächsten Wochen kocht sie erst für Angus und Caroline, dann für Duncan und Mary, dann für Tommy und seine Freundin, für Bobby und Laura und schließlich für Joe und Finn. Und weil die Einladungen so erfolgreich sind, machen wir damit weiter, diesmal für Cats Freunde.

Wir sind regelrecht süchtig nach einander, und sie fragt mich, was es eigentlich war, was mich an ihr gleich so fasziniert hat. Ich antworte, dass es ihre Augen waren. Sie erinnern mich an Katzenaugen, genauer gesagt an Foreign Cat's Eyes – Murmeln, die meist in Mexiko und in Fernost hergestellt werden. Die meisten davon sind einfarbig mit vier weißen Streifen, und das Glas hat eine leichte flaschengrüne Färbung. So ungefähr sieht der äußere Rand ihrer Augen aus, weiter innen dagegen leuchten sie fast so hell, als wären sie radioaktiv.

»Und wie viel bin ich wert – in neuwertigem Zustand?«, neckt sie mich eines Morgens im Bett. »Mit einundzwanzig vielleicht, bevor ich meine Babys bekommen habe?«

»Du bist immer noch neuwertig«, entgegne ich und lege mich auf sie. »Schau dich doch an.« Behutsam hebe ich ihre Arme über ihren Kopf und halte sie fest. »Du bist so schön.« Wir küssen uns leidenschaftlich. »Aber du hast keinerlei Sammlerwert«, füge ich hinzu, und wir können uns kaum halten vor Lachen.

Sie sagt, als ich ihr mein Murmelspiel-Hobby verraten habe, habe sie mir deutlich angemerkt, wie schwer es mir fiel, darüber zu sprechen – ich hätte ausgesehen, als ginge es um Leben und Tod. Und sie wusste sofort, wenn sie das Falsche sagte, würde ich auf Nimmerwiedersehen verschwinden, und das wollte sie nicht.

Das erste Geschenk, das sie mir macht, ist eine von ihr bemalte Stutenmurmel.

An den Tagen mit Cat bedaure ich nur eines, nämlich, dass ich noch nicht alle meine Probleme perfekt gelöst habe, vor allem, dass ich es immer noch nicht fertigbringe, Cat mit Sabrina bekanntzumachen. Aber dafür brauche ich Zeit. Nicht weil ich Bedenken habe, ob die beiden sich verstehen – ich bin sicher, dass sie gut miteinander auskommen –, sondern weil Cat über mich Bescheid weiß, über mein wahres Selbst, über meine Murmel-Persönlichkeit, von der weder Sabrina noch Gina die geringste Ahnung haben. Sabrina davon zu erzählen würde bedeuten, ihr zu gestehen, dass ich sie und ihre Mutter lange Zeit von einem wichtigen Aspekt meines Lebens ausgeschlossen habe. Dass ich die beiden Menschen, die mir am nächsten sind, die Menschen, denen ich vertrauen und denen ich umgekehrt erlauben müsste, mir zu vertrauen, jahrelang belogen habe. Mir fallen einfach nicht die richtigen Worte dafür ein. Cat drängt mich, ich solle es nicht auf die lange Bank schieben. Sie sagt, es sei besser, mit den Menschen zu sprechen, solange man es noch kann. Ihre Ma ist gestorben, bevor sie Gelegenheit hatten, ihren Streit beizulegen, und sie sagt, man weiß nie, was passiert. Ich weiß, dass sie recht hat. Bald werde ich es Sabrina sagen. Ganz bald.

22

Badeordnung:
Nicht schreien

»Dad hatte ein geheimes Leben«, sage ich und höre selbst, wie meine Stimme zittert, während das Adrenalin, das von dieser Entdeckung freigesetzt wurde, weiter durch mich brandet. Im Hintergrund bekommt Alfie einen Wutanfall wegen der Baked Beans, er will keine Baked Beans, er will nur Marshmallows oder Pasta in Form von Peppa Wutz. Aidan versucht, ihn zu beruhigen und mir gleichzeitig zuzuhören, also rede ich einfach weiter. »Er hat getan, als wäre er ein anderer Mensch – Hamish O'Neill hat er sich genannt!«, berichte ich wütend. »Hast du jemals mitgekriegt, dass er diesen Namen benutzt hat?«

»Hamish O'Was? Nein! Alfie, hör auf damit. Nein, Schatz. Erzähl weiter. Okay, du kannst Marshmallows zum Abendessen haben.«

Ich bin etwas verwirrt, weil Aidan uns abwechselnd anspricht, aber ich erzähle trotzdem weiter. »Ich hab diese Männer im Pub getroffen, sie waren in einem Murmelteam und haben nie von meiner Existenz gehört, aber sie haben erzählt, dass Dad total verschlossen war. Einer hat sich sogar eingebildet, Dad wäre ein Spion.« Meine Stimme bricht, ich unterbreche meinen Bericht und konzentriere mich auf die Straße. Ich bin schon zweimal falsch abgebogen und habe einen unerlaubten U-Turn gemacht, für den ich wild angehupt worden bin.

»Sabrina«, sagt Aidan besorgt. »Möchtest du warten, bis ich wieder zu Hause bin, bevor du der Sache weiter auf den Grund gehst?«

»Nein«, blaffe ich. »Ich finde das alles ziemlich passend. Du nicht auch? Wenn man daran denkt, was du so über mich gesagt hast.«

Eine Weile ist er ganz still. »Sabrina, du bist nicht wie dein Dad, das habe ich nie gesagt.«

»Ich ruf dich später an. Ich muss bei noch jemandem vorbei.«

»Okay. Wenn ...«

»Sag jetzt bloß nicht *Wenn du meinst, es hilft*, Aidan.«

Er schweigt.

Plötzlich brüllt Alfie ins Telefon: »Von Bohnen muss man nämlich furzen, Mammmiii!«, dann ist die Verbindung weg.

Ich habe Mattie nie Granddad genannt, weil Dad ihn auch nie Dad genannt hat. Bestimmt habe ich als Kind irgendwann einmal nachgefragt, aber ich erinnere mich nicht an die Antwort, und ich erinnere mich auch nicht, dass ich mich je gewundert hätte, warum er nicht mein Großvater war. Ich wusste einfach schon immer, dass er nicht Dads Vater war. Man hat mir erzählt, dass mein Granddad gestorben ist, als Dad noch klein war, und dass Mattie später meine Grandma geheiratet hat, vor der ich mich ehrlich gesagt immer ein bisschen gefürchtet habe. Genaugenommen hatte ich vor allen beiden Angst, vor ihr und vor Mattie.

Aber jetzt, mit dreiunddreißig, kommt es mir seltsam vor, dass ich Mattie, der meinen Dad ja ab einem Alter von sechs Jahren großgezogen hat, nie als Granddad gesehen habe. Auf einmal finde ich das ziemlich respektlos.

Meine Grandma Molly war eine harte Frau, ganz anders als meine Nana Mary, und sie vermittelte mir immer das Gefühl, nicht dankbar genug zu sein. Tausendmal am Tag hat sie mich daran erinnert, Bitte und Danke zu sagen, was mich total nervös gemacht hat. Bei ihr konnte ich mich nie richtig entspannen.

Später hat Mum mir dann erzählt, dass Grandma Molly immer zu ihr gesagt hat: »Du verwöhnst das Kind viel zu sehr.« Sie hat Mum auch öfter kritisiert, weil sie nach mir kein Baby mehr bekommen hat. Aus irgendeinem Grund, den man heute vielleicht behandeln könnte, hat es wohl nicht geklappt. Ich glaube, das war auch einer der Gründe dafür, dass die Beziehung zwischen Mum und Grandma nie richtig funktioniert hat – mal abgesehen von der Tatsache, dass die beiden kaum unterschiedlicher hätten sein können und bei fast jedem Thema anderer Meinung waren. Jedenfalls konnte Mum die Kritik ihrer Schwiegermutter, die ihr ganzes Leben damit verbracht hatte, Kinder zu bekommen und großzuziehen, nur schwer verkraften.

»Ich war es nicht gewohnt, dass jemand mich nicht mag«, hat sie mir einmal erzählt. »Bei ihr hab ich mich so angestrengt, und sie hat mich trotzdem nicht gemocht. Ich glaube, sie wollte mich einfach nicht mögen.«

Die einzige Gemeinsamkeit der beiden Frauen war ihre Liebe zu Fergus.

Wenn Dad seine Mutter besuchte, tat er das meistens allein. Manchmal, wenn er auf dem Heimweg von der Arbeit oder auf dem Weg in die Stadt bei ihr vorbeischaute, begleitete ich ihn, und am ersten Weihnachtstag trafen wir uns alle für eine Stunde bei ihr. Während die anderen sich unterhielten, saß ich still dabei, rührte mich nicht und war übertrieben dankbar für meinen neuen Schlafanzug. Als Grandma starb, war ich vierzehn und hatte das Gefühl, sie überhaupt nicht zu kennen. Insgeheim fühlte ich mich ein bisschen erleichtert, dass ich sie nun nicht mehr besuchen musste, denn die Besuche bei ihr waren eine gefürchtete Pflicht. Als ich bei der Beerdigung sah, dass meine Cousins und Cousinen – die ich ebenfalls kaum kannte – bitterlich weinten und von meinen Onkeln getröstet werden mussten, bekam ich ein schlechtes Gewissen, weil ich so herzlos war und mich der Tod meiner Großmutter so wenig berührte. Und dann weinte ich.

Als ich Aidan heiratete, lud ich Mattie zur Trauung und zum Empfang ein, weil ich es angemessen fand. Aber Mattie sagte ab.

Ich habe mir eigentlich nie Gedanken über Mattie gemacht. Meine Kinder kennen ihn nicht, ich besuche ihn nie. Meine Mum verabscheut ihn von Herzen, sie findet, er ist ein abscheulicher alter Mann, der seit Mollys Tod noch schlimmer geworden ist. Aber wieder habe ich ein schlechtes Gewissen. Ich dachte immer, Dad wolle nichts mit seiner Familie zu tun haben – sein Verhalten war eindeutig –, und ich dachte, es wäre in Ordnung, einfach das Gleiche zu tun, es war eine Erleichterung. Aber jetzt frage ich mich, warum ich nicht nachgehakt habe, nicht gedrängt, Dad nicht ermutigt und mich auch nicht gewundert habe. Was hat mich daran gehindert? Jetzt, wo Dads Geheimnisse ans Licht kommen, möchte ich diese Leute kennenlernen und verstehen, warum Dad so geworden ist.

Inzwischen ist Mattie fast neunzig und lebt allein in einer Einzimmerwohnung im Erdgeschoss in Islandbridge. Ich kenne seine Adresse, weil ich ihm jedes Jahr eine Weihnachtskarte schicke. Ein Foto von den Kids, jahrein, jahraus. Er erwartet nicht von mir, dass ich anrufe.

»Wer ist da?«, ruft er.

»Sabrina«, antworte ich und füge sicherheitshalber hinzu: »Sabrina Boggs.«

»Wer?«, ruft er.

Ich höre, wie die Tür aufgeschlossen wird, dann stehen wir uns gegenüber. Nachdem er mich eine Weile mit zusammengekniffenen Augen und stechenden Blicken von oben bis unten gemustert hat, ist klar, dass eine weitere Erklärung notwendig ist.

»Ich bin Fergus' Tochter.«

Erneut studiert er mich, dann tritt er ein Stück zurück und schlurft wieder zu seinem Fernsehsessel. Unter seinem Kurzarmhemd, das er sich mit seinen krummen Fingern hastig zuzuknöpfen bemüht, schaut ein fleckiges Unterhemd hervor. Er ist älter, aber ansonsten so, wie ich ihn von meinen Kindheitsbesuchen in Erinnerung habe. Auch damals saß er meistens vor dem Fernseher und interessierte sich wenig für alles andere.

»Entschuldige, dass ich nicht zu deiner Hochzeit gekommen bin«, sagt er. »Ich geh nicht oft zu geselligen Veranstaltungen.«

Ich schäme mich. Wir haben in Spanien geheiratet, und mir war von Anfang an klar, dass Mattie nicht kommen würde. »Ich weiß, dass Spanien für viele Leute nicht leicht zu erreichen war, aber ich wollte dich einfach wissen lassen, dass du willkommen bist.«

»War jedenfalls mal eine Abwechslung für mich, irgendwohin eingeladen zu werden. Nicht immer nur die Boggs«, kichert er. Ihm fehlen mehrere Zähne.

»O ja.« Ich werde schon wieder rot. »Es war ein Zahlenproblem, meine Familie ist so groß, dass wir unmöglich alle einladen konnten.«

Sein starrer Blick macht es nicht leichter für mich.

»Du hast also keinen Kontakt zu ihnen.«

»Zu ... zu meinen Onkeln? Ich wollte, es hätte sich anders ergeben«, antworte ich und meine es ehrlich, obwohl mir das eben erst klargeworden ist. »Dad war ja leider nicht sehr eng mit seinen Brüdern, und vermutlich hatte das Auswirkungen auf mich – und natürlich auch auf sie«, erkläre ich.

»Die waren doch ganz dick miteinander«, nuschelt er, und durch die Zahnlücken genuschelt klingt es wie »Tick«. »Sie haben ihm diesen Spitznamen verpasst. Tick. Wusstest du das?«

»Dick? Wieso das denn?«

»Nein, nicht Dick. Tick! Weil er der Kleinste war. Immer einen Tick kleiner als die übrigen Boggs-Brüder.«

Anscheinend war die Familie in die Doyles und die Boggs aufgeteilt. Warum habe ich Dad nie gefragt, ob das in seiner Kindheit vielleicht ein Problem war?

»Aber er hat sich behauptet«, fährt Mattie fort. »Und alle in die Tasche gesteckt.«

Ich freue mich und bin stolz auf meinen Dad.

»Nicht, dass das so schwer gewesen wäre bei dem Haufen von Idioten.« Er schnaubt verächtlich.

»Sagt dir der Name Hamish O'Neill irgendwas?«

»Hamish O'Neill?«, wiederholt er und runzelt die Stirn, als wäre meine Frage eine Prüfung, die er nicht bestehen kann. »Nein.«

Ich bemühe mich, mir meine Enttäuschung nicht anmerken zu lassen.

»Aber es gab einen Hamish Boggs«, sagt er hilfsbereit. »Das war der älteste Boggs-Junge.«

Ich nicke, und auf einmal schwirrt mir der Kopf – bis zu diesem Augenblick hatte ich Dads ältesten Bruder vollkommen vergessen. »Stimmt, von Hamish habe ich gehört. Hatten er und Dad eine enge Beziehung?«

»Hamish?«, wiederholt Mattie, überrascht, als habe er nicht mehr an ihn gedacht, seit er tot ist. »Die beiden waren regelrecht unzertrennlich. Dein Vater ist seinem großen Bruder gefolgt wie ein Hündchen, Hamish hat ein Stöckchen geworfen, und Fergus ist losgerannt, um es zu holen. Hamish war clever, weißt du. Also, auch ein Idiot, wie gesagt, aber clever. Er hat immer geguckt, wer der Schlauste weit und breit ist, und ihn an die Leine genommen. Deinen Dad zum Beispiel. Seine Ma hat sich deswegen endlos Sorgen gemacht.«

Das ist neu für mich. Ich setze mich auf.

Mattie schweigt eine Weile und denkt nach.

»Das Klügste war, Hamish von den anderen fernzuhalten. Das hab ich Molly immer wieder gesagt.«

»Und hat sie es gemacht?«

»Na ja, er ist gestorben, richtig?«, meint er mit einem humorlosen Lachen. Als ich nicht einstimme, hört er wieder auf. »Der Junge hatte verdient, was er bekommen hat«, sagt er und wedelt mit dem Finger in meine Richtung.

»Wie ist Hamish eigentlich gestorben?«

»Ertrunken. In London. Irgendein Typ hat ihn verprügelt, und er war so lädiert, dass er in den Fluss gefallen ist.«

Ich schnappe nach Luft. »Das ist ja schrecklich.« Dass Hamish ums Leben gekommen ist, wusste ich ja, aber die Details kannte ich nicht. Und habe auch nie danach gefragt. Warum nicht?

Mattie schaut mich an, offensichtlich überrascht, dass jemand Hamishs Tod nach der ganzen Zeit immer noch so tragisch findet. Als wäre Hamish gar kein richtiger Mensch. Und jetzt sehe ich ganz deutlich, dass er sich fragt, was mein Besuch hier zu bedeuten hat.

»War mein Dad sehr traurig, als Hamish gestorben ist?«

Mattie denkt nach und zuckt dann die Achseln. »Er musste die Leiche identifizieren. Ist alleine rübergeflogen. Angus wollte auch mit, aber ich konnte ja nicht meine ganzen Angestellten nach London schicken«, erklärt er mir in einem Ton, als wolle er sich nach vierzig Jahren immer noch dafür rechtfertigen, dass er meinen Dad allein nach London hat fliegen lassen. »Na ja, es war wahrscheinlich hart für ihn ganz allein da drüben. Seine Ma hat sich Sorgen gemacht. Das erste Mal weg von zu Hause, und dann gleich zu seinem toten Bruder in die Leichenhalle. Aber er musste es tun, die Behörden dachten nämlich, er wäre der Tote.«

»Sie dachten, *mein Dad* wäre tot?« Habe ich richtig gehört?

»Anscheinend hat der gute alte Hamish in London Fergus' Namen benutzt. Gott weiß warum, aber wenn man so viele Leute verärgert hat wie dieser Junge, dann muss man den Namen vermutlich hin und wieder wechseln. Womöglich hätte er sich noch durch die ganze Familie gearbeitet, wenn er nicht gestorben wäre.«

Mein Herz klopft wie verrückt, denn das ist eine eindeutige Verbindung zu Dads Pseudonym.

»Wenn ich darüber nachdenke, dann erinnere ich mich, dass ich mal von einem Hamish O'Neill gehört habe«, sagt Mattie plötzlich. »Seltsam, aber du hast es mir wieder ins Gedächtnis gerufen, ich wusste doch, dass der Name irgendwie vertraut klang. Komische Geschichte«, sagt er, rutscht in seinem Sessel herum und wird deutlich lebhafter. »Ich hab von einem Jungen gehört, einem Hamish O'Neill, der hat in der Gegend Murmeln gespielt. Das hat mir nichts gesagt, aber Hamish war kein häufiger Name, und wenn man ihn hört, spitzt man die Ohren. Außerdem war O'Neill Mollys Mädchenname, bevor sie Boggs und dann Doyle hieß. Ich hab es Molly erzählt. Ich war betrunken, hätte es vielleicht nicht sagen sollen, wir waren auf einer Hochzeit, Fergus' Hochzeit, und ich will ja nichts gegen deine Mutter sagen, aber das Fest war so was von schickimicki, dass ich wohl ein bisschen zu viel getrunken habe, und dann hab ich immer so ein loses Mundwerk. Nachdem ich Molly also davon erzählt hab, redet sie mit deinem Vater, der in seinem schnieken blauen Anzug und seinem rüschigen Hemd aussah wie eine Tunte, und plötzlich haut sie ihm eine runter. ›Der bist du nicht‹, mehr hat sie nicht gesagt.«

Mattie lacht, er kann sich kaum halten vor Lachen beim Gedanken daran, wie mein Dad bei seiner Hochzeit von seiner Mutter geohrfeigt wird. Mir kommen die Tränen, aber ich versuche, sie schnell wegzublinzeln.

»Das hat ihm einen Dämpfer verpasst«, sagt er und wischt sich die Lachtränen aus den Augen. »Also, ich wusste nicht, ob es dein Dad war, der da gespielt hat, oder ein anderer Typ, ein Zufall eben, aber es gibt ja nicht viele Männer, die in diesem Alter Murmeln spielen, nicht bei uns in der Gegend jedenfalls. Seit er klein war, hat Fergus den ganzen Tag auf der Straße Murmeln gespielt, man hat ihn kaum zum Essen reingekriegt. Zum Geburtstag und zu Weihnachten hat er sich immer bloß irgendwelche blöden Murmeln gewünscht. Die Jungs waren damals alle so drauf, aber dein Dad war der Schlimmste, weil er auch der Beste war. Mit Hamish hing er manchmal in ganz schön zwielichtigen Spelunken rum. Hamish hat deinen Dad unter seine Fittiche genommen, weil er dachte, er ist der große Zampano und kann mit seinem kleinen Bruder ein paar Pfund extra verdienen. Als dein Dad ein Teenager war, hab ich ihm gesagt, du kriegst nie eine Frau, wenn du weiter mit diesen Dingern spielst. Und als Hamish tot war, hat er es aufgegeben. Wenigstens dafür war es gut.«

Ich bin hergekommen, um Antworten zu finden, um Einsichten in Dads Leben zu gewinnen, aber ich war nicht sicher, ob ich sie bekommen würde. Doch dass Hamish in London Dads Namen benutzt hat, erklärt, wie Dad auf die Idee gekommen ist, Hamishs Namen beim Murmelspielen anzunehmen. Was hat ihn wohl dazu gebracht? War es ein Zeichen von Respekt? Wollte er das Andenken seines Bruders pflegen, ihn ehren? Ihn wieder lebendig machen? Kein Wunder, dass Dad nur heimlich Murmeln spielen konnte, wo seine Umgebung ihn so bedrängt hat, damit aufzuhören. Aber warum hat er es auch als Erwachsener noch so lange geheim gehalten?

»Wie fand Dad es denn, dass Hamish seinen Namen benutzt hat?«

»Ich konnte das überhaupt nicht nachvollziehen, aber er hat es als Kompliment aufgefasst. Er hat sich wunder was darauf eingebildet, dass Hamish seinen Namen geklaut hat. Als würde das was Besonderes aus ihm machen. Mit stolzgeschwellter Brust stand er bei der Beerdigung am Grab. Der dumme Junge hat nicht kapiert, dass Hamish ihn damit mächtig in Schwierigkeiten hätte bringen können. Wäre Fergus irgendwann zur falschen Zeit am falschen Ort gewesen, hätte es ihn womöglich das Leben gekostet. Aber so war Hamish eben, ich hab es dir ja gesagt, er war ein Schmarotzer, wie er im Buch steht. Hat die Leute ausgesaugt und hat sich dann aus dem Staub gemacht.«

Eine Weile schweigen wir beide.

»Wie hast du Grandma eigentlich kennengelernt?«, frage ich dann plötzlich. Was war wohl in sie gefahren, dass sie nach dem Tod ihres Mannes ausgerechnet Mattie heiratete?

»Wir sind uns in der Fleischerei über den Weg gelaufen. Sie hat ihr Fleisch bei mir gekauft.«

Das war es also.

»Es muss ja wahre Liebe gewesen sein, eine Frau mit vier Kindern zu heiraten«, sage ich, in dem Versuch, die Sache positiv zu sehen.

»Diese vier Kümmerlinge? Sie konnte froh sein, dass ich sie überhaupt genommen habe.«

Ich schaue mich um. Alles ist einfach, aber sauber, er hält die Wohnung gut in Schuss.

»Laura kann jeden Moment hier sein«, sagt er und folgt meinem Blick. »Tommys Tochter.«

»Ach ja. Natürlich.« Ich versuche, mich zu erinnern, wann ich meine Cousine das letzte Mal gesehen habe.

»Sie kommt immer freitags, Christina montags, die Jungs an den Tagen dazwischen, um sich zu vergewissern, dass ich nicht umgefallen bin und mir schon die Maden aus den Augen kriechen. Deshalb haben sie mir die Wohnung hier verschafft, Laura wohnt gegenüber, und so können sie mich besser im Auge behalten, damit ich keinen Unsinn mache.« Er kichert. »Alles in Ordnung, Granddad? Lebst du noch, Granddad?‹ Ah, sie sind echt eine gute Truppe, die Doyles. Tommys und Bobbys Kids. Aber Bobby ist nicht mehr mit ihrer Ma zusammen, weißt du das schon?«

Ich schüttle den Kopf.

»Schade eigentlich, ich mochte sie. Aber Bobby kann einfach nicht genug von den Frauen kriegen, das war schon immer so. Joe dagegen kann sie nicht ausstehen, er ist ein Homo, wusstest du das?«

»Er ist schwul, ja, das weiß ich.«

»Daran ist seine Ma schuld, die hat ihn halb erstickt mit ihrer Fürsorge. Immer hieß es, geh da nicht hin, geh dort nicht hin, während der Rest der Jungs rausgegangen und erwachsen geworden ist.«

»Er ist schwul, und ich glaube nicht, dass das irgendetwas mit seiner Mutter zu tun hat«, entgegne ich und habe jetzt endgültig genug von Mattie.

Er lacht. »Das sagt er auch immer, aber was weiß ich denn schon.«

Schweigen. Unbehagliches Schweigen. Wir sind am Ende unserer Unterhaltung angelangt.

»Wie geht's deinem Dad?«

»Ganz okay.«

»Erinnert sich immer noch an kaum etwas?«

»Jedenfalls nicht an alles.«

»Macht nichts«, sagt er beinahe traurig und so, als rede er mit sich selbst. »Aber sie wünschen sich, er würde sich an sie erinnern. Sie reden ständig von ihm.«

»Wer?«

»Die Boggs-Jungs. Und die Doyle-Jungs.«

»Natürlich erinnert Dad sich an sie.«

»Aber nicht an die letzten Jahre.«

»Tja, da hatten sie wohl nicht viel miteinander zu tun«, sage ich.

»O doch«, widerspricht Mattie heftig, als hätte ich ihm vorgeworfen zu lügen. »Da haben sie wieder angefangen, sich zu treffen. Sie haben Murmeln gespielt, ist das zu fassen. Die Jungs und Fergus' neue Freundin. Die mochten sie alle. Nichts gegen deine Ma, aber die Jungs haben gesagt, die Neue würde ihm echt guttun. Hat sie alle wieder zusammengebracht. Und daran erinnert er sich auch nicht?« Er schaut mich an, als könnte er den Gedächtnisverlust meines Vaters gar nicht glauben.

Völlig verblüfft schüttle ich den Kopf.

»Kennst du ihren Namen?«

»Wessen Namen?«

»Den von Dads ... Freundin. Von dieser Frau.«

»Ah!« Er winkt ab. »Ich hab sie nie kennengelernt. Aber die Jungs wissen, wie sie heißt, die können es dir sagen.«

Mit einem laschen »Sag deiner Ma, ich hab nach ihr gefragt« schließt er dann die Tür, und ich schaffe es ganz knapp, meiner Cousine Laura aus dem Weg zu gehen, die mit einem Staubsauger, einem Eimer und einem Wischmopp aus einer Wohnung auf der anderen Seite anrückt. Wie betäubt von allem, was ich erfahren habe, sitze ich schließlich wieder in meinem Auto.

Als ich wieder einigermaßen denken kann, suche ich in meinem Handy die Nummer meines Onkels Angus. Er ist mein Patenonkel, der, mit dem ich am meisten Kontakt habe. Allerdings auch nur per SMS – einmal im Jahr, am Geburtstag. Falls wir ihn nicht vergessen haben.

Schließlich finde ich seine Nummer, wähle und halte das Telefon ans Ohr. Ich habe Herzklopfen. ›Hallo, Onkel Angus, hier ist Sabrina, du hast fast ein Jahr lang nichts von mir gehört, aber ich habe gerade erfahren, dass ihr, also du und Dad, vor dem Schlaganfall wieder gute Freunde geworden seid und dass du auch seine Freundin kennst. Könntest du mir bitte sagen, wer sie ist? Weil ich nämlich keine Ahnung habe. Anscheinend bin ich die Einzige – ausgenommen Dad, der das alles vergessen hat.‹

Keine Antwort. Ich lege auf, bin wütend und fühle mich wieder einmal sehr dumm. Wutentbrannt lasse ich den Motor an und fahre los. Auf dem Weg zum Pflegeheim gehen mir Matties Worte im Kopf herum. *Hamish war ein Schmarotzer, hat die Leute ausgesaugt.*

Als Mattie das gesagt hat, fand ich den Ausdruck viel zu hart. Ich konnte verstehen, dass Dad sich als etwas Besonderes gefühlt hat, weil Hamish ihn nicht vergessen hat, als er wegging. Offenbar hat Dad sein Leben lang zu seinem Bruder aufgeblickt und große Stücke auf ihn gehalten, natürlich war es da eine Ehre, dass Hamish seinen Namen übernommen hat. Aber jetzt, wo der Ärger mich durchströmt, fühle ich einen wahren Kern in Matties Worten.

Ob er es so gewollt hat oder nicht – Hamish hat etwas von Dads Leben ausgesaugt und dadurch nicht nur mir einen Teil meines Vaters gestohlen, sondern auch meinem Vater einen Teil seiner selbst.

23

Murmelspiele:
Mensch ärgere Dich nicht

Cat verlässt mich nach dem Essen – Lachs, glasierte Knoblauch-kartoffeln, Erbsen und grüne Bohnen. Mel hat gekocht, er ist ein echter Zauberer und verarbeitet oft Sachen aus dem kleinen Ge-müsegarten hinter dem Pflegeheim. Meistens helfen ihm ein paar der Bewohner – natürlich mit Ausnahme von Tom, der sich lieber mürrisch in seine Ecke verzieht. Cat küsst mich sanft auf die Stirn, und das gefällt mir sehr, denn es ist lange her, dass ich diese Art von Nähe erfahren habe. Erst jetzt wird mir klar, dass die Besuche von Gina im Vergleich dazu zwar freundlich, aber nicht so herzlich sind. Sabrinas Jungs scheuen weder vor Küssen und Umarmungen zurück, noch davor, mich zu knuffen oder auf mir herumzuklettern, und das mag ich auch sehr gern, ebenso Sabrinas fast mütterliche, immer etwas besorgte Umarmungen. Aber bei Cat spüre ich eine besondere Verbindung, eine große Nähe. Ich schaue zu ihr empor und will mehr, aber vielleicht ist das zu viel verlangt an diesem Abend, den wir scherzhaft als unser erstes Date bezeichnen. Als Lea mich in mein Zimmer fährt, habe ich große Angst, dass ich mich morgen nicht mehr an Cat erinnere. Wie oft ist wohl im Lauf des letzten Jahres schon genau das Gleiche passiert, und ich habe es am nächsten Tag, ein paar Tage oder vielleicht ein ganzes Jahr danach einfach wieder vergessen?

»Ich würde zu gern wissen, woran Sie gerade denken, Fergus«, sagt Lea, die wie üblich bemerkt, dass ich mir Sorgen mache.

»Ich weiß nicht.«

»Das wissen Sie nicht?«

Sie hilft mir aus meinem Stuhl, und ich setze mich auf die Toilette. Dann geht sie hinaus, damit ich ungestört bin, und kommt zurück, um mir zu helfen, wenn ich fertig bin.

Möchte ich, dass Cat solche Dinge für mich tut? Haben wir eine gemeinsame Zukunft? Wird mein Zustand sich bessern? Ich war glücklich hier, ich habe von einem Tag zum andern gelebt, einfach nur existiert, mich versorgen lassen, ohne Druck oder Stress. Aber jetzt, wo ich weiß, dass Cat da draußen ist, dass ich ein Leben hatte – jetzt werde ich unruhig. Ich will zurück, ich muss es schaffen. Ich muss Fortschritte machen, ich muss lernen, mir wieder selbst den verdammten Hintern abzuwischen.

»Aber«, sagt Lea und unterbricht meine Gedanken, »aber man kann es auch so sehen: dass jemand für Sie da ist, jemand auf Sie wartet und Ihnen hilft. Jemand, der Sie liebt. Das sollte Sie motivieren, Fergus.«

Ich bin verwirrt. Habe ich meine Gedanken womöglich laut ausgesprochen?

»Die andere Sache ist, dass Sie sich heute an wesentlich mehr erinnert haben als bisher. Das ist ein großer Fortschritt. Wissen Sie noch, dass Sie Ihren rechten Arm nicht bewegen konnten? Und dann ging es plötzlich? Sie haben ein Glas Wasser umgeschmissen, das sich direkt über mich ergossen hat, aber das war mir gleich, ich hab vor Freude Luftsprünge gemacht wie eine Verrückte, ich musste meine Brüste festhalten, wissen Sie noch?«

Ich lache mit ihr, denn ich erinnere mich genau an diesen Augenblick.

»Ich freue mich, dass Sie wieder lächeln können, Fergus. Ich weiß, das ist alles unheimlich, Veränderungen können ganz schön beängstigend sein. Aber denken Sie daran, dass das alles gut ist und dass es Ihnen jeden Tag ein bisschen bessergeht.«

Ich nicke dankbar.

»Reicht es Ihnen für heute?«, fragt sie, während sie am Fußende meines Betts steht und meine Füße hält, als wäre es das Selbstverständlichste der Welt.

»Warum?«

»Weil draußen ein paar Leute warten, die Sie besuchen möchten. Ich dachte, ich schau erst mal, wie es Ihnen geht, bevor ich Bescheid gebe, ob sie reinkommen können oder nicht. Vielleicht haben Sie für heute ja wirklich genug. Ich möchte nicht, dass Sie sich überanstrengen.«

»Nein, nein, ich bin überhaupt nicht müde«, beteure ich. Aber es ist eine Lüge, denn der Tag hat mich viel Kraft gekostet, all die Erinnerungen, die heute zurückgekommen sind, und dazu noch das Zusammensein mit Cat. Aber ich bin so neugierig auf diese Besucher. Ich schaue zur Uhr. Acht Uhr. »Wer ist es denn?«

»Ihre Brüder.«

»Alle?«, frage ich überrascht. Natürlich habe ich sie in den letzten Jahren getroffen, aber wir waren nie alle zusammen.

»Na ja, es sind fünf, ich weiß nicht genau, ob das alle sind.«

Fünf. Sind das alle? Hamish fehlt. Seit vierzig Jahren gibt es keinen Hamish mehr, aber ich hatte immer das Gefühl, dass er fehlt. Nein. Fünf sind nicht alle.

»Soll ich sie hereinbitten? Es ist aber auch vollkommen okay, wenn Sie es jetzt nicht wollen«, sagt Lea noch einmal fürsorglich.

»Doch, doch, sagen Sie ihnen, ich möchte sie sehen.«

»Na gut. Und Dr. Loftus wird wahrscheinlich auch noch vorbeischauen.«

Dr. Loftus, der Psychologe, bei dem ich einmal pro Woche einen Termin habe und der offensichtlich die heutigen Neuigkeiten von meinem Gedächtnis gehört hat.

»Ich muss ins Büro und Papierkram erledigen, aber Grainne ist da, wenn Sie sie brauchen.«

Grainne. Die ächzt, wenn sie mich aus meinem Stuhl hebt, als wäre ich ein Kartoffelsack, den sie so schnell wie möglich wieder loswerden will. »Danke, Lea.«

»Gern geschehen.« Sie zwinkert mir zu und verschwindet.

Ich höre meine Brüder, bevor ich sie sehe, und ich muss schon grinsen, ehe sie zur Tür hereinkommen. Sie benehmen sich wie eine Gruppe von Teenagern, drängeln und schubsen nach Leibeskräften – obwohl sie über das Teenageralter längst hinaus sind.

Angus, der Älteste, ist dreiundsechzig und hat praktisch kein Haar mehr auf dem Kopf, Duncan ist einundsechzig, ich bin neunundfünfzig, Tommy ist fünfundfünfzig, Bobby, der Frauenschwarm, fünfzig, und Joe, unser Nesthäkchen, ist sechsundvierzig.

»Überraschung!«, rufen sie und strecken die Köpfe herein.

»Psst«, sagt jemand von draußen, wahrscheinlich Grainne, und sie grummeln im Chor und schließen schnell die Tür.

»Wir haben gehört, du hast heute einen richtig guten Tag«, sagt Angus. »Deshalb dachten wir, wir könnten ein bisschen feiern.« Er zieht eine Flasche Whiskey aus der Manteltasche. »Ich weiß, du kannst das nicht trinken, aber wir schon, also behalte deine Einwände bitte für dich.«

Die anderen lachen, jeder schaut, wo er sich in dem kleinen Zimmer irgendwo niederlassen kann.

»Wer hat euch gesagt, dass ich einen guten Tag habe?«

»Cat«, antwortet Duncan leichthin, obwohl die anderen ihm mahnende Blicke zuwerfen.

»Du kennst Cat?«

»Wer kennt Cat nicht? Oh, stimmt ja, du hast sie bis heute nicht gekannt«, sagt Tommy, und das ist der Eisbrecher, den wir gebraucht haben. Tommy schiebt seinen Stuhl zu Bobby, und Bobby setzt sich, obwohl Tommy der Ältere ist. Aber manche Dinge ändern sich einfach nie.

»Sie hat gesagt, du hast ihr von unserem Fluchglas erzählt«, sagt Bobby.

»Ja, stimmt.«

»Wann ist dir das wieder eingefallen?«

»Mich überrascht vor allem, dass du dich daran erinnerst, Bobby«, geht Duncan dazwischen. »Du warst doch immer damit beschäftigt, dir Würmer in den Mund zu stopfen.«

Lautes Gelächter, und Bobby ruft protestierend: »Das war bloß ein einziges Mal!«

»Höre ich recht, steigt hier eine Party?«, erkundigt sich Dr. Loftus freundlich, der in diesem Moment das Zimmer betritt und mich mit seinem intensiven Blick mustert. Es ist kaum genug Platz für uns alle, es wird schnell warm, vor allem unter Dr. Loftus' Blicken.

»Jetzt erzähl doch mal, Fergus«, sagt Angus und schenkt Dr. Loftus einen Whiskey ein. »Wie ist dir das Fluchglas wieder eingefallen?«

Ich schaue aus dem Fenster, der Mond steht hoch am dunkelblauen Himmel, voll und perfekt, und ich muss an Sabrina denken. Leas Grübchen, Sabrinas Nase. Das hat die Erinnerung ausgelöst.

»Es war der Mond«, sage ich.

»Du glaubst doch nicht etwa an diese Voodoo-Geschichten?«, sagt Angus.

»Ich schon«, mischt Tommy sich ein. »Und ich kann dir gern das eine oder andere darüber erzählen.«

»Ich glaube auch an so was«, pflichtet Duncan ihm bei.

»Es könnte durchaus etwas dran sein«, meint auch Dr. Loftus und reibt sich die Stoppeln an seinem Kinn. »Es war ein sehr interessanter Tag heute.«

»Sabrina konnte bei Vollmond nie schlafen«, sage ich, und die anderen verstummen respektvoll. Sie sind ein wilder Haufen, aber sie akzeptieren ihre Grenzen.

Joe hat noch nichts gesagt, seit sie hereingekommen sind, er sitzt in der Ecke wie das typische Nesthäkchen, aufmerksam und zurückhaltend. Ich bin überrascht, dass er überhaupt mitgekommen ist, und weiß es sehr zu schätzen.

»Wer von euch hat das verdammte Fluchglas eigentlich geklaut?«, frage ich abrupt, und alle biegen sich vor Lachen. Angus behauptet, er hätte sich gerade um ein Haar bepisst, und fängt an, über seine Prostata zu schwafeln, Tommy, der zu viel raucht, erstickt fast an seinem Husten, sie diskutieren wild, Schuldzuweisungen gehen hin und her, jeder versucht, den anderen zu übertönen, Zeigefinger werden erhoben, es wird gestichelt und geneckt.

Ich erinnere mich gut an diesen Moment. Es waren ungefähr fünfzig Murmeln in dem Glas, denn im vorangegangenen Monat war viel geflucht worden. Ich hatte in der Schule einen neuen Freund gefunden, Larry »Lampy« Brennan, der viel und gern fluchte. Er brachte sich oft damit in Schwierigkeiten, und ich half ihm wieder heraus. Eine meiner Lieblingsmurmeln, eine Rainbow Cub Scout, war im Fluchglas gelandet, weil ich Bobby ein fettes Arschloch genannt hatte, und ich wollte die Murmel unbedingt zurückhaben. Jede Woche war ich in der Apotheke gewesen, ohne darauf zu achten, was sich in der braunen Papiertüte befand. Ich hatte beim Kartoffelschälen geholfen, Möhren geschabt, das Außenklo geputzt – in diesem Monat war ich eindeutig der Beste gewesen.

»Wahrscheinlich hast du das Glas selber geklaut und hast es bloß vergessen«, meint Angus, als er sich wieder einigermaßen gefasst hat. »Aber damit kommst du nicht durch.«

Wir lachen.

»Ich denke nicht, dass ich es war«, sage ich und glaube es auch, denn ich fühle noch den Schmerz, als das Glas plötzlich nicht mehr da war.

»Ehrlich gesagt hab ich auch immer gedacht, dass du es warst«, meint Tommy. »Ständig hast du gejammert wegen dieser – wie hieß die Murmel doch gleich, Jungs?«

»Rainbow Cub Scout«, antworten alle wie aus einem Munde, nur Joe schweigt.

Dr. Loftus lacht.

»Du hast dauernd versucht, Ma zu bequatschen, dass sie sie gegen eine andere tauscht, aber sie hat sich geweigert«, erinnert sich Tommy.

»Ja, sie war echt stur«, sagt Angus kopfschüttelnd. »Gott hab sie selig. Aber ich dachte auch, dass du das Glas genommen hast.«

»Nein, ich war das«, meldet Joe sich da auf einmal zu Wort, und alle starren ihn verblüfft an. Er lacht schuldbewusst, als sei er unsicher, ob die anderen ihn jetzt verprügeln.

»Das kann doch nicht sein!«, protestiere ich. »Wie alt warst du damals? Zwei? Oder drei?«

»Drei. Es ist eine meiner ersten Erinnerungen. Ich weiß noch, wie ich den Küchenstuhl ans Regal geschoben und das Glas runtergeangelt habe. Dann hab ich es in meiner Karre versteckt, ihr wisst schon, in dem Holzwägelchen mit den Bauklötzen.«

Bobby nickt.

»So was Schickes hattet nur ihr zwei«, neckt Angus ihn, und er hat ganz recht damit. Bobby und Joe, die beiden Jüngsten, hatten immer mehr und bessere Spielsachen als wir anderen. Wir waren damals ja schon alle aus dem Haus, haben gearbeitet und Ma Geld gegeben, mit dem sie dann Sachen für ihre Babys gekauft hat – vor allem für Joe.

»Ich hab den Wagen hinters Haus gezogen, den Weg runter, bis zu dieser Mauer am Ende. Da hab ich das Glas drübergeworfen, und es war kaputt.«

»Und wo war Ma die ganze Zeit?«, frage ich verdattert. Auf Joe hat sich der Verdacht nie gerichtet, und wir anderen haben uns wochenlang gestritten.

»Ma hat sich mit Mrs Lynch unterhalten, es ging um irgendwas total Wichtiges. Sie haben die Köpfe zusammengesteckt und geraucht wie immer, ihr wisst das ja noch.«

Wir lachen leise beim Gedanken an Ma und ihre Freundin.

»Irgendwann hat sie dann gemerkt, dass ich weg bin, und ich erinnere mich genau, wie sie mich auf dem Weg hinten erwischt und mich und meinen Wagen zurück ins Haus geschleift hat. Ich hab das Fluchglas geklaut. Tut mir leid, Jungs.«

»O Mann, ziemlich cool, Joe. Da hast du uns echt verschaukelt.«

In verblüfftem Schweigen sitzen wir eine Weile da und denken über diese Offenbarung nach – Nesthäkchen Joe ist in unserer Achtung erheblich gestiegen.

»Du hättest dir einen Schnupfen einfangen können«, sage ich schließlich und denke daran, dass Ma immer solche Angst hatte, Joe zu verlieren, und alle schauen mich an und schütten sich aus vor Lachen.

»Wir haben dir übrigens auch was mitgebracht«, sagt Angus,

als das Lachen allmählich verklingt. »Lass uns ein Spielchen machen, dann verschwinden wir wieder. Vorausgesetzt, Dr. Loftus hat nichts dagegen einzuwenden.«

»Ganz und gar nicht.«

»Ta-da!« Duncan hebt das Spiel in die Höhe, es ist ein Murmelspiel, aber es heißt auch »Mensch ärgere Dich nicht«.

Wenn ein Familienmitglied weggeht oder stirbt, ändert sich die Dynamik im ganzen Familienverband. Die Übriggebliebenen müssen sich neu sortieren und nehmen entweder Plätze ein, die sie sich gewünscht haben, oder müssen gezwungenermaßen in Rollen schlüpfen, die sie niemals haben wollten. Das passiert, ohne dass jemand es bewusst mitbekommt, aber ständig verschiebt sich etwas, alles ist in Bewegung. In der Woche, in der wir erfuhren, dass Hamish nach London gegangen war, und in der ich Schwierigkeiten mit der Polizei bekam, weil ich mit Hamish zusammen war, als er die Jungen in der Schule verprügelt hatte, verwandelte Ma sich in eine Furie. Sie verbot uns, das Haus zu verlassen, wir durften nirgendwohin, wir durften nichts unternehmen. Angus hatte eine Tanzveranstaltung in der Schule, die ihm sehr wichtig war, es gab ein Riesentheater, und er war fürchterlich schlechtgelaunt, vor allem, weil Siobhan ihm versprochen hatte, sich von ihm entjungfern zu lassen. Zu allem Überfluss regnete es in Strömen, und wir waren kurz davor, einander an die Gurgel zu gehen. In der Enge unseres Dreizimmerhäuschens stieg der Testosteronpegel im Handumdrehen in alarmierende Höhen, Mattie drohte damit, uns alle zu verprügeln, floh stattdessen aber zum x-ten Mal in den Pub.

Doch dann hatte ich eine Idee. Ich verzog mich für eine Stunde in die Ecke unseres Schlafzimmers, den einzigen Ort, an dem ich wenigstens ein bisschen Platz und Ruhe hatte, und begann zu basteln. Duncan beschuldigte mich, ich würde mir nur einen runterholen, und musste dafür eine Kopfnuss von Angus einstecken, was mich überraschte, denn es war das erste Mal, dass er mich verteidigte. Wahrscheinlich war er selbst überrascht, aber er blieb dabei, und Ma bestrafte ihn auch nicht, weil er, als er Duncan in seine Schranken verwies, letztlich ihren Job erledigt hatte, so dass er nun ihr und gleichzeitig auch mein Verbündeter war. Die Dynamik begann sich zu verändern, ein verwirrender Prozess.

Schließlich trug ich meine Bastelei ins Wohnzimmer. Es war ein Brettspiel für bis zu sechs Spieler, in dem es darum geht, dass die Murmeln in ihr »Häuschen«, also auf die Zielfelder, gebracht werden. Es ist im Grunde eine Version des klassischen »Mensch ärgere Dich nicht« und wird mit Glasmurmeln gespielt, die man frei wählbar einsetzen kann, solange sie sich voneinander unterscheiden. Wie beim Ursprungsspiel erobert man eine gegnerische Murmel, indem man mit der eigenen auf deren Platz landet – was den Gegner natürlich ärgert. Und in der Woche, seit Hamish uns verlassen hatte, taten wir nichts anderes, als uns gegenseitig zu ärgern.

Also spielten wir. Wir saßen am Esstisch, und Ma und Mattie trauten ihren Augen nicht: Eine ganze Stunde lang trugen wir unsere Kämpfe auf einem Pappspielfeld aus. Bobby gewann das erste Spiel. Ich war zwar der beste Murmelspieler, aber dieses Spiel hat nichts mit Geschicklichkeit zu tun, es geht auch bei der Murmelversion nur um Würfelglück. Und Bobby, unser Charmeur, war schon immer unser Glückspilz.

Den ganzen Tag spielten wir, und auch am nächsten und übernächsten, die ganze Woche lang, bis Ma es endlich satthatte, dass wir ihr die ganze Zeit im Weg rumsaßen, und uns nach draußen schickte. So lehrte uns dieses Spiel auf seine Weise, unseren neuen Platz in der Familie zu finden, unsere Basis. Und nicht nur durch das Spiel, sondern auch, weil wir so lange eingesperrt und gezwungen waren, so viel Zeit miteinander zu verbringen, lernten wir, ohne Hamish zu leben.

Vierzig Jahre später spielen wir dieses Spiel wieder, hier in meinem kleinen Zimmer. Natürlich nicht die selbstgebastelte Version, sondern ein richtiges Murmelspiel, das Duncan gekauft hat. Aber Bobby gewinnt wieder.

»Du verdammter Glückspilz«, sagt Angus ungläubig. »Jedes Mal haust du uns in die Pfanne.«

Ich rolle die Murmeln in meiner linken Hand, denn durch die Lähmung bin ich rechts in meiner Beweglichkeit noch immer eingeschränkt, und einen ordentlichen Gelenkwurf würde ich niemals schaffen. Aber ich mag das Gefühl der Murmeln in meiner Hand, ich mag das vertraute Klacken, wenn sie aneinanderstoßen. So harmonisch, so entspannend.

»Es tut mir leid«, sage ich plötzlich.

Die anderen unterbrechen ihre übliche Kabbelei und sehen mich fragend an.

»All die Jahre. Was ich getan habe. Das tut mir leid.«

»Ah, hör auf, es muss dir doch nichts leidtun«, beruhigt mich Angus. »Wir waren alle ... wir hatten alle unser eigenes Ding am Laufen.«

Mir kommen die Tränen, ich fange an zu weinen und kann nicht mehr aufhören.

Dr. Loftus fordert meine Brüder freundlich auf zu gehen, und ich spüre zum Abschied ihre Hände auf meinem Kopf und meinen Schultern, sanfte Berührungen. Angus bleibt noch bei mir, mein Beschützer, der diese Aufgabe übernommen hat, als Hamish, sein Gegner, aus der Familie verschwunden ist. Er hält mich im Arm, wiegt mich leise, weint mit mir, bis meine Tränen endlich versiegen und ich vollkommen erschöpft einschlafe.

24

Badeordnung:
Keine Abfälle hinterlassen

Ich sitze im Auto, fahre und kann nicht atmen. Mir ist eng um die Brust, meine Muskeln sind verspannt, wenn jemand mich auch nur falsch anschaut, möchte ich ihn anbrüllen, und wer auf der Straße einen Fehler macht, muss sich auf eine üble Tirade von mir gefasst machen. Ich rase, weil ich Dad zur Rede stellen will, dabei weiß ich genau, wie dumm das ist. Dad erinnert sich an nichts. Man muss behutsam mit ihm umgehen, man darf ihn nicht mit Dingen bedrängen, die er schlicht vergessen hat. Das regt ihn nur auf. Aber ich bin so schrecklich wütend. Anscheinend wussten alle außer mir und Mum von dieser Frau und von den Murmeln – nur wir nicht, seine engste Familie! Bei uns musste erst ganz zufällig eine Kiste mit Murmeln auftauchen, damit wir etwas davon erfahren. Was gibt es sonst noch alles, was ich über meinen Dad und über mein Leben nicht weiß, weil man es mir vorenthalten hat?

Ich stelle mein Auto auf dem Parkplatz ab und steige aus. Auf dem Parkplatz ist jetzt, nach neun Uhr abends, nichts mehr los, die meisten Besucher sind längst nach Hause gefahren, um den Freitagabend zum Ausgehen oder Ausruhen zu nutzen.

Ich renne durch die Vordertür, aber während ich mich durch die Korridore schlängle, drossle ich mein Tempo ein wenig. Weil ich mich so anstrenge, meine Gefühle wegzudrängen, hebt und senkt mein Brustkorb sich krampfhaft. Was tue ich hier bloß? So kann ich doch nicht bei Dad aufkreuzen, er wird sich Sorgen machen, er wird sich aufregen, Stress behindert den Heilungsprozess und macht die erreichten Fortschritte womöglich zunichte. Außerdem bin ich nicht mal sicher, ob ich überhaupt sprechen kann. Schließlich bleibe ich stehen. Chlorgeruch steigt mir in die Nase. Ein tröstlicher Geruch. Seit ich klein war, habe ich im Wasser aufgelebt. Es war meine ganz eigene Welt, ich konnte mich treiben lassen und musste mit niemandem reden, nichts erklären, einfach nur unter der Oberfläche schwimmen. Das Wasser war immer mein Zufluchtsort. Und ist es bis heute geblieben.

Als ich weitergehe, renne ich zwar nicht mehr, aber meine Gedanken rasen weiter, es wird dunkler, der Mond kommt hervor, vollkommen rund, er behält mich im Auge, auch an so seltsamen Tagen wie dem heutigen. Und noch ein Gedanke taucht auf, vielleicht der wichtigste von allen: Bin ich die verschlossene, in sich gekehrte Person, die Aidan in mir sieht, weil mein Dad so schwer fassbar und geheimniskrämerisch war? Habe ich diesen Charakterzug von ihm übernommen? Als ich jünger war, habe ich nie etwas davon bemerkt, erst als Aidan damit angefangen hat. Vielleicht stimmt es, dass man sich selbst erst durch einen anderen Menschen wirklich kennenlernt. In meiner heutigen Mission geht es nicht mehr um die Suche nach den fehlenden Murmeln, sondern ich suche inzwischen den Mann, dem sie gehören, und ich hatte keine Ahnung, dass mich das letztlich zwingen würde, mir selbst ins Gesicht zu schauen. Und was ich da sehe, gefällt mir überhaupt nicht. Keine von meinen Entdeckungen ist mir angenehm. Ich kann nicht atmen.

Kurz entschlossen mache ich kehrt und gehe zurück zum Schwimmbecken. Durch die Glaswand sehe ich, dass es leer ist. Natürlich schwimmt um diese Zeit niemand mehr, und auch die Physiotherapien sind für heute erledigt. Das Becken ist achteinhalb Meter lang, die Kacheln auf dem Grund sind blau, die Fliesen an der Wand ebenfalls, in unterschiedlichen Schattierungen, die einen Welleneffekt bewirken. Als ich die Tür öffne, schlägt mir der durchdringende Chlorgeruch entgegen.

Hinter mir ruft jemand. Ich habe hier nichts verloren, Schritte kommen näher. Ich beeile mich, auch die Schritte werden schneller, es werden mehr, und ich höre meinen Namen. Aber ich kann nicht atmen, ich kann nicht atmen, meine Brust ist so eng. Ich denke an Dad, ich denke an Hamish, ich denke an die Murmeln und an die Frau, die Dad vor mir geheim gehalten hat. Ich denke an Aidan und mich. Dann schleudere ich meine Schuhe von mir, reiße mir die Strickjacke herunter und springe ins Wasser. Ich flüchte. Und ich atme.

Ich möchte nie wieder hochkommen. Ich schwimme dicht über dem Grund, ich fühle mich schwerelos und frei, alle Anspannung ist verschwunden. Ich muss nicht nachdenken, mein Körper entspannt sich ganz von allein, mein Herz schlägt ruhiger. Am Rand des Pools kann ich Beine und Füße erkennen, schimmernd wie eine Fata Morgana, als wäre ich das einzig Reale hier. Ich höre das Wasser in den Ohren, ich rieche das Chlor, meine Haare streicheln meine Haut, sie fühlen sich an wie Samt. Ich drehe mich, ich wirble über den Beckengrund und fühle mich wie eine Ballerina, graziös und anmutig, auch wenn ich vielleicht dabei aussehe wie ein gestrandeter Wal. Keine Ahnung, wie lange ich schon hier unten bin. Bestimmt über eine Minute, vielleicht zwei, aber ich habe das Bedürfnis, kurz aufzutauchen und nach Luft zu schnappen, nur ganz schnell, aber dann will ich sofort wieder runter. Ich liebe es, unten zu schwimmen, der Pool ist mein Territorium. Hier bin ich in Sicherheit.

Auf einmal höre ich ein Klatschen, ein Schlagen, und als ich mich umschaue, sehe ich eine Hand, die aufs Wasser klopft, als wollte jemand einen Delphin rufen.

Ich sause hinauf an die Oberfläche.

Gerry, der nette Pförtner, schaut mich besorgt und etwas verwirrt an, wahrscheinlich denkt er, ich sei völlig durchgedreht. Mathew von der Security ist halb amüsiert und halb ärgerlich, aber Schwester Lea lächelt.

Inzwischen habe ich einige Zuschauer an die Glaswand gelockt. Zum Glück ist mein Dad nirgends zu sehen. Ich lege mich auf den Rücken und lasse mich treiben.

»Kommen Sie, Sabrina«, sagt Lea und streckt mir die Hand entgegen.

Einen Moment muss ich der Versuchung widerstehen, sie zu mir ins Wasser zu ziehen.

Der Mond ist schuld.

Aber ich hole sie nicht zu mir, sondern steige stattdessen aus dem Wasser, triefend wie eine gebadete Ratte.

»Fühlen Sie sich besser?«, fragt Lea und hüllt mich in ein Handtuch.

»Viel besser.«

25

Murmelspiele:
Flaschenstöpsel

Das letzte Mal habe ich Hamish lebend gesehen, als wir uns auf dem Weg hinter unserem Haus voneinander verabschiedet haben, nachdem er die beiden Schuljungen verprügelt hatte. Damals war ich fünfzehn, er war einundzwanzig.

Es war das letzte Mal, dass ich ihn gesehen habe.

Aber nicht das letzte Mal, dass ich von ihm hörte.

Ich bin siebzehn, fertig mit der Schule, weder Hamish noch Angus noch Duncan haben das geschafft. Sie arbeiten jetzt bei Mattie, und ich weiß, dass ich das auch muss, mir fällt sonst nichts ein, aber bevor ich anfange, habe ich noch den ganzen Sommer vor mir, in dem ich tun kann, was ich will. Mattie kann mich erst im September nehmen, weil er zurzeit noch einen anderen Jungen als Lehrling hat. Aber das bedeutet nicht, dass ich tatenlos rumsitze. Ich habe einen Job in der Schule angenommen, ich helfe Rusty Balls, unserem Hausmeister. Natürlich ist das nicht sein wirklicher Name, aber er ist so alt, dass er beim Gehen praktisch knarzt. Ich verdiene eigenes Geld, aber ich gebe jeden Penny bei Ma ab und kriege von ihr dafür ein Taschengeld, das ihr angemessen erscheint. So war es bei uns allen. Die Rechnungen laufen auf Matties Namen, und Ma kümmert sich darum, dass sie bezahlt werden. Es ist daher mehr als ungewöhnlich, als der Briefträger eines Morgens etwas bringt, was an mich adressiert ist.

Um die Mittagszeit gehe ich völlig verdreckt und voller Dornen und Fichtennadeln nach Hause, Schwielen an den Händen, Kratzer im Gesicht, denn ich habe die Büsche vor der Schule von Bierflaschen und anderem Müll befreit. Bobby und Joe spielen vor dem Haus auf der Straße. Sie kauern auf allen vieren, sind ziemlich schmutzig und völlig vertieft in ein Schneckenrennen. Seit wir alle arbeiten gehen, wird auf der Straße überhaupt nicht mehr mit Murmeln gespielt. Ich möchte zwar gern, aber die anderen sind zu faul und wollen mit ihren Freundinnen ausgehen oder Mattie in den Pub begleiten. Niemand will mehr mit mir Murmeln spielen. Tommy ist zwölf, aber immer noch vollkommen nutzlos. Weder Bobby noch Tommy interessieren sich für Murmeln, anscheinend war dafür ein Boggs-Gen verantwortlich. Zwar kenne ich ein paar Jungs, die noch spielen, aber es sind echt wenige, offenbar entwachsen außer mir alle dem Murmelspielen.

Netterweise warnen Bobby und Joe mich, dass Ma mal wieder schlechte Laune hat, also ziehe ich gleich meine schmutzigen Stiefel aus und lasse sie draußen, um mich erst gar nicht mit ihr anzulegen. Ich kann mich auch an nichts erinnern, was ich heute falsch gemacht habe.

»Was ist das denn?«, schnauzt Ma mich trotzdem sofort an, als ich reinkomme.

Sie steht am Tisch, mit den Fäusten auf die Plastikdecke gestützt wie ein Affe.

»Was meinst du?«

»Na, das hier.« Sie deutet mit dem Kopf darauf, als verstünde ich nur Zeichensprache.

Ich schaue zum Tisch und sehe dort ein Paket. »Keine Ahnung.«

»Sag mir nicht, du hast keine Ahnung, wenn du es doch genau weißt«, blafft sie mich an.

Ich komme näher und nehme das Paket in Augenschein. Mit großen schwarzen Buchstaben ist mein Name auf das einzige Stück Packpapier geschrieben, das nicht mit Klebestreifen zugepflastert ist.

»Ich weiß es nicht, Ma, ehrlich.«

Anscheinend spürt sie, dass ich ehrlich überrascht bin. Die Affenfäuste werden vom Tisch genommen und senken sich an die Hüften.

»Ist es von Marian?«, frage ich. Mas Bruder Paddy wohnt in Boston, und seine Frau Marian ist der einzige Mensch, der mir je etwas schickt. Sie ist meine Patin, aber ich habe sie nur ein einziges Mal gesehen und erinnere mich so gut wie gar nicht an sie, aber jede Geburtstags- und Weihnachtskarte hat irgendeine wundertätige Medaille im Umschlag. Ich glaube nicht an so was, aber ich stopfe sie alle unten in meine Unterwäscheschublade, denn es würde bestimmt Unglück bringen, so etwas einfach wegzuwerfen.

Ma schüttelt den Kopf. Sie sieht besorgt aus, und das ist auch der einzige Grund, warum sie das Paket nicht schon längst aufgemacht hat – sie hat Angst. Von einem Recht auf Privatsphäre hält sie nichts. Was sich in ihrem Haus befindet, gehört ihr, aber jetzt sieht sie aus, als befürchte sie, dass in dem Paket eine Bombe ist. Bei neuen Dingen oder wenn etwas Ungewohntes passiert, reagiert sie manchmal so. Oder auch, wenn fremde Menschen ins Haus kommen. Dann wird sie ganz still und starrt sie an, als würden sie gleich auf sie losgehen, und sie wird leicht defensiv und bissig, weil sie nicht weiß, wie sie sich sonst verhalten soll.

Ich möchte nicht, dass sie mir zuschaut, wenn ich das Paket öffne, aber mir fällt nicht ein, wie ich ihr das begreiflich machen könnte.

»Ich hol dir ein Messer«, verkündet sie und ist auch schon unterwegs in die Küche. Zuerst denke ich, sie holt das Messer, damit ich mich gegen das, was möglicherweise aus dem Paket herausspringt, verteidigen kann, erst dann wird mir klar, dass es zum Öffnen sein soll.

Aber als sie gerade in der Küche angekommen ist, ertönt von draußen ein markerschütternder Schrei, und Ma eilt sofort zu Joe, ihrem Baby. Während Bobby ihr erzählt, dass Joe von einer Biene gestochen worden ist, nehme ich das Messer und verschwinde nach oben in mein Zimmer. Das Paket ist schlecht verpackt, jede Menge Klebeband, was das Öffnen echt schwierig macht, aber ich schaffe es und werfe das Packpapier beiseite

Drinnen ist nur eine Ladung zerknülltes Zeitungspapier und mittendrin eine blaue Glasflasche. Ich bin verwirrt. Es dauert eine ganze Weile, bis ich begreife, was da vor mir liegt. Nach genauer Inspektion sehe ich, dass die Flasche leer ist und dass oben in ihrem Hals ein Gummiring steckt und darin eine Murmel. Mein Herz beginnt wie wild zu klopfen, und jetzt weiß ich, von wem das Paket ist. Na ja, ich bin natürlich nicht hundertprozentig sicher, aber ich vermute stark, dass es von Hamish ist. Inzwischen ist er seit eineinhalb Jahren weg, ich habe in der ganzen Zeit nichts von ihm gehört, aber dieses Paket fühlt sich an, als wäre es eine Botschaft von ihm. Auf der Suche nach einem Brief wühle ich lange in dem Zeitungspapier, finde aber nichts. Dann endlich fällt mein Blick auf ein Bild von einem Busen. Und gleich darauf entdecke ich noch einen. Schnell glätte ich die Blätter und stelle fest, dass es sich um die Seite drei der *Sun* handelt, sämtliche Ausgaben von zwei Wochen. Eine ganze Menge Brüste, in die die Murmelflasche gebettet war. Ich muss lachen und hoffe, dass Ma mich nicht hört. So schnell ich kann, falte ich die Zeitungsseiten zusammen und stopfe sie – bis auf eine, die ich in meiner Hosentasche verschwinden lasse – unter das lose Stück Teppichboden. Dann mache ich mich mit der Flasche schnell wieder auf den Weg zur Arbeit, damit Ma mich nicht abfängt und mir Fragen stellt, auf die ich keine Antworten parat habe.

»Wissen Sie, was das ist?«, frage ich Rusty, gleich als ich ankomme.

Rusty, der wie immer eine Zigarette im Mundwinkel hängen hat, sieht sich die Flasche an und grinst. Dann schnippt er seine Zigarette in die Büsche, die ich den ganzen Vormittag lang gesäubert habe.

»Hast du die da drin gefunden?«

»Nein, sie gehört mir.«

»Wenn du sie hier gefunden hast, gehört sie nämlich mir.«

»Ich hab sie aber nicht hier gefunden, mein Bruder hat sie mir geschickt. Aus England.«

»Du weißt ja nicht mal, was das ist«, sagt Rusty und gestikuliert. »Her damit.«

Ich weiche zurück.

Aber er reißt mir die Flasche einfach aus der Hand, er ist stark für einen alten Mann. Dann studiert er sie ganz genau. »Das ist eine Codd-Neck-Flasche, auch Klickerflasche genannt, weil bei ihr eine Murmel im Flaschenhals steckt. Hab so was lange nicht mehr gesehen. Meine Mutter hatte welche in ihrem Schuppen, ehe die Briten alles kurz und klein geschlagen haben. Sie hat da drin nämlich immer schwarzgebrannten Whiskey gelagert. Eigentlich waren die Flaschen gar nicht für so was gedacht – genau deshalb hat sie den Whiskey ja auch reingefüllt –, sondern für kohlensäurehaltige Getränke, für das ganze Blubberwasser«, fügt er hinzu, als ich ihn verwirrt ansehe. »Das Problem mit Glasflaschen ist nämlich, dass der Gasdruck einen Korkverschluss rauspressen würde, vor allem, wenn der Korken austrocknet. Da kam ein Mann namens Codd auf die Idee mit den Murmeln im Hals. Die Flaschen wurden kopfüber gefüllt, die Kohlensäure drückt die Murmel gegen eine Gummidichtung und versiegelt das Ganze.«

»Aber wie kriegt man die Murmel aus der Flasche?« Das ist das Einzige, was mich wirklich interessiert.

»Wenn du vorhast, das zu versuchen, geb ich dir die Flasche nicht zurück. Die Murmel kriegst du nämlich nur mit Gewalt raus. Manche Kids haben die Flaschen kaputtgeschlagen, um an die Murmel zu kommen, aber tu das bloß nicht. Gewisse Dinge sollte man so lassen, wie sie sind.«

Die Murmel ist sehr schlicht, nichts Besonderes, nur durchsichtiges Glas, keine Zeichen oder Markierungen, die mir etwas über die Marke oder den Hersteller verraten. Nur dass sie in einer Flasche steckt, macht sie speziell.

»Diese Flaschen sind sehr selten. Blau war die Farbe für Gifte, deshalb hätte keine schlaue Getränkefirma blaue Flaschen benutzt. Ich kann mir nicht vorstellen, dass noch viele davon in Umlauf sind.«

Rusty inspiziert die Flasche, überprüft sie auf Kratzer, genau wie ich es bei einer Murmel machen würde, und mein Herz klopft besitzergreifend. Ich will ihm die Flasche abnehmen, aber Rusty zieht sie schnell weg.

»Was gibst du mir dafür?«, fragt er mit einem hämischen Kichern.

Am liebsten würde ich ihm ja die Meinung sagen, aber davon bekomme ich die Flasche nicht zurück. Außerdem muss ich den Rest des Sommers jeden Tag mit ihm verbringen. Widerwillig greife ich in die Tasche und gebe ihm die zusammengefaltete Seite drei. Eigentlich hatte ich vor, mit *Beverly, neunzehn, heiße Titten* in die Büsche zu verschwinden, wenn ich mal zwischendurch ein bisschen Zeit für mich habe. Rusty sieht sich das Foto an und gibt mir die Flasche augenblicklich zurück. Dann verschwindet er für zwanzig Minuten im Holzschuppen.

Ich sitze draußen im Gras, starre die blaue Flasche an und überlege, was sie zu bedeuten hat. Bedeutet sie überhaupt etwas? Intuitiv weiß ich, dass sie von Hamish kommt, es kann nicht anders sein. Die Murmel und auch die Mädchen von Seite drei sind eindeutige Zeichen, so etwas entspricht genau seinem Humor. Wahrscheinlich hat er insgeheim gehofft, dass Ma das Paket aufmacht oder dass sie mir wenigstens dabei zuschaut. Ich höre förmlich, wie er lacht, tief und heiser, während er die Sachen zusammenpackt und sich bestimmt wünscht, er könnte unsere Reaktion miterleben. Hamish, der Familienmensch, und jetzt sitzt er so weit weg von uns allen fest. Ich sehne mich nach Antworten – bedeutet die Flasche, dass Hamish jetzt in einer Flaschenfabrik arbeitet? Möchte er, dass ich ihn suche? Ich erinnere mich, dass wir die größeren Schussmurmeln manchmal Flaschenstöpsel genannt haben, aber ich wusste nie, warum. Jetzt weiß ich es – wegen der Murmel im Flaschenhals. Ist diese Murmel eine Verbindung zu meinem großen Bruder? Will er mir etwas mitteilen? Ich forsche nach versteckten Botschaften, aber dann fällt es mir wie Schuppen von den Augen: Es ist eine Flaschenpost. Hamish hat die Nachricht nicht auf einen Zettel geschrieben und in eine Flasche gesteckt, er hat eine Flasche mit einer Murmel im Innern gefunden.

Es ist eine Flaschenbotschaft.

Laut und deutlich spricht sie zu mir.

Sie sagt: ›Ich bin immer noch da, Fergus. Ich habe dich nicht vergessen, ich habe auch die Murmeln nicht wie alle anderen vergessen, ich weiß, wie wichtig sie für dich sind. Ich habe diese Flasche gesehen und sofort an dich gedacht. Ich werde immer an dich denken. Was passiert ist, tut mir leid. Lass uns wieder Freunde sein.‹

Die Botschaft lautet: Waffenstillstand.

26

Badeordnung:
Kein Glas am Pool

Ich sitze in der Cafeteria mit Lea, die einem Menschen das Gefühl vermitteln kann, dass selbst das Verrückteste, was er in seinem Leben getan hat, eigentlich ganz normal ist, etwas, was sie tagtäglich erlebt und selbst ständig tut, und vielleicht stimmt das ja sogar. Lea strahlt Wärme und Fürsorglichkeit aus, und ich verstehe sehr gut, warum Dad sie mag und warum er sich über die anderen so oft beklagt.

Es ist spät, die Cafeteria hat längst geschlossen, aber mit Tee oder Kaffee kann man sich an der Maschine selbst bedienen. Dad schläft, er hat schon vorhin geschlafen, als ich ins Pflegeheim gestürmt bin, als wollte ich Jagd auf ihn machen. Ich bin froh darüber. Das Schwimmen hat mich ruhiger gemacht, ich habe nicht mehr das Bedürfnis, zu ihm ins Zimmer zu laufen und ihn mit allem zu konfrontieren, was ich im Lauf des Tages erfahren habe.

Ich muss gar nichts erklären, Lea versteht es auch so, genau wie Dad es schon oft über sie erzählt hat. Wir alle wünschen uns doch diese Fähigkeit, auch von denen, die uns am nächsten stehen. Aidan zum Beispiel. Ich hätte so gern, dass er einfach weiß, wie ich mich fühle, ohne nachfragen zu müssen. Aber er fragt mich dauernd, er ist überzeugt, dass mit mir, mit uns, etwas nicht stimmt und dass er es wieder in Ordnung bringen muss. Seit zwei Monaten gehen wir zur Paarberatung, dabei ist mit unserer Ehe alles in Ordnung. Es liegt an mir. Ich bin verschlossen. Ich behalte alles für mich. Das sagt er jedenfalls. Aber ich war schon immer so, ich weiß nicht, warum ihn das jetzt auf einmal stört.

Doch, ich weiß es. In der letzten Therapiestunde hat er es ziemlich deutlich gesagt. Er hat das Gefühl, ich sei nicht glücklich mit ihm. Aber das bin ich. An ihm ist nichts auszusetzen.

Bist du glücklich?

Ja, ich bin glücklich mit dir.

Bist du auch glücklich mit dir selbst?

Mensch, Aidan, du redest schon wie einer von diesen Therapeuten.

Ja, ich weiß. Aber bist du glücklich mit dir selbst?

Ja, bin ich. Ich mag meinen Job. Ich liebe die Jungs. Ich liebe dich.

Ja, aber das bist nicht du selbst.

Gehören mein Job, meine Kinder und mein Mann etwa nicht zu mir?, schreie ich ihn an.

Keine Ahnung, entspann dich, ich frag ja nur. Du bist gestresst.

Ich bin bloß gestresst, weil du dauernd solche Fragen stellst. Okay, gut, wenn du unbedingt willst, dann lass uns das machen. Bin ich glücklich mit mir selbst? Ja, meistens, zum größten Teil, aber ich bin müde, ich bin erschöpft. Um sieben aufstehen, Frühstück machen, Schulbrote schmieren, Kids zur Schule fahren, Arbeit, Kids abholen, Mittagessen, Erledigungen, Abendessen, Baden, ins Bett gehen, schlafen. Und am nächsten Tag wieder von vorn. Butter, Schinken, Käse, Brot, durchschneiden. Rosinen. Und das nächste ist dran.

Aber das können wir nicht ändern, oder? Die Jungs müssen in die Schule. Du musst zur Arbeit.

Genau. Also hör auf zu fragen.

Hättest du gern einen anderen Job?

Nein! Ich mag meinen Job!

Wirklich?

Mag ich meinen Job? Eigentlich ja. Aber in letzter Zeit nicht.

Und noch was. Ich möchte abnehmen, das Gewicht wieder loswerden, das ich nach Alfie zugelegt habe. Obenrum bin ich total schwabbelig, das will ich nicht mehr. Und wo wir schon mal dabei sind – ich möchte im Bikini am Strand Spagat machen können, und alle schauen zu.

Dann mach Sport.

Dafür hab ich keine Zeit.

O doch. Abends. Ich bleibe zu Hause, und du gehst zum Sport. Oder Walken mit den anderen Frauen.

Ich möchte aber nicht mit den verfluchten anderen Frauen um den verfluchten Block walken, die wollen nur sabbeln und tratschen. Ich hab keine Lust, spazieren zu gehen und dabei zu quatschen. Hör auf, mich auszulachen, Aidan.

Sorry. Dann geh doch ins Fitnessstudio. Oder alleine schwimmen, das machst du überhaupt nicht mehr.

Abends, Aidan? Wenn ich so müde bin, dass ich mich nur noch aufs Sofa legen und fernsehen möchte? Ober mit dir zusammen sein? Denn wenn ich abends weggehe, wann wären wir dann noch zusammen?

Bleib eine Stunde länger auf.

Aber ich bin ja schon so total kaputt.

Okay, okay, hör auf zu schimpfen.

Sorry. Ich möchte dich nur nicht darum bitten müssen, dass du auf die Kinder aufpasst, nur weil ich ins Fitnessstudio gehe. Ich möchte lieber irgendwas anderes machen, ausgehen. Sonst fühlt sich das wie ein verschwendeter Gefallen an.

Ist es das? Möchtest du, dass wir öfter ausgehen? Aber du sagst doch immer, du bist zu müde, du willst nicht noch mal raus.

Ich bin auch müde. Ich bin es müde, dieses Gespräch zu führen.

Ich will dir doch nur helfen, Sabrina. Ich liebe dich.

Und ich liebe dich auch. Ehrlich, es liegt nicht an dir, es ist gar nichts, du machst nur irgendwas daraus.

Bist du sicher? Es ist nicht, weil …

Nein, es ist nicht deshalb. Ich bin drüber weg. Ich möchte nicht mal darüber reden. Das ist es nicht.

Okay. Okay. Bist du sicher?

Bin ich sicher?

Ja. Ja, ich bin sicher.

Soll ich mehr im Haushalt machen? Dich mehr unterstützen?

Nein, du bist toll, erinnerst du dich, dass wir in der letzten Sitzung diese Liste gemacht haben, du bist toll, du tust viel mehr, als ich dachte, du bist großartig, Aidan. Es liegt nicht an dir.

Liegt es an etwas anderem?

Aidan, hör auf, bitte. Es ist nichts. Gar nichts.

Wenn etwas wäre, würdest du es mir aber sagen, ja? Bitte sag es mir, es ist so schwer für mich einzuschätzen, weil du dir nie etwas anmerken lässt, Sabrina. Ich werde manchmal einfach nicht schlau aus dir. Du sprichst so wenig über solche Sachen, weißt du. Du behältst alles für dich.

Weil ich mich nicht wegen irgendwelcher Kleinigkeiten anstellen will. Es ist doch gar nichts los, du stellst alles so dramatisch dar, dabei ist doch alles in Ordnung. Ich bin nur müde, weiter nichts. Irgendwann sind die Kinder größer, dann bin ich auch nicht mehr so müde.

Okay. Und ich gehe am Freitag mit ihnen campen, dann hast du den Tag für dich. Ruh dich aus nach der Arbeit, rühr keinen Finger, tu einfach gar nichts, okay?

Okay.

»Erzählen Sie mir, was Sie entdeckt haben?«, fragt Dr. Loftus

Dr. Schnittchen, wie Lea ihn nennt, wollte gerade nach Hause gehen, als ich in den Pool gesprungen bin, aber das Ereignis hat sich rasch herumgesprochen, und jetzt ist er hier, um sich mit mir zu unterhalten. Und obwohl ich dankbar bin, hoffe ich doch, dass ich für diese Therapiesitzung nichts bezahlen muss. Ich erzähle Dr. Loftus alles, was ich heute über Dad und sein Doppelleben erfahren habe, und frage mich, wie viel davon er wohl schon weiß, wo er doch das ganze letzte Jahr mit Cat und Dads Brüdern Kontakt hatte, die ja alle Bescheid wussten. Alle außer mir. Jetzt kann ich mir ungefähr vorstellen, wie Dad sich fühlt – wie es ist, wenn alle um einen herum Dinge wissen, die man selbst nicht weiß. Wie verstörend das sein muss. Mich hat es völlig aus der Bahn geworfen. Und ich glaube, am meisten verletzt mich, dass in einer Version seines Lebens einfach kein Platz für mich war, dass ich darin nie existiert habe und dass er das so gewollt hat. Ich habe einen dicken Kloß im Hals, den ich verzweifelt runterzuschlucken versuche.

Dr. Loftus schweigt.

»Wussten Sie davon?«, frage ich.

Er überlegt. »Im Verlauf der Reha waren Fergus' Brüder ein paarmal hier, sie wollten helfen, mich über Dinge informieren, von denen sie meinten, ich sollte sie wissen, also weiß ich einiges von dem, was Sie mir gerade berichtet haben, aber längst nicht alles. Beispielsweise ist mir gänzlich neu, dass Fergus den Namen seines Bruders benutzt hat.« Er macht eine Pause. »Ein Schlaganfall ist sehr oft mit einem Gedächtnisverlust verbunden, das wissen Sie ja, wir haben darüber gesprochen. Allgemeine Verwirrung, Probleme mit dem Kurzzeitgedächtnis, Orientierungslosigkeit auch an zuvor bekannten Orten, Schwierigkeiten, Anweisungen zu verstehen – auch bei Fergus haben wir davon manches beobachtet. Im Lauf der Zeit kann das Gedächtnis sich bessern, entweder spontan oder durch entsprechende Trainingsmaßnahmen, und wir haben beides bei ihm festgestellt. Aber ...«, er ändert seine Sitzhaltung, rutscht auf dem Stuhl nach vorn und stützt die Ellbogen auf das klapprige Tischchen. Er hat die Ärmel aufgekrempelt und sieht müde aus – ein Mann, der einen langen Arbeitstag hinter sich hat. »Verdrängung oder dissoziative Amnesie, wie man es in Fachkreisen nennt, ist etwas ganz anderes. Es gibt die These, dass Erinnerungen unbewusst blockiert werden, wenn sie mit großem Stress oder mit einem Trauma verbunden sind. Das Verdrängen von Erinnerungen ist aber ein umstrittenes Phänomen – einige Psychologen sind überzeugt, dass es bei Trauma-Opfern auftritt, andere fechten dies vehement an. Es wird die Ansicht vertreten, die Erinnerung könne durch eine entsprechende Therapie sozusagen zurückgeholt werden, doch auch dies wird kontrovers diskutiert.«

»Denken Sie, mein Dad hat die Erinnerung an seine Murmeln also unterdrückt?«

Wieder lässt Dr. Loftus sich viel Zeit mit der Antwort. Bei ihm gibt es kein einfaches Ja oder Nein, das hat es bei Dads Zustand nie gegeben, was die Sache ja so enorm belastend und verwirrend macht. Warum erinnert mein Vater sich an manche

Dinge und an andere nicht, warum erinnert er sich an bestimmten Tagen an etwas, was er an anderen vollkommen vergessen hat? Der Schlaganfall hat sein Gedächtnis beeinträchtigt, das ist die einzige Erklärung, die mir je eingeleuchtet hat.

»Er erinnert sich an Sie und Ihre Mutter und an Ihr gemeinsames Leben, er erinnert sich an seine Kindheit und an sein Verhältnis zu seiner Familie, aber er weiß nichts mehr von der Wiedervereinigung mit seinen Brüdern, die dem Schlaganfall vorausgegangen ist, er kennt die Frau nicht mehr, in die er verliebt war, und er erinnert sich überhaupt nicht mehr an die Murmeln.«

»Aber Sie haben gesagt, dass Menschen Dinge blockieren, die belastend und traumatisch waren. Murmeln haben ihn glücklich gemacht. Und wie es sich anhört, haben diese Frau und seine Brüder ihn auch glücklich gemacht.«

»Aber Ihrem Bericht zufolge haben die Murmeln ihn auch gezwungen, sein Leben in zwei streng voneinander getrennte Teile aufzuspalten. Sie haben ihn dazu gebracht, ein Doppelleben zu führen, einen zweiten Namen anzunehmen. Vor dem Schlaganfall hatte er durch den finanziellen Druck und den Verlust seiner Arbeit zweifellos sehr viel Stress, aber dieser Stress wurde noch verstärkt durch den Versuch, diese beiden Leben voneinander getrennt zu halten. Nun, das ist nur eine Vermutung, Sabrina«, fährt Dr. Loftus etwas lockerer fort, und mir wird klar, dass wir vertraulich sprechen und dass er keine offizielle Diagnose abgeben möchte. »Es ist spät, ich bin müde und habe nur Hypothesen anzubieten, aber wenn Ihr Vater die Murmeln dafür verantwortlich macht, dass er so viel Stress hatte, dann wäre das zumindest teilweise eine Erklärung dafür, warum er die Erinnerungen an sie unterdrückt hat – trotz der Freude, die sie ihm früher bereitet haben. Anfangs haben die Murmeln ihm eine Art Freiheit beschert, doch im Lauf der Zeit wurden sie zu einem Gefängnis. Vielleicht hat er einfach keinen Ausweg mehr gesehen.«

»Dann war es ein Ausweg, die Murmeln zu vergessen?« Ich war so wütend auf Dad, so egoistisch und verletzt, dass ich überhaupt nicht daran gedacht habe, unter welchem Druck er gestanden haben muss, auch wenn er diesen Druck letztlich sich selbst zu verdanken hat.

»Noch einmal – Verdrängung ist kein bewusster Prozess. Ihr Vater hätte sich nicht bewusst entschieden, diese Erinnerung zu blockieren, aber um zu überleben ...« Er lässt den Satz unvollendet in der Luft hängen.

Ich denke an Dads Gesicht, als ich ihm die Bloodies gezeigt habe. Erkennen. Freude. Unruhe. Verwirrung. »Hätte es wohl einen negativen Effekt, wenn ich ihm die Murmeln zeigen würde? Könnte das womöglich einem weiteren Schlaganfall Vorschub leisten?«

Dr. Loftus schüttelt den Kopf, noch bevor ich den Satz zu Ende gesprochen habe. »Nein, das würde ganz sicher keinen neuen Schlaganfall verursachen, Sabrina. Es könnte ihn durcheinanderbringen. Aber es könnte ihm auch Freude machen«, erklärt er mit einem Achselzucken. Weder ein Ja noch ein Nein.

Wieder rufe ich mir Dads Gesicht heute Morgen ins Gedächtnis, wie es sich veränderte, als er die Bloodies gesehen hat, von ahnungslos zu verwirrt. Als wäre er gefangen, als stecke er fest zwischen dem, der er jetzt ist, und dem, den er ausgeblendet hat. Fast so, als würden diese beiden Teile gegeneinander kämpfen. Ich möchte ihn auf keinen Fall noch mehr unter Druck setzen.

»Als seine Brüder ihn heute Abend mit dem Murmelspiel besucht haben, hat er beide Reaktionen gezeigt. Erst hat er sich gefreut, und dann kam die Traurigkeit. Aber mir scheint, er verarbeitet gerade irgendetwas, vielleicht entdeckt er auf unbewusster Ebene eine Möglichkeit, zwischen den beiden Welten zu vermitteln.«

Das ist der Heilungsprozess, denke ich im Stillen.

Lea hat mir vorhin schon erzählt, dass Dad Besuch von meinen Onkeln hatte. Ich habe sie nur knapp verpasst, als ich ankam und in den Pool gesprungen bin. Da war Dad nach seinem anstrengenden Tag gerade eingeschlafen.

»Ich habe die Murmeln in den Kisten entdeckt, die heute

Morgen angeliefert wurden«, erkläre ich. »Ein paar davon fehlen, und ich wollte ursprünglich auf die Suche nach ihnen gehen. Sie sind wertvoll. Aber dann habe ich all das erfahren, was ich Ihnen gerade erzählt habe.«

Dr. Loftus nickt ermutigend.

Ich lasse den Kopf in die Hände sinken. »Vielleicht bin ja auch ich diejenige, die den Verstand verliert.«

»Nein, ganz sicher nicht«, lacht er. »Erzählen Sie ruhig weiter.«

»Ich dachte, wenn ich die restlichen Murmeln finde und sie ihm zeige, dann ist das vielleicht wie ein Zauber, der seine Gedächtnisblockade löst. Ich weiß eigentlich, dass man einen Menschen nicht von jetzt auf gleich heilen kann, aber ... wenigstens könnte ich dann etwas tun, um ihm zu helfen.« Inzwischen dröhnt mein Kopf von all den Offenbarungen des Tages, nicht nur in Bezug auf Dads Geheimnisse, nein, während die Nacht hereinbricht, kommen zunehmend auch meine eigenen Themen an die Oberfläche. Vielleicht weil sie sich das im Schutz der Dunkelheit eher trauen.

»Sabrina, einfach nur für ihn da zu sein ist schon eine große Hilfe. Mit ihm zu sprechen. Niemand weiß genau, was die Erinnerungen dazu bringt, zurückzukehren, es kann eine Empfindung sein, ein Klang oder ein gezielter Impuls wie beispielsweise eine geführte Visualisierung. Oder auch Schreiben in Trance, Traumarbeit, Körperarbeit, Hypnose. Von der etablierten Psychologie wird weder die Existenz verdrängter Erinnerung noch ihre Wiedergewinnung durch traumatische Erinnerungstherapie oder verwandte Methoden akzeptiert, da sie wissenschaftlich nicht gesichert ist. Viele meiner Kollegen aus dem Bereich der Gedächtnisforschung und der kognitiven Psychologie sind hier recht skeptisch.«

»Und Sie?«

»Ich habe ein Zimmer voller Bücher über all diese Themen, mit zahllosen Ratschlägen, was ich Menschen wie Fergus sagen und was ich für sie tun soll, aber eigentlich ...« Er breitet die Arme aus und sieht dabei so erschöpft aus, dass mir das Gewissen schlägt, weil ich ihn viel zu lange in Anspruch genommen habe. »Eigentlich kommt es nur darauf an herauszufinden, was funktioniert.«

Ich bemühe mich, schnell zu denken, denn ich weiß, er möchte aufbrechen und nach Hause fahren, zurück in sein eigenes Leben mit seinen eigenen Sorgen. Inzwischen habe ich beschlossen, dass ich Dad nicht beunruhigen will, indem ich ihm seine Murmelsammlung zeige. Wahrscheinlich hängen an jeder Murmel bestimmte Erinnerungen, und das könnte leicht eine Überforderung sein. Aber ich möchte so gern, dass er die Freude an den Murmeln wiederfindet.

»Wie wäre es, wenn ich ihm neue Murmeln kaufe, wenn ich sozusagen neue Erinnerungen schaffe, so dass neue Freude entsteht?«

Dr. Loftus lächelt. »Ich wüsste nicht, wie das schaden könnte.«

»Wie spät ist es?« Ich schaue auf meine Uhr. »Gleich zehn. Wer verkauft wohl abends um zehn noch Murmeln?«

Er lacht. »Warum müssen Sie denn alles an einem einzigen Tag lösen?«

Weil ich es eben muss. Ich kann ihm nicht erklären, warum, aber ich habe eine Deadline. Ich muss es heute in Ordnung bringen. Andernfalls ... ja, was wäre andernfalls? Bliebe andernfalls alles ungelöst? Morgen laufe ich wieder im Hamsterrad.

Als Dr. Loftus sich von mir verabschiedet, gehe ich in mich. Meine Jeans ist noch nass vom Pool, sosehr ich mich auch bemüht habe, sie auf der Heizung in der Umkleidekabine zu trocknen, und ich trage unter meinem Kapuzenpulli weder einen BH noch ein T-Shirt, denn das nasse Shirt und meine Unterwäsche sind in einer Plastiktüte. Die Realität hat mich wieder. Ich muss die Möglichkeit ins Auge fassen, dass die Mission, meinen Dad an einem Tag zu retten, nicht klappen wird. Morgen werde ich aufwachen, Aidan und die Kinder werden heimkommen, sie werden alle meine Energie in Anspruch nehmen, und dieser Traum wird verschwinden wie so viele andere Tagesziele, die nie erreicht wurden. Ich sollte nach Hause gehen, ein bisschen schlafen, um wenigstens noch einen Rest von der Ruhe und der Erholung zu bekommen, die ich mir hätte gönnen sollen, während Aidan mit den Jungs unterwegs ist. Das war der Plan. Aber dann höre ich ein Räuspern, und Schwester Lea steht an der Tür.

»Ist Dr. Schnittchen weg?«

Ich lache.

»Ich hab nicht gelauscht ... na ja, vielleicht ein bisschen, aber stellen Sie mir jetzt bitte keine Fragen.« Sie drückt mir ein zusammengefaltetes Blatt Papier in die Hand. »Ich habe auf Facebook jemanden kennengelernt, wir wollten heute Abend zu dieser Party gehen, uns zum ersten Mal persönlich treffen, okay, es war nicht auf Facebook, es war eine Dating-Seite, aber wenn dieser Typ dank einer Fügung des Himmels auch nur annähernd seinem Profil ähnelt, dann heirate ich ihn morgen.« Sie lacht nervös. »Jedenfalls ist er Künstler. Macht irgendwas mit Holz. Und er hat eine Menge Künstlerfreunde. Hier.«

Auf dem Papier steht eine Adresse.

»Was ist das?«

»Ich mag Ihren Vater total gerne, und ich habe noch nie gesehen, dass jemand an einem einzigen Tag solche Fortschritte macht. Ich möchte helfen.«

27

Murmelspiele:
Reproduktionen, Fälschungen und Phantasien

Cat sitzt an einem Tisch, in einem weißen Kleid, weiße Blumen im Haar, und nippt an einem Glas Weißwein. Hin und wieder wirft sie den Kopf in den Nacken und lacht, ein freches, dreckiges Lachen, das alle anderen auch zum Lachen bringt. So ist das bei Cat – nicht nur das, was sie sagt, ist lustig, das richtig Amüsante ist meistens, wie sie es rüberbringt. Es wäre naiv zu behaupten, dass sie immer in Topform ist, denn das ist ganz sicher nicht der Fall, vor allem, wenn ihre älteste Tochter ihr mal wieder Sorgen macht, eine problematische junge Frau, die nur glücklich ist, wenn sie ihre Mutter unglücklich machen kann. Abgesehen davon und beinahe ungeachtet dessen hat Cat die Fähigkeit, Probleme beiseitezuschieben und das Leben als das zu genießen, was es ist, oder sich zumindest an dem guten Teil zu freuen. Sie lässt nie zu, dass die Sorgen sich ins Vergnügen einmischen, sie werden einfach ausgegrenzt. Obwohl auch ich mein Leben aufgeteilt habe, war und bin ich dazu nicht fähig. Ein Problem in Hamish O'Neills Leben ist auch ein Problem für Fergus Boggs und umgekehrt. Zum Beispiel heute, an diesem wunderschönen Tag, sagt Cat: »Zur Hölle mit den ganzen Problemen, lass uns diesen Moment genießen, das, was wir jetzt gerade tun!«

Ich bewundere Cats Talent, und gleichzeitig macht es mich wahnsinnig. Wie kann sie Schwierigkeiten einfach ignorieren? Genaugenommen tut sie das auch gar nicht, sie legt sie nur für den Augenblick beiseite und entscheidet, wann sie sich damit befassen will. Ich kann das nicht, sosehr ich mich bemühe, ich muss auf meinen Sorgen herumreiten, bis sie irgendwann verschwinden.

Und wo ignorieren wir unsere Probleme heute? In fünftausend Meilen Entfernung, an der kalifornischen Küste, mitten im Weinanbaugebiet, bei der Hochzeitsfeier von Cats bester Freundin. Mit ihren fünfzig Jahren ist sie ebenso wenig ein junger Hüpfer wie ihr sechzigjähriger Bräutigam, es ist für beide auch nicht die erste Ehe, aber sie wirken wie zwei verliebte Teenager – so verliebt, wie auch ich mich in Cats Gegenwart fühle. Allem Anschein nach ist es das Jahr der zweiten Ehen, es ist schon die dritte Hochzeit dieses Jahr. Bei den anderen erinnere ich mich noch gut an die erste, vor allem, weil eine davon meine eigene war. Zu Ginas Hochzeit waren wir nicht eingeladen, aber sie hat mich trotzdem sehr berührt. Natürlich habe ich keine Einladung erwartet, denn Gina und ich haben seit unserer Trennung vor fünfzehn Jahren kein einziges freundliches Wort mehr miteinander gewechselt, und trotzdem ist Gina irgendwie immer meine Frau geblieben. Obwohl sie zwischendurch auch andere Beziehungen hatte. Jetzt jedoch gehört sie einem anderen, und ich denke an all das, was ich falsch gemacht habe. Wie gut es anfangs war, wie ich zu ihr aufgeblickt, sie geradezu verehrt habe, wie wichtig es für mich war, ihr zu gefallen. Gerade das sehe ich inzwischen als meinen schlimmsten Fehler, diese Denkweise hat letztlich unsere Beziehung und mich selbst kaputtgemacht. Warum konnte ich Gina nicht so sehen, wie sie ist, warum habe ich nicht verstanden, dass sie mich so liebt, wie ich bin? Ganz gleich, wie sehr ich versucht habe, mich zu ändern, meine Wurzeln blieben dieselben, und sie mochte mich so. Zumindest eine Zeitlang. Inzwischen ist die süße junge Frau mit den Sommersprossen verschwunden, und es gibt nur noch eine, die mich beim geringsten Anlass beschimpft und mir ihre Verachtung zeigt. Habe ich sie dazu gemacht? Ist alles meine Schuld?

Die jetzige Hochzeit wird in einem Weingut in der Nähe von Santa Barbara gefeiert, es ist Juli und sehr heiß. Cat ist ganz in ihrem Element, sitzt in der prallen Sonne, zieht die Schuhe aus und wackelt mit den gepflegten Zehen, ihr üppiges Dekolleté ist braungebrannt und bebt, wenn sie lacht. Sie ist die Sonne meines Lebens, doch je heller sie scheint, desto länger und dunkler wird mein Schatten. Die Zeit pirscht sich an mich heran. Mein weißes Hemd ist komplett durchgeschwitzt, ich kann das Jackett nicht ausziehen, und es wird mir immer wärmer. Sooft ich kann, ziehe ich mich in den Schatten zurück und trinke literweise Wasser. Aber ich bringe mehr Gewicht auf die Waage als je zuvor, inzwischen fünfundzwanzig Kilo über meinem Normalgewicht. Ich leide schrecklich unter der Hitze, meine Hoden brennen, meine Schenkel kleben aneinander, mein Hemd ist zu eng am Hals. Gerade hat sich ein Mann in einem legeren weißen Anzug, auf dem Kopf einen weißen Hut, ganz lässig auf den Stuhl neben mir fallen lassen, angeblich ein Kunsthändler, aber er redet von nichts anderem als von den Golfplätzen, auf denen er in aller Welt schon gespielt hat, so detailliert, dass ich ihm am liebsten den Mund verbieten möchte. Nur Cat zuliebe nehme ich mich zusammen. Ich habe den Fehler gemacht, ihm zu sagen, dass ich auch einmal Golf gespielt habe, was stimmt, aber es ist eine Ewigkeit her, und es war hauptsächlich aus beruflichen Gründen, damals, als ich Finanzberater war und mich in diesen Gesellschaftsschichten auf dem Laufenden gehalten habe. Inzwischen habe ich meine Golfschläger verkauft und meine Mitgliedschaften verloren, weil ich die Gebühren nicht mehr bezahlen konnte. Für solche Freizeitbeschäftigungen habe ich ohnehin keine Zeit mehr. Fast jedem, mit dem ich früher gespielt habe, ist es ähnlich ergangen, viele haben inzwischen in Funktionsklamotten und ein Fahrrad investiert und gehen stattdessen sonntags radeln. Diesen Mann von einem Spiel schwafeln zu hören, das ich selbst aufgeben musste, hebt meine Stimmung nicht gerade.

Ich wollte sowieso nicht mitkommen. Als Cat mir von der Einladung erzählt hat, habe ich gleich abgewinkt, aber sie hat darauf bestanden. Und auch darauf, die Reise zu bezahlen. Aber ganz anders als damals in den Flitterwochen mit Gina ist es mir heute nicht mehr gleichgültig, auf das Geld anderer Leute angewiesen zu sein. Ich möchte für mich selbst bezahlen, aber ich hätte mir den Flug nicht leisten können, und jetzt, wo wir hier sind, muss Cat mir alles spendieren. Mit jeder freundlichen Geste, jeder Nettigkeit wächst mein Gefühl, dass ich kein richtiger Mann bin. Und ich war die ganze Zeit so schlecht drauf, dass Cat sich inzwischen bestimmt wünscht, sie hätte mich doch zu Hause gelassen.

Jetzt schaut sie zu mir herüber, und ich sehe die Sorge in ihren Augen. Also setze ich ein falsch-fröhliches Grinsen auf und wedle mir mit einer ulkigen Handbewegung Luft zu, damit sie weiß, warum ich hier im Schatten sitze. Als sie nickt und ihr Gespräch wieder aufnimmt, unterhalte auch ich mich weiter mit dem Kunsthändler, damit sie, sollte sie doch einmal verstohlen zu mir herüberschauen, sehen kann, dass ich guter Stimmung bin.

Mitten in der Diskussion über den Par irgendwas beim achten Loch in Pebble Beach beginnt das Handy in meiner Tasche zu vibrieren, und ich bin froh, mich entschuldigen und mich nach drinnen in den klimatisierten Empfangsbereich des Weinguts zurückziehen zu können. Außer Sichtweite der Gesellschaft lege ich dankbar mein Jackett ab und suche mir einen Platz zum Sitzen. Es ist die SMS, auf die ich gewartet habe, von Sonya Schiffer, der Frau, die ich vor ein paar Monaten kontaktiert habe, als klar war, dass ich nach Santa Barbara kommen würde. Mit ihr hinter Cats Rücken zu kommunizieren hat in mir die Erinnerung daran aufleben lassen, wie es war, wenn ich früher ohne Ginas Wissen Übernachtungen außerhalb arrangiert habe. Aber jetzt quält mich mein Gewissen richtig, das überhaupt viel wacher geworden ist, seit ich Cat begegnet bin. Aber das Bedürfnis, wegzukommen und diese andere Frau zu treffen, bleibt trotzdem bestehen. So denke ich jetzt auch angestrengt darüber nach, wie ich am besten verschwinden könnte. Zwar hatte ich bereits einen Aktionsplan, aber jetzt, wo ich hier bin, muss ich ihn noch einmal den Gegebenheiten anpassen. Unser Hotel ist weiter vom Veranstaltungsort entfernt, als ich erwartet habe, deshalb wird es nicht ganz leicht werden, mich davonzuschleichen. Ich muss mich nach einem Shuttlebus oder einer Mitfahrgelegenheit umschauen, und wenn ich Übelkeit vortäusche, wird Cat darauf bestehen, mich zu begleiten. Aber bald wird die Musik anfangen, und da Cat für ihr Leben gern tanzt, bleibt sie sicher die ganze Nacht hier und tanzt nonstop – wie immer. Sie tanzt sehr gut, und für gewöhnlich schaue ich ihr zu, aber vielleicht ist dieser Moment heute meine Chance zu fliehen. Von der Tanzfläche ist Cat nicht so leicht runterzukriegen. Ich kann ihr ja sagen, dass mir der Jetlag noch in den Knochen steckt. Oder dass mir komisch im Magen ist. Schließlich hatte ich Austern als Vorspeise.

Unser Hotel ist zwanzig Minuten von hier entfernt, zu dem Motel in Santa Barbara, in dem ich mit Sonya verabredet bin, brauche ich vierzig Minuten. Irgendwie muss ich zum Hotel und das Auto holen, damit ich in die Stadt fahren kann. Schaffe ich es, mich mit Sonya zu treffen und rechtzeitig zurück zu sein, bevor die Feier zu Ende ist und Cat merkt, dass ich weg bin? Ich habe Zweifel, aber je früher ich wegkomme, desto besser stehen meine Chancen. Als Cat mich auf sich zukommen sieht, reagiert sie besorgt, genau wie ich es erwartet habe. Ich reibe mir ein bisschen den Bauch und erkläre ihr eilig, dass ich unbedingt zurück in unser Hotel möchte – sie weiß, dass ich ungern zur Toilette gehe, wenn wir unterwegs sind. Ich sage ihr, dass es bestimmt nicht lange dauern wird, aber dass ich auch ein frisches Hemd brauche. »Aber amüsier du dich ruhig so lange hier, alles ist in Ordnung, zum Tanzen bin ich wieder da.« Natürlich will sie sich um mich kümmern, Cat ist eine fürsorgliche Person, aber nachdem sie zwanzig Jahre allein gelebt hat, legt sie auch Wert auf ihren Freiraum, den sie umgekehrt auch anderen zugesteht, und so verlasse ich schließlich die Party. Im Hotel dusche ich schnell, schlüpfe in ein frisches Hemd und eine frische Hose, werfe meine Reisetasche ins Auto und mache mich auf den Weg nach Santa Barbara.

Ich stelle das Auto auf den Parkplatz des vereinbarten Motels und gehe die Treppe hinauf in den zweiten Stock. Am Ende des Korridors sind anlässlich der Tauschbörse alle Türen geöffnet, genau wie man es mir gesagt hat, und ich erkenne Sonya sofort, nicht nur, weil ich Fotos von ihr gesehen habe, sondern auch, weil sie die einzige Frau ist. Sie ist vierundsiebzig, hat zwei Bücher über Murmeln geschrieben – sowohl über das Spielen als auch über das Sammeln – und gilt in der Murmelwelt als führende Expertin. Ich, das heißt Hamish O'Neill, habe sie vor einiger Zeit gebeten, meine Murmeln zu schätzen, und nachdem sie ein paar Fotos von meiner Sammlung gesehen hatte, war sie so fasziniert, dass sie sich bereit erklärte, sich hier mit mir zu treffen. Sie wiegt an die dreihundert Pfund, hat Arthritis in beiden Knien und ist von Sammlern umringt, die es darauf abgesehen haben, ein paar Minuten ihrer kostbaren Zeit in Anspruch zu nehmen. Aber als ich das Zimmer betrete, sind wir ganz schnell allein, nur sie und ich, und genau wie ich möchte sie umgehend zur Sache kommen.

Alle vier Zimmer auf diesem Stockwerk sind in die Tauschbörse einbezogen, überall kann man nach Herzenslust diskutieren, tauschen oder Murmeln schätzen lassen. Als Hamish O'Neill war ich natürlich schon bei vielen Murmelkongressen und genieße es jedes Mal, in der Umgebung von Menschen zu sein, die sich genauso für Murmeln begeistern wie ich. Zu sehen, wie jemand beim Anblick einer Guinea Cobra in neuwertigem Zustand, einer Striped Transparent, einer Exotic Swirl oder auch einer Musterbox, die er zum ersten Mal leibhaftig vor sich sieht, leuchtende Augen bekommt, ruft mir in Erinnerung, dass ich nicht der Einzige bin, den diese Welt so fasziniert. Natürlich sind manche Leute noch verrückter als ich und investieren ihr ganzes Leben und ihre gesamten Ersparnisse ins Sammeln, ohne je zu spielen, aber ich fühle mich bei diesen Treffen immer unter Freunden, ich kann voll und ganz ich selbst sein – wenn auch unter dem Namen meines Bruders.

Schon bevor ich den Kontakt zu Sonya suchte, war ich bereits im Besitz ihrer Bücher. Eines hatte ich mir eigens zu dem Zweck zugelegt, den Wert meiner Sammlung zu bestimmen, aber mir wurde rasch klar, wie leicht ich bei diesem Vorhaben auf Abwege geraten und über den Tisch gezogen werden konnte. Da ich

Sonyas Ruf als eine der sachkundigsten Sammlerinnen seit langem kannte, meldete ich mich im Internet bei ihr. Allerdings habe ich heute nicht meine vollständige Sammlung dabei, denn die Übergepäckgebühren hätte ich mir nicht leisten können, außerdem wäre Cat misstrauisch geworden, wenn ich noch mehr in meine Reisetasche gestopft hätte. Deshalb habe ich nur die Murmeln mitgenommen, die ich für die wertvollsten der Sammlung halte. Nicht, um sie zu verkaufen, das habe ich Sonya Schiffer von Anfang an klipp und klar gesagt. Ich weiß nicht, ob ich jemals etwas von meiner Sammlung verkaufe. Bisher habe ich es immer weit von mir gewiesen, aber jetzt bin ich kurz davor. Wegen der Eigentumswohnung in Roscommon sitzt mir die Bank im Nacken – eine dumme Investition in einem Apartmentblock mitten im Nichts, für die ich damals viel zu viel bezahlt habe und die jetzt nichts mehr wert ist. Weil die Schule, das Einkaufszentrum und auch alles andere, was geplant war, in der Gegend nie gebaut wurden, kann ich die Wohnung nicht vermieten, von Verkaufen ganz zu schweigen, und jetzt bleibt mir nichts anderes übrig, als die Hypotheken zusätzlich zu meinen eigenen selbst abzubezahlen.

Ich muss dringend einen Überblick bekommen, welche Einsätze ich noch zur Verfügung habe.

Obwohl ich noch fahren muss, besteht Sonya darauf, mit mir Whiskey zu trinken. Ich habe das Gefühl, dass es von großer Bedeutung ist, wie ich darauf reagiere, und dass dies sogar entscheiden könnte, ob sie bereit ist, meine Murmeln zu schätzen, oder nicht. Sie will hier einen gemütlichen Abend verbringen, ohne Druck und Hetze. Na gut, um das Auto kann ich mir morgen Sorgen machen, und für Cat wird mir schon irgendeine Ausrede einfallen.

»Also, Sie haben da wirklich eine sehr schöne Sammlung«, sagt Sonya, und wir lassen uns an einem der Tische nieder. Um uns herum wimmelt es von Menschen, die reden, tauschen, spielen und Sonya bei ihrer Arbeit beobachten, aber ich registriere sie kaum. Ich konzentriere mich voll und ganz auf Sonya, die so massig ist, dass ihr Hintern auf beiden Seiten über den Stuhl ragt. Für sie bin ich Hamish O'Neill, Mitglied des Siegerteams der Weltmeisterschaft 1994, bester Einzelspieler im selben Jahr. Darüber möchte sie eine Weile plaudern, und ich habe nichts dagegen, meine glorreichen Zeiten aufleben zu lassen, über die ich nur mit so wenigen Menschen sprechen kann. Ich erzähle ihr in allen Einzelheiten davon, berichte ausführlich, wie wir die Amerikaner in allen zehn Runden geschlagen haben und wie sich danach zwischen Spud aus meinem Team und einem der Amis eine Schlägerei entwickelte und die Deutschen schlichten mussten. Wir lachen darüber, ich merke, dass Sonya beeindruckt ist, und wir kehren zu meinen Murmeln zurück.

»Ich hab Ihr Buch gekauft, um meine Sammlung selbst zu schätzen, aber ich habe ziemlich schnell gemerkt, dass das eine Kunst ist, die ich nicht beherrsche«, erkläre ich. »Und mir war auch nicht klar, dass es so viele Reproduktionen gibt.«

Sie mustert mich aufmerksam. »Wegen der Reproduktionen würde ich mir keine Sorgen machen, dieses Thema wird von manchen Leuten viel zu hoch gehängt, Hamish. In der Sammlerwelt sind Reproduktionen nichts Neues. Sparkler und Sunbursts waren ein Versuch, die Onionskins nachzumachen, Cat's Eyes sollten die Swirls imitieren. Bricks, Slags, Akro und Carnelian Agates und die anderen sogenannten Ades waren Nachahmungen von handgeschliffenen Steinmurmeln, aber trotzdem haben alle diese Murmeln, abgesehen natürlich von den Cat's Eyes, heute einen bedeutenden Sammlerwert.«

Ich lächle und denke an meinen Scherz mit Cat, als ich ihr gesagt habe, dass sie zwar wunderschön und absolut neuwertig sei, aber keinerlei Sammlerwert habe. Obwohl sie das Wertvollste in meinem Leben ist. Sonya schaut mich über ihre Brille hinweg an, die ihr ein Stück die Nase heruntergerutscht ist, sie beobachtet mich, als wollte sie mich selbst einschätzen, nicht nur den Wert meiner Murmeln, die sie unter der Lupe in ihren dicken, mit mehreren Goldringen geschmückten Wurstfingern dreht und wendet. Um die Ringe stauen sich Fettwülste, garantiert kann man den Schmuck nicht mehr entfernen. »Aber schließlich ahmt ja jeder irgendwas oder irgendwen nach.«

Ich schlucke und denke, dass das eine direkte Einschätzung meiner Person sein könnte. Als wisse sie, dass ich nicht Hamish O'Neill bin. Aber das ist unmöglich.

Als Sonya die Murmeln ausgiebig geprüft hat und ich viel zu viel Whiskey intus habe, verkündet sie: »Sie haben ein paar Reproduktionen darunter, und hier ist ein Riss gekittet worden – sehen Sie die winzigen Fältchen und die Trübung in der Murmel?«

Ich nicke stumm.

»Daran erkennt man, dass das Glas noch einmal erhitzt worden ist. Und Sie haben ein paar Phantasiestücke«, fährt sie fort, während sie Teile meiner Sammlung auf dem Tisch herumschiebt. »Stücke, die nie eine Originalform hatten.« Dann verzieht sie das Gesicht. »PVC-Beutel mit alten Etiketten«, stellt sie angeekelt fest. »Aber im Allgemeinen sieht Ihre Sammlung sehr ansprechend aus. Offensichtlich haben Sie ein gutes Auge.«

»Das hoffe ich, aber das werden wir sehen, nicht wahr?«

»Ja, das werden wir.« Sie schaut auf die Sammlung und lacht keuchend. »Ich hoffe, Sie haben ein bisschen Zeit mitgebracht, denn es wird die ganze Nacht dauern.«

Es ist vier Uhr morgens, als ein Mann namens Bear mich mit seinem Pick-up vor unserem Hotel absetzt und davonbraust. Nach einer ganzen Flasche Whiskey mit Sonya kann ich kaum noch geradeaus schauen. Ich konzentriere mich auf den Weg vor mir, stolpere prompt und lande mitsamt der Murmeltasche im Gebüsch. Lachend raffe ich mich wieder auf und torkle weiter.

Als der Truck vorhin am Weingut vorbeigekommen ist, habe ich zu meiner Überraschung festgestellt, dass die Hochzeitsfeier bereits vorbei und kein einziger Gast mehr in Sichtweite war, nicht einmal meine Cat. Ungewöhnlich für eine irische Hochzeit. Aber wir befinden uns ja auch nicht in Irland, und wahrscheinlich hätte ich ahnen können, dass das Fest bei dieser konservativen Gesellschaft früh zu Ende sein würde. Unter den ärgerlichen Blicken des Hotelmanagers, der mich um diese gottlose Zeit hereinlassen musste, schwanke ich durch die Lobby und kollidiere auf dem Weg nach oben mit jedem Türrahmen und allen möglichen Möbelstücken. Als ich zu unserem Zimmer komme, öffnet sich wie durch Zauberhand die Tür, Cat steht vor mir, und ihrem Gesicht ist überdeutlich anzusehen, wie gekränkt sie ist.

»Wo zur Hölle hast du gesteckt?«

Ich weiß, ich hab es wieder einmal vermasselt. Ganz gleich, was ich über mich selbst denke, wie ich meine, mich ändern zu können, falle ich doch immer wieder dahin zurück, dass ich Menschen verletze. Der Hamish in mir kommt zum Vorschein, aber ich kann ihm nicht mehr die Schuld geben, wenn ich ehrlich bin, konnte ich das nie. Denn es war immer ich selbst.

28

Badeordnung:
Kein Alkohol

Während Lea sich für die Party zurechtmacht, sitze ich bei voll aufgedrehter Heizung im Auto, damit meine Jeans, die immer noch feucht an meinen Beinen klebt, endlich trocknet. Und ich studiere noch einmal Dads Inventarliste. So viele Erinnerungen, das ganze Leben meines Vaters, in seiner säuberlichen Schrift katalogisiert. Dann schaue ich mir die Fotos genauer an, die ich von dem Zeitungsartikel an der Wand im Marble Cat gemacht habe. Sie sind körnig, und Dad versteckt sich in der hinteren Reihe, aber er ist es, ganz eindeutig. Da fällt mir zum ersten Mal das Datum des Artikels auf.

Ich rufe Mum an, die für die späte Stunde erstaunlich schnell abhebt.

»Mum, hallo, ich hab dich hoffentlich nicht geweckt.«

»Nein, nein, wir sind noch auf und trinken Wein. Robert ist betrunken und twittert mit der NASA.« Sie kichert, und ich höre Robert im Hintergrund etwas von Aliens rufen, die ihm vom Mond zuwinken. »Wir sitzen auf dem Balkon und schauen uns den Mond an, ist er nicht wundervoll? Ich hätte wissen sollen, dass du wach bist, du konntest ja schon als kleines Mädchen bei Vollmond nie schlafen, weißt du das noch? Dann hast du dich zu uns ins Bett geschlichen. Ich weiß noch, dass Fergus dich mal nach unten in die Küche gebracht und dir Kakao gekocht hat. Später hab ich euch beide am Küchentisch gefunden, er hat geschlafen, du hast aus dem Fenster gestarrt.«

Der Mond war schuld.

Ich lächle. »Ich hab mich nicht groß verändert.«

»Hatten die Jungs Spaß heute?«

»Und wie.«

Sie lacht. »Und ich bin sicher, du auch. Ist doch schön, wenn man mal einen Tag für sich alleine hat. Das erlebst du nicht oft.«

Schweigen.

»Alles in Ordnung?«

»Erinnerst du dich noch an die Party zu meinem dreizehnten Geburtstag? Wir hatten ein Zelt hinten im Garten, stimmt's?«

»Ja, und ungefähr dreißig Gäste, Catering, das volle Programm.«

»War Dad auch da? Ich erinnere mich nicht.«

»Doch, er war da.«

»Dann war er an dem Tag nicht unterwegs?« Der Zeitungsbericht trägt das Datum meines Geburtstags, bezieht sich aber auf die Weltmeisterschaft, die am Tag vorher stattgefunden hat.

Sie seufzt. »Das ist lange her, Sabrina.«

»Ich weiß, aber erinnerst du dich noch?«

»Natürlich war er da, er ist doch auf den Fotos mit drauf.«

Jetzt fällt es mir wieder ein. Ich in meinem kurzen Rock und mit hohen Absätzen, billig aufgedonnert. Kaum zu glauben, dass Mum mir erlaubt hat, so rumzulaufen. Na ja, ich hab ihr eigentlich keine andere Wahl gelassen, das weiß ich.

»Und was war am Tag vorher?«

»Was hast du denn jetzt wieder herausgefunden, Sabrina? Raus damit, los«, schnauzt sie mich an.

Ich kann nur staunen, wie lieblos sie klingt.

Schließlich füllt sie selbst das Schweigen. »Ich hatte den Verdacht, dass dein Dad eine Affäre hatte, irgendwo auswärts – vermutlich wolltest du mir das gerade mitteilen. Er hat behauptet, er wäre bei einer Konferenz in London gewesen, aber als ich im Hotel angerufen habe, hatten sie dort keinerlei Unterlagen auf seinen Namen. Ich hab gleich so etwas vermutet, er hatte vorher sein übliches geheimnisvolles Theater veranstaltet, und ich wusste gleich, dass er garantiert nicht da ist, wo er zu sein behauptet. Das hat er oft gemacht. Als er zu deinem Geburtstag nach Hause gekommen ist, hab ich ihn

zur Rede gestellt, aber er hat sich wie üblich irgendwie raus-
gewunden. Und ich hatte wie üblich das Gefühl, ich werde
verrückt. Warum fragst du? Was hast du rausgefunden? Wer
war es? War es diese Regina? Es gab weiß Gott genug andere,
aber dass er mit ihr was hatte, wollte er nie zugeben. Ich
dachte schon immer, dass sie zusammen waren, bevor wir uns
getrennt haben.«

»Ich glaube nicht, dass er bei einer anderen Frau war, Mum. Er
hatte schon eine Liebesaffäre, aber anders, als du denkst.« Ich
hole tief Luft. »Er war bei den World Marble Championships in
England. Mit fünf anderen Männern, seinem Team, den Electric
Slags. Sie haben gewonnen, und an meinem Geburtstag hat eine
Tageszeitung einen Artikel darüber veröffentlicht. Mit einem
Foto, auf dem er sich im Hintergrund versteckt, aber ich bin
hundertprozentig sicher, dass er es ist.«

»Wie bitte?! Er war bei den *Murmel*-Weltmeisterschaften? Was
in aller Welt redest du denn da?« Sie lallt ein bisschen, wahrscheinlich ist es nicht der beste Zeitpunkt, um dieses Thema mit
ihr zu besprechen. Ich hätte warten sollen. Aber ich konnte
nicht.

»Ich hab dir davon erzählt, Mum. Dad hat sein Leben lang
Murmeln gespielt, auch in Wettbewerben. Heimlich. Und er hat
auch Murmeln gesammelt.«

Mum schweigt. Das ist bestimmt nicht leicht zu verdauen für
sie.

»Er ist auf dem Foto, aber er hat beim Murmelspielen einen
anderen Namen benutzt. Hamish O'Neill.«

Ich kann hören, wie sie nach Luft schnappt. »Ach, du lieber
Gott. Hamish war sein Bruder, der älteste, der gestorben ist, als
Fergus noch ziemlich jung war. Er hat nie viel über ihn geredet,
aber ich habe im Lauf der Jahre trotzdem einiges über ihn erfahren. Fergus hat große Stücke auf ihn gehalten. Und O'Neill war
der Mädchenname seiner Mutter.«

Dann hatte Mattie also recht. Es ging die ganze Zeit um
Hamish. Vor seinem Tod hatte Hamish Dads Namen benutzt,

und später hat Dad im Gegenzug Hamishs Namen angenommen. Ich weiß nicht, ob ich je wirklich erfahren werde, warum. Aber vielleicht ist das auch nicht notwendig.

»In dem Pub stand auch ein Pokal für Hamish O'Neill, den besten Einzelspieler. Ich habe das Team getroffen, sie sagen alle, dass Dad dieser Hamish ist.«

Mum schweigt. Das ist sicher eine Menge Stoff zum Nachdenken für sie, ich kann mir gar nicht vorstellen, wie viele Erinnerungen sie jetzt abruft, während sie versucht, alles zu verstehen und zusammenzufügen.

»Mum?«

»Und er hat diesen Pokal am Tag vor deinem dreizehnten Geburtstag gewonnen?«

»Ja.«

»Aber warum hat er es mir nicht gesagt?«

»Er hat es niemandem gesagt«, antworte ich. »Seiner Familie nicht, seinen Freunden nicht.«

»Aber warum?«

»Ich denke, er hat versucht, seinen Bruder wieder zum Leben zu erwecken. Ihn zu ehren. Ich glaube, er dachte, das versteht niemand und alle werden ihn für verrückt erklären.«

»Das ist aber auch verrückt«, blafft meine Mutter, aber dann seufzt sie und unterbricht sich, als habe sie ein schlechtes Gewissen. »Aber irgendwie schön. Dass er seinem Bruder Ehre erweisen wollte.« Schweigen. »Mit wem war ich eigentlich verheiratet, um Himmels willen?«, fragt sie dann leise.

Ich weiß nicht, was ich darauf antworten soll, aber ich weiß, ich will nicht mehr, dass mein Mann sich so etwas fragt.

Langsam lässt Lea sich auf den Beifahrersitz sinken. Sie trägt ein enges, hautfarbenes Kleid, eine schwarze Lederjacke, außerdem duftet sie nach Parfüm und ist so stark geschminkt, dass ich weder das Mädchen von nebenan noch die einfühlsame Krankenschwester wiedererkenne.

»Zu viel?«, fragt sie mich nervös.

In dem hautfarbenen Kleid sieht sie irgendwie nackt aus. »Nein«, antworte ich trotzdem und lasse den Motor an. »Dann erzähl mir mal, wo wir hinfahren.«

»Ich weiß auch nicht mehr als du.«

Ich werfe ihr einen warnenden Blick zu.

»Lea!«

»Was denn?«, kichert sie. »Ich hab ihn online kennengelernt. Er heißt Dara und ist echt zum Anbeißen. Wir sind uns noch nicht persönlich begegnet, aber du weißt schon ...« Sie zuckt die Achseln.

»Nein, ich weiß überhaupt nichts. Sag es mir.«

»Na ja, wir haben uns auf einer Dating-Seite getroffen. Und dann ein paarmal geskypt. Du weißt schon«, wiederholt sie, als sollte ich irgendetwas längst begriffen haben.

»Nein, ich weiß nicht. Was soll ich überhaupt wissen?«

Sie starrt mich weiter an, ruckt mit dem Kopf in meine Richtung, als würde mir das auf die Sprünge helfen. Und genau das passiert tatsächlich.

»Oh!«, rufe ich.

»Ja, endlich kapierst du.« Sie schaut wieder nach vorne. »Wir sind ziemlich gute Bekannte, haben uns aber nicht persönlich getroffen.«

»Ihr hattet Skype-Sex, und jetzt hast du Angst, ihm persönlich zu begegnen?« Ich lache.

»Meine Kamera hat einen Filter«, erklärt sie. »Aber ich nicht.«

»Und was tut dieser mysteriöse Dara? Wieso weiß er, wo man um elf Uhr nachts Murmeln herkriegt?«

»Er macht Holzschnitzereien. Für Stühle, Tische und andere Möbelstücke. Die Party ist in seinem Atelier. Ich erinnere mich genau, dass er gesagt hat, da ist auch ein Glaskünstler.«

Ich finde das sehr zweifelhaft.

Als wir die Adresse der Vollmondparty gefunden haben, die Dara Lea gegeben hat, starren wir das Bauwerk erst mal eine Weile schweigend und nachdenklich vom gegenüberliegenden Ufer des Flusses an, und wahrscheinlich denken wir beide das Gleiche. Man hat uns verschaukelt.

Denn vor uns, auf dem Grundstück eines alten, schon vor längerer Zeit abgerissenen Einkaufszentrums, das einer neuen, hypermodernen 70-Millionen-Shoppingmall samt Kino weichen sollte, die aber niemals gebaut wurde, erhebt sich ein mehrstöckiges Parkhaus, allein und verlassen mitten in der Einöde, weit weg von allem, wofür man Parkplätze nutzen könnte. Darüber strahlt hell der Mond, groß und rund, zeigt uns den Weg, als wäre er der Polarstern, und registriert mit fürsorglichen Augen unseren Fortschritt. Aber ich kann mir den Verdacht nicht verkneifen, dass er uns auslacht.

Das Parkhaus ist ein riesiges Betonmonster, aber nach alter Schule: hässlich, mit roten Backsteinen, eng und niedrig die einzelnen Stockwerke, ganz anders als die luftigen, hellen Parkhäuser von heute. Acht Stockwerke ragt es in die Höhe, aber weit und breit ist kein Auto zu sehen. Auf halber Höhe fällt ein schwacher Lichtschein durch die vergitterten Öffnungen.

»Sieht aus, als wär er doch eher zu Hause«, sagt Lea in dem Versuch, die Sache auf die leichte Schulter zu nehmen.

»Riechst du den Rauch?«, frage ich.

Sie schnüffelt und nickt.

»Hörst du die Musik?«

Kaum hörbar weht vom vierten Stock ein ruhiger rhythmischer Bass zu uns herüber.

Reglos sitzen wir da.

»Dann ist da vielleicht wirklich eine Party«, sage ich. »Glaubst du, es ist gefährlich, da hinzugehen?« Wir sind in einem verwahrlosten Teil der Stadt, der entwickelt werden sollte, aber irgendwann für tot erklärt wurde, und wir folgen der Einladung eines Mannes, der gut mit Werkzeug umgehen kann und den Lea im Internet kennengelernt hat. Ich überlege, ob wir unser Glückskonto für heute vielleicht schon überzogen haben.

Die Brache ist komplett eingezäunt, ein hölzerner Bauzaun, zu hoch zum Darübersteigen, ohne Lücken zum Durchquetschen. Doch als wir das Areal umkreisen, entdecken wir, dass es an einer Stelle tatsächlich einen Eingang gibt, der uns regelrecht auffordert, das Innere zu erkunden. Langsam durchqueren wir den Zaun, passieren die Schranke, an der die Geisterautos ihre Parktickets abholen, und betreten das finstere Parkhaus. Im Erdgeschoss ist alles voller Graffiti, jeder Zentimeter der Betonmauer und der Stützpfeiler ist bemalt. Den finsteren Ecken schenke ich nicht allzu viel Aufmerksamkeit, ich möchte hier nicht haltmachen, ich muss zügig weitergehen. Wir folgen den Schildern zur Treppe und ignorieren die Aufzüge, die vermutlich ohnehin nicht funktionieren, und selbst wenn sie es täten, wäre ich nicht daran interessiert, sie zu benutzen.

In jedem einzelnen Horrorfilm, den ich je gesehen habe, ist mir unmissverständlich vor Augen geführt worden, dass man niemals spätabends – und am besten auch nicht bei Tag – allein über einen Parkplatz oder durch ein Parkhaus schlendern sollte, aber hier bin ich und tue genau das Gegenteil, obwohl es sämtlichen Instinkten meines Körpers zuwiderläuft. Die Musik wird lauter, während wir möglichst leichtfüßig die Treppe hinaufhuschen, um niemanden auf uns aufmerksam zu machen. Wir hören leises Stimmengewirr, der entspannte Bass lockt uns weiter. Allem Anschein nach gibt es dort oben irgendeine Art von Zivilisation, eine, die sich nicht nach mörderischem Geschrei, nicht nach Schusswechseln und auch nicht nach einem brutalen Gang-Breakdance-Fight anhört. Ich erwarte eher, auf eine Obdachlosen-Community zu stoßen, deren Mitglieder an Laptops sitzen und skypen, aber ich habe mich darauf eingestellt, ihnen im Notfall mein Geld, mein Handy oder was auch immer überlassen oder weglaufen zu müssen, falls unser Eindringen sie wütend macht.

Lea dagegen bereitet sich unbeirrt auf eine Party vor. Nachdem sie sich prüfend in ihrem Taschenspiegel betrachtet und den dicken Lippenstift nachgezogen hat, mit dem sie aussieht, als hätte sie sich die Lippen aufspritzen lassen, wirft sie entschlossen die Haare zurück und öffnet die Tür. Der Anblick, der sich uns bietet, ist so unglaublich, dass es mir die Sprache verschlägt. So weit das Auge reicht, überall sehe ich Bäume – wunderschöne, große Grünpflanzen in reich mit spanischen und mexikanischen Mosaikmustern verzierten Kübeln verstecken den grauen Beton. Zwischen den Bäumen hängen Lichterketten, Kerzen erleuchten einen Pfad, der sich zwischen den Bäumen hindurchschlängelt. Ein Wunderland in einem Betonparkhaus. Grau und grün, dunkel und hell, Menschenwerk und Natur.

»Hallo, Leute«, sagt ein junger Mann neben uns, und wir drehen uns überrascht um. »Kann ich mal bitte eure Einladung sehen?«

Verständnislos starren wir ihn an.

»Dara hat sie eingeladen«, sage ich schließlich und deute auf Lea, die kein Wort herausbringt.

»Aha, cool.« Der Typ steht auf. »Folgt mir bitte. Sorry wegen der Einladungsfrage, das liegt an Evelyn, sie ist nach den Erfahrungen vom letzten Jahr ziemlich pingelig. Anscheinend sind damals jede Menge uneingeladene Gäste hier aufgetaucht, und alles ist ein bisschen außer Kontrolle geraten.«

Wir folgen dem gewundenen Pfad zwischen den Bäumen hindurch, und ich fühle mich wie in einem Traum.

»Habt ihr das alles gemacht?«, frage ich.

»Ja. Cool, was? Evelyn ist gerade zurück aus Thailand, und da war sie dauernd auf irgendwelchen Vollmondpartys. Na gut, es fühlt sich vielleicht hier nicht ganz wie Thailand an, aber unser Thema war Betondschungel.«

Der Pfad endet und öffnet sich in eine Art Wohnzimmer. Von der Betondecke hängt ein gigantischer Kronleuchter aus wunderschön gedrehtem Glas mit dicken Stumpenkerzen, von denen das Wachs herabtropft. Darunter liegt ein großer Orientteppich, und auf ein paar ramponierten braunen Ledersofas sitzen mindestens ein Dutzend Leute, die sich unterhalten, als wären sie bei einer Hausparty. Die Musik ist so, wie wir sie vom anderen Flussufer gehört haben, nicht zu laut, entspannend, und ein nymphenhaftes Mädchen in einem paillettenbesetzten Catsuit tanzt für sich allein, mit geschlossenen Augen, und ihre Finger schlagen vor ihr in der Luft eine unsichtbare Harfe. Als wir hereingeführt werden, blicken ein paar Gäste auf, mustern uns freundlich und begrüßen uns mit einem Lächeln, die meisten sind jedoch zu vertieft in ihre Gespräche, um uns wahrzunehmen. Alle möglichen Altersklassen sind vertreten, die meisten coole, ausgefallen gekleidete Künstlertypen, ziemlich anders als ich und Lea – eine dreifache Mutter und eine Kim-Kardashian-mäßig aufgetakelte Krankenschwester.

»Da ist er«, sagt Lea plötzlich, zeigt auf einen jungen Mann, geht auf ihn zu, und die beiden umarmen sich. Einen Augenblick später blickt sie kurz auf und ruft »Marlow!« in meine Richtung.

Ich nicke. Marlow. Ich soll mich also mit Marlow treffen.

»Marlow!«, ruft Dara, dann pfeift er und nickt mir aufmunternd zu. Ein äußerst attraktiver Mann in einer der Sofagruppen hebt den Kopf. Er trägt enge schwarze Jeans, ein anthrazitfarbenes T-Shirt und Arbeitsstiefel, hat einen perfekten Körperbau, durchtrainierte Arme und lange schwarze Haare, die auf einer Seite hinters Ohr gestrichen sind und ihm auf der anderen ins Gesicht hängen: Johnny Depp vor zwanzig Jahren. In der einen Hand hält er eine Zigarette, in der anderen eine Bierflasche, und während er inhaliert, sieht er zu mir herüber und taxiert mich. Ich zittere unter seinem intensiven Blick und weiß nicht, wo ich hinschauen soll. Lea merkt es und lacht.

»Viel Glück«, ruft sie mir zu, reckt die Daumen in die Höhe und macht sich auf den Weg zu einem Fass mit eisgekühltem Bier.

Ich schlucke schwer. Marlow lächelt, steht auf und verlässt ein cooles Schmetterlingsmädchen mit Körperschmuck und durchtrainierten Bauchmuskeln. Direkt vor mir bleibt er stehen, ziemlich nah für einen Wildfremden.

»Hi.«

»Hi.« Lächelnd setzt er sich auf die Rückenlehne der Couch, so dass wir auf Augenhöhe sind. Anscheinend findet er mich amüsant, aber nicht auf spöttische Art.

»Ich bin Sabrina.«

Als ich mich umschaue, sehe ich, dass Lea sich mit einem Bier ganz locker zu ein paar anderen Gästen auf eine Couch setzt. Auch ich versuche mich zu entspannen.

»Ich hab meine Murmeln verloren«, erkläre ich grinsend.

»Na, dann bist du hier ja an der richtigen Adresse«, meint er und grinst ebenfalls. »Gehen wir in mein Studio.« Er steht wieder auf.

Ich lache, was ihn etwas zu verwirren scheint. Ich schaue wieder zu Lea, die mir ein Zeichen gibt, dass ich Marlow folgen soll. Wir schlendern durch die Bäume auf der anderen Seite der Versammlung, und tatsächlich – dicht an der Wand des Parkhauses befinden sich Büros und Künstlerateliers.

»Was ist das denn hier?«

»Die Kulturstiftung lässt uns hier arbeiten. Man hatte die Idee, den Raum zu nutzen und auf jedem Stockwerk etwas anderes zu platzieren – Ausstellungen im dritten Stock, Theateraufführungen im fünften. Wir sind inzwischen seit einem Jahr hier.«

Er schließt eine Tür auf, geht hinein, und ich folge ihm.

Überall Glas, glitzernd im Licht des Vollmonds.

»Wow, das ist wunderschön.« Ich blicke um mich und kann gar nicht mehr stillstehen, denn wo ich auch hinschaue, überall sind gläserne Kunstwerke, Krüge, Gläser, Vasen, Scheiben, Kronleuchter in tausend sensationellen Farben, einige zerschlagen und zu neuen, faszinierenden Kreationen wieder zusammengefügt.

Er sitzt auf einem Tisch, lässt die Beine herunterhängen und beobachtet mich.

»Du machst also Murmeln«, sage ich, denn jetzt habe ich in der Ecke eine Vitrine entdeckt, in der im Mondschein kleine Kugeln schimmern, und mein Herz schlägt schneller.

Ich nehme meine Tasche von der Schulter und krame die Inventarliste heraus. Mir ist ganz heiß, als ich Marlow den Ordner hinhalte. »Mein Dad war Glasmurmelsammler. Ich habe diese Inventarliste und auch die Murmeln gefunden, aber zwei der Kollektionen fehlen.« Hastig will ich die Seiten aufschlagen, auf denen die fehlenden Stücke gelistet sind, aber er legt seine Hand auf meine, hält sie fest und liest die Inventarliste in seinem eigenen Tempo.

»Das ist ja unglaublich«, sagt er nach einer Weile.

»Ja, ich weiß«, sage ich stolz, aber ein bisschen unsicher, während ich auf seine Hand starre, die ganz selbstverständlich meine umschließt, als merke er es gar nicht, als sei es das Natürlichste, Normalste der Welt. Seite für Seite blättert er um, und dabei streichen seine Finger sanft über meine, was mich zwar nervös macht, mir aber sehr gefällt. Ich bin eine verheiratete Frau, ich sollte nicht mitten in der Nacht hier stehen und mit einem attraktiven coolen Typen Händchen halten, aber ich tue es trotzdem und möchte auch nicht damit aufhören. Er lässt sich Zeit mit der Inventarliste, und seine Finger bewegen sich weiterhin sanft über meine.

Der Mond ist schuld.

»Das ist eine echt phantastische Sammlung«, sagt Marlow schließlich. »Dein Dad war also ein Glas-Fan.«

»Wie meinst du das?«

»Es gibt ja auch Murmeln aus Ton, Metall, Plastik. Aber er sammelt nur Glas.«

»Oh, stimmt. Ist mir gar nicht aufgefallen.«

»Außer den Steelies, von denen hat er auch ein paar. Aber die schönsten sind nun mal aus handgefertigtem Glas«, erklärt er mir lächelnd. »Obwohl ich natürlich voreingenommen bin. Welche fehlen denn?«

Leider muss ich seine Hand jetzt loslassen, um zu blättern und ihm die Stellen in der Liste zu zeigen. »Das und das hier.«

Als er den Preis sieht, stößt er einen Pfiff aus. »Ich kann versuchen, sie zu kopieren, aber ich werde sie nicht so hinkriegen, dass sie identisch aussehen, das ist unmöglich. Er wird den Unterschied bemerken«, sagt er. »Ein Sammler dieses Kalibers sieht so etwas sofort.«

»Er würde es nicht merken«, entgegne ich und schlucke. »Es geht ihm in letzter Zeit nicht so gut. Aber eigentlich wollte ich etwas Neues für ihn finden. Ich möchte, dass er neue Erinnerungen bekommt.« Geh nicht zurück, Sabrina, schau nach vorn. Tu, was du dir vorgenommen hast.

»Mit Vergnügen«, meint Marlow lächelnd und schaut mir in die Augen, aber ich muss schnell wegsehen. »Also, Sabrina, ich sehe hier, dass dein Dad gerade angefangen hat, Contemporary Marbles, moderne Kunstmurmeln, zu sammeln. Aber er besitzt bisher nur eine, die beschädigt ist, ein Herz, ziemlich ironisch, stimmt's? Ich denke, da könnte ich einhaken. Etwas in der Art könnte ich für dich machen. Schau mal dort drüben.«

Er deutet auf die Vitrine, und als ich die dort ausliegenden Murmeln näher in Augenschein nehme, bin ich erneut bezaubert von ihrer Vielfalt. Eine Schatztruhe, gefüllt mit kostbaren Edelsteinen. So viele kunstvolle Muster, Farben und Spiegelungen.

»Du darfst sie gerne anfassen«, sagt er ermutigend.

Als ich die Vitrine öffne, fühle ich mich sofort zu einer schokoladenbraunen Murmel hingezogen, die aussieht wie eine Billardkugel, und als ich sie in die Hand nehme, staune ich wie schwer sie ist. Diese Murmeln sind größer als die in Dads Sammlung, nicht die üblichen Spielmurmeln, auch ihre Farben und Muster sind wesentlich kräftiger und komplexer. Spiralen, Luftbläschen, hypnotisierend anzuschauen, und als ich sie ins Mondlicht halte, scheinen sie noch mehr Tiefe zu bekommen und von innen zu glühen.

»Interessant, dass du ausgerechnet diese hier ausgesucht hast«, sagt er. »Gefällt sie dir am besten?«

Ich nicke, und als ich meine Finger um die Murmel schließe, habe ich das Gefühl, ich kann das Feuer in ihrem Innern fühlen. »Aber sie soll ja nicht für mich sein.« Ich betrachte die Sammlung noch einmal. »Er würde sie alle mögen, da bin ich sicher.«

Es ist nicht das, wonach ich zu Anfang dieses Tages gesucht habe, aber es fühlt sich richtig an, es ist eine viel bessere Lösung, als mich mit der Suche nach den verlorenen Murmeln, die ich wahrscheinlich niemals finden werde, wahnsinnig zu machen.

»Nein, nein.« Marlow nimmt mir die braune Murmel behutsam aus der Hand, stellt sich hinter mich und legt eine Hand auf meine Taille, während er sie betrachtet. »Ich mache dir eine ganz neue.«

»Jetzt?«

»Ja, sicher. Oder hast du irgendwas vor?«

Ich schaue durch die offene Tür zu Lea, aber sie hat nur Augen für Dara, der ihr zärtlich mit den Fingern durch die Haare streicht. Es ist fast Mitternacht, bei mir zu Hause ist ohnehin niemand. So viel über Dad zu erfahren war gut, ermüdend und kraftraubend, aber bis zum Ende dieser Nacht muss ich eine Lösung finden. Ich habe eine Wunde geöffnet, jetzt möchte ich helfen, sie zu heilen. Wenn ich Dads Sammlung nicht vervollständigen kann, dann muss ich wenigstens meine eigene persönliche Mission zu Ende bringen.

»Wie lange dauert es, eine neue Murmel herzustellen?«

Marlow zuckt nur gelassen die Achseln. »Mal sehen.«

Mit seinem seltsam gleitenden Gang durchquert er sein Atelier – er schlurft, aber fast lautlos, eher so, als sei er zu entspannt, um die Füße zu heben. Er dreht eine große Gasflasche auf, verschwindet dann für einen Moment hinter den Bäumen und kommt mit einem Sixpack Bier, einem Joint und einem schelmischen Funkeln in den Augen zurück.

In meinem Kopf höre ich Aidans Stimme. *Ich weiß einfach nicht, ob du glücklich bist, Sabrina. Du bist so abwesend. Ich liebe dich. Hörst du mich? Liebst du mich auch?*

Vielleicht sollte ich gehen, aber wenn ich heute irgendetwas gelernt habe, dann, dass ich die Tochter meines Vaters bin. Und deshalb bleibe ich.

29

Murmelspiele:
Ausverkauf

Ich sitze vor Larry Brennan alias Lampy, der sich diesen Spitznamen im Teenageralter erworben hat, als das »Lamping« zu seinen Lieblingsbeschäftigungen gehörte. Bei dieser seltsamen Jagdmethode wird in der Dunkelheit auf Tiere – meistens Kaninchen – geschossen, die man zuvor mit einer starken Taschenlampe in einen Schockzustand versetzt hat.

Larry verbrachte das Wochenende oft bei einem Onkel in Meath. Sein Vater war Alkoholiker, seine Ma hatte einen Nervenzusammenbruch gehabt und war wenig belastbar, also wurde er zu diesem Onkel geschickt. Larrys Schwester, die aus dem gleichen Grund viel Zeit bei einer Tante verbrachte, hatte allerdings mehr Glück, denn obwohl jeder dachte, bei seinem Onkel sei Larry besser aufgehoben als zu Hause, war das leider ein Irrtum. Der Onkel wirkte nur deshalb zuverlässiger, weil er selbst keine Familie hatte, um die er sich kümmern musste, und allein funktionierte er ganz gut. Aber auch er trank gern, und seine Zuneigung für Larry ging weit über die eines Onkels hinaus, was ich allerdings erst im Rückblick begriff, als ich älter war. Larry lud mich jedes Mal ein, mitzukommen – vermutlich weil sein Onkel ihn, wenn er einen Freund dabeihatte, nicht belästigte. Aber ich konnte den Mann nicht ausstehen. Obwohl der Ausflug ein echtes Abenteuer für mich war und obwohl ich die Freiheit genoss, zu tun und zu lassen, was wir wollten, weigerte ich mich nach dem ersten Wochenende, Larry noch einmal zu begleiten. Vielleicht hätte ich merken müssen, was mit seinem Onkel nicht stimmte, aber ich dachte nie genauer über meine spontane Abneigung nach.

Das Lamping machte Spaß. Larry nahm das Luftgewehr seines Onkels, und wir zogen mitten in der Nacht hinaus auf die Felder. Mein Job war es, die Lampe, die eine Kerzenstärke von etwa einer Million hatte, zu halten und die Kaninchen zu hypnotisieren. Dann schoss Larry auf sie. Meistens ließ er die toten Kaninchen einfach liegen, und ich weiß noch, dass ich dachte, Ma würde bestimmt einen leckeren Eintopf aus ihnen zubereiten. Aber ich sah keine Möglichkeit, das Fleisch mit nach Hause zu nehmen, ich wusste nicht, wie ich es frisch halten sollte, und fragte auch niemanden um Rat. Bei Larrys Leidenschaft ging es jedenfalls nicht ums Essen, sondern ums Töten, und ich bin sicher, dass jedes Kaninchen, das er umbrachte, ein Symbol war für seinen Onkel, seinen Dad oder auch seine Ma – oder wer ihn sonst noch im Stich gelassen hatte. Vielleicht sogar für mich, weil ich da war und trotzdem nichts unternahm.

Am besten war das Lamping natürlich mitten in der Nacht, wenn es stockdunkel war. Bewölkte Nächte waren gut, aber die besten Bedingungen hatte man bei Neumond. Ich erinnere mich, dass Larry immer den Wetterbericht studierte, wenn das Wochenende sich näherte. Er drehte fast durch, wenn es ungünstig zum Jagen war, und veranstaltete in der Schule allen möglichen Unsinn. Vermutlich musste er dann die ganze Nacht im Haus bleiben, und was das bedeutete, war klar. Hamish hatte die Familie damals bereits verlassen. Ich war sechzehn, er hatte sich nach England abgesetzt, aber ihm hätte es bei Larry gefallen, er wäre bestimmt mitgekommen. Und er hätte die Angelegenheit mit Larrys Onkel geklärt.

Jetzt sehe ich Larry Brennan an, der genauso alt ist wie ich, siebenundfünfzig, aber im Gegensatz zu mir schlank, gepflegt und respektabel. Ich sitze ihm gegenüber an seinem Schreibtisch und denke an all die Dinge, die ich über ihn weiß. Er trägt einen eleganten Anzug, beschäftigt ein paar Dutzend Angestellte, ist erfolgreich und hat den ganzen Mist anscheinend hinter sich gelassen. Mein Herz klopft, als er mit manikürten Fingern die Krawatte glattstreicht, während er auf meine Antwort wartet, und ich fühle in meiner Brust die Anspannung, die einfach nie weggeht. Inzwischen bin ich so dick, dass ich ständig keuche und nach Luft schnappe.

»Ich wette, niemand in deinem jetzigen Leben weiß, wo wir herkommen«, sage ich.

Larry stutzt, offenbar ist er unsicher, was ich damit andeuten will.

»Du weißt doch, was ich meine, Lampy.«

Er erstarrt, und mir ist klar, dass ich ihn in einem kurzen Augenblick zu der Person gemacht habe, vor der er so gern weglaufen wollte. Auf einmal ist er wieder sechzehn. Er ist Lampy Brennan, in seinem Kopf herrscht Chaos, die ganze Welt hat sich gegen ihn verschworen, und er kämpft allein gegen alle.

»Was redest du denn da, Fergus?«, fragt er leise.

Ich spüre, wie mir Schweißtropfen über die rechte Schläfe rinnen, und ich möchte sie wegwischen, aber ohne dass Larry es bemerkt. »Ich sage nur, dass ein paar Leute sehr überrascht sein würden über die Dinge, die ich von dir weiß. Weiter nichts.«

Langsam beugt er sich vor. »Willst du mir drohen, Fergus?«

Ich fixiere ihn mit einem langen, harten Blick, ich brauche nicht zu antworten, soll er daraus ableiten, was er will. Aber es muss funktionieren, ich bin siebenundfünfzig, ich habe bei meinen Bekannten nicht nur sämtliche Gefälligkeiten eingefordert, sondern schulde inzwischen selbst so viele, dass ich gar nicht genug Zeit haben werde, je alles zurückzuzahlen. Ich stehe mit dem Rücken zur Wand und muss zu Drohungen greifen. Aber da ich mich wie der letzte Abschaum fühle, kann ich auch entsprechend handeln.

»Fergus«, sagt Larry leise und senkt den Blick auf die Schreibtischplatte. »Diese Entscheidung ist nicht persönlich. Die Zeiten sind schwierig, ich habe dich an Bord geholt, weil ich dir helfen wollte, aus Loyalität.« Er macht einen aufgewühlten Eindruck. »Wir haben gesagt, wir geben dir sechs Monate, dann schauen wir mal. Als die Zeit abgelaufen war, hab ich dir gesagt, du musst besser werden, du hast am wenigsten verkauft. Ja, ich weiß, das waren Anfangsschwierigkeiten. Aber inzwischen bist du neun Monate hier, es läuft immer noch nicht gut, und ich muss anfangen, Leute zu entlassen. Du bist der Letzte, den ich eingestellt habe, also bist du auch der Erste, der gehen muss. Und offen gesagt«, jetzt scheint der Ärger sich doch Bahn zu brechen, als habe er plötzlich begriffen, dass ich ihm wirklich keine Veranlassung gegeben habe, mich weiterhin mit Samthandschuhen anzufassen, »mir zu drohen ist keine gute Methode, mich freundlich zu stimmen, und es ändert auch nichts an der Tatsache, dass du der schlechteste Verkäufer auf dem Parkett bist und der Firma das wenigste Geld eingebracht hast.«

»Gib mir Zeit«, entgegne ich, während ich spüre, wie Panik in mir aufsteigt. Trotzdem bemühe ich mich, weiter cool und selbstbewusst zu wirken, ein Mensch, dem man vertrauen kann. »Ich muss noch Fuß fassen, das erste Jahr ist hart, aber ich kriege das hin. Inzwischen habe ich echt ein Gespür dafür, wie die Sache läuft.«

»Ich kann es mir nicht leisten, dir noch mehr Zeit zu geben«, erwidert er. »Es geht einfach nicht.«

Ich argumentiere noch eine Weile, aber je mehr ich ihn dränge, desto mehr weicht er zurück und desto härter wird er.

»Wann?«, frage ich schließlich leise und fühle, wie meine Welt zusammenbricht.

»Ich wollte dir einen Monat Kündigungsfrist geben«, sagt er, und ich denke, dann habe ich immerhin noch vier Wochen, bis mein Leben endgültig aus den Fugen gerät. »Aber angesichts deiner Drohung schlage ich vor, dass wir uns sofort trennen.«

Noch habe ich einen Trumpf im Ärmel, den schlimmsten von allen, den, den ich eigentlich nie im Leben einsetzen wollte.

»Bitte«, sage ich, und er schaut mich überrascht an, seine Wut ist anscheinend verflogen. »Bitte, Larry. Ich flehe dich an.«

Gefälligkeiten, Drohungen und zu guter Letzt auch noch Bettelei.

»Was zum Teufel ist denn hier los?«, ruft Cat erschrocken, als sie mich auf dem Boden meiner Wohnung findet.

Ich habe alle Möbel an die Wand geschoben. Die Sessel sind auf der Couch gestapelt, der Couchtisch füllt die winzige Küche aus, den Teppich habe ich aufgerollt und auf den Balkon gestellt. Vor mir liegt jetzt eine große freie Fläche, ich habe einen Edding in der Hand und bin dabei, den Holzboden zu verunstalten.

Bisher habe ich lediglich einen kleinen Kreis gemalt, ungefähr zwanzig Zentimeter im Durchmesser, und gerade wollte ich einen größeren darum herum ziehen, einen von etwa dreieinhalb Metern Durchmesser. Momentan kann ich mich wirklich nicht mit Cat unterhalten, ich muss mich konzentrieren.

»Fergus!« Sie sieht sich mit großen Augen im Zimmer um. »Wir wollten mit Joe und Finn essen gehen, erinnerst du dich? Wir haben im Restaurant auf dich gewartet. Ich hab tausendmal versucht, dich anzurufen, und schließlich alleine mit den beiden gegessen. Fergus? Hörst du mich? Ich bin zum Autohaus gefahren, da hat man mir gesagt, du bist heimgegangen.«

Aber ich ignoriere sie und arbeite weiter an meinem Kreis.

»Hast du es vergessen, Fergus?«, fragt sie noch einmal, jetzt etwas sanfter. »Hast du es wieder vergessen? Das passiert in letzter Zeit so oft. Geht es dir nicht gut, Liebster? Irgendwas stimmt doch nicht.«

Jetzt kniet sie neben mir auf dem Boden, aber ich kann sie nicht ansehen. Ich bin beschäftigt.

»Ist alles in Ordnung? Geht es dir gut? Du siehst nicht ... Fergus, du bist ja patschnass!«

»Stimmt«, sage ich, lege den Stift weg, richte mich auf die Knie auf und fühle, wie mir der Schweiß von der Nase tropft. »Dieses Spiel heißt ›Ausverkauf‹, und genau dabei wird es uns jetzt helfen. Wir müssen alles abstoßen, was wir nicht mehr brauchen. Gespielt wird vom größeren Kreis aus, im kleineren findet der Ausverkauf statt. Du wirfst also die Schussmurmel von ...«

»Ich?«

»Ja, du.« Ich gebe ihr ein paar Murmeln, die sie entgegennimmt, als wären es Handgranaten.

»Fergus, es ist drei Uhr nachmittags, solltest du nicht bei der Arbeit sein, statt Murmeln zu spielen? Das ist doch albern, ich muss auch wieder zur Arbeit. Ich verstehe überhaupt nicht, was los ist.«

»Ich bin gefeuert worden!«, brülle ich so abrupt, dass Cat vor Schreck zusammenzuckt. Sie schweigt. »Du bist die Bank«, fahre ich leiser, aber aggressiver fort, als ich beabsichtige. »Du wirfst die Murmel, und alles, was du im inneren Kreis triffst, gehört dir. Wenn du nichts triffst, bleibt deine Schussmurmel dort liegen, wo sie gelandet ist, und du bist noch mal dran. Du hast zehn Versuche.«

Ich lege meine Uhrensammlung in den inneren Kreis. »Jetzt wirf die Murmel und schieß das Zeug ab.«

Sie schaut auf die Uhren, dann auf die Gegenstände, die ich außerhalb der Kreise aufgereiht habe, um sie als Nächste ins Spiel zu bringen, und ihre Augen füllen sich mit Tränen.

»Ach, Fergus, das musst du doch nicht tun. Joe kann dir helfen. Er hat es dir doch schon angeboten!«

»Ich nehme aber keine Almosen«, sage ich, und schon beim Gedanken, dass der kleine Joe mich finanziell unterstützt, wird mir schwindlig. Joe, der nie richtig zu unserer Familie gehört hat, bis Cat ihn mit offenen Armen begrüßt hat. Das wäre nicht fair. »Ich hab mich selbst da reingeritten, also werde ich mich auch selbst wieder rausholen.«

Die Murmeln haben mich in diese Situation gebracht. Wenn ich sie abstoße, komme ich wieder raus. Die Lügen, das Betrügen, meine Seitensprünge, meine Unfähigkeit, mich auf mein wirkliches Leben zu konzentrieren, die letztlich dazu geführt hat, dass ich mich von mir selbst und von meiner Familie abgespalten habe, an allem waren die Murmeln schuld. Es ist Alfies Geburtstag, und ich kann Cat nicht zu Sabrina mitnehmen, denn sie weiß nichts von Cat, sie kennt meine große Liebe nicht, und ich habe keine Ahnung, wo ich anfangen soll, das in Ordnung zu bringen. Wenn ich Sabrina von Cat erzähle, muss ich ihr auch von den Murmeln erzählen, und wie soll das gehen? Wo ich doch mein ganzes Leben gelogen habe. Cat sagt, sie wird die Murmeln mit keinem Wort erwähnen, solange ich noch keine Möglichkeit gefunden habe, Sabrina alles zu erklären, aber ich bin sicher, dass es irgendwie rauskommen wird, und wenn ich dann nicht dazu stehe, wäre das auch eine Lüge. Dann würden wir meine Tochter beide belügen. Dass ich meine Murmeln in Kalifornien heimlich habe schätzen lassen, hat gezeigt, wie schlecht ich finanziell wirklich dastehe, ich habe mich geschämt, und als ich dann sturzbetrunken im Hotel aufgetaucht bin, wäre unsere Beziehung um ein Haar an meiner Lüge gescheitert. Aber Cat hält zu mir. Sie sagt, sie versteht mich, aber es ist alles so ein Riesenschlamassel, ich steige einfach nicht mehr durch. Und die Murmeln sind schuld daran.

Cat wirft die erste Murmel, ein beschissener Wurf, absichtlich schlecht, und er geht daneben. Cat und ich haben schon oft zusammen Murmeln gespielt. Seit ich sie mit meiner Welt vertraut gemacht und sie darin willkommen geheißen habe, hat sie mich zu Murmelspielen und auch zu Murmelkonferenzen begleitet, und sie ist zwar keine geniale Spielerin, aber so schlecht auch nicht.

»Wirf gefälligst anständig!«, brülle ich, und jetzt fängt sie richtig an zu weinen. »Tu es, tu es!« Ich hebe die Murmel auf und drücke sie ihr in die Hand. »Los, zeig, was du kannst!«

Sie wirft und trifft die Uhrensammlung im inneren Kreis.

»Gut, sie gehört dir. Der Bank.« Ich nehme sie und lege sie beiseite. »Weiter!« Ich lege Mas Verlobungsring in den Kreis.

Cat verfehlt ihn. Ich brülle sie an, sie soll sich anstrengen.

»Ich kann das nicht, Fergus. Ich kann und will das nicht. Bitte, hör auf!« Inzwischen laufen ihr die Tränen übers Gesicht, sie bricht zusammen und kauert sich auf den Boden. Aber ich nehme ihr die Murmeln weg und werfe, ich treffe die Schmuckschachtel, und schon ist Mas Ehering Eigentum der Bank. Beim nächsten Wurf erwische ich die Akro-Agate-Geschenkbox aus dem Jahr 1930, die einen geschätzten Wert zwischen siebentausend und dreizehntausend Dollar hat. Natürlich treffe ich sie, sie ist fast so groß wie der innere Kreis.

Als Nächstes kommen die World's Best Moons in ihrer Originalbox an die Reihe, sie sind zwischen viertausend und siebentausend Dollar wert. Ich treffe auch sie. Meine beiden wertvollsten Stücke. Sie sind zuerst dran, dann kommt der Rest, alles muss raus, Zeit für den Ausverkauf.

»Ich habe einen Käufer für die Sachen hier gefunden«, erzähle ich Cat ein paar Tage später, während ich die Murmelkollektionen kurz weglege, um meinen Mantel anzuziehen. »Ich treffe mich nachher in der Stadt mit ihm. Bei O'Donoghue's. Er ist von London hergeflogen, um die Murmeln zu kaufen, sie sind zwanzigtausend wert, und wir haben uns auf fünfzehntausend in bar geeinigt.«

»Du siehst gar nicht gut aus, Fergus«, sagt sie, und als sie mir übers Gesicht streicht, küsse ich schnell ihre Handfläche. »Du solltest dich lieber hinlegen.«

»Hast du mir nicht zugehört? Ich ruhe mich aus, wenn ich von dem Treffen zurückkomme.«

»Du willst die Murmeln doch gar nicht verkaufen. Sie sind wertvoll. Und voller Erinnerungen.«

»Erinnerungen sind für immer, aber das hier ...« Ich kann die Murmeln kaum anschauen, als ich das sage. »Das wird ein paar Monate meine Hypotheken bezahlen, und dann habe ich Zeit, ein paar Dinge zu regeln.« Aber was will ich denn noch regeln? Es gibt keine Jobs, niemand sucht Arbeitskräfte. Und schon gar nicht welche in meinem Alter. Denk nach, denk nach, was kannst du tun? Die Murmeln verkaufen.

»Du bist ganz blass, du solltest dich wirklich hinlegen. Kann ich nicht für dich hingehen?«

Das wäre die beste Idee, das wissen wir beide. Wenn ich gehe, werde ich mich nicht von den Murmeln trennen können, aber ich muss, sonst nimmt die Bank mir meine Wohnung weg.

Also geht Cat tatsächlich mit den Murmeln los, und ich lege mich ins Bett. Als sie zurückkommt, ist es dunkel, ich weiß nicht, wie spät es ist, ich bin wohl eingenickt. Sie steht an meinem Bett, und ich rieche, dass sie Wein getrunken hat.

»Hast du sie verkauft?«, frage ich.

»Ich hab das Geld«, antwortet sie nur und legt einen Umschlag auf den Nachttisch.

»Die Murmeln sind also weg?«

Einen kurzen Moment zögert sie. »Ja, sie sind weg.«

Sie streicht mir über die Haare, übers Gesicht, sie küsst mich. Wie gut, dass ich Cat habe. Ich möchte einen Scherz darüber machen, wie wertvoll sie für mich ist, aber es fällt mir keiner ein.

»Ich geh kurz unter die Dusche«, sagt sie und schwebt wieder hinaus.

Als ich höre, wie sie das Wasser anstellt, tue ich etwas, was ich sehr lange nicht mehr getan habe. Ich weine. Inbrünstig und voller Schmerz, als wäre ich wieder ein Kind. Bevor Cat aus der Dusche kommt, schlafe ich wieder ein. Als ich aufwache, bin ich im Krankenhaus, und als ich Cat das nächste Mal sehe, treffen wir uns zum ersten Mal. Im Pflegeheim, meinem neuen Zuhause, wo sie einen Freund besucht.

30

Badeordnung:
Kein Rettungsschwimmer im Dienst

Marlow reicht mir eine Brille mit gefärbten Gläsern, so dass die Welt augenblicklich rosa aussieht, und das nicht nur, weil ich einen Bierschwips habe. Eigentlich soll die Brille aber meine Augen schützen, wenn ich direkt in die Flamme schaue.

»Süß.« Er zwickt mich sanft in die Nase und feuert den Brennofen an. »Ich liebe die Arbeit mit Glas, weil es so leicht zu handhaben und zu formen ist«, erklärt er, während er entspannt in seinem Studio umherwandert. Offensichtlich weiß er blind, wo alles ist, er muss nicht mal hinschauen, und seine Bewegungen wirken anmutig wie bei einem Tanz. »Backst du gerne?«, fragt er mich unvermittelt.

»Ob ich backe? Ja, gelegentlich.« Mit den Kids. Und der Gedanken an die Jungs holt mich schlagartig zurück in die Realität. Ich habe Kinder. Ich habe einen Ehemann. Einen wunderbaren, liebevollen Ehemann, der möchte, dass ich glücklich bin. Der mir sagt, dass er mich liebt. Der mich wirklich liebt. Ich mache einen Schritt zurück.

»Schon okay«, sagt er und zieht mich wieder zu sich, eine heiße Hand auf meiner Taille. »Glas reagiert ähnlich wie Zucker, wenn man es zum Schmelzen bringt. Aber schau dir zuerst mal an, was ich hier vorbereitet habe.«

Ich trete näher und betrachte das Bild, das er auf den Tisch gelegt hat.

»Das wollte ich schon seit einer Weile ausprobieren, aber ich habe noch auf das richtige Projekt gewartet.« Wieder schaut er mich an, lange dunkle Wimpern und Augen so murmelblau, als hätte er sie selbst so perfekt hergestellt.

»Hast du das entworfen?« Ich bemühe mich, ihm nicht ins Gesicht zu sehen. Sein Gesicht hypnotisiert mich. Genaugenommen hypnotisiert mich sein ganzer Körper. Ich kann nicht hinschauen, ich will nicht hinschauen, ich konzentriere mich auf die Flamme.

»Ja, sicher doch. Aus feingemahlenem Glaspulver. Also, ich könnte dir natürlich eine Murmel mit Spiraleffekt anfertigen, den du ja kennst. Aber dein Dad hat ziemlich viele German Swirls, zwar nicht alle handgemacht, aber trotzdem finde ich, wir sollten etwas Neues für ihn produzieren.«

Als ich keinen Einspruch erhebe, befestigt er ein Stück opalweißes Glas auf dem Ende einer langen Edelstahlstange, stellt sich vor den Brennofen und beginnt, das Glas anmutig und langsam im Feuer zu drehen. Nach kurzem beginnt es zu glühen, zu glänzen, und es tropft wie dickflüssiger Honig. Mit ein paar geschickten Bewegungen formt Marlow es zu einer Kugel, zieht es dann aus dem Ofen, und ich ducke mich unwillkürlich, als er das geschmolzene, tropfende Glas zu einem Holzstuhl mit hohen Armlehnen auf der anderen Seite des Studios trägt. Er setzt sich, legt die Stange über die Armlehnen und rollt sie vor und zurück, so dass das Glas an ihrem Ende weiter Form annimmt. Anscheinend macht er das oft, denn ich sehe, dass die Armlehnen an dieser Stelle deutlich eingekerbt sind. Er arbeitet schweigend und konzentriert, keine Konversation mehr. Eigentlich schweigen wir sogar schon ziemlich lange. Marlow wiederholt den Vorgang noch ein paarmal, immer hin und her zwischen dem Brennofen und dem Stuhl, der Schweiß steht ihm auf der Stirn. Dann greift er nach einer Zeitung, legt sie auf seine Hand und bearbeitet das heiße Glas direkt.

Ich muss den Blick abwenden, mir ist schwindlig vom Bier und von dem emotional so aufwühlenden Tag, ich bin verzaubert von der entspannten Musik und der märchenhaften Atmosphäre. Durch die hohen Kübelpflanzen entdecke ich Lea, die mit Dara tanzt. Die Luft ist erfüllt von Feierstimmung, das Leben ist schön. Und voller Abenteuer. Wann habe ich mich das letzte Mal so gefühlt? Während ich mich umschaue, entspannt sich allmählich auch mein Körper, und ich wiege mich leise im Takt der Musik. Dann wandert mein Blick wieder zu Marlow und dem wunderschönen honigweichen Glas.

Als er die Stange aus dem Ofen zieht, weiche ich ein Stück zurück, aber statt sich wieder auf den Stuhl zu setzen, rollt er die Glaskugel jetzt über die Zeichnung aus pulverisiertem Glas, die er vorbereitet hat. Dann formt er die Murmel weiter aus, achtet aber sorgfältig darauf, das kunstvolle Bild in ihrem Innern dabei nicht zu verzerren. Schließlich taucht er die heiße Glaskugel in einen Behälter, um sie mit einer letzten Schicht Kristallglas zu überziehen, und senkt sie dann in einen Blecheimer mit Wasser, wo sie sich zischend und dampfend härtet. Mit einem leichten Klopfen löst er sie vom Ende der Stange, sie landet im Wasser und schwimmt hüpfend auf der Oberfläche.

»Da lassen wir sie jetzt abkühlen«, sagt er zufrieden und wischt sich den Schweiß von der Stirn.

Bestimmt hat er meine Blicke bemerkt, denn jetzt schaut er zu mir auf und lächelt, mit diesem süßen amüsierten Gesichtsausdruck, der mich vom ersten Moment an fasziniert hat. Gelassen greift er dann nach seiner Bierflasche und trinkt sie mit einem Zug leer. Es ist nach zwei Uhr morgens, und mir schwirrt der Kopf.

Aber dann fällt mir die Murmel wieder ein, die er gerade gemacht hat, und ich will in den Eimer schauen.

»Du darfst nicht spicken, bevor sie ganz abgekühlt ist«, sagt er, hält mich fest und schiebt mich sanft gegen die Arbeitsplatte, sein Körper an meinem, und nimmt mir die rosarote Brille ab. Ich muss mich erst wieder daran gewöhnen, dass nichts mehr rosa ist, sondern real, ungefiltert, kein Traum. Blitzschnell bin ich wieder nüchtern. Marlow streicht mit dem Finger über mein Gesicht, forschend, langsam und zart. Mein Herz klopft, und ich bin sicher, er kann es durch sein dünnes T-Shirt spüren.

Er küsst mich, langsam erst, aber rasch immer dringlicher. Für jemanden, der sich bei der Arbeit so rhythmisch und gelassen bewegt, wirkt es seltsam eilig, fast panisch.

»Ich bin verheiratet«, murmle ich in sein Ohr.

»Glückwunsch.« Er lässt sich nicht beirren und küsst meinen Hals.

Ich lache nervös.

Vor fünf Jahren, als ich mit Fergus schwanger war, habe ich von einer Freundin erfahren, dass Aidan eine Affäre hatte. Ich stellte ihn zur Rede, wir haben es verkraftet. Ich habe eine Entscheidung getroffen. Zusammenbleiben oder auseinandergehen, auseinandergehen oder zusammenbleiben. Er ist geblieben, ich bin geblieben. Wir sind zusammengeblieben, aber wir waren nicht mehr dieselben. Erst wurde es schlechter zwischen uns, dann wurde es wieder besser. Und wir haben Alfie bekommen. In meinen wütenden Momenten – die heute übrigens wesentlich seltener sind als früher – hatte ich unweigerlich das Gefühl, ich müsste die nächste Gelegenheit ergreifen, um ihm eins auszuwischen, und ebenfalls eine Affäre haben. Damit er wirklich verstand, wie ich mich fühlte. Natürlich war das kindisch, aber sehr real. Du hast mir weh getan, also tu ich dir auch weh. Aber die Jahre verstrichen, und es ergab sich nie etwas – nicht beim Elterntaxi, nicht am leeren Pool, nicht im Supermarkt mit den Kids, nicht beim Karate, nicht beim Fußball, nicht im Kunstkurs. Bei den mütterlichen Aktivitäten, die meinen Tag füllen, gibt es selten Gelegenheit für eine Affäre. Butter, Schinken, Käse, Brot, durchschneiden. Rosinen. Und das nächste ist dran. Das hat die Sache noch deprimierender gemacht, denn selbst wenn ich ihm seinen Seitensprung hätte zurückzahlen wollen, konnte ich es nicht.

Ich weiß, dass Aidan mich liebt. Er ist kein perfekter Ehemann und kein perfekter Vater, aber er ist mehr als gut genug. Ich bin auch nicht perfekt, obwohl ich es zu sein versuche. Manchmal frage ich mich, ob Liebe genug ist. Oder ob es vielleicht verschiedene Stufen der Liebe gibt. Und manchmal, wenn Aidan mich anschaut, frage ich mich, ob er mich überhaupt sieht. Letzten Sonntag hatte ich den ganzen Tag grüne Farbe an der Oberlippe, weil ich am Vormittag mit den Kids gemalt hatte, und er hat mich nicht darauf aufmerksam gemacht. Wir waren zusammen im Supermarkt, auf dem Spielplatz, wir sind im Park spazieren gegangen, und er hat nicht ein einziges Mal gesagt: »Sabrina, du hast grüne Farbe im Gesicht.«

Als ich heimkam und meine Oberlippe mit einem großen grünen Klecks im Spiegel entdeckte, habe ich vor Frust geweint. Hatte niemand mich gesehen? Nicht mal meine Jungs? Bin ich bloß noch dieses Ding, von dem man erwartet, dass es mit Schmutz oder Essen oder grüner Farbe beschmiert rumläuft? Sabrina, die Frau mit dem Klecks im Gesicht, die Frau mit dem klebrigen Fleck auf der Hose, die Frau mit den Fingerspuren und Essensspritzern auf dem T-Shirt. Sag ihr lieber nichts davon, denn das Zeug ist immer da, das soll so sein, das ist Teil ihrer Persönlichkeit.

Ich habe Aidan nach dem grünen Klecks in meinem Gesicht gefragt, ein schriller, hysterischer Vorwurf. Er hat geantwortet, dass er es einfach nicht gesehen habe, und ich habe überlegt, ob das heißt, er hat mich zwar angeschaut, aber den Klecks nicht gesehen, oder er hat mich den lieben langen Tag schlicht gar nicht angeschaut. Was von beidem ist schlimmer? Wir haben eine ganze Sitzung bei der Eheberatung darüber geredet, über den grünen Klecks, den Aidan nicht gesehen hat. Wie sich herausstellt, bin ich der grüne Klecks.

Mit dem grünen Klecks hat es angefangen, das verpasste Beinahe-Ertrinken hat mir den Rest gegeben. Und dann bin ich losgezogen und habe nach verlorenen Murmeln gesucht, ich habe versucht, etwas in Ordnung zu bringen, etwas zu retten, etwas für Dad zu Ende zu bringen. Dabei will ich vielleicht die ganze Zeit eher mir selbst auf die Schliche kommen.

Aidan hat Angst, dass ich ihn verlasse, das hat er mir gesagt. Seit seiner Affäre hat er Angst. Aber ich habe überhaupt nicht vor, ihn zu verlassen. Dass ich nicht einmal mehr den Schmerz richtig fühle, sondern nur noch ein fernes Echo davon, hat nichts mit ihm zu tun oder mit dem, was er vor so langer Zeit getan hat. Es hat einzig und allein mit mir zu tun. In letzter Zeit war ich gefangen, ich war nicht ich selbst – oder ich war mein wirkliches Selbst, und dieses Selbst hat mir nicht gefallen. Was weiß ich. Butter, Schinken, Käse, Brot, durchschneiden. Rosinen. Und das nächste ist dran. Einen leeren Pool bewachen. Einen Mann retten, der nicht gerettet werden will. Nicht eintauchen in das, was mir am meisten am Herzen liegt, höchstens ein bisschen am Rand entlanggehen, nur mal von draußen reinschauen. Schaufensterbummeln mit vollem Portemonnaie. Einkaufen mit leerem Portemonnaie. Wie auch immer. Ich gehe nur an der Seitenlinie auf und ab, eine unbeteiligte Beobachterin. Ich fühle mich überflüssig.

Ich habe mit einem Vater gelebt, der, wie ich im Lauf des heutigen Tages erfahren habe, sehr viel geheim gehalten hat, und obwohl ich das nicht wusste, bin auch ich ein verschlossener Mensch geworden, vielleicht habe ich ihn unbewusst imitiert, vielleicht war ich sein Schattenbild, ich habe mich Aidan jedenfalls nicht wirklich geöffnet. Möglicherweise ist es nach seiner Affäre passiert, vielleicht aber auch schon vorher. Ich kenne die psychologischen Gründe dafür nicht, und sie sind mir eigentlich auch egal. Ich werde nicht darauf herumreiten, ich werde es einfach hinter mir lassen. Das Wichtige ist, dass ich jetzt keine Geheimnisse mehr habe.

Im vergangenen Jahr habe ich etwas gefühlt. Langeweile.

Aber jetzt langweile ich mich nicht mehr.

Ich lächle, als mir das klarwird.

Marlow mustert mich mit einem trägen Lächeln. »Möchtest du es ihm nicht heimzahlen?«, fragt er, als wisse er alles. »Wie du mir, so ich ...« Seine Hand wandert unter mein Top. »Dir.« Wir lachen beide, und er zieht seine Hand gemütlich wieder zurück. »Ich ahne ein Nein.«

»Stimmt«, bestätige ich.

Respektvoll und völlig ungezwungen geht er auf Distanz. »Jetzt ist sie abgekühlt, wenn du sie anschauen möchtest.« Er holt die Murmel heraus, poliert sie, studiert sie und überreicht sie mir schließlich.

»Sie ist wunderschön«, sage ich fasziniert. »Was bin ich dir dafür schuldig?«

Er gibt mir einen letzten Kuss. »Du bist wirklich süß«, sagt er. »Und die hier ist für dich.« Er gibt mir eine zweite Murmel. »Ich habe die Theorie, dass die Murmel ein Spiegelbild ihres Eigentümers ist. So ähnlich wie bei Hunden.« Er grinst. Dann nimmt er sein Bier und schlendert gemächlich zurück zu der Party, die noch immer in vollem Gang ist.

Die Murmel, die er mir gegeben hat, ist die braune, zu der ich mich sofort hingezogen fühlte, als ich angekommen bin. Auf den ersten Blick wirkt sie wie eine einfache braune Murmel, aber als ich sie ins Mondlicht halte, glüht sie orange und bernsteinfarben, als würde in ihr ein Feuer brennen. Genau wie in ihrer Besitzerin.

Es ist vier Uhr morgens, als Lea und ich uns schließlich vom vierten Stock des Parkhauses losreißen. Die Sonne geht über der Stadt auf, mein wachsamer Mond ist nicht mehr zu sehen, jetzt, wo meine Mission erfüllt ist, bin ich mir selbst überlassen. Lea lässt sich erschöpft auf den Sitz neben mir plumpsen. Die ganze Nacht war sie so hippie-verliebt und gelassen heiter, aber jetzt sieht sie im Gesicht etwas grünlich aus. Sie besteht darauf, mit mir zum Pflegeheim zu fahren. Sie hat Frühschicht, da kann sie im Personalraum noch ein bisschen schlafen, außerdem weiß ich, dass sie morgens gleich nach meinem Dad schauen will.

Ich habe nicht vor, lange zu bleiben. Ich möchte nur die Murmel an Dads Bett hinterlassen, damit er sie sofort sieht, wenn er aufwacht.

Natürlich ist das Heim geschlossen. Ich klingle, der Sicherheitsdienst kennt Lea und lässt uns rein.

»Herr des Himmels«, flüstert Grainne, als sie ihre Kollegin sieht. »Was ist denn mit dir passiert?«

Lea kichert.

»Hast du ihn getroffen?«

Sie nickt.

»Und?«

»Das erzähl ich dir morgen früh.«

»Aber es ist doch schon morgen früh«, lacht Grainne.

Ich schleiche auf Zehenspitzen den Korridor hinunter in Dads Zimmer. Er liegt auf dem Rücken, sieht alt, aber glücklich aus und schnarcht leise. Ich platziere die Murmel zusammen mit einem Briefchen auf seinem Nachtschrank und gebe ihm einen Kuss auf die Stirn.

31

Murmelspiele:
Erbstück

Als ich aufwache, habe ich ein Gefühl, als hätte ich in meinen Träumen tausend Leben gelebt. Bruchstückhafte Erinnerungen klingen in mir nach, als ich die Augen öffne, verharren einen Moment und lösen sich dann auf wie Reif in der Morgensonne. Die Stimmen der Geister aus Gegenwart und Vergangenheit werden leiser, während ich meine Umgebung in mich aufnehme. Es ist nicht Schottland mit seinen grünen Wiesen, mit seinen Seen und Kaninchen, den gebeugten Schultern meines Vaters, seinen traurigen Augen und dem Duft seines Pfeifenrauchs. Es ist auch nicht St. Benedict's Gardens, wo ich als Kind morgens meist mit dem Fuß eines meiner Brüder im Gesicht aufgewacht bin, denn wir schliefen Kopf an Fuß in Doppelstockbetten. Ich bin nicht in Tante Sheilas Bungalow in der Synnott Row, wo wir nach unserer Ankunft in Irland auf dem Boden nächtigten, nicht im Haus von Ginas Ma in Iona, wo wir, um Geld für unser erstes eigenes Heim zu sparen, das erste Jahr unserer Ehe verbrachten. Und auch nicht in dem Haus, in dem wir während unserer Ehe gewohnt haben. In der Wohnung, in der ich viele Jahre allein gelebt habe, bin ich offensichtlich auch nicht, obwohl sie mir zum ersten Mal seit langer Zeit so lebendig in Erinnerung ist, dass ich das Rufen und Schreien vom Fußballfeld neben dem Haus höre, wie damals samstags und sonntags, wenn ich ausschlafen konnte. Ich bin auch nicht in Cats Schlafzimmer, das sich orange und warm anfühlt, süß und schimmernd, wenn ich die Augen schließe.

Ich bin im Pflegeheim, dort, wo ich das ganze letzte Jahr verbracht habe, wo ich bis gestern gerne war, und das ich mein Zuhause nannte. Aber jetzt habe ich ein Gefühl, nein, kein Gefühl – ich habe den Drang, wegzugehen. Dies ist ein leerer Ort, ich will nach draußen, wo es so viel mehr für mich gibt. Bisher habe ich das genau andersherum empfunden. Irgendetwas in mir hat sich verändert, etwas hat sich bewegt, nur ganz leicht, aber mit erdbebenartigen Konsequenzen. Ich bin begierig, Dinge zu erfahren, während ich mich vorher satt gefühlt habe. Jetzt möchte ich hören, während ich mich bisher wie taub gefühlt, mich im Grunde selbst betäubt habe. Um mich zu schützen vermutlich. Dr. Loftus kann es mir bestimmt erklären. Nachher haben wir einen Termin.

Diese Veränderung hat für mich zweierlei Folgen: Ich bin hoffnungsvoll, und ich bin verzweifelt. Hoffnung, dass ich es schaffe. Verzweifelt, weil ich es nicht sofort tun kann.

Mein Mund ist trocken, ich brauche Wasser. Normalerweise steht mein Wasserglas rechts von mir auf meinem Nachttisch, damit ich gezwungen bin, meinen rechten Arm zu trainieren. Aber als ich mich danach umschaue, liegt dort, wo sonst mein Glas steht, eine Murmel. Eine große, wunderschöne, königsblaue Murmel glänzt im Morgenlicht, das durch das Fenster kommt, und sie raubt mir buchstäblich den Atem. Was für ein Anblick – so schön, so elegant, so vollkommen, so absolut einmalig.

Es ist eine Weltkugel. In einem königsblauen Ozean erkenne ich die Kontinente mit allen Ländern, perfekt proportioniert in Braun, in Sand- und Honigfarben, sogar die Inseln sind vorhanden, und über der nördlichen Hemisphäre treiben kleine fedrige Wolken. Die ganze Welt ist in dieser Murmel eingefangen. Vorsichtig greife ich mit der linken Hand nach ihr, denn für einen solchen Augenblick, eine solche Aufgabe möchte ich kein Risiko eingehen. Fasziniert drehe und wende ich die Murmel in meiner Hand, inspiziere jeden Millimeter, betrachte sie von allen Seiten. Alle Inseln sind intakt, der Ozean scheint von innen heraus zu leuchten. Kein Kratzer, keine Schramme. Einfach perfekt. Ein Wunder. Mit einem Durchmesser von knapp neun Zentimetern ist sie größer als normale Murmeln, groß und kühn liegt sie in meiner Hand. Langsam richte ich mich auf, mein Herz klopft. Was für eine Entdeckung! Um das Wunder richtig genießen zu können, brauche ich meine Brille, die auf dem Nachttisch links von mir liegt, leichter erreichbar. Doch als ich sie aufsetze, sehe ich das Briefchen, lege die Murmel behutsam auf meinen Schoß und greife mit der linken Hand danach. Es ist schwierig, weil der Zettel ziemlich weit weg ist, und ich muss vorsichtig sein, denn es wäre eine Katastrophe, wenn die Murmel dabei auf den Boden fällt.

Aber ich schaffe es und lehne mich zum Lesen in die Kissen zurück.

Dad,
Du hast die Welt in der Hand.
Alles Liebe,
Sabrina X

Eine gefühlte Ewigkeit starre ich auf die Nachricht, Tränen laufen mir über die Wangen. Aber ich glaube, was da steht. Ich kann es schaffen. Ich kann mein Leben zurückerobern. Auf einmal merke ich, dass ich wieder schläfrig werde. Mit müden Augen nehme ich die Brille ab und bringe die Murmel in Sicherheit. Sie erinnert mich an die Murmel, die ich auf unserer Hochzeitsreise gesehen habe und die ich mir liebend gern gekauft hätte, mir aber nicht leisten konnte. Plötzlich sehe ich ein Bild von Gina in den Flitterwochen vor mir, ihr Gesicht, jung und unschuldig in einem Hotelzimmer in Venedig, Sommersprossen auf Nase und Wangen, ohne eine Spur von Make-up, kurz bevor wir zum ersten Mal miteinander geschlafen haben. Diese Erinnerung ist für immer in mein Gedächtnis eingebrannt, es ist ein Bild der Liebe, der Unschuld. Bei der Erinnerung überkommt mich ein überwältigendes Bedürfnis, ihr diese Murmel zu schenken, die ganze Welt. Damals hätte ich es tun sollen, aber ich habe die Gelegenheit verpasst und werde es jetzt tun, ich werde ihr den Teil von mir geben, den ich ihr so lange vorenthalten habe.

Sabrina wird es verstehen, Cat wird es verstehen, und auch Ginas Ehemann Robert wird es verstehen. Irgendwann kann Gina die Murmel dann an Sabrina weiterreichen oder an die Jungs, wenn sie älter sind. Sie wird eine Art Erbstück sein: Wir geben die Welt weiter an die nächste Generation.

Und Cat werde ich mein Herz schenken, voll und ganz.

32

Badeordnung:
Nicht alleine schwimmen

Um fünf Uhr früh bin ich zu Hause. Es war ein langer Tag. Und eine lange Nacht. Ich möchte nur ins Bett fallen und wenigstens noch ein paar Stunden schlafen, bevor Aidan und die Jungs zurückkommen.

Ich bin nicht sicher, ob ich wirklich an Amys Mondtheorien glaube, aber es gibt eine tröstliche Variante, die ich gestern in Mickeys Wartezimmer im Radio gehört habe. Der Neumond sei ein Symbol für den Neuanfang, eine Zeit, um neue Dinge anzugehen, die man entwickeln und pflegen möchte. Mit anderen Worten: um etwas Neues zu erschaffen. Neue Erinnerungen.

Ich denke an mich selbst als kleines Mädchen in einer Vollmondnacht, hellwach, munter, mein Kopf grübelt und plant, er kommt nicht zur Ruhe, fast so, als sende der Mond auf seinen hellen Strahlen Botschaften für mich aus. War der Mond schuld? Ich weiß es nicht. Aber wahrscheinlich sollte ich die Therapiesitzungen nicht absagen. Das wirkliche Gespräch hat ja gerade erst begonnen.

Es ist schon hell, als ich den Gartenweg zu meiner Haustür entlangstolpere, und ich sehe, dass Mrs O'Grady, meine Nachbarin, durch die Spitzengardinen späht, um meine schamvolle Rückkehr zu beobachten. Als ich den Schlüssel ins Schloss stecke, fühle ich mich zwar nicht, als wäre ich ein anderer Mensch geworden, aber ich fühle mich verändert. Zum Besseren.

Ich träume davon, meine Schuhe von den Füßen zu schleudern, meine Klamotten abzustreifen und ins Bett zu fallen, ein paar Stunden für mich zu haben, ehe die Kids nach Hause kommen, aber ich habe den Schlüssel noch nicht einmal umgedreht, als die Tür geöffnet wird, und jetzt erst sehe ich, dass Aidans Auto vor dem Haus steht.

Aidan begrüßt mich, ein erschöpfter, attraktiv zerzauster Mann, dessen Gesichtsausdruck mich zum Lachen bringt.

»Mummy!« Die Jungs kommen auf mich zugerannt, stürzen sich auf mich, und jeder umklammert eine meiner Extremitäten. Sie erdrücken mich beinahe und führen sich auf, als hätten sie mich wochenlang nicht gesehen. Dabei waren es nicht mal vierundzwanzig Stunden.

Ich umarme sie, während Aidan mich müde und etwas besorgt mustert.

»Wo warst du denn?«, fragt er, als die Jungs mit dem Schmusen fertig sind und mich stattdessen durch die Diele schleppen, um mir einen angeblich furchtbar interessanten Fund zu zeigen. Sie führen mich zu den auf dem Boden aufgereihten Murmelbehältern, die ich gestern früh bei meinem hastigen Aufbruch zu Mickeys Büro habe stehen lassen.

»Ich hab ihnen beigebracht, wie man Murmeln spielt«, sagt Aidan und zieht mich weg. »Ich hoffe, das ist okay, sie wissen, dass sie vorsichtig damit umgehen müssen. Obwohl ich sie ihnen am liebsten in den Hals gestopft hätte, sie haben sich nämlich unmöglich benommen«, stöhnt er, nimmt mich in die Arme und tut so, als weine er. »Alfie hat überhaupt nicht geschlafen. Überhaupt nicht. Charlie hat auf die Schlafsäcke gepinkelt, und Fergus wollte einen Frosch essen, den er um vier Uhr früh zum Frühstück gefangen hat. Wir mussten nach Hause. Bitte kümmer dich um mich«, wimmert er zum Abschluss.

Ich lache und drücke ihn an mich. »Aidan«, sage ich in warnendem Ton, um ihn auf das vorzubereiten, was jetzt kommt.

»Ja«, antwortet er, ohne sich von mir zu entfernen, aber sein ganzer Körper wird starr.

»Weißt du noch, wie du gesagt hast, ich soll mich nicht von noch mehr fremden Männern küssen lassen?«

»Was?« Jetzt weicht er zurück, mit verzerrtem Gesicht.

»*Dad! Mum!* Alfie hat eine Murmel verschluckt!«

Wir rennen beide los.

Eine Stunde später schleudere ich die Schuhe von den Füßen, streife die Klamotten ab und falle ins Bett. Ich fühle Aidans Lippen auf meinem Nacken, und ich habe kaum die Augen geschlossen, als es an der Tür klingelt.

»Wahrscheinlich dein Liebhaber«, brummt Aidan, dreht sich um und überlässt es mir, nachzusehen.

Stöhnend ziehe ich meinen Bademantel über und schleppe mich zur Tür. Eine blonde Frau steht davor und lächelt mich nervös an. Ich kenne sie, weiß aber auf Anhieb nicht, woher. Aber dann fällt es mir plötzlich ein – ich kenne sie von Dads Pflegeheim, ich unterhalte mich manchmal mit ihr in der Kantine oder auf dem Korridor, wenn wir auf unsere Lieben warten. Und dann verstehe ich plötzlich. Wir haben dieselbe Person besucht, die ganze Zeit! Ich lächle und spüre, wie mir ein großer Stein vom Herzen fällt. Also hab ich doch nicht ganz im Dunkeln getappt. *Ich kenne sie.*

»Es tut mir wirklich leid«, sagt sie entschuldigend. »Ich weiß, es ist Samstagmorgen, und ich wollte Sie und die Kinder eigentlich nicht stören. Aber ich war fast die ganze Nacht wach und habe darauf gewartet, dass es endlich Morgen wird. Und dann konnte ich einfach nicht mehr länger warten. Ich wollte Ihnen unbedingt das hier geben.«

Jetzt erst bemerke ich die große Tüte, die sie mir mit beiden Händen entgegenhält. Ich nehme sie ihr ab. Sie ist sehr schwer.

»Das ist ein Teil der Murmelsammlung Ihres Vaters«, sagt die Frau, und mir stockt der Atem. »Ich habe sie an mich genommen, bevor er den Schlaganfall hatte und die Wohnung verkauft wurde, damit sie in Sicherheit sind. Er hat mich losgeschickt, um sie zu verkaufen, und ich habe so getan, als erfülle ich seinen Wunsch. Aber in Wirklichkeit habe ich das Geld, das ich ihm dafür gegeben habe, von seinem Bruder Joe geliehen.« Sie macht ein gequältes Gesicht. »Ich hatte das Gefühl, dass es wichtig ist, sie aufzubewahren, er liebt sie so sehr.« Sie schaut die Tüte an, als sei sie unsicher, ob sie die Murmeln wirklich hergeben will. »Aber Sie sollten sie bekommen. Die Sammlung muss vollständig sein, für den Fall, dass er nach ihr fragt.«

Völlig verdutzt blicke ich auf die Tüte, ich kann es nicht fassen, dass ich die fehlenden Murmeln in den Armen halte.

»Ich hab Ihnen ja noch nicht mal gesagt, wer ich bin«, fährt die Frau mit zitternder Stimme fort.

»Du bist Cat, stimmt's?«, frage ich, und ihr Gesicht wird starr vor Staunen. »Bitte, komm rein«, grinse ich und mache die Tür weit auf.

Als wir an der Frühstückstheke sitzen, öffne ich die Tüte behutsam und möchte vor Glück weinen. Eine Original-Verkaufsbox der Akro Agate Company von circa 1930 und eine weitere Originalbox der Christensen Agate Company mit fünfundzwanzig Murmeln. Vorsichtig streiche ich mit den Händen darüber und kann kaum glauben, dass sie tatsächlich hier sind, dass sie, nachdem ich einen Tag lang nach ihnen gesucht habe, ganz allein den Weg zurück nach Hause gefunden haben.

33

Murmelspiele:
Bloodies

Ich liege neben Hamish, Angus und Duncan im Schlafsack auf dem Boden in Tante Sheilas Haus, alle schlafen tief und fest. Aber ich kann nicht schlafen, denn meine Hände tun immer noch schrecklich weh von Father Murphys Schlägen, und ich fange an zu weinen, ich kann es einfach nicht unterdrücken. Ich vermisse Daddy, ich vermisse die Farm in Schottland, ich vermisse meinen Freund Freddy, ich kann mich nicht daran gewöhnen, dass Mammy so anders ist als früher, ich mag die neuen Gerüche hier nicht, ich schlafe nicht gern auf dem Boden, Tante Sheilas Essen schmeckt mir nicht, die Schule gefällt mir nicht, am allerwenigsten Father Sackgesicht. Meine rechte Hand ist so dick geschwollen, dass ich sie kaum bewegen kann, und jedes Mal, wenn ich die Augen schließe, sehe ich die kalte, dunkle Kammer, in die er mich gesperrt hat, und dann bekomme ich Panik und kann nicht mehr richtig atmen.

»Hey!«, höre ich eine flüsternde Stimme. Ich erstarre und höre sofort auf zu weinen, weil ich Angst habe, einer von meinen Brüdern hört mich und macht sich über mich lustig.

»Pst.«

Ich schaue mich um und sehe, dass Hamish sich aufgesetzt hat.

»Weinst du?«, fragt er leise.

»Nein«, schniefe ich, aber natürlich hört man, dass ich lüge.

Hamish rutscht in seinem Schlafsack auf dem Hintern zu mir. Um Platz für seine Füße zu machen, schubst er Angus' Kopf weg, Angus stöhnt und rollt sich auf die andere Seite. Mit seinen elf Jahren kriegt Hamish von uns immer, was er will, anscheinend ist es ganz einfach. Er ist mein Held, und wenn ich groß bin, möchte ich genauso sein wie er.

Jetzt legt er den Finger auf meine Wange und wischt darüber. Dann leckt er den Finger ab. »Du weinst aber doch.«

»Entschuldigung«, wimmere ich leise.

»Vermisst du Dad?«, fragt er und legt sich ganz dicht neben mich. Ich nicke. Das ist nicht der ganze Grund, aber schon ein Teil.

»Ich auch.«

Dann schweigt er eine Weile, und ich frage mich schon, ob er wohl wieder eingeschlafen ist.

»Erinnerst du dich, dass er so wahnsinnig lange rülpsen konnte?«, flüstert er plötzlich.

Ich muss grinsen. »Ja.«

»Und wie er an Duncans Geburtstag das ganze Happy Birthday gerülpst hat?«

Jetzt muss ich sogar lachen.

»Siehst du? Schon besser. So etwas dürfen wir nicht vergessen, Fergus, okay?«, sagt er mit einer Heftigkeit, der man anmerkt, dass er es sehr ernst meint, und ich nicke, ebenfalls sehr ernst. »Wir müssen uns an Dad so erinnern, wie er war, wenn er fröhlich war. An die guten Dinge, die er gemacht hat, und nicht ... und an nichts anderes.«

Hamish hat unseren Dad gefunden, er hing an einem Balken in der Scheune. Er wollte uns nicht sagen, was genau er gesehen hat, nichts von den schaurigen Details, und als Angus versucht hat, ihn dazu zu zwingen, hat Hamish ihm einen Schlag ins Gesicht verpasst, der ihm fast die Nase gebrochen hätte. Danach hat ihn keiner mehr nach so etwas gefragt.

»Ich und du, wir werden einander immer an solche Dinge erinnern. Ich schlafe nachts auch meistens nicht, da können wir uns in Ruhe unterhalten.«

Das klingt gut, nur ich und Hamish, dann hab ich ihn ganz für mich.

»Abgemacht«, sagt er. »Hand drauf.« Er packt meine Hand, ausgerechnet die, die so weh tut, und ich jaule auf wie Tante

Sheilas Hund, wenn man ihm auf die Pfote tritt. »Was hast du denn da, verdammt nochmal, was ist mit deiner Hand passiert?« Ich erzähle ihm von Father Murphy und der dunklen Kammer und fange wieder an zu weinen. Hamish wird sehr ärgerlich, aber er legt mir schützend den Arm um die Schultern. Das werde ich den anderen bestimmt nicht erzählen, er würde mich kopfüber ins Klo stecken und runterspülen, wenn ich das täte, aber ich mag es, wenn er mich so hält. Ich erwähne ja auch nicht, dass ich mir in die Hose gemacht habe. Als ich heimgekommen bin, habe ich überhaupt keinem erzählt, was Father Murphy mit mir gemacht hat. Ich hätte es getan, aber Tante Sheila hat es gemerkt und mir geholfen, die Hand zu waschen und zu verbinden, sie hat gemeint, ich soll Ma nicht damit belästigen, weil sie sowieso schon so traurig ist. Alle sind traurig, deshalb hab ich es niemandem erzählt.

»Was hast du denn da?«, fragt Hamish auf einmal, als er in meiner anderen Hand die Murmeln klickern hört.

»Das sind Bloodies«, erkläre ich stolz und zeige sie ihm. Weil mir das Gefühl in meiner Hand so gefällt, hab ich sie mit in den Schlafsack genommen. »Ein netter Priester hat sie mir gegeben, als ich in der dunklen Kammer war.«

»Darfst du sie behalten?«, fragt Hamish und inspiziert die Murmeln.

»Ich glaube schon.«

»Bloodies?«, hakt er noch einmal nach.

»Ja, sie sind rot, wie Blut«, erkläre ich. Mehr weiß ich bis jetzt nicht über sie, aber ich möchte alles erfahren.

»Wie du und ich«, sagt Hamish und lässt sie in seiner Hand klacken. »Blutsbrüder, Bloodies.«

»Ja.« Ich grinse im Dunkeln.

»Nimm sie morgen mit in die Schule«, sagt er, gibt mir die Bloodies zurück und macht es sich wieder in seinem Schlafsack gemütlich.

Angus zischt uns an, wir sollen verdammt nochmal endlich die Klappe halten, und Hamish gibt ihm eine Kopfnuss, aber wir sind trotzdem lieber still, bis wir an seinem Atem merken, dass er wieder eingeschlafen ist.

Dann flüstert Hamish mir ins Ohr: »Steck dir die Bloodies morgen in die Tasche. Behalt sie da, sag keinem was davon, keinem von den Jungs, keinem von den Priestern, die nehmen sie dir sonst bloß weg. Und wenn du wieder in diese Kammer gesperrt wirst, dann kannst du sie rausholen. Und wenn dann alle anderen arbeiten müssen und Ohrfeigen einheimsen, bist du da drin und spielst Murmeln. Hörst du?«

Ich nicke.

»Der Gedanke, dass du da drin bist und deinen Spaß hast, dass du sie alle hinters Licht führst, wird mir morgen helfen. Einem Boggs sollte man nicht krummkommen«, sagt er.

Ich lächle.

»Und je öfter sie dich da reinstecken, desto mehr kannst du üben und desto besser wirst du. Fergus Boggs, der beste Murmelspieler in Irland, vielleicht sogar auf der ganzen Welt. Und ich werde dein Agent. Die Boggs Brothers, die Murmelkomplizen.«

Ich kichere. Hamish ebenfalls.

»Klingt gut, oder?«

Ich merke, dass er Feuer und Flamme ist für seine Idee.

»Ja.«

»Es ist unser Geheimnis, ja?«

»Okay.«

»Und nachts kannst du mir immer erzählen, was du gelernt hast.«

»Okay.«

»Versprochen?«

»Versprochen, Hamish.«

»Guter Junge«, sagt er und zaust mir die Haare. »Wir werden hier schon zurechtkommen«, fügt er hinzu. »Stimmt's?«

»Ja, Hamish«, antworte ich.

Er hält meine schmerzende Hand fest, ganz vorsichtig jetzt, und so schlafen wir schließlich ein.

Murmelkomplizen. Bloodies für immer.

Epilog

Am Montagmorgen kehre ich zurück an meinen Arbeitsplatz.

»Wie war das Wochenende?«, fragt Eric, mustert mich, und ich weiß, dass er meine psychische Stabilität nach dem Becherwurf einzuschätzen versucht.

»Großartig, danke.« Ich lächle ihn an. »Alles in Ordnung.«

»Freut mich«, sagt er, mustert mich aber weiter, und seine blauen Augen leuchten in seinem Selbstbräunergesicht. »Ich hab übrigens für dich recherchiert. Über das Kribbelig-Fühlen.«

»Ach ja?«

»Manche Leute benutzen das auch für sexuell erregt.«

Ich lache und schüttle den Kopf, während er sich schmunzelnd in sein Büro zurückzieht.

»Eric«, rufe ich ihm nach. »Ich werde nächste Woche anfangen, meinem Dad das Schwimmen beizubringen. Und ich dachte, wir könnten hier mal was Neues versuchen – ich könnte Aquafitness anbieten. Einmal wöchentlich. Was meinst du?«

Eric grinst. »Großartige Idee, Sabrina. Ich kann es kaum erwarten, Mary Kelly und Mr Daly im Wasser Samba tanzen zu sehen.« Er schwingt die Hüften, und ich muss lachen.

Fröhlich grinsend sitze ich dann auf meinem Stuhl und bewache den noch unbelebten Pool, während die Badeordnung auf uns herabblickt wie ein Kruzifix in einer Kirche. Eine Mahnung. Eine Warnung. Ein Symbol. Tu dies nicht, tu das nicht. An der Oberfläche so negativ, aber dennoch eine Orientierungshilfe. Beherzige meinen Rat, dann kommst du klar. Dann wird alles gut.

Mary Kelly ist im Krankenhaus und erholt sich von ihrem Herzinfarkt, zum Glück ist ihr Zustand stabil. Aber ich fühle mich überhaupt nicht unnütz, im Gegenteil, ich fühle mich erfrischt, ich spüre ein Feuer in mir, als könnte ich den ganzen Tag ins Nichts starren und es wäre trotzdem okay. Und so wird es auch kommen.

Heute erscheint Mr Daly in seinem grünen Badeslip, auch dieser so eng anliegend wie eine zweite Haut, und er stopft sich die wenigen Haarsträhnen, die ihm noch geblieben sind, ordentlich unter seine ebenfalls zu enge Bademütze.

»Guten Morgen, Mr Daly«, begrüße ich ihn.

Er schlurft an mir vorbei, mürrisch und ohne mich zur Kenntnis zu nehmen. Dann greift er nach dem Geländer, steigt langsam ins Wasser hinab und wirft mir einen kurzen Blick zu, um zu sehen, ob ich ihn beobachte. Ich schaue schnell weg, denn ich möchte, dass es jetzt sofort passiert. Er zieht die Schwimmbrille über die Augen, packt die Metallstufen der Leiter und versinkt.

Ich gehe hinüber und ziehe ihn aus dem Wasser.

»Alles in Ordnung«, sage ich zu ihm, während ich ihn an die Oberfläche hole, ihm die Leiter heraufhelfe und ihn auf den Beckenrand setze. »Hier.« Ich reiche ihm einen Becher mit Wasser, das er mit zitternden Händen hinunterkippt. Seine Augen sind rot, sein ganzer Körper bebt. Eine Weile sitzt er so da und starrt schweigend ins Leere, ich sitze neben ihm, habe den Arm um seine Schultern gelegt und reibe ihm den Rücken, während er sich langsam beruhigt. Er ist es nicht mehr gewohnt, dass ich danach neben ihm sitze. Das habe ich irgendwann im Lauf des letzten Jahres aufgegeben, als mir klarwurde, dass es ihn nicht dazu bringen würde, damit aufzuhören. Ich musste ihn nur retten und mich wieder auf meinen Stuhl setzen. Jetzt beäugt er mich argwöhnisch von der Seite. Ich reibe weiter tröstend über seinen Rücken, fühle Haut und Knochen und ein klopfendes Herz.

»Sie sind am Freitag früher gegangen«, sagt er plötzlich.

»Ja«, antworte ich leise, gerührt, dass er es bemerkt hat. »Das stimmt.«

»Dachte schon, womöglich kommen Sie nicht mehr zurück.«

»Was? Damit ich alles verpasse, was hier abgeht?«

Er verbeißt sich ein Lächeln, gibt mir den Becher zurück, steigt wieder in den Pool und schwimmt eine Bahn.

Dank

Ich möchte all den Menschen danken, die mir ihre Murmelgeschichten erzählt haben. So viele Reaktionen habe ich noch nie bekommen, wenn ich von meinem aktuellen Buch erzählt habe – die persönlichen Erinnerungen sprudelten nur so heraus. Und egal, ob große oder kleine Geschichten, jede von ihnen hat mich darin bestätigt, dass viele wichtige Momente der Kindheit mit Murmeln verbunden sind. All die Geschichten haben mich beim Schreiben dieses Romans ermutigt.

Mein Dank geht an den Glaskünstler und Bildhauer Killian Schurman, der mir viele Stunden lang gezeigt hat, wie Murmeln hergestellt werden. Wenn etwas falsch dargestellt sein sollte, bin ich dafür verantwortlich. Danke, Orla de Brí, dass Sie den Kontakt zwischen uns hergestellt haben – und für die Inspiration durch Ihre eigenen Arbeiten. Danke an die Lundberg Studios für die Expertise und die Inspiration zu Marlows Murmelwelt. Die folgenden beiden Bücher habe ich immer wieder konsultiert: *Marbles Identification and Price Guide* von Robert Block und *Collecting Marbles, a Beginner's Guide* von Richard Maxwell. Danke auch an Dylan Bradshaw, dass du meine seltsamen Fragen zum lautlosen Föhn beantwortet hast – der es leider nicht in die letzte Fassung des Romans geschafft hat.

All meine Liebe geht wie immer an David, Robin und Sonny; an Mimmie, an Dad, Georgina, Nicky und die ganze Truppe. An meine gute Feenpatin Sarah Kelly, an Marianne Gunn O'Connor, Vicki Satlow und Pat Lynch.

Danke, Lynn Drew und Martha Ashby, für das intensive Lektorat. Dank an die immer fröhliche Louise Swannell, an Kate Elten, Charlie Redmayne und das ganze HarperCollins-Team

Einen großen Dank an alle Buchhändler. Und am allerwichtigsten natürlich: Danke an meine Leserinnen und Leser.